LA PRINCESSE AUX SABOTS

JOËL RAGUÉNÈS

La Princesse aux sabots

ROMAN

JC LATTÈS

© Éditions Jean-Claude Lattès, 2003.
ISBN : 2-253-10879-0 - 1re publication - LGF
ISBN : 978-2-253-10879-5 - 1re publication - LGF

1

Été 1850

Rosalie était fourbue, elle avait mal aux reins. La diligence avait fait halte dans une auberge, à l'entrée de Guingamp, et Frédéric, qui la faisait passer pour sa jeune épouse, venait de payer leur logement pour la nuit, une chambre qu'ils partageraient avec un autre couple. Des gens mûrs lui avait-il dit, des vieillards ou presque avait-elle constaté. Il n'avait pas assez d'argent pour prendre une chambre pour eux seuls. C'était dommage, mais un lit, c'était déjà le luxe pour elle qui n'avait connu que les paillasses de goémon ou de crin, quand ce n'était pas la paille d'une étable, et elle aurait déjà été ravie de partager un lit clos dans la salle commune.

Elle ne devait pas oublier qu'elle s'appelait Rose Deschamps, Mme Rose Deschamps. Si on lui avait dit, il y avait seulement trois jours, qu'elle serait en route pour Paris et voyagerait avec un homme supposé être son mari et dont elle allait partager le lit dans quelques heures ! Un coup d'œil jeté à la dérobée lui apprit que

Frédéric était toujours en conversation avec l'aubergiste. Les deux hommes souriaient. Frédéric devait plaisanter et parler d'elle, car l'homme ne la quittait pas des yeux. De jeunes mariés, c'est ainsi qu'ils s'étaient présentés aux autres voyageurs. C'était ce qu'il y avait de plus simple lui avait dit Frédéric qui, elle devait en convenir, faisait preuve d'une assurance étonnante pour un garçon de son âge. Il n'éprouvait, visiblement, aucune crainte à voyager avec elle, bien qu'elle fût mineure et que cela pût lui occasionner de sérieux ennuis si leur subterfuge était découvert. Il revint vers elle, son bagage à la main, accompagné du couple qui partagerait leur chambre. Rosalie serrait, contre sa poitrine, le petit sac de voyage dans lequel elle avait fourré ses beaux sabots et toutes ses hardes, sa coiffe, sa robe de tous les jours, deux jupons et sa deuxième chemise ainsi que ses deux paires de bas de laine de rechange, le tout si bien reprisé que cela ne se voyait presque pas, car elle s'y connaissait en couture.

— Rosie, nous allons monter nos affaires et redescendrons ensuite souper. M. et Mme Lefurec, qui partageront notre chambre, connaissent la vie et m'ont aimablement proposé de nous laisser seuls une demi-heure. Tu peux les remercier.

Ce qu'elle avait fait, aussitôt, en esquissant un sourire et une révérence, avant de suivre Frédéric. Dès qu'ils s'étaient retrouvés seuls, il avait déposé le bagage et lui avait enlevé sa robe avant de la pousser sur le lit. Rosalie était déçue. Frédéric qui lui avait paru, la veille, si différent des autres, semblait aussi pressé, aussi rustre qu'eux : pas un baiser, pas une caresse, rien. Tandis qu'il la pénétrait, sans ménagement, elle regardait le plafond, en songeant à ce que lui disait Anne-Marie des hommes : tous des égoïstes. Frédéric lui donnait raison. Il ne pensait qu'à lui, pas à elle. Pourtant, la veille, elle avait cru… Elle perdit le fil de ses pensées au moment précis où elle sentit son corps répondre, malgré elle, au désir de son compagnon : cette fois encore, montait en elle cette chaleur qui se concentrait dans son ventre. Frédéric s'empara de sa bouche, l'embrassa comme on ne l'avait encore jamais fait, et elle ne s'appartenait plus quand il lui chuchota à l'oreille :

— Rosie, je n'ai plus assez d'argent... Il va... Bon sang, que tu es bonne ! Il va falloir en trouver, et vite. Je compte sur toi. Tu vas... Tais-toi, ma belle, tu vas ameuter toute l'auberge... Je crois... je crois que ces marchands de chevaux, les Lefurec, sont les clients qu'il nous faut.

— Je ferai... tout... ce que vous voudrez, Frédéric, mais...

Elle n'avait pas pu terminer sa phrase. Une fois encore, son plaisir lui faisait voir des étoiles. Frédéric savait, effectivement, qu'elle ferait tout ce qu'il voudrait, maintenant, et plus encore qu'hier. C'est intentionnellement qu'il ne s'était pas interrompu quand on avait frappé à la porte, et avait continué à la besogner comme si de rien n'était, jusqu'à ce qu'enfin, une toux discrète lui fasse tourner la tête et se redresser.

— J'espère que nous ne vous dérangeons pas et que vous en aviez fini, mes jeunes amis. Excusez-nous, mais nous attendons depuis un moment, et ma femme est fatiguée. Elle n'a pas votre santé, jeune homme..., remarqua le père Lefurec, prodigieusement intéressé.

— Il n'y a pas de gêne, répondit Frédéric, en se rajustant. S'il y en avait, il n'y aurait pas de plaisir, n'est-ce pas ? N'est-elle pas jolie, ma femme, madame Lefurec ? Tourne-toi, Rosie. Regardez-moi cette merveille, cette cambrure des reins, la finesse des attaches et du cou. Allez, rhabille-toi, Rosalie.

— C'est vrai que votre femme est une belle pouliche de concours, répliqua la commère. Dépêchez-vous de vous vêtir, ma fille, ou mon mari va nous faire une crise d'apoplexie !

L'homme, il est vrai, avait les yeux exorbités en contemplant la jeune fille, et le ton pourpre de son visage semblait confirmer les craintes de sa femme. Ils étaient descendus tous les quatre. Ils avaient soupé à la même table et Frédéric avait fait boire, plus que de raison, les deux vieux qui, encore tout émoustillés du spectacle auquel ils venaient d'assister, attendaient de ces jeunes ils ne savaient exactement quoi, mais quelque chose de revigorant, quelque chose qui leur fouetterait le sang.

Les Lefurec avaient eu les yeux plus gros que le ventre et surestimé leur résistance à la fatigue et au vin. S'ils réussirent, non sans mal, à se hisser au haut de l'escalier, à peine entrés dans la chambre, ils s'affalèrent sur leur lit sans avoir même la force de se défaire. Les deux jeunes gens les étendirent aussi confortablement qu'ils le purent, puis Frédéric entreprit la fouille de leurs bagages. Les six louis qu'il trouva dans le cabas de la dame le mirent en appétit. Il s'approcha de l'homme qui, la bouche grande ouverte, ronflait comme un soufflet de forge et lui palpa délicatement la taille. Une ceinture, bien sûr. En moins de dix secondes il l'en dépouilla et compta son butin : quatre cent vingt francs supplémentaires ! La pêche était bonne, même s'il avait espéré plus.

Tout allait pour le mieux, Frédéric avait un choix à faire : tout en préparant son bagage et sa fuite, il jeta un coup d'œil à Rosalie qui l'observait. La petite était intelligente et avait du cran, se dit-il. Elle savait que son avenir se jouait à cet instant, et pourtant, elle ne manifestait aucun signe de nervosité. Il se décida dans la seconde : plutôt que de la planter là et de lui faire porter le chapeau, il allait la garder avec lui jusqu'à

Paris. Là, il aviserait. Après tout, cette gamine pouvait se révéler une très bonne affaire.

Sa décision prise, Frédéric agit avec rapidité et méthode. Il leur fallait quitter immédiatement l'auberge : la nuit n'était pas encore tout à fait tombée et personne ne s'étonnerait qu'ils sortent prendre le frais. Il ouvrit la fenêtre, jeta leurs bagages sur un tas de foin, puis ils regagnèrent la salle commune où quelques clients levèrent les yeux en les regardant descendre l'escalier. Il fit asseoir Rosalie, avant de commander un pichet de cidre à l'aubergiste avec lequel il resta bavarder. Trois louis changèrent de main lorsque les deux hommes se quittèrent. Deux heures plus tard, et à trois lieues de là, Rosalie et Frédéric dormaient profondément, dans les bras l'un de l'autre. Ils s'étaient fait un lit dans le foin de la grange d'une ferme où venait de faire halte le charretier que leur avait recommandé l'aubergiste. À la première heure, le lendemain, ils reprendraient la direction du sud et la route de Loudéac où personne n'irait les chercher. Ce n'était certes pas la voie la plus directe pour Paris, mais le chemin le plus court n'aurait sans doute pas été le plus sûr.

*
* *

À Guipavas, le gendarme croyait de moins en moins à cette histoire de vol d'argenterie dont se prétendait victime l'aubergiste. Les servantes du relais de poste se fermaient comme des huîtres dès qu'il prononçait le nom du patron mais se montraient beaucoup plus loquaces pour défendre, bec et ongles, leur Rosie, fugueuse sans doute, mais certainement pas voleuse : Cécile, sa sœur aînée, qui, entre autres vertus, lui avait inculqué l'honnêteté, le lui confirmerait s'il l'interrogeait. C'est ce qu'il avait fait, et il questionnait à présent Katou, l'ancienne nourrice de la jeune fille.

— Je la connais depuis toujours, s'indignait cette femme. Rosalie n'avait que deux semaines quand je l'ai vue pour la première fois ! Un vrai chaton écorché ! Sa mère est morte à la naissance et, sans le dévouement d'une voisine, une brave femme qui, après avoir aidé à la délivrance, l'a nourrie au sein alors qu'elle allaitait déjà un garçon de six mois, la petite serait morte elle aussi. Le père était un pauvre homme, un maçon qui, au moment de la naissance, était sur un chantier, loin de Quimper-Corentin. C'est qu'il trimait le malheureux ! Pensez : treize enfants !

— Treize enfants ! grommela le gendarme ! Treize enfants, un maçon ! On devrait interdire de faire des enfants à ceux qui n'ont pas de quoi les élever !

Katou le dévisagea un moment, interloquée, avant de reprendre :

— Cette voisine fit prévenir Cécile, la fille aînée de la défunte. Dès qu'elle le put, Cécile, qui habite notre bourg, prit la diligence et récupéra le bébé avant de me le confier. L'année précédente, elle avait épousé un de mes cousins marin dans la Royale et me savait sérieuse. Voilà comment je suis devenue la nourrice de Rosalie, monsieur. Elle était si petite qu'elle ne devait guère peser plus de quatre livres à la naissance, mais elle était pleine de vie, vous pouvez me croire ! Si vous l'aviez vue remuer ses petits membres quand on la démaillotait ! Ah ! Il ne fallait pas lui en promettre ! Elle avait toujours faim et tirait sur le sein avec une force incroyable pour un si petit corps. Je l'ai gardée six ans, jusqu'à la mort de mon mari. Ensuite, j'ai dû me placer et la rendre à Cécile qui l'a reprise un moment à la ferme, trois ou quatre ans peut-être, avant de l'engager comme domestique à la Bonne Auberge, le relais de poste.

Rosalie était affectueuse, reprit-elle, ça oui ! Je m'appelle Catherine, et mon surnom, en breton, c'est Katou al leazh douz, Katou au lait doux. La petite m'a toujours appelée Maman Katou, comme elle appelait sa sœur Maman Cécile. Sans doute avait-elle peur de manquer de mères, elle qui n'en avait jamais eu. Elle était gaie, aussi, toujours de bonne humeur. Et avec ça, une santé de fer.

— Bref, une petite fille modèle, l'interrompit le gendarme. Mais depuis ?

— Ne vous moquez pas, monsieur, reprit la nourrice, blessée. Il n'y a pas de quoi ! Depuis, bien sûr, sa vie a changé, car il n'est pas facile d'être servante, si jeune, dans une auberge où passent tant de voyageurs, et quels voyageurs ! Vous dites qu'elle a disparu ? Qu'elle a quitté l'hôtel ? Si c'est le cas, c'est qu'on lui aura fait des misères ou qu'on l'aura enlevée. Croyez-moi, monsieur, cette enfant a un très bon fond. Elle vient me rendre visite chaque fois qu'elle le peut et m'apporte souvent une friandise. Avec le peu qu'elle gagne…

— Vous ne savez pas où elle aurait pu s'enfuir ?

— Comment le saurais-je ? Mais, au fait, pourquoi la recherchez-vous ? Ce n'est certainement pas une voleuse.

— Je n'ai pas dit cela, fit le gendarme. Encore que l'aubergiste prétende le contraire.

— L'aubergiste ? Celui-là ! C'est peut-être bien de ce côté que vous devriez fouiner. Ce cochon passe son temps à trousser ses domestiques !

— C'est possible, mais votre Rosalie est engagée à l'année, et, comme elle est mineure… Remarquez, je la comprends, cette petite. Quinze heures de travail par jour, c'est trop, même en mangeant à sa faim. Avait-elle une amie parmi les jeunes filles du village, en dehors des employées ?

— Comment serait-ce possible ? soupira Katou. Ces pauvres filles ne disposent que de cinq heures, le dimanche : deux, le matin, pour aller à la messe et trois heures l'après-midi, vêpres comprises. Avez-vous interrogé Cécile ?

— Oui. Elle ne sait rien et n'a pas vu sa sœur depuis huit jours.

— Si Rosie avait dû se confier à quelqu'un, c'est à Cécile qu'elle l'aurait fait. Elle adorait sa sœur aînée et sa petite nièce. Je vous le dis, occupez-vous plutôt de l'aubergiste ! C'est un sale type qui abuse de ses servantes : elles y passent toutes, au moins une fois par semaine. Monsieur le Curé lui-même est intervenu à plusieurs reprises, mais ce gibier de potence, ce païen l'a mis à la porte à chaque fois. Croyez-moi, vous feriez mieux de chercher de son côté. Qui sait ce qu'il a pu faire à la petite, s'il l'a engrossée ! Un accident est si vite arrivé, allez savoir… !

Katou s'était sentie soulagée quand le gendarme l'avait quittée. Ainsi, Rosalie l'avait fait ! Elle avait osé ce dont elles rêvaient toutes ou presque ! Elle le lui avait bien dit, deux ans plus tôt, qu'un jour elle partirait. Elle ne voulait pas se contenter de sa condition misérable ; elle ne serait pas servante à vie, comme elles toutes.

*
* *

Rosalie l'avait laissée seule… Anne-Marie s'y attendait, bien sûr, mais, depuis le temps que son amie en parlait, elle croyait qu'elle avait abandonné son idée, le courageux mais dangereux projet de quitter l'auberge et cette vie d'esclave qui était la leur. Lever à cinq heures tous les jours, hiver comme été, un quart d'heure pour se préparer, un autre pour avaler la bouillie d'avoine et mastiquer la tranche de pain trois-quarts, seigle et froment. Ensuite, les légumes à éplucher, avant le service du déjeuner, puis la vaisselle, la corvée des eaux usées et des pots de chambre. Leur premier moment de répit, elles le passaient à soigner la basse-cour, avant de revenir en cuisine pour aider à la préparation du repas de midi. Puis c'était le service, les plaisanteries salaces et les mains baladeuses qu'il fallait écarter, en restant polie, bien sûr. Ce n'était pas facile, car les clients des relais de poste – qu'il s'agisse de ceux des Messageries Royales ou de Caillard et Laffitte – usaient parfois de manières pires encore que celles du patron qu'elles fuyaient toutes à longueur de journée. Et puis, de nouveau la vaisselle, la lessive, le repassage, et la préparation du souper. Elles n'arrêtaient jamais avant neuf heures et demie, tous les soirs que faisait Dieu qui ne les avait pas gâtées, même s'il y avait pire vie que la leur. Pardonnez-moi, mon Dieu, dit, à voix basse, Anne-Marie en se signant. Je ne voulais pas blasphémer.

Rosalie était partie la veille au soir. Avec cet homme, bien sûr. Un musicien, à ce qu'il prétendait, mais un musicien sans instrument, Anne-Marie n'y croyait pas beaucoup. Elle n'en avait rien dit au gendarme qui se souciait visiblement comme d'une guigne du sort de Rosalie Léon, son amie, sa seule amie, la personne qui comptait le plus dans sa vie et qui pourtant l'avait laissée. Rosalie…

Anne-Marie travaillait à l'auberge depuis plus d'un an quand Rosalie y était arrivée. Ce jour-là, la vie, si grise, avait changé de visage et elle avait réappris à sourire, ce qui ne lui était plus arrivé depuis la mort de sa mère. Elle avait, enfin, une amie de son âge avec laquelle elle partageait tout : la soupente et la paillasse, les taloches et les larmes, le jour, mais aussi les fous rires, la nuit, et elles ne s'en privaient pas, Rosalie

15

ayant un talent certain pour imiter les unes et les autres. C'était elle, aussi, qui lui avait appris ce qu'étaient l'affection et l'amitié. En échange, Anne-Marie lui avait transmis tout ce qu'elle tenait de sa mère : lecture, écriture, français, calcul, et même la couture. Mais Rosie n'était pas studieuse et ne pensait qu'à rire. Elles avaient grandi ensemble, constaté les transformations de leur corps, ce qui leur valait d'être harcelées par les domestiques de l'hôtel. Rosalie lui avait enseigné les moyens de se défendre contre eux. Le patron ? C'était différent. Elles devaient s'y soumettre, bien évidemment. Comment faire autrement ? Sa Rosie... Comme elle lui manquait, déjà ! Mais Rosalie était jolie ; elle aimait les hommes ou, du moins, faisait semblant, alors qu'elle... les hommes la dégoûtaient et lui faisaient peur. Comment pourrait-elle se défendre contre eux maintenant qu'elle restait seule ? Pourtant, elle ne pouvait en vouloir à son amie : Rosie n'avait pas supporté qu'à son tour le fils du patron, qui se croyait un homme depuis qu'il avait trois poils au menton, tente d'imiter son père qui les culbutait l'une après l'autre, dès que sa femme avait le dos tourné. Elle avait préféré fuir, partir, la laissant seule, et seule, comment pourrait-elle leur résister ? Sans compter que, si elle était prise, le patron la jetterait dehors dès qu'elle serait grosse de cinq ou six mois, quand elle ne pourrait plus cacher son état. Elle serait une fille perdue, comme la Marie-Jeanne, la honte du village, que tous montraient du doigt et qui, elle aussi, était passée par l'auberge. Cela lui arriverait, elle en était sûre. Anne-Marie se recroquevilla sur sa paillasse en pleurant doucement. Elle aurait dû partir elle aussi, comme Rosalie.

Qu'allait-elle devenir, maintenant ? Où fuir ? Où s'en aller ? Brest ? Oui, il y avait bien Brest, si proche et que l'on apercevait par beau temps. Il n'y avait guère que dix kilomètres à parcourir, mais elle était mineure. Son père la ferait rechercher : elle n'avait que dix-sept ans et il ne tenait pas à perdre ses gages. Dix-sept ans ! Dix-sept ans de misères... Qu'allait-elle devenir ? Et où était Rosalie, cette nuit ? Pars, Rosie, va-t'en, évade-toi pour toujours, ne les laisse pas te reprendre. Jamais.

*
* *

Ils s'étaient habillés de neuf, à Loudéac, puis avaient rejoint Angers, où ils s'étaient arrêtés quelques semaines, avant de suivre la direction de Paris par le chemin des écoliers, leur trajet fluctuant au gré des larcins effectués et de la maréchaussée à éviter. Peu à peu, Rosalie changeait de peau, comme elle avait changé de vêtements. D'abord témoin un peu craintif des méfaits de Frédéric, elle devenait progressivement sa complice et donnait, au fil des jours, de la consistance et de la vraisemblance à son rôle d'appât, au fur et à mesure qu'elle le perfectionnait et qu'elle prenait conscience de son pouvoir sur les hommes.

Ils avaient, peu à peu, mis au point plusieurs numéros qu'ils jouaient selon les circonstances. Le plus souvent, Rosalie était une orpheline sortant du couvent, venue à la rencontre d'un frère qu'elle attendait en vain, et qui, tel un diable, surgissait de sa boîte, à la seconde même où le bourgeois, appâté puis ferré, s'apprêtait à profiter de sa bonne fortune et à abuser de la vierge naïve. Il lui arrivait aussi de devoir sacrifier sa vertu pour sauver sa vieille mère de la maladie ou son frère du déshonneur, et, en deux ou trois cas d'extrême nécessité, Frédéric l'avait même contrainte à se prostituer comme une fille des rues, pour quelques francs qui leur permettaient de dîner. Mais, le plus souvent, son compagnon se contentait de jouer au mari outragé surprenant sa femme en compagnie galante. La proie était généralement un marchand repéré au cours d'une partie de cartes heureuse, toujours marié et père de famille, et ayant donc tout à craindre d'un esclandre.

Tout cela nécessitait une garde-robe qui s'était considérablement étoffée. Rosalie disposait déjà de deux paires de bottines, de trois robes, dont deux de travail, l'une de deuil, l'autre de demi-deuil, la troisième étant sa tenue de fête. Elle portait, maintenant, de jolies chemises de coton, de petits pantalons de linon, et même, une paire de bas de soie, elle qui, jusqu'alors, n'avait jamais eu de dessous.

La jeune fille ne s'était pas longtemps posé de questions. Elle n'avait que quinze ans et, si elle n'avait pas encore volé elle-même, c'est sans remords qu'elle aidait son compagnon à plumer le pigeon, comme il le disait plaisamment. Frédéric… Le soir où elle l'avait rejoint dans sa chambre pour la première fois, elle croyait gagner une pièce de cinq francs. Au lieu de quoi il lui avait fait miroiter la possibilité de quitter l'auberge et sa condition de domestique, de partir ailleurs, sans lui dire où, mais ailleurs c'était déjà beaucoup. Elle n'avait pas hésité longtemps, et la nuit suivante, quand elle l'avait retrouvé, elle tenait d'une main son baluchon de hardes, et de l'autre, ses beaux sabots de bois, cadeau de sa sœur Cécile. Elle était prête. Cela, c'était il y avait près d'un an déjà, quarante-six semaines, précisément, alors qu'il lui semblait que cette vie durait depuis plusieurs années déjà. Un musicien, Frédéric ? Sûrement pas, et, là-dessus, Anne-Marie avait raison ! Un aventurier, peut-être, un escroc, sûrement, mais un gentil compagnon aussi qui, s'il n'était sans doute pas le meilleur des hommes, était, à coup sûr, celui qui lui avait montré le plus de respect : il ne la battait pas, ne la houspillait pas, ne l'insultait pas.

C'était la première fois qu'un homme la considérait comme une femme et non comme une domestique ou une Marie-couche-toi-là. Quand elle voyait son œil s'allumer de désir, elle était heureuse, heureuse d'exister et de lui plaire, heureuse d'être reconnue comme femme. Le jour où il lui avait offert sa première bague, elle lui avait sauté au cou : jamais, on ne lui avait fait de cadeau, et, si ce qu'elle avait cru de l'or n'était que du cuivre, peu lui importait. C'était le geste qui comptait : il avait pensé à elle, il avait dépensé de l'argent pour lui faire plaisir.

Oh ! bien sûr, Frédéric n'était pas parfait, et elle n'aimait pas du tout qu'il l'oblige à coucher avec un homme ou un autre, quand ils étaient à court d'argent. Mais il n'y pouvait pas grand-chose, le pauvre : ce n'était quand même pas à lui de vendre ses charmes ! Pourtant, il aurait eu du succès, elle en était sûre : il suffisait de voir comment certaines femmes le dévisageaient pour deviner qu'elles étaient prêtes à le payer pour se faire couvrir par lui. Le plus grand enseignement que Rosalie tirait de sa nouvelle vie, c'est que la beauté était, pour une fille, un atout primordial. Les hommes attachaient au corps féminin une importance inouïe. Ce n'était pas comme à la Bonne Auberge, où son ancien patron troussait indifféremment l'une ou l'autre. Peu lui importait qui dès lors que ce n'était pas sa femme, qu'il ne connaissait que trop, sans doute.

Depuis que Frédéric l'avait prise en main, Rosalie savait que l'apparence comptait beaucoup, qu'elle devait toujours être bien mise, bien coiffée et propre. Elle achetait des vêtements dès qu'elle en avait la possibilité, se lavait à grande eau, tous les jours, et, depuis peu, elle utilisait de l'eau de Cologne. Plus tu paraîtras riche, lui disait-il, plus nous pourrons te vendre cher… Et le plus étonnant, c'est qu'il avait raison. Il avait, aussi, entrepris de lui apprendre à parler correctement le français qu'elle lisait et écrivait certainement mieux que lui, mais qu'elle ne faisait que baragouiner alors qu'elle devait l'utiliser dorénavant tous les jours. À Guipavas, l'on parlait avant tout le breton, et son accent, elle le tenait de gens qui parlaient mal le français. Et même quand ils parlaient correctement, comme Anne-Marie qui lui avait appris à le lire et l'écrire, leur accent restait épouvantable.

— Lorsque nous serons à Paris, lui répétait Frédéric, tu ne vaudras pas un liard si tu gardes cet accent campagnard. On ne te comprendra pas.

— Aide-moi à en changer, lui demanda-t-elle un soir.

— Ma pauvre Rosalie, je le ferais bien volontiers, mais j'en suis incapable ! Te rends-tu compte de ce que tu me demandes ? T'enseigner le français, moi ? Autant demander à un coq de pondre un œuf ! Et puis...

— Et puis ?

— Je dois t'avouer que j'ai tout oublié ou presque de l'écriture et la lecture...

Il réfléchit un instant et reprit :

— Si, toi, tu me réapprends à lire et écrire, tu seras obligée d'articuler lentement, ce qui t'aidera, peut-être, à perdre ton accent.

— Oh, oui ! Nous nous aiderons mutuellement ! Tu es extraordinaire, Frédéric.

— Tu me crois meilleur que je ne suis, j'en ai peur, ma pauvre fille, et je peux même te dire que, dans cette foutue vie qui est la mienne, tu es la meilleure chose qui me soit arrivée, depuis longtemps. Pendant des années, je n'ai fait que survivre, et depuis que je t'ai rencontrée, j'ai l'impression de servir à quelque chose, d'être utile à quelqu'un... Promets-moi de continuer à m'aimer un peu et à ne pas m'oublier tout de suite quand nous serons là-haut, à Paris.

— Frédéric! Pourquoi me dis-tu pareilles méchancetés? fit Rosalie, les larmes aux yeux. As-tu l'intention de m'abandonner?

Pour elle, pas de doute, il s'apprêtait à la lâcher, à la laisser seule…

— Moi? répondit-il. Au contraire! J'aimerais te garder le plus longtemps possible, mais je sais que j'en serai incapable. Tu m'échapperas un jour, même si tu ne l'imagines pas aujourd'hui. Je devrai te céder à qui saura s'occuper de toi comme il convient.

— Pourquoi veux-tu me faire du mal? protesta la jeune fille. Je t'aime, tu le sais, et nous nous entendons si bien.

— C'est vrai, Rosalie, nous nous entendons bien, mais toi, tu auras une vie que je n'aurai jamais : tu es jolie comme un cœur et beaucoup plus futée que tu ne l'imagines. Allons… Tu as raison, Rosie! Je vais t'aider à prendre l'accent parisien. Comme ça, tu garderas toujours quelque chose de moi. Il faudrait aussi que tu changes de nom. Léon, ça ne sonne pas bien. Nous t'appellerons Noël. C'est l'inverse de Léon et c'est plus harmonieux. Tu t'appelleras dorénavant Rosalie Noël… D'accord?

— Si tu le désires… Mais pourquoi me dis-tu tout cela, aujourd'hui?

— Parce que nous approchons de Paris, Rosalie, et qu'à Paris, je ne te garderai pas longtemps…

*
* *

Deux mois plus tard, Frédéric ne s'était toujours pas résolu à rejoindre Paris, tant il craignait de la perdre, une fois dans la capitale. Il voyait Rosalie progresser de jour en jour, non qu'il fût un professeur émérite, mais c'était une fille intelligente, avide d'apprendre, et très observatrice. Finalement, elle l'aidait beaucoup plus qu'il ne le faisait lui-même. Dans leur échange, c'était lui le gagnant, et l'enseignement que lui avait donné sa mère et qu'il croyait perdu à jamais lui revenait rapidement, bien plus et mieux qu'il ne l'imaginait. De son côté, Rosalie se trouvait parfaitement bien dans ce faubourg d'Orléans où ils s'étaient installés, et elle ne voyait pas pourquoi ils ne pourraient continuer à vivre là ou ailleurs, plutôt que de monter à Paris.

— Ailleurs ? s'étonna-t-il. Mais où ? Tu les aimes, toi, ces petites villes de province ? Angers, Le Mans ou Orléans ?

— De petites villes, Le Mans ou Orléans ? Mais ce sont de très grandes villes, Frédéric !

— Des villages, tu veux dire ! Quand tu connaîtras Paris, tu verras ce que c'est que la grande ville. Et tu verras aussi ce que signifient misère et richesse.

— Ce qu'est la richesse, je l'ignore, mais la misère, je la connais mieux que toi. J'en suis sortie, mais seule, et je pense souvent à Anne-Marie qui est restée là-bas. La pauvre ! J'ai peur qu'elle ne se tue un jour.

— Tu exagères !

— Et pourquoi donc ?

— Elle ne m'a pas donné l'impression d'être si malheureuse que ça, ton amie !

— Tu ne la connais pas ! Elle n'a plus personne pour la consoler. Maintenant qu'elle est seule, elle ne supportera pas longtemps le patron qui doit continuer à la harceler.

— Peut-être partira-t-elle, elle aussi. Mais admets qu'elle n'est pas très dégourdie, Anne-Marie. Ni très belle d'ailleurs.

— Et alors ? Pour toi, une fille laide est condamnée au malheur ?

— Rosalie, la beauté d'une fille lui tient souvent lieu de richesse et même de gagne-pain.

— C'est triste, non ?

— Peut-être. En tout cas, si tu étais un tout petit peu plus grande, tu deviendrais, sûrement, une des reines de Paris… Combien mesures-tu, au fait ?

— Je ne sais pas exactement. Je crois que je fais un mètre cinquante-trois, ce qui est quand même au-dessus de la moyenne. Et puis, que je ne sois pas grande, je le sais, inutile de le souligner.

— Un mètre cinquante-trois, ce n'est pas si mal, et bien des femmes donneraient les quatre ou six centimètres qu'elles ont de plus que toi pour une once de ta beauté.

— Tu me trouves belle ? demanda Rosalie en souriant.

— Comme si tu ne le savais pas ! Mais efforce-toi d'articuler distinctement. Et puis, n'emploie plus de tournures bretonnes quand tu ne trouves pas immédiatement tes mots ! Je ne te lâcherai pas à Paris avant que tu ne t'exprimes parfaitement.

— Pourquoi parles-tu sans arrêt de ça ? Nous sommes si bien ensemble que je ne puis imaginer que cela cesse un jour.

— Ce jour viendra, pourtant, répondit Frédéric qui se leva de sa chaise et se mit à marcher de long en large… Je ne suis qu'un petit voleur de rien du tout, Rosie, un escroc au petit pied, et je ne serai jamais autre chose. Je me connais, va ! Je suis paresseux, et c'est ça mon drame. Si j'avais aimé le travail, je n'aurais pas été voleur. Il est vrai que je ne t'aurais pas connue, non plus. Mais un voleur se fait toujours prendre un jour. D'ailleurs, nous ne pouvons rester ici indéfiniment. Bientôt nous partirons pour Paris. Combien d'argent nous reste-t-il ?

— Près de deux cent cinquante francs.

— Deux cent cinquante francs… Nous n'irons pas loin avec ça. Je vais tenter un coup, avant de rentrer à

Paris, mais un coup que je ferai seul. Je ne veux pas que tu risques quoi que ce soit. Je vais partir une semaine. Si, dans une semaine, je ne suis pas revenu, quitte le logement, prends la diligence et va à Paris. Tu iras trouver de ma part…

— Personne ! Je n'irai trouver personne et tu ne feras pas de coup, tout seul ! Pourquoi veux-tu risquer ta liberté pour de l'argent ?

— Il n'y a pratiquement pas de risques, Rosie !

— Pas de risques ! Bien sûr que si, il y en a !

— Très peu, je t'assure. Et puis, nous avons besoin d'argent !

— De l'argent, nous en aurons toujours assez si nous nous aimons. À quoi cela me servirait-il d'en avoir si tu n'es plus là pour le partager avec moi ?

Frédéric avait souri : elle l'aimait comme personne encore ne l'avait jamais aimé, sa mère exceptée. Il lui ouvrit les bras et elle s'y blottit aussitôt. Il lui releva le menton et lui prit la bouche tout en lui caressant les seins, puis s'attaqua, un à un, aux vingt-huit boutons qui, du cou à la taille, fermaient la robe qui tomba à terre quand il en eut fini, après qu'elle l'eut aidé en se déhanchant. Il l'éplucha, ensuite, enlevant, l'un après l'autre, les trois jupons puis la chemise. Elle était nue dans ses bottines, nue contre lui. Il enleva la pince qui lui retenait les cheveux : libérés, ceux-ci croulèrent sur son dos, quand elle secoua la tête.

— Que tu es belle, Rosalie, lui chuchota-t-il. Si belle que c'en est indécent…

Elle était belle, c'est vrai. Tout était parfait, le visage d'un ovale pur, coupé par deux traits : celui des yeux, d'abord, d'un marron pailleté de vert, rehaussés de cils fins et longs recourbés à leur extrémité et soulignés par les sourcils parfaitement dessinés ; celui de la bouche, ensuite, et de l'affolante promesse de ces deux lèvres gourmandes et rouges, légèrement entrouvertes !

Il la fit tournoyer, à bout de bras, admirant la cambrure du dos qu'il caressa lentement et dont la peau frissonna, sous sa paume. Elle lui souriait, le regard trouble. Il glissa les mains dans ses cheveux d'un noir si profond qu'ils paraissaient bleus. Il les fit couler lentement entre ses doigts, lisses et légers, puis, avidement, ses lèvres s'emparèrent du bourgeon d'un sein.

Elle le fit basculer sur le lit.

— Promets-moi de ne rien tenter de dangereux, Frédéric, lui souffla-t-elle, quand elle le sentit vulnérable.

Deux jours plus tard, il faillit se faire prendre au moment où, chargé de butin, il sortait par la fenêtre d'une maison bourgeoise. Il mit longtemps à semer les gendarmes, alertés par les hurlements de la victime, et ce n'est qu'à trois heures du matin qu'il rejoignit Rosalie : la jeune fille avait, entre-temps, trouvé le mot qu'il lui avait laissé, au cas où son expédition nocturne tournerait mal, et, suivant ses consignes à la lettre, elle s'était habillée et s'apprêtait à quitter leur chambre, persuadée qu'il s'était fait prendre et qu'elle ne le reverrait plus.

Quand il rentra, elle fut si soulagée qu'elle lui sauta au cou avant de se reprendre et de lui faire la tête, comme elle se l'était juré : il avait trahi sa confiance, il n'avait pas tenu sa promesse. Mais cet accès de mauvaise humeur ne dura pas et ils se réconcilièrent très vite. Elle était incapable de lui résister.

Le lendemain, Frédéric partit aux nouvelles.

Son cambriolage faisait du bruit, beaucoup trop de bruit à son goût : sa victime n'était autre que le président de la Cour d'appel qui l'avait décrit à la maréchaussée comme un colosse d'au moins un mètre quatre-vingts et de plus de cent kilos, alors qu'il faisait quinze centimètres et quarante kilos de moins. Cet excès de vantardise allait servir Frédéric, le juge prétendant même s'être battu comme un brave, et n'avoir succombé que contre beaucoup plus fort que lui ! Où n'allait pas se nicher la vanité humaine ! Rosalie était soulagée. Les gendarmes ne soupçonneraient jamais son homme, à partir d'un signalement pareil !

Frédéric fut assez sage pour patienter encore deux semaines avant de quitter Orléans. Bien lui en prit : Pendant qu'il rongeait son frein en songeant aux milliers de francs qui dormaient dans sa malle, les gendarmes qui avaient poursuivi leur enquête venaient de procéder à l'arrestation de l'un des domestiques du juge. Au terme d'un interrogatoire d'une redoutable efficacité, l'homme avoua avoir lui-même assommé le juge qui l'avait surpris au moment où il se servait, après que le voleur lui eut échappé. La maréchaussée relâcha aussitôt sa surveillance, et Frédéric décida qu'ils pouvaient, enfin, se risquer à partir pour Paris avec leur butin.

Ils quittèrent Orléans par une belle matinée de septembre 1851. Avant de se retourner une dernière fois, sur le pas de la porte de cet appartement où elle avait vécu les moments les plus heureux de sa vie, Rosalie vérifia ses bagages : ses sabots de bois cirés, les *botou koat* [1] que lui avait offerts sa sœur Cécile pour ses quinze ans, étaient bien serrés dans son baluchon, enroulés dans son tablier rayé. C'étaient les seuls témoins qui lui restaient de son enfance. Et elle y tenait comme à la prunelle de ses yeux à ses sabots de mariage.

---

1. Sabots de bois (breton).

2

Rosalie ne put cacher sa déception quand ils s'arrêtèrent dans la petite ville de Vanves, juste avant Paris. La capitale n'était certes pas loin et elle pouvait même apercevoir, dans le lointain, les fumées des usines, mais enfin, c'était encore la campagne ! Si Frédéric avait fait halte dans ce bourg, c'était parce que son frère s'y était installé, deux ans plus tôt, comme menuisier-charpentier. La maison de pierres et briques qu'il y habitait était si coquette, elle était arrangée avec un goût si sûr que Frédéric en resta sans voix. Dire qu'il s'était promis d'étonner André avec ses deux trésors, celui qui lui tenait le bras et celui qu'il avait dans sa malle ! Et voilà que c'était André qui le surprenait.

— Le travail, Frédéric, le travail, il n'y a que cela de vrai, crois-moi. Le travail et le mariage… Eh oui, je me suis marié !

— Marié ? s'exclama Frédéric incrédule. Tu me fais marcher ! Ah oui, c'est vrai ! La vieille plaisanterie de la mairie du XIIIe [1] ! Éculée, mon vieux. Dis-moi plutôt que tu t'es trouvé une fille…

---

1. À l'époque, il n'y avait que douze arrondissements à Paris,

— Pas du tout, rétorqua André, piqué au vif, Juliette et moi ne vivons pas en concubinage ! Je t'assure que nous sommes mariés !

— Bon, bon, ne prends pas la mouche ! Il n'y a pas de quoi ! Mais j'ai quand même du mal à t'imaginer marié ! Comment est-elle, ta Juliette ?

— Tu la verras tout à l'heure quand elle rentrera de Paris où elle s'est rendue pour ses affaires. Mais qui est cette jeunesse à ton bras ? C'est une beauté, ma parole ! Est-elle muette, cette demoiselle ?

— Nullement, monsieur…

— Rosie, intervint Frédéric qui s'était ressaisi, je te présente André, mon frère. Rosalie est ma femme. Enfin, presque. Nous ne sommes pas mariés, nous, mais nous vivons, dormons, travaillons ensemble, et n'avons pas attendu d'avoir l'accord du curé et du maire pour le faire.

— Frédéric, l'interrompit son frère, tu ne vas pas prétendre t'être mis au travail ! Je ne te croirais pas. Je ne sais pas comment vous supportez ce chenapan, Rosalie ! Sérieusement, Frédéric, les affaires sont bonnes ?

— Couci-couça, nous ne nous plaignons pas.

— Tant mieux, car j'apprécierais que tu me rendes les quarante louis que je t'ai avancés lors de ton dernier passage et que tu n'as sûrement pas oubliés. Ils seront les bienvenus, je ne te le cache pas. Je préfère ne pas faire appel à ma femme pour acheter les nouveaux outils dont j'ai besoin. Question d'indépendance ! Quand tu connaîtras Juliette, tu comprendras…

— C'est justement pour te rendre cet argent que je

---

et l'on disait des gens vivant en concubinage qu'ils s'étaient mariés à la mairie du XIIIe.

suis là, répondit Frédéric. Mais nous en parlerons tout à l'heure. Pour le moment, peux-tu me dire si tu nous loges, et où nous pouvons poser notre barda ?

— Juliette tient toujours une chambre prête... Je vais vous la montrer. Vous êtes chez vous.

— Dis-moi, mon frère. Te voilà joliment installé ! J'ai hâte de connaître cette perle, dit Frédéric. Quand vous êtes-vous mariés ?

— Ça va faire un an. Nous ne sommes passés que devant le maire. Les curés, tu le sais, ne sont pas mes amis... Et puis... ma femme ne sait même pas si son premier mari est vivant ou mort ! Il a disparu, il y a douze ans...

— Et elle s'est remariée sans savoir ce qu'il est devenu ?

— Oh ! Nous sommes en règle ! Une pièce glissée dans la bonne main, au bon moment, et l'employé aux écritures te donne le papier que tu désires, en mairie comme ailleurs. Elle a eu le certificat de décès. Il faut savoir se débrouiller. Tiens, quand on parle de la louve... J'entends grincer la voiture... Il faudra que je pense à huiler cette roue.

— Une voiture... Tu as une voiture ? fit Frédéric ébahi.

— Nous avons une voiture, oui, et aussi le cheval pour la tirer. Le travail, mon vieux ! D'ailleurs, je vais devoir vous laisser et regagner mon atelier : mon compagnon est sur un chantier à Montrouge et mes deux apprentis ne doivent pas faire grand-chose, livrés à eux-mêmes.

Ils entendirent couiner la voiture qui venait de s'arrêter, puis des bruits de pas avant que la porte ne s'ouvre sur une tornade :

— André ? C'est moi ! Où es-tu ? Je... Bonjour, fit l'arrivante, découvrant, soudain, le couple qui se tenait debout près de son époux.

— Juliette, je te présente Frédéric, mon frère dont je t'ai longuement parlé, dit André. Et voici Rosalie, sa compagne. Je vous laisse faire connaissance ; je serai de retour pour le souper.

Juliette était loin d'être un tendron, et ses belles années étaient passées, se dit Rosalie. Pour la jeune fille, une femme de trente ans avait son avenir derrière elle. Moins sévère, parce que plus âgé, Frédéric observait sa belle-sœur, dont le corset, si serré qu'il devait la mettre au supplice, contenait difficilement les formes opulentes. Il fallait qu'elle eût des talents cachés pour retenir André après l'avoir conquis. Des talents ou des jaunets sonnants et trébuchants. Bien sûr, c'était cela. Quel âge avait-elle ? Trente-six, trente-sept ans, pas moins…

— J'ai trente-huit ans, Frédéric, lui lança-t-elle, d'un air de défi, comme si elle lisait en lui. Six ans de plus qu'André. Mais je ne suis pas encore une vieille femme et la preuve, c'est que je suis enceinte. C'est pourquoi vous me trouvez, sans doute, quelque peu enveloppée…

— Pas du tout, bredouilla Frédéric…

— Je pourrais, certainement, être la mère de votre Rosalie, reprit Juliette, ignorant l'interruption. Quel âge avez-vous, jeune fille ?

— Seize ans, madame. Bientôt dix-sept.

— Quelle chance d'être encore à l'âge où l'on veut se vieillir ! Seize ans… Ne les gâchez ni en sottises ni en prison, mon enfant. Il y a mieux à faire quand on a votre corps et votre minois.

— Merci, madame, fit Rosalie.

— André ne m'a rien caché de vos activités passées, Frédéric, reprit Juliette. Je sais donc tout de vous et je préfère vous dire tout de suite que je désapprouve totalement votre façon de vivre.

— Juliette, je ne vous permets pas, tenta Frédéric

qui se tut devant la main levée de sa toute nouvelle belle-sœur.

— Laissez-moi finir, je vous prie ! Je ne vous demande qu'une chose, c'est de ne pas tenter de faire sortir André du droit chemin. Prenez cet engagement et nous serons amis ; sinon, vous aurez affaire à moi et je serai impitoyable. J'aime votre frère et il m'aime. Nous sommes heureux ; il fait honnêtement son métier de menuisier-charpentier et il va être père. Ne vous risquez pas à détruire cela. Si Rosalie vous suit, c'est son affaire ; André, c'est la mienne. Cela dit, je ne vous juge pas et vous êtes, tous deux, les bienvenus dans notre maison.

Frédéric l'avait regardée droit dans les yeux et avait promis. Diable ! Cette belle-sœur inattendue savait ce qu'elle voulait et il sentait qu'elle ne serait pas facile à manœuvrer. Aussi résolut-il de jouer cartes sur table.

— Nous sommes alliés de famille, maintenant, Juliette, répondit-il. Rassurez-vous, Rosie et moi ne vous encombrerons pas très longtemps. Si je suis ici, c'est que je souhaitais voir mon frère. Je voulais, aussi, prendre mon temps avant de retrouver mes habitudes parisiennes.

— Pas toutes, je l'espère pour vous et surtout pour Rosalie, fit Juliette qui s'interrompit d'elle-même devant le sourire ironique de Frédéric.

— Juliette, je suis parti depuis plus de trois ans déjà, au moment des troubles qui ont suivi le renvoi de Louis-Philippe, alors que les argousins étaient à ma poursuite. J'ai besoin de savoir si c'est toujours le cas. On m'avait collé une sale affaire sur le dos, un vol dans une église, un sacrilège, comme ils disent. Vous savez que la justice ne plaisante pas avec ça. C'est, pour le moins, le bagne, la déportation en Algérie ou Cayenne, sinon la guillotine. Je n'y étais pour rien, bien entendu, mais il faut que je sache quel est l'enfant de salaud qui m'a coiffé de ce chapeau.

— Ça, c'est votre affaire, mon cher beau-frère. En aucun cas, celle d'André ou la mienne. Mais nous en reparlerons ce soir. Pour le moment, je vous conduis à votre chambre.

*
* *

Rosalie ne s'étonnait plus de devoir loger à Vanves. Elle ne comprenait même pas que Frédéric eût envisagé de rentrer à Paris, alors qu'il y était peut-être recherché. Elle se taisait pourtant : elle le savait, son ami n'aimait pas qu'on lui pose de questions. Elle attendrait qu'il lui dise lui-même la vérité, ce qui ne tarda pas.

— Vois-tu, Rosie, lui expliqua-t-il, ce vol qu'on me reproche, je ne l'ai pas commis et je pourrais le prouver ; mais je ne le ferai pas car le remède serait pire que le mal.

— Comment cela ?

— Cette nuit-là, je cambriolais, avec deux comparses, un château dans le nord de Paris, et l'affaire a mal tourné : il y a eu un mort, un garde-chasse tué par l'un de mes complices, un dangereux abruti doublé d'un fieffé imbécile.

— Un meurtre ! Mon Dieu !

— Oui, un meurtre. Et, à mon avis, c'est l'un des copains de mon complice qui m'a accusé du vol de ces objets sacrés qu'il a sans doute commis lui-même, ce jour-là. Il savait très bien que je ne pourrais me justifier.

— Mon pauvre Frédéric... Comment vas-tu t'en sortir ?

— Je n'en sais rien encore, mais rassure-toi, je trouverai une solution.

Ils restèrent un moment silencieux, puis Frédéric demanda :

— Que penses-tu de mon frère et de sa femme ?

— Lui a l'air très gentil, répondit Rosalie. Elle, je la trouve bizarre et elle me fait un peu peur. Sans compter qu'elle pourrait être ma mère ! En vérité, je me sens mal à l'aise, avec elle.

— Tu n'as pas de raison de t'en faire, va. Je connais bien ce type de femmes, et je ne serais pas étonné que ma chère belle-sœur ait tenu une maison de passe, plus jeune, ni même qu'elle ait débuté comme catin. Nous le saurons rapidement.

Le souper fut plus gai que ne l'avait imaginé Rosalie. Frédéric avait vu juste. Pour la semi-retraitée qu'elle prétendait être, Juliette restait fort active. Tout en gardant un œil sur des hôtels meublés jouxtant la place du Château d'eau, elle avait pris des intérêts dans des maisons à peine plus recommandables : beuglants qui tenaient autant du bordel que du cabaret, théâtres où les actrices se comportaient comme dans un lupanar. On y était loin du Français !

Bien qu'à l'en croire, elle n'eût jamais fait le trottoir elle-même, Juliette connaissait parfaitement le métier et le milieu et avait continué, en maquerelle avisée, à gérer les affaires et les filles de Marius, son premier mari, lorsque celui-ci avait disparu. Si elle n'avait pas été inquiétée, c'est qu'elle avait su trouver un arrangement satisfaisant, tant avec les demi-sel, qui auraient pu la considérer comme une concurrente déloyale, qu'avec les policiers de tout poil qui la protégeaient en prélevant leur dîme au passage. Depuis quelques années, elle pouvait aussi s'appuyer sur un ami sûr, Marc Fournier, un entrepreneur de spectacles, dont l'étoile montait dans le ciel parisien. De temps à autre, Marc, dont elle avait été la maîtresse occasionnelle jusqu'à son mariage, trouvait, dans l'inépuisable vivier de Juliette, une perle qu'il lançait dans un de ses théâtres.

Juliette leur avait donc tout raconté ou presque, et Frédéric en restait bouche bée. Comment se pouvait-il qu'André ait rencontré pareille femme ? Cela aussi elle le leur dit. Après l'échec de la révolution de 1848, elle avait décidé de fuir Paris et acheté, à Vanves, une maison qui nécessitait des travaux de menuiserie. Elle en chargea André et devint sa maîtresse dès le premier soir. Au bout d'un mois, il aménagea chez elle. Juliette avait trente-sept ans et n'hésita pas longtemps. André était sa dernière chance de se ranger, d'être mère, de devenir ce qu'il était convenu d'appeler une honnête femme.

— Et nous nous sommes mariés, conclut-elle. André était mon amant, il est devenu mon époux. N'est-ce pas mieux ainsi ? D'autant qu'il ne lui manquait qu'une seule chose pour réussir : savoir compter. Maintenant que je gère son affaire, elle prospère, alors qu'auparavant tout le monde le grugeait. Vous le premier, Frédéric.

Décidément, cette femme était redoutable. Frédéric toussa pour s'éclaircir la voix et but une rasade de vin, sous le regard attentif et curieux de son frère.

— Fameux, ton vin, André. Évidemment, des Coteaux roannais, ce n'est pas du ginguet de Nogent ou de Suresnes !

Puis, se tournant vers Juliette, il la regarda droit dans les yeux.

— Ne vous inquiétez pas pour mon frère, lui dit-il. J'ai, dans ma malle, pour plusieurs milliers de francs de marchandises que je vais négocier dès demain. Des bijoux et de l'argenterie. Je rembourserai mes dettes, sitôt la vente conclue.

— Des bijoux, dites-vous ? Quand nous aurons fini

de souper, vous me montrerez cela. Il se pourrait que ça m'intéresse.

Une heure plus tard, Frédéric faisait grise mine : il avait la nette impression de s'être fait gruger par Juliette qui, parmi tous ses bijoux, avait choisi une splendide marquise et une paire de boucles d'oreilles en diamants qui valaient, au bas mot et au prix receleur, au moins le double des huit cents francs qu'il devait à son frère. Il hésitait sur la conduite à tenir, lorsque sa belle-sœur se leva.

Elle s'absenta un court instant et revint en lui tendant une bourse.

— Il y a là cent louis, Frédéric. Je ne vais pas vous voler, du moins, pas le jour où nous faisons connaissance, lui dit-elle en souriant. Et ces diamants valent bien deux mille francs. Vous avez, là, largement de quoi rembourser André.

— Je vais le faire immédiatement, intervint Frédéric qui se mit à compter les pièces.

Il en fit quatre piles de dix et une de quatre qu'il poussa vers son frère.

— Voilà, André. Quarante louis pour le principal et quatre pour les intérêts.

— Rien ne pressait, lui répondit son frère, mais c'est bien ainsi.

— Maintenant, reprit Juliette, agacée, si je peux vous aider à élucider l'histoire dans laquelle vos comparses vous ont impliqué, je le ferai volontiers. J'ai, dans la police, des amis qui n'ont pas grand-chose à me refuser. Je vais me renseigner. D'ici là, ne bougez pas. Donnez-moi, seulement, les précisions nécessaires et dites-moi, par la même occasion, d'où proviennent mes nouveaux bijoux. Je vais les faire légèrement transformer ; on ne sait jamais. Je vous signale, à tout hasard, que j'ai des amis que votre trésor pourrait intéresser.

Frédéric était allongé dans le noir, les yeux ouverts. Près de lui, Rosie dormait profondément. Sa belle-sœur était certainement dangereuse, mais c'était peut-être, aussi, une chance qu'André ait épousé une pareille femme. Elle pourrait l'aider, comme elle s'y était proposée et saurait aussi, il se l'avouait sans fard, le guider et lui éviter de commettre des erreurs. Après tout, s'il avait eu tant d'ennuis ces dernières années, c'était plus parce qu'il était mal entouré que par mal-adresse. La preuve : à Orléans, il avait réussi à s'en sortir tout seul.

Il y avait, pourtant, quelque chose en Juliette qui le mettait mal à l'aise, et, il devait reconnaître qu'il la craignait presque autant que ne le faisait Rosalie. Il avait vu la manière dont elle jaugeait la petite, comme une bête de concours, une pouliche dont elle estimait le prix en maquignon à l'œil acéré. Elle n'avait pas caché qu'elle faisait travailler des filles. Enrôler Rosie ? Elle ne l'oserait pas, quand même !

Et puis, il y avait aussi ces accointances qu'elle disait avoir dans la police... Devait-il y voir une menace, ou au contraire une main tendue ? Ce pouvait être l'un ou l'autre, et c'était, sans doute, ce qu'elle avait voulu lui faire comprendre.

Allons ! Il fallait dormir et ne regarder que le bon côté des choses. Sa dette à André réglée, il lui restait mille cinq cents francs et il pourrait retirer encore trois ou quatre mille francs du solde de ses bijoux et de son argenterie. Jamais il n'avait disposé d'autant d'argent ! Il allait pouvoir garder Rosalie pour lui seul.

Juliette, elle non plus, ne dormait pas. André qui lui avait fait l'amour ronflait, maintenant, comme un bienheureux. André… son mari, un homme simple, franc comme l'or, un homme comme elle en avait rêvé à quinze ans et qu'elle maintiendrait dans le droit chemin, malgré son frère. Elle tourna la tête vers lui et lui caressa la joue. Comme elle l'aimait !

Dans son métier, elle tâchait de toujours rester dans la légalité. Oh ! Il lui arrivait bien d'y faire de légères entorses, de temps à autre, mais elle connaissait les limites à ne pas franchir. Elle se donnait encore deux ans, trois au maximum, pour faire réellement fortune, une vraie fortune, en millions. Depuis qu'elle connaissait Marc Fournier, elle changeait peu à peu de clientèle. En sélectionnant mieux ses filles, elle aurait bientôt accès au sommet, aux dandys, à ces incroyables, à ces lions, à ces petits crevés qui faisaient la mode, lançaient les courtisanes et déversaient, sans barguigner, des torrents d'or sur les plus belles d'entre elles qui devenaient les reines d'un mois ou d'une année, parfois plus. Il lui suffirait d'en parrainer deux ou trois, ce qu'elle saurait parfaitement faire. N'était-ce pas sa partie ? Seule, la clientèle serait différente. Elle se savait autant de talent pour cela que Camille, la couturière qui avait relancé Thérèse Lachmann à Londres, en 1848, et réussi à en faire la maîtresse attitrée de Lord Stanley. Aujourd'hui, la Lachmann était marquise de Païva. Demain, qui sait ?

Elle avançait à pas de géant, mais pour atteindre le sommet, elle avait besoin de Marc. Il lui était indispensable. C'est chez lui que ses filles acquerraient le vernis et le statut social qui leur permettraient de rencontrer leurs riches protecteurs. Et pour peu qu'elle s'y prenne bien, Rosalie serait la perle rare, la merveille du lot.

À l'arrivée de Frédéric, elle n'avait pas cherché à masquer sa contrariété. Elle ne savait pas encore comment elle allait se débarrasser de cet encombrant beau-frère qu'elle ne craignait que parce que André avait pour lui une affection indéfectible qui pourrait le conduire à n'importe quelle bêtise. Elle avait, d'abord, choisi de le circonvenir pour gagner à tout prix sa confiance. Elle saurait comment s'en débarrasser s'il devenait, un jour, trop gênant ou dangereux. La petite Rosalie tomberait ensuite dans ses filets comme un fruit mûr. André aurait du chagrin pendant un moment, car il aimait son cadet, mais, à la longue, il l'oublierait. Son fils l'y aiderait.

Pour l'heure, elle allait aider son beau-frère : dès le lendemain, elle se renseignerait sur ce vol dont on l'accusait. Elle verrait Lehideux, l'inspecteur dont la petite Claudie s'occupait à merveille. Il ne pouvait rien lui refuser tant elle le tenait serré. Depuis le temps, il y avait toutes les chances pour que cette affaire soit classée, que quelqu'un ait avoué ou qu'un indicateur ait dénoncé le coupable. Lehideux le lui dirait. Pour lui, comme pour nombre de ses collègues, toutes les affaires criminelles devaient être résolues et les coupables sanctionnés ; aussi, quand l'enquête n'aboutissait pas, préféraient-ils faire avouer un innocent plutôt que de laisser un forfait impuni. La société paraissait protégée, et c'était bien là l'essentiel.

*
* *

Juliette finissait de déjeuner quand Rosalie, lavée, habillée, et pomponnée, la rejoignit au rez-de-chaussée. André était déjà à son atelier, et elle-même se préparait à partir pour Paris.

— Bien dormi, Rosalie ? demanda-t-elle à la jeune fille.

— Très bien, merci, madame.

— Il n'y a pas de madame qui tienne, entre nous,

dit Juliette en riant. Ne sommes-nous pas belles-sœurs, de la main gauche ? Je pars pour Paris dans un quart d'heure. Voulez-vous m'accompagner ? Frédéric fera la grasse matinée. Nous serons de retour vers une heure, pour le dîner.

— Bien volontiers, répliqua Rosalie. J'ai si hâte de voir Paris ! J'aimerais, cependant, avoir l'accord de Frédéric.

— Comment cela ? Vous êtes libre de vos actes, mon petit. Écoutez mon conseil : vous êtes morte avant que d'avoir commencé à vivre si vous vous laissez ainsi manger par un homme ! Croyez-en mon expérience : soyez la seule maîtresse de votre vie et de votre destin ; ne laissez jamais un amant ou un mari vous dicter ses volontés.

Rosalie n'avait rien répondu mais elle n'avait pas, non plus, été réveiller Frédéric, et les deux femmes étaient montées dans la voiture conduite par Albert, le vieux cocher. Durant le trajet, elles avaient parlé de choses et d'autres, Juliette expliquant à Rosalie ce à quoi elle devrait s'attendre quand elle serait à son hôtel. Au bout d'une demi-heure, la campagne avait cédé la place à une file ininterrompue de maisons et d'usines surmontées de cheminées de briques rouges. Routes et rues étaient peu et mal pavées, jonchées de détritus, parcourues par des passants qui ressemblaient bien plus à des mendiants qu'aux employés ou ouvriers qu'ils étaient.

— Voilà Paris, ou du moins, son entrée, remarqua Juliette. Ce n'est pas très ragoûtant, n'est-ce pas ? C'est, en quelque sorte, l'envers du décor, le mauvais côté de la ville, peut-être pas le plus laid, mais sûrement pas le plus beau non plus. À Paris, vous verrez de tout : l'opulence y côtoie la misère la plus noire. La capitale est un concentré de tout ce que notre pays peut offrir de pire et de meilleur, mais le pire y est, malheureusement, plus fréquent qu'on ne le souhaiterait. Enfin, pour une jolie fille comme vous, cela peut être aussi le tremplin idéal. Savez-vous combien d'habitants il y a à Paris, Rosalie ?

— Non, madame. Cent mille ? Deux cent mille ? Plus ?

— Plus d'un million, jeune fille. Plus d'un million.

— Un million ? C'est fou ! C'est… c'est énorme !

C'était énorme, c'est vrai. Comme l'expliqua Juliette, c'était quelques années plus tôt, en 1846, que la ville avait, pour la première fois, dépassé le million d'habitants. Divisée en douze arrondissements par Louis-Philippe, Paris étouffait dans ce carcan qu'était le mur des Fermiers Généraux édifié par Louis XVI. On y pénétrait par l'une des soixante portes et leurs bureaux d'octroi que l'on appelait les barrières. Les Parisiens adoraient se rendre dans ces endroits où fleurissaient commerces, restaurants, estaminets et tripots en tout genre, bals et autres lieux de plaisir, plus ou moins avouables : les taxes y étaient bien moindres qu'à Paris intra-muros où tout se payait, jusqu'au péage sur les ponts.

Rosalie avait écouté religieusement les explications de sa belle-sœur qui poursuivit :

— C'est d'ailleurs pour cette raison qu'André et moi habitons Vanves, entre les Fortifications et les Barrières.

— Les Fortifications ?

— Les Fortifications, c'est une enceinte longue de trente-neuf kilomètres qui a été construite, il y a une dizaine d'années, pour la défense de la ville. Cette enceinte coupe en deux la plupart des villes et villages qui entourent Paris : Vaugirard, Grenelle, Issy, Montrouge, Ivry, Auteuil, Passy, Neuilly, ou encore Montmartre ou Belleville…

— C'est vrai, se rappela Rosalie, vous habitiez Paris auparavant.

— Oui, en effet. J'ai acheté ma maison de Vanves pour fuir les encombrements, les épidémies et les émeutes mais aussi le bruit, les odeurs et les taxes. C'est d'ailleurs à ce moment que j'ai fait la connaissance d'André. Il faut reconnaître que, si Paris n'est pas une ville de tout repos, Louis-Philippe a bien travaillé et a bien mérité son surnom de Roi-maçon. C'est d'ailleurs lui qui a achevé la construction de l'Étoile et de la Madeleine que je vous montrerai. Et son préfet, Rambuteau, n'a pas été en reste. Le Prince-Président ne fait que chausser leurs bottes.

Rosalie continua à regarder autour d'elle, jusqu'à ce que la voiture s'engage dans la rue Saint-Jacques, une voie sombre aux façades noires de suie et dont la rigole centrale aurait eu bien besoin d'être curée. Cette longue rue pavée était coupée de ruelles étroites encombrées de tas d'immondices entre lesquels s'affairaient des passants, plus inquiétants les uns que les autres. Ce Paris était encore plus sale que les plus affreux quartiers d'Orléans, se disait Rosalie qui eut un mouvement de recul quand Juliette fit arrêter la voiture, devant un bâtiment de briques d'où sortaient des policiers.

— J'en ai pour dix minutes, lui dit-elle. Je vais tenter d'obtenir le renseignement que souhaite Frédéric.

Les dix minutes durèrent une demi-heure, mais Juliette avait le sourire aux lèvres quand elle remonta en voiture.

— Le pilleur d'églises qui avait accusé Frédéric s'est fait pincer à Saint-Sulpice, il y a un an, lui dit-elle. Il a avoué vingt-quatre vols, dont celui-là, et il est à Cayenne aujourd'hui. S'il n'est pas mort avant d'y arriver, bien sûr !

— Mais alors, madame, Frédéric est hors de cause ! s'écria Rosalie.

— Oui, et il l'est d'autant plus que son complice,

lors du cambriolage de ce château, le meurtrier de ce garde-chasse, a, lui, été condamné à mort et guillotiné, après avoir confessé huit assassinats ! Et comme il a toujours prétendu avoir agi seul, Frédéric est aujourd'hui blanc comme neige. Il a eu une chance extraordinaire, car neuf meurtriers sur dix auraient donné leurs complices.

— Merci ! Oh, merci madame ! Que je suis heureuse ! Frédéric est sauvé ! s'exclama Rosalie en sautant au cou de Juliette qu'elle embrassa avec gratitude.

— Provisoirement, oui, il est sauvé, lui répondit Juliette, étonnée par des remerciements si démonstratifs. Mais provisoirement seulement.

— Comment cela ? s'étonna la jeune fille. Et que veut dire exactement provisoire ?

— Je veux dire qu'il n'est sauvé que jusqu'à la prochaine fois, Rosalie, car il y aura une prochaine fois, s'il reste dans la capitale où il ne fréquente que la pire des pègres. Vous le savez bien…

Rosalie le savait, en effet. Elle baissa la tête, comme un enfant pris en faute et écouta Juliette qui poursuivit, impitoyable :

— Ce serait une erreur de lui dire la vérité. Qu'il reste ici et, un jour ou l'autre, il perdra la liberté et peut-être la vie. Il doit absolument quitter Paris, Rosalie. Mais seul, car, si vous l'accompagnez, vous finirez comme lui, sur la guillotine. À vous de le convaincre, si vous l'aimez.

La jeune fille resta un long moment silencieuse, angoissée à l'idée que la tête de son Frédéric puisse, un jour, tomber dans le baquet du bourreau, comme celle de son complice.

Puis elle dit, presque à voix basse :

— Je vais essayer, mais je ne sais pas s'il m'écoutera.

— Non, il ne vous écoutera pas, Rosalie. Voyez-vous, malgré sa gentillesse, Frédéric est un mauvais garçon et, comme tous les mauvais garçons, il adore Paris ; c'est leur ville. Un jour, il prendra un mauvais coup, car les mauvais coups sont, avec les émeutes et les épidémies, ce qu'une jeune femme peut craindre le plus à Paris pour son mari ou son amant.

— Des épidémies ? Dans une grande ville comme Paris ?

— Surtout dans une grande ville, mon petit ! Il y a deux ans, le maréchal Bugeaud en est mort. L'une des seize mille victimes parisiennes du choléra, durant la seule année 1849.

— Seize mille morts ! C'est une chance que Frédéric avait déjà quitté Paris.

— Quand exactement est-il parti ?

— Quand le roi a été chassé, répondit Rosalie.

— C'était donc début 1848, fit Juliette.

Les yeux dans le vague, elle s'était tue, revivant cette période, ce premier semestre de 1848, ses espoirs et ses frustrations, cette révolution tronquée. L'emprisonnement des Blanqui, Barbès, Raspail, la limitation du droit de vote aux seuls propriétaires, la fermeture des Ateliers Nationaux avaient vite fait s'envoler les espoirs des ouvriers nés des journées de fin février. Et les résultats des élections avaient accentué leur frustration quand, oubliant leurs mauvaises récoltes, les paysans apeurés avaient voté pour l'ordre. La bourgeoisie avait repris les choses en main et, une fois encore, le peuple de Paris, floué et volé, s'était révolté. Pour rien. Impitoyable, Cavaignac avait maté la révolte dans le sang.

Qu'étaient devenues ses amies du club « La voix des femmes » ? Comme elles avaient été trompées, elles aussi ! Bernées ! Lamartine et les autres les avaient bernées ! Elle se secoua…

— Pardonnez-moi, Rosalie, je rêvais. Où en étais-je ? Ah oui ! Les émeutes de mai et juin. Savez-vous qu'elles ont fait sept mille morts, dont mille sept

cents fusillés ? Qu'il y a eu vingt-cinq mille arresta-
tions et déportations ? Je ne m'en souviens que trop,
fit Juliette, rêveuse. Nous y croyions tellement, mes
amies et moi !

— Mais Frédéric ?

— Jeune fille, votre amant eût-il été là, il aurait été
arrêté et déporté, comme tant d'autres.

— Heureusement, il n'y était plus !

La naïveté dont cette petite provinciale faisait
preuve était horripilante, par moments ; elle ne vivait
qu'au travers de son Frédéric, ce petit voyou ! Juliette
ne se faisait pas d'illusions. Bien sûr que non, il
n'écouterait pas Rosalie, mais il serait bien forcé de
l'écouter, elle, Juliette. La pauvre fille ! Elle ne savait
pas ce qu'elle risquait avec pareil gaillard. Elle allait
l'aider, malgré elle, et, tout d'abord, l'amener à l'idée
qu'elle devait quitter ce garçon.

*
* *

Rosalie ouvrait toujours aussi grands ses quinquets :
elle voulait tout voir, ne rien rater. Tant de candeur,
c'était touchant, et Juliette se sentit soudain profondément émue par la fragilité de la jeune fille. Elle se revit
à son âge, sur le pavé de Paris, vendant ses charmes,
pour le plus grand profit de son premier amour, Ferdinand, un maquereau, bien sûr. Elle devait lui éviter ça,
et, dans l'instant, décida de la prendre sous son aile.
Pour commencer, elle allait lui montrer la ville. Elles
arrivaient sur le boulevard des Italiens... Oui, la Galerie de Fer pouvait être une bonne façon de commencer.
Elles iraient ensuite au Palais Bonne-Nouvelle où elle
devait passer régler sa note à Martinet, son fournisseur
de légumes. Elle aurait tout le temps de lui faire visiter les magasins de frivolités une autre fois.

— Ouvrez les yeux, Rosalie. Vous y êtes, à Paris.

— Cette voiture, là…, interrogea la jeune fille.

— C'est une Dame Blanche, reconnaissable à sa livrée. Celle-ci est une Caroline mais il y a des tas d'autres compagnies de transports urbains : Favorites, Gazelles, Hirondelles, et j'en oublie. Ah ! Nous arrivons à la Galerie de Fer.

Elles s'arrêtèrent en face de l'entrée, au 19 du boulevard des Italiens. La jeune fille était sidérée. Elle n'avait, de sa vie, jamais rien vu de semblable. Juliette sourit devant l'ahurissement de sa protégée.

— Rosalie ! vous allez vous décrocher la mâchoire, fit-elle en riant.

— C'est… Une maison en fer !

— Oui. C'est étonnant, n'est-ce pas ? Auparavant, il y avait là une galerie en bois, le Bazar de Boufflers, qu'un incendie a ravagé il y a une vingtaine d'années. C'est cette galerie en fer qui l'a remplacé.

À l'intérieur de la galerie couverte, une multitude de commerces proposaient toutes sortes d'articles aux chalands qui pouvaient faire leurs achats à l'abri de la pluie et du vent. Soudain, Rosalie tomba en arrêt. Là, devant elle, des animaux, des animaux sauvages !

— C'est une ménagerie, lui expliqua Juliette. Voulez-vous la visiter ?

La jeune fille ne se le fit pas dire deux fois et, quelques minutes plus tard, elle vit, ce jour-là et pour la première fois de sa vie, des bêtes dont elle ignorait, jusque-là, l'existence : des chimpanzés et des babouins, une panthère, des zèbres, des antilopes. Il y avait même des perroquets ! Son ébahissement amusait Juliette qui fondait devant elle comme devant un enfant.

Le soleil qui inondait le boulevard les aveugla lorsqu'elles quittèrent à regret la galerie et Juliette se demanda si ce n'était pas plus l'émotion et l'émerveillement que la luminosité extraordinaire de cette fin de septembre qui amenaient ces larmes aux yeux de la jeune fille.

Une demi-heure plus tard, elles entraient au Palais de Bonne-Nouvelle. Elles descendirent immédiatement dans les caves où Juliette régla ses dettes à un paysan d'Argenteuil qui, deux fois par semaine, y vendait les produits de ses champs. Rosalie eut à peine le temps de s'extasier sur la propreté et la netteté des empilements de légumes que Juliette l'entraînait au rez-de-chaussée où les attendaient des amoncellements de vêtements féminins qui l'émerveillèrent. Il y avait là par centaines, par milliers, des robes, jupes, manteaux, jupons, chemises... Cette profusion avait quelque chose d'irréel et même de féerique. C'était inouï, inimaginable...

Que dire alors du gigantisme du Grand Café de France, au premier étage ! L'endroit était immense, plein de gens qui s'y restauraient ou s'y désaltéraient.

— Que prendrez-vous, Rosalie ? demanda Juliette, une fois qu'elles se furent installées. Un chocolat ?

— Oui, j'aimerais bien, merci, répondit la jeune fille, intimidée.

— Impressionnant, n'est-ce pas ?

— Quel monde ! Jamais je n'aurais imaginé qu'il existait de si grands cafés ! Ici, tout est si grand, si peuplé, si... étonnant ! C'est ce qui me frappe le plus, à Paris.

— Oui, c'est cela, Paris. À Paris, tout est si... à Paris, tout est trop... si souvent et trop souvent... Trop bruyant, trop cher, trop sale, trop mal fréquenté. Trop dangereux...

— Je ne sais pas, mais depuis que nous sommes dans le centre, je trouve que tout est beau, propre, net.

— C'est que vous n'en voyez que l'apparence, Rosalie. Un jour, je vous emmènerai dans certains coins du IVe arrondissement, aux Halles, ou à la Cité. Vous y découvrirez d'innommables taudis. Cela dépasse l'imagination ! Vous serez épouvantée.

— Vous exagérez sûrement ! À la campagne…

— Moi aussi, j'ai passé mon enfance à la campagne, Rosalie, et dans de bien mauvaises conditions. Je sais donc de quoi je parle… Mais… mais c'est Valérie !

Juliette se leva et se dirigea vers une femme qui, visiblement, cherchait une place libre. Elle la ramena à leur table et la présenta à Rosalie.

— Valérie, voici ma jeune belle-sœur, Rosalie, qui débarque de sa Bretagne natale. Jolie fille, n'est-ce pas ?

— Très jolie, en effet. Mademoiselle, vous êtes ravissante, on a souvent dû vous le dire…

Rosalie rougit, Juliette sourit.

— Mme Valérie Delmas est une vieille amie et une habituée des lieux, reprit-elle. Nous avons fait partie, toutes deux, du club «La voix des femmes» qu'avait fondé Eugénie Niboyet, qui était notre présidente et que tout le monde, journaux y compris, appelle encore d'ailleurs ainsi, depuis. C'est ici, dans cet immeuble, qu'en était le siège ; au sous-sol.

— C'est vrai, fit Valérie à l'intention de la jeune fille. Nous réclamions l'égalité entre hommes et femmes. Ces hommes – nos amis, nos maris, nos amants – nous la promettaient. Ils professaient si haut et si fort la liberté et l'égalité ! Pourquoi nous serions-nous méfiées ? Ils nous ont trompées ! Ils n'étaient, en définitive, que des mâles comme les autres qui, une fois leur but atteint, nous ont fait taire lors de notre réunion du 11 mai 1848.

— Il n'empêche ! intervint Juliette. Nous nous sommes quand même bien amusées ! Qu'est-ce que tu prends, Valérie ?

— Un chocolat comme vous… Bien amusées, dis-tu ?

— Oui, quand même… Ce pugilat… Le 11 mai 1848, justement.

— Tu t'en souviens ? Et cet incendie au second étage, chez Bouton et Daguerre, le 21 juillet, je crois. Ce grand dadais de Lamartine nous a tout collé sur le dos. Pour nous faire taire…

— Ce qui lui a permis de faire passer ce décret scélérat, la semaine suivante ! s'enflamma Juliette, emboîtant le pas de son amie. Ah ! Elle était belle leur République ! Égalitaire ? Non ! Masculine ! Le suffrage universel ? Tu parles ! Le suffrage masculin universel, oui !

— Quel décret ? demanda Rosalie qui n'avait jamais entendu parler de clubs et encore moins d'égalité hommes-femmes.

— Un décret interdisant aux femmes et aux mineurs d'être membre d'un club, fulmina Valérie. Les femmes et les mineurs, mis sur le même pied d'incapacité juridique !…. Te souviens-tu de la colère de la présidente, ce jour-là, Juliette ?

— Et comment ! répondit l'interpellée. Elle aurait été jusqu'à faire un sort à son avocat de mari, s'il s'était trouvé là. Et pourtant, elle l'adore ! Les hommes… Pour eux, nous sommes juste bonnes à porter leurs enfants ! ajouta-t-elle, en se tapotant le ventre, avec un grand sourire…

— Moi, je suis plus crue, Juliette, je dirais : juste bonnes à écarter les cuisses, pour le plaisir de ces messieurs. Des putains, voilà comment ils nous considèrent… Mais… mais tu es enceinte, dis-moi ! Je n'avais rien vu ! Toutes mes félicitations ! Tu en as de la chance !….

Et Valérie avait éclaté de rire ! Juliette était ravie. Son amie n'avait pas changé. Femme jusqu'au bout des ongles, Valérie était l'exemple même de la Parisienne qu'une jeune provinciale avait tout intérêt à fréquenter.

Et puis, même si elle était pleine de contradictions comme le montrait ce cri du cœur, «Tu en as de la chance», elle était d'un tel naturel!

Rosalie s'était fait préciser qui était Mme Niboyet, cette présidente dont les deux femmes parlaient avec tant de respect et que tous les hommes vouaient aux gémonies, avec autant de hargne que de mauvaise foi, depuis qu'elle réclamait le droit de vote pour les femmes. Le droit de vote pour les femmes... Cette journée était décidément passionnante.

*
* *

Juliette avait expliqué à Rosalie à quoi servaient les chambres de son «hôtel». Le va-et-vient des couples ne laissait, d'ailleurs, aucun doute sur ce qui s'y passait et sur l'activité réelle de ces grisettes qui avaient toutes été, ou étaient encore, ouvrières, vendeuses ou cousettes dans les ateliers voisins. Elles gagnaient beaucoup d'argent, mais certaines d'entre elles n'en voyaient que fort peu la couleur. C'est le «concierge» de l'hôtel qui encaissait, pour le compte des filles, et notait scrupuleusement, sur un cahier, les recettes quotidiennes des unes et des autres; Juliette assurait, ensuite, la répartition: cinquante pour cent pour les filles ou leurs hommes, quand elles en avaient, ce qui était de plus en plus fréquent, cinquante pour cent pour l'hôtel et ses «protecteurs». Rosalie commençait à prendre peur: était-ce cela qu'avait prévu Frédéric pour elle?

— Laissons ces demoiselles travailler, Rosalie, et suivez-moi. Je vais vous montrer comment je suis installée. Auguste! Nous verrons les comptes, tout à l'heure, mais faites-moi porter, immédiatement, un pot de thé et deux tasses.

Après s'être débarrassée de son manteau, Rosalie s'était assise dans une bergère, tandis que Juliette prenait ses aises sur un sofa, dégrafant sa robe et ouvrant son corset.

— J'étouffe dans ce carcan tant ce petit m'envahit. Rosalie, il faut que nous parlions sérieusement. Vous êtes jeune et seule à Paris où, hormis Frédéric, vous ne connaissez personne, n'est-ce pas ?

— Non, madame.

— Non, Juliette.

— Excusez-moi, je n'ai pas l'habitude.

— Il vous faudra la prendre, pourtant. Pouvez-vous me dire, rapidement, qui vous êtes et d'où vous venez ? Ce que vous savez et ce que vous aimeriez faire ? Sans doute pourrai-je vous aider, quand Frédéric aura quitté Vanves. Vous ne pouvez continuer à risquer ainsi la prison…

Rosalie s'exécuta. Il y avait si peu à dire, selon elle, que son récit ne dura pas cinq minutes. Juliette lui demanda quelques précisions sur sa vie à l'auberge, ses relations avec ses patrons et les clients, mais aussi avec sa sœur Cécile, Katou, sa nourrice, Anne-Marie, son amie. Elle exigea de tout savoir sur la façon dont Frédéric et elle avaient vécu, ces derniers mois, avant de lui faire une demande surprenante :

— Levez-vous, Rosalie. Tout à l'heure, vous m'avez dit aimer danser et chanter. Voudriez-vous en faire votre métier ? Oui ? Dans ce cas, j'aimerais vous voir marcher, habillée, d'abord, dévêtue, ensuite.

— Nue ? Madame ! Non, je n'oserai pas !

— Enfant ! Ne vous méprenez pas ! Je n'ai nullement l'intention de vous faire travailler comme ces filles, mais je dois me faire une idée précise de vos possibilités. Vous avez un visage charmant et semblez bien faite, mais encore faut-il que je m'en assure !

Rosalie avait obéi, marchant de long en large,

d'abord habillée, pivotant lentement sur elle-même, se tournant quand Juliette le lui demandait. Ensuite, la jeune fille avait dû se défaire, et, devant ses hésitations, Juliette l'avait aidée à enlever jupons, corset, chemise, la laissant vêtue de ses seules chaussures.

— Charmant. Vraiment jolie. Petite, mais très bien faite. Un homme doit presque faire le tour de cette taille de ses deux mains. Rhabillez-vous, Rosalie. Nous avons à parler.

Juliette avait parlé, longtemps. Elle avait décrit à Rosalie le monde où la mènerait, à tout coup, une vie avec Frédéric : celui des prostituées à cinq ou dix sous la passe, et l'autre, celui où elle se proposait de la faire entrer, le monde des théâtres, des vrais.

Tout au sommet figurait le Théâtre-Français, où jouaient les plus grandes tragédiennes, Mesdemoiselles Mars et George, et la reine, la grande Rachel, qui régnait sur le Français et y avait imposé Arsène Houssaye comme administrateur trois ans plus tôt. Elle n'avait pas eu grand mal, à vrai dire, son amant de l'époque n'étant autre que le Prince-Président.

À l'échelon inférieur, les comédies que jouaient aux Variétés et au Gymnase Dramatique de bons, voire de grands acteurs ou actrices telle Virginie Dejazet, permettaient à ceux-ci d'y faire carrière. Ces théâtres des Boulevards connaissaient un succès croissant, et c'est dans l'un d'entre eux, comme celui de la Porte Saint-Martin, par exemple, que Juliette envisageait de lancer Rosalie, si elle lui faisait confiance.

Qu'elle lui obéisse au doigt et à l'œil, et, avant deux ans, elle serait l'une des reines de Paris, l'une des favorites de ces dandys du Jockey-Club, de l'Union ou du Cercle Agricole, qui venaient se montrer au théâtre tout autant qu'applaudir les pièces qu'on y jouait. Avant cela, Rosalie devrait, sans doute, apprendre à faire ses gammes dans des salles un peu moins reluisantes où Marc Fournier lui inculquerait les rudiments du métier. Mais elle apprendrait vite et n'y resterait pas longtemps.

Rosalie était aussi effrayée que remplie d'espoir par l'existence que lui laissait entrevoir Juliette. Depuis qu'elle s'était enfuie en compagnie de Frédéric du relais de poste où elle avait tant souffert, elle s'était laissée vivre et glissait, lentement mais inexorablement, sur une pente dangereuse qui la conduirait certainement en prison ou pire. Encore assommée par ce qu'elle avait appris une heure plus tôt, elle n'en prenait que progressivement conscience. Si elle avait fui la misère, ce n'était pas pour se laisser enfermer entre quatre murs, dans une cellule où elle perdrait ses plus belles années. Juliette avait raison : si Frédéric ne changeait pas, elle devrait le quitter. Et Frédéric, elle le savait, ne changerait jamais : il l'admettait lui-même.

Elle était restée silencieuse, tout le temps du retour. Juliette aussi, d'ailleurs, qui savait qu'elle ne devait pas la brusquer. Après lui avoir exposé ses projets, elle n'avait, en effet, eu aucun mal à convaincre la jeune fille qu'il fallait que Frédéric quitte Paris le plus rapidement possible. C'est pourquoi elle lui laisserait croire qu'il y était, effectivement, recherché pour complicité de meurtre.

C'est ce qu'elle lui déclara le soir même, peu avant le dîner. Rosalie, qui s'était imaginé que Frédéric prendrait la nouvelle à la légère, fut étonnée de constater à quel point elle le contrariait, et il avait incontestablement le moral atteint quand ils passèrent à table. Seul André semblait indifférent à ce qu'il venait d'apprendre. Pour lui, tout repas était sacré et il n'était pas question de risquer une mauvaise digestion pour quelque motif que ce fût. Aussi montra-t-il son agacement quand Frédéric dit à Rosalie :

— Rosie, tu peux commencer à préparer tes bagages. Nous partirons demain ou après-demain.

Puis, se tournant vers sa belle-sœur, il lui demanda :

— Juliette, quand l'argenterie sera-t-elle soldée ?

— Ce soir. J'ai rendez-vous ici même, à vingt heures.

— Dans ce cas, nous prendrons la diligence dès demain. J'aimerais bien aller dans le Sud, cette fois. Qu'en penses-tu, Rosalie ?

La jeune fille piqua du nez dans son assiette et ne répondit pas. Elle ne savait que dire. Juliette vola à son secours, en changeant de sujet, tandis qu'André les dévisageait à tour de rôle, cherchant à comprendre ce qui se passait. Il n'avait pas suivi la conversation. Frédéric était loin d'être stupide, et le silence de son amie comme l'intervention de Juliette valaient, pour lui, toutes les explications.

— Je vois, fit-il, en poussant un soupir... Il a suffi d'une matinée pour que je devienne une branche pourrie et un amant trop encombrant. Ce n'est pas très gentil, Rosie. J'attendais autre chose de toi. Au moins un peu de reconnaissance, puisqu'il semble que tu n'as plus d'amour pour moi. Moi qui m'imaginais que...

Rosalie qui, depuis un moment, sentait les larmes lui monter aux yeux fut incapable de supporter plus longtemps qu'il doute ainsi d'elle. Elle se leva brutalement en renversant sa chaise et éclata en sanglots. Elle savait que cette explication serait difficile, mais elle s'était crue plus forte qu'elle ne l'était. Pourtant, la liberté valait bien plus qu'un amant et même qu'un amour. Après s'être calmée, elle revint à table et s'escrima à lui démontrer, pendant tout le repas, que leur séparation ne serait pas définitive. Mais, plus elle argumentait, plus Frédéric se raidissait jusqu'à devenir franchement désagréable.

Son repas terminé, André les avait laissés seuls, tous les trois. Cette discussion le mettait mal à l'aise, car il avait compris que c'était sa femme qui avait « retourné » Rosalie et que c'était elle qui incitait la jeune fille à quitter son frère. Pauvre Frédéric ! Mais, en définitive, ne récoltait-il pas ce qu'il avait semé ?

Frédéric accepta finalement de quitter Vanves et Paris, au terme d'une âpre discussion avec Juliette qu'il céda à Rosalie contre un dédommagement de deux mille francs. C'était cher payé, mais si c'était pour se débarrasser définitivement de lui, cela en valait la peine, se dit Juliette, en se promettant de prendre des mesures beaucoup plus radicales si, d'aventure, il prenait à son beau-frère l'envie de traîner à nouveau ses guêtres dans la région parisienne.

Deux jours plus tard, Frédéric monta dans la diligence de Lyon, dès que la voiture de Juliette eut pris la route de Paris. Quand elle rentra, ce soir-là, Rosalie trouva un mot d'adieu très bref : « Adieu, ma Rosie, et bonne chance. Ton Frédéric. » Elle ne pleura pas ; elle s'y attendait. Les jours précédents, Juliette l'avait raisonnée. Une autre vie allait commencer pour elle.

3

— Un, deux, trois, quatre… le… vez ! un, deux, trois quatre… reposez… France ! Marie ! Vous n'êtes pas dans un parloir ! Allez, les filles ! On reprend… Un, deux, trois, quatre… Louison ! Tu te moques de moi ! Continue ainsi et je te renvoie à ton atelier ! Non, mais ! Quelle fainéante ! Regarde Rosalie, et prends exemple sur elle. Elle s'applique, elle. Elle n'a pas envie de se retrouver toute sa vie à tapiner !

— Excusez-moi, monsieur Maurice, mais je suis si fatiguée. C'est…

— Ne va pas me parler, encore une fois, de ta vieille mère ! Ta fatigue n'est due qu'à tes soirées au Vauxhall !

— Mais, monsieur Maurice…

— Il n'y a pas de monsieur Maurice qui tienne, Louison. Tu me feras une demi-heure de barre de plus à la fin de la séance. Et si tu ne changes pas, je te l'ai dit, je ne te garderai pas. Allez, mesdemoiselles, au travail ! C'est ma dernière heure de cours. Toutes celles d'entre vous qui ne m'exécuteront pas correctement ces barres tiendront compagnie à Louison. Tenez-vous-le pour dit. Et silence, s'il vous plaît !

Il y avait trois mois que Juliette avait pris en main le destin de Rosalie, à qui elle avait tracé un programme de travail que la jeune fille suivait à la lettre. Les premiers jours, Frédéric lui avait terriblement manqué, et elle l'aurait rejoint sans hésiter si elle avait su où il était. Mais Juliette s'y était si bien prise que le jeune homme était parti comme un voleur, sans laisser à Rosalie la moindre chance de le retrouver.

Alors, elle s'était jetée dans le travail à corps perdu, pour oublier, d'abord, mais aussi parce qu'elle n'avait pas d'autre choix que de progresser, d'apprendre, ce qu'elle faisait de façon étonnante, aiguillonnée par la peur de l'échec.

Pour Juliette, le risque était tout autre. Quand elle avait décidé de prendre Rosalie sous son aile, elle avait mesuré le danger que pouvait faire courir à son couple la présence de la jeune fille, dans leur nid de Vanves. Ce danger ne viendrait évidemment pas de sa protégée elle-même, mais d'André, son mari, dont elle n'avait pas tardé à remarquer la convoitise avec laquelle il lui arrivait de couver ce tendron du regard. Son désir n'avait rien d'anormal, elle en convenait ; c'est même le contraire qui l'eût été, mais enfin... Enceinte comme elle l'était, Juliette ne pouvait prétendre rivaliser avec pareille jeunesse, pas plus qu'elle ne voulait prendre de risques. Ce qui l'amena à brusquer les choses.

Se fiant à sa propre expérience, Juliette estimait que l'intensité du désir était inversement proportionnelle à son degré de satisfaction ; aussi, un beau soir, invitat-elle Rosalie à partager la couche de son mari. Elle expliqua posément à la jeune fille que le désir d'André pour elle se ferait moins vif dès qu'il aurait pu l'assouvir, et lui demanda, de but en blanc, de le rejoindre au lit. Elle les y retrouverait une fois leur affaire faite.

Frédéric, dont la largeur de vues, en matière de jeux

à trois, n'avait rien à envier à celle de sa belle-sœur, avait bien éduqué Rosalie qui ne fut donc pas autrement choquée par cette proposition, mais seulement étonnée qu'elle émane de Juliette. Elle accepta tout de suite de se mettre en tiers dans le ménage : depuis quelques jours, dès que sa femme avait le dos tourné, André se permettait, effectivement, avec elle des privautés qu'elle ne pourrait pas toujours ignorer. Qu'il la pelote, si ça lui faisait plaisir ! Mais qu'il la saute, c'était une autre histoire... Mieux valait clarifier les choses une fois pour toutes, et si Juliette estimait que le plus simple était qu'ils couchent ensemble, après tout, pourquoi pas ?

Elle rejoignit donc André dans son lit, et Juliette put bientôt juger, à l'oreille, que son mari était bien réveillé et même qu'il appréciait sa protégée un peu plus qu'elle ne l'aurait souhaité et que cela semblait réciproque. Rosalie n'était pas en reste, en effet, et il y avait beau temps que son sacrifice n'en était plus un quand Juliette décida qu'il était urgent d'intervenir. Il ne fallait quand même pas que les choses allassent trop loin : elle avait demandé à la petite de lui rendre un service, pas d'y prendre du plaisir !

C'était pourtant bien ce qui se passait à en juger par les râles qui échappaient à Rosalie tandis qu'elle chevauchait André avec conviction. Juliette poussa la porte de la chambre, et, loin de la rassurer, le sourire fugace que, sans même s'interrompre, sa protégée lui adressa, comme le trouble de son regard, ne fit qu'accroître son inquiétude. Il était plus que temps d'agir ! Si elle laissait aller les choses, c'est elle qui, bientôt, serait hors jeu !

Très excitée par cet adultère dont elle était l'instigatrice et la victime, Juliette grimpa sur le lit, et, d'un geste brusque, repoussa Rosalie dont elle prit la place. La jeune fille s'écarta en souriant et se retourna, laissant les deux époux à leurs ébats. Peu après, son devoir accompli, elle dormait du sommeil du juste.

Le lendemain matin, André se leva tôt, de meilleure humeur encore que d'habitude, en s'efforçant de ne pas réveiller Juliette. Ce n'est qu'en quittant la chambre que, dans la pénombre, il jeta, comme tous les matins, un coup d'œil sur le lit et aperçut les deux corps allongés. Son étonnement de la nuit passée lui revint alors brusquement. Il esquissa un sourire : Rosalie ! Rosalie et Juliette ! Toutes les deux, pour lui ! C'était le paradis : la jeunesse et l'expérience ! Il poussa joyeusement la porte de l'office. L'avenir s'annonçait radieux ! Jamais il n'aurait pensé que Juliette pût se montrer si accommodante ! Il sifflotait et prit son petit déjeuner avec appétit. Et si, avant d'aller au travail… Non, ce ne serait pas raisonnable…

Couchée près de Juliette endormie, Rosalie profitait de ce moment béni du réveil où l'on est encore dans le sommeil sans y être tout à fait et où l'on reprend, lentement, contact avec la réalité. Elle s'étira comme une chatte, ainsi qu'elle le faisait chaque matin, et, soudain, sentit un corps contre le sien. Elle tendit la main, rencontra une forme inconnue et s'éveilla pour de bon. Tournant la tête, elle reconnut Juliette et lui sourit.

— Juliette, tu dors ? chuchota-t-elle.

— Oui. Encore cinq minutes…

Rosalie ne répliqua pas, croisa les mains sous sa nuque et se remémora la soirée précédente. Elle s'attendait à une partie à trois et s'était totalement fourvoyée. Son amie n'en avait jamais eu l'intention et elle n'était pas loin d'en éprouver une légère déception.

— Juliette, je peux ? demanda-t-elle, lorsqu'elle estima les cinq minutes écoulées.

— Tu peux quoi ? répondit Juliette, la voix ensommeillée.

— Sentir le bébé, te toucher le ventre.

— Bien sûr. Tout ce que tu veux, mais laisse-moi dormir.

Ce qui attirait Rosalie, à cet instant précis chez Juliette, c'étaient ces seins gonflés, ce ventre qui s'arrondissait, plein de l'enfant qui y grandissait, c'était le mystère de la maternité. Elle se pencha sur ce ventre et l'embrassa doucement. Que c'était beau ! C'était cela, le mystère de la vie ! Elle n'y connaissait rien ; pour elle, jusque-là, un enfant, c'était quand on faisait l'amour et que, neuf mois plus tard, on accouchait d'un bâtard. Juliette, elle, espérait ce petit, elle l'attendait depuis des années. Rosalie leva la tête vers son amie et lui dit :

— Tu as de la chance, Juliette…

— Mmm… Pourquoi ?

— Pour le bébé. Quand je pense qu'il est là, sous ma bouche, sous mes mains.

Juliette émergeait peu à peu du sommeil ; elle se sentait bien, sous la caresse de ces cheveux soyeux qui lui balayaient le ventre, de ces lèvres qui lui procuraient de délicieux frissons. Un instant, elle fut tentée de répondre à ce jeune corps qui l'appelait, mais elle se ressaisit vite, s'arracha aux bras de Rosalie qui tentait de la retenir, rejeta les draps et sortit du lit, en contemplant le corps de la jeune fille, impudiquement offert.

— Évidemment, évidemment, fit-elle. Tu es si belle, Rosie ! Mais ce serait déraisonnable. Allez, lève-toi.

— J'ai cru un instant que… Je ne te plais pas ?

— Enfant ! Bien sûr que si, et tu le sais. Mais il ne faut pas. C'est tout…

Rosalie la regarda, frustrée. Depuis qu'elle était à Paris, elle avait fait sienne la leçon de Juliette : une femme pouvait atteindre le sommet et dominer le monde pour peu qu'elle soit jolie et sache utiliser sa tête et son corps à bon escient. Il faut aussi aimer l'amour, ajoutait Juliette qui disait en raffoler elle-même. Rosalie aurait aimé savoir jusqu'où allait son pouvoir sur son aînée…

*
* *

Elle allait revenir à la charge. Après cette expérience un peu trop concluante entre André et Rosalie, Juliette décida de les éloigner l'un de l'autre et d'installer sa protégée à Paris, dans un petit trois pièces de la Chaussée d'Antin qu'elle finissait d'aménager. Elle avait totalement oublié ce matin de Vanves auquel ne cessait de penser sa protégée, si occupée à la séduire, au point que cela en devenait presque une obsession. Quand elle découvrit l'appartement, Rosalie n'en crut pas ses yeux. Il était ravissant. Elle en fit le tour lentement, puis elle se précipita sur Juliette en riant, lui sauta au cou et l'embrassa à pleine bouche.

— Je suis heureuse… si heureuse, lui chuchota-t-elle. Je t'aime, Juliette. Laisse-moi te faire l'amour. J'en meurs d'envie. Je t'en prie ; pour te remercier…

— Moi aussi, j'en ai envie, Rosie, lui répondit Juliette, en écartant la jeune fille. Mais pas maintenant. Plus tard, peut-être, quand j'aurai eu le bébé.

Cette tentative avortée de Rosalie fut la dernière. Elle ne la renouvela pas. Juliette considérait que ce penchant réciproque entre elles était une faiblesse. Aussi, dès le lendemain, redevint-elle la patronne. Elles se retrouvaient, de temps à autre, dans l'appartement pour prendre le thé ou un chocolat, mais elle n'y dormit jamais, même si elle se trouva obligée d'y passer trois nuits.

Le coup d'État du 2 décembre fut aussi bien mené que conçu. La soirée donnée par le Prince-Président, la présence de Morny à l'Opéra endormirent la méfiance des opposants républicains et c'est sous l'œil vigilant de la troupe qui avait pris position dans la capitale à cinq heures du matin, qu'à leur réveil les Parisiens purent prendre connaissance de la dissolution de l'Assemblée nationale par des affiches que les sbires de Louis-Napoléon avaient placardées un peu partout. Juliette avait été surprise comme tout le monde, mais connaissant son Paris et les Parisiens sur le bout du doigt, elle perçut immédiatement l'agitation annonciatrice d'émeutes. Elle commença par renvoyer Albert à Vanves, donna l'ordre à ses filles de se mettre à l'abri et fit fermer toutes ses maisons et ses hôtels. Elle savait que les émeutes, les révolutions et les coups d'État étaient sources d'ennuis et de règlements de comptes et avait appris à être prudente. Mieux valait se mettre quelques heures ou quelques jours à l'abri, et où pouvait-elle être plus en sécurité que chez Rosalie dont nul ne connaissait l'adresse?

Les deux femmes se parlèrent presque sans interruption pendant ces trois jours et trois nuits qui les rapprochèrent énormément, et pendant lesquels elles ne dormirent que très peu. Elles apprirent à se connaître, à s'apprécier, et leur amitié en sortit considérablement renforcée. Rosalie constata qu'elles avaient certainement sauvé la vie de Frédéric : il aurait peut-être échappé à la révolution de 1848 et à l'épidémie de 1849, mais ce coup d'État l'aurait sûrement conduit au bagne.

— Tu ne crois pas si bien dire, Rosie, fit Juliette. Écoute-moi ; je vais te raconter une histoire, celle d'une fille de seize ans, la mienne quand je n'avais pas encore ton âge.

Et Juliette expliqua à Rosalie pourquoi elle croyait que, sans doute, elles avaient, effectivement, sauvé Frédéric.

Vingt ans plus tôt, elle avait pris une part active aux journées de juillet 1830. Elle avait seize ans et vivait avec Joséphine qui l'avait recueillie et qu'elle n'avait plus jamais quittée, dans un sordide galetas de la barrière de Clichy. Elle était tombée amoureuse d'un garçon, blond comme les blés, beau comme un dieu. Originaire du nord de la France qu'il avait fui en se disant, à juste titre, qu'il avait davantage d'avenir sur les trottoirs de Paris que dans les filatures de Roubaix, cet Apollon des barrières lui avait, très rapidement, appris les dures réalités de la vie. S'il était son amant, Ferdinand était aussi celui de quatre ou cinq autres filles de son âge. Comme elle, elles étaient amoureuses de lui ; comme elle, elles travaillaient pour lui.

Elle tapinait du côté de Notre-Dame-de-Lorette quand la première barricade avait été dressée, le 27 juillet. C'était déjà une émeute ; ils ne savaient pas encore que c'était une révolution. Ferdinand n'avait pas pu résister à l'appel de la rue qui lui rappelait les manifestations ouvrières du Nord. Il avait rejoint les émeutiers faubourg Saint-Antoine, invitant ses gagneuses à en faire autant. Pour une fois, Juliette avait obéi, avec enthousiasme, comme toutes les autres filles. L'armée des Capet avait chargé. Il y avait eu le bruit de la fusillade, la fumée, les cris. Quand le calme revint, Ferdinand était mort. Marius, qu'elle connaissait et qu'elle aimait bien, était, lui, parmi les rescapés, un pistolet à chaque main. Le soir même, il lui accorda sa protection. Quand il la prit pour la première fois, cette nuit-là, elle pleura Ferdinand : elle avait perdu un amant ; elle découvrait un souteneur.

Rosalie et Juliette ne mirent le nez dehors que le 5 au soir, lorsqu'il fut acquis que tout était fini. L'ordre régnait à nouveau. Le Prince-Président avait réussi son coup d'État. Si d'aucuns se félicitèrent qu'il n'ait fait que quatre cents morts, vingt-cinq mille républicains payèrent de leur liberté leur opposition au nouveau régime.

Jour après jour, Juliette faisait découvrir Paris à sa protégée, qui apprenait vite et était, déjà, comme chez elle à Pygmalion, à La ville de Paris ou À la Chaussée d'Antin, les grands magasins de nouveautés à prix fixes. Elle lui fit connaître les boutiques chic où elle se fournissait en chemises, parfums, corsets, bottines, chapeaux, les Guerlain, Geslin, Chaperon et autres Lebrun. Il n'était pas question d'acheter à la jeune fille quoi que ce fût dans ces commerces trop onéreux, mais de lui former le goût, de lui permettre d'apprécier les jolies choses, les beaux tissus, la soie, les châles… Elle la conduisit aux courses, au Champ de Mars et à la Croix de Berny, où la jeune fille regardait, observait, s'imprégnant de l'élégance de ces hommes et femmes du monde, et plus souvent du demi-monde, qui faisaient la mode et Paris. Cette instruction se poursuivait parfois, boulevard des Italiens, au Café de Paris ou chez Tortoni devant une glace. Elles parlaient de tout, de rien, de leur avenir, surtout de celui de Rosalie.

L'avenir de Juliette, lui, semblait tout tracé. Elle allait bientôt accoucher et ne pensait plus qu'à cela. Elle était ronde comme un ballon et, depuis un bon mois, ne supportait plus qu'André l'approche. Seule, Rosalie était autorisée à lui tâter le ventre, à sentir l'enfant bouger, et il était turbulent, le bougre ! Juliette vivait de plus en plus mal sa grossesse et attendait impatiemment sa délivrance.

*

* *

Juliette venait de faire ses comptes : sa protégée lui coûtait déjà près de huit mille francs. Deux mille accordés en dédommagement à Frédéric, trois mille cinq cents de vêtements, bijoux, décoration d'appartement, près de deux mille en cours de maintien et de bonnes manières, de danse, de chant, de diction, de théâtre, de français et d'instruction générale. Il était temps qu'elle trouve un protecteur sérieux à la jeune fille et qu'elle rentabilise son investissement.

Certes, Marc Fournier avait promis de s'en occuper et de la lancer dans les deux mois, dès qu'il l'estimerait prête à jouer les utilités ou mieux, au théâtre. Mais pour Juliette, Rosalie devait pouvoir éviter l'étape Fournier, sauter une classe en quelque sorte, et accrocher, directement, un protecteur fortuné, ce qui, en outre, lui éviterait une ristourne à Marc. Restait à trouver l'occasion. Elle allait s'y atteler. Pour commencer, un bourgeois ferait l'affaire, gros commerçant, de préférence. C'étaient les plus malléables, les plus fidèles et aussi les moins exigeants, en matière d'éducation et bonnes manières. Et puis, ils avaient peu de temps libre. La bourgeoisie, c'était l'avenir. Depuis Louis-Philippe, on le savait, et le nouveau régime allait sûrement accentuer le phénomène.

Sa décision prise, Juliette se trouva soulagée d'un grand poids et, malgré son ventre énorme, s'attaqua allègrement aux trois étages conduisant à l'appartement de Rosalie dont elle avait la clé. La première contraction la surprit alors qu'elle atteignait le palier du premier. Fulgurante, la douleur lui transperça le corps comme un coup d'épée. Elle termina péniblement son ascension et transpirait abondamment quand elle pénétra chez Rosalie. Les contractions se succédaient, maintenant. Elle s'allongea sur le lit, et se promit de redescendre dès qu'elles s'espaceraient. Elle s'était renseignée et savait qu'il y aurait plusieurs alertes avant le déclenchement.

Peu après, elle entendit rire dans l'escalier, en même temps que l'on introduisait une clef dans la serrure.

Dès qu'elle aperçut Juliette, Rosalie se précipita à son chevet. Marc Fournier se tenait en retrait. La jeune fille cala son amie sur le lit et courut chercher Albert, le cocher, qu'elle savait trouver au cabaret du coin, laissant son nouvel amant en tête à tête avec son ancienne maîtresse !

— Tu n'as pas perdu de temps, remarqua Juliette. Depuis quand couchez-vous ensemble ?

— Rosalie ne t'en a rien dit ? fit-il.

— Non. Elle aurait pu m'en parler. Ou toi.

— Était-ce bien nécessaire ? Dans ton état... Et puis, ça s'est fait comme ça, naturellement...

— Promets-moi..., commença-t-elle, avant de s'interrompre en grimaçant.

Une nouvelle contraction, plus violente encore que les précédentes venait de lui déchirer les entrailles.

— C'est si douloureux ? demanda Marc, impressionné par son masque de souffrance.

Il se reprit bien vite :

— Pardonne-moi. Ma question est stupide. Veux-tu rentrer chez toi, ou préfères-tu...

— Oui. Je veux accoucher chez moi, intervint Juliette. Promets-moi de t'occuper de la petite si... s'il m'arrivait malheur.

— Ne dis pas de bêtises, veux-tu ? Bon, ça va ! Je te le promets. Tu es rassurée ? Tais-toi, maintenant. Ils arrivent. Veux-tu que je vous accompagne ? Je n'ai pas de rendez-vous avant six heures. Tâche d'accoucher avant, conclut-il en riant...

Les douleurs semblaient s'espacer mais Juliette était loin d'être rassurée. Elle savait qu'un premier accouchement à son âge ne serait pas une partie de plaisir et que les risques étaient bien plus élevés que si elle avait eu dix ans de moins. Elle questionna Marc du regard. Il acquiesça d'un signe de tête en lui soufflant : « Je viens avec vous. » Elle se sentit immédiatement soulagée. Marc était solide ; elle pouvait se reposer sur lui.

Elle crut perdre les eaux au moment où ils sortaient de Paris, mais ce n'était qu'une fausse alerte. Rosalie ne lui était d'aucune utilité. Elle avait bien assisté à un vêlage, quand elle avait six ans, mais c'était sa seule expérience. Aussi la jeune fille fut-elle soulagée quand, en arrivant aux premières maisons de Vanves, Juliette lui demanda de s'arrêter pour charger une matrone dans leur voiture.

Peu après, elles installaient la parturiente dans son lit.

André était aussitôt reparti avec la voiture en quête d'un médecin. Son premier fils devait venir au monde dans les meilleures conditions et il n'avait qu'une confiance toute relative dans la matrone qui s'affairait autour de son épouse bien qu'elle se prétendît sage-femme. Il revint rapidement, accompagné du médecin que Juliette consultait depuis le début de sa grossesse. Au rez-de-chaussée, Marc faisait un sort à la liqueur de prune, tout en jetant, de temps à autre, un coup d'œil à son oignon. Il ne pourrait rester indéfiniment, et André lui proposa de le faire reconduire à Paris par Albert. Son rendez-vous de six heures était raté, mais il ne pouvait manquer sa soirée. Le médecin devait s'absenter, lui aussi. Il partit avec Marc, en promettant de repasser deux heures plus tard.

Il était onze heures du soir. Le médecin avait tenu parole, mais ni lui ni la sage-femme ne parvenaient à soulager l'accouchée. L'enfant se présentait mal et le col ne se dilatait que très lentement. Juliette serra longtemps les dents avant de se laisser aller à pousser des hurlements de douleur que ni André ni Rosalie ne purent supporter. Ils se réfugièrent tous les deux dans la salle commune. De temps à autre, Rosalie montait de l'eau bouillie et des linges propres, et en redescendait d'autres, tachés de sang, qu'elle entassait dans une bassine remplie d'eau chaude. Frustré de se sentir inutile et impuissant, André ne cessait de faire la navette entre son atelier et la maison. Il commençait à prendre peur et, à chacun de ses retours, jetait un regard angoissé à ce baquet de linge sale dont l'eau rougissait de plus en plus au fur et à mesure qu'il se remplissait. Il n'allait bientôt plus lui rester de sang à sa pauvre femme !

Se souvenant soudain de son enfance en Bretagne, Rosalie se mit à genoux pour prier Azénor et Marguerite, les saintes patronnes des femmes enceintes et accouchées. Estomaqué, André fit un geste vers elle, avant de se reprendre. Après tout, ces bondieuseries ne pouvaient faire de mal… Retrouvant la piété de son enfance, la jeune fille ne doutait pas d'être entendue et implorait les deux saintes d'intercéder auprès du Très-Haut pour qu'il sauve Juliette et l'enfant.

Mais elle eut beau mettre toute sa ferveur dans ses prières, le Très-Haut ne devait pas regarder de leur côté, cette nuit-là. À six heures du matin : l'enfant – un gros garçon – mourut en venant au monde, étranglé par le cordon ombilical. Victime d'une hémorragie qu'on n'arrivait pas à maîtriser, sa mère ne valait guère mieux. Elle venait de perdre connaissance et le sang n'arrêtait pas de couler. Juliette mourut à son tour, en fin de matinée, alors que, dans le ciel bleu, le soleil touchait au zénith.

— Je suis désolé, s'excusa le médecin, mais j'ai fait tout ce qui était en mon pouvoir. Votre femme était âgée pour un premier accouchement, je le lui avais dit. Le corps se rouille avec les années. Vous le saviez tous les deux, mon ami, je vous avais prévenus.

Il avait posé la main sur l'épaule d'André, pour lui témoigner sa sympathie, mais savait que le malheureux devait lui en vouloir terriblement. Pour lui, médecin, c'était un nouveau combat perdu contre la mort. Il était déçu, frustré, amer. Un enfant sur vingt mourait en naissant, oui, mais cette femme ne devait pas mourir ! Elle avait fait preuve d'un tel courage, pendant sa grossesse et son accouchement, que c'était bien le moins qu'il pouvait faire pour elle que de la garder en vie. Et malheureusement, il avait échoué. Les choses étaient mal faites ! On sauvait, si souvent, des gens qui n'aspiraient qu'à mourir que c'était désespérant de perdre des patients qui aimaient tant la vie.

*
* *

La mort de sa femme laissait André sans réaction. Il était anéanti et n'avait même pas eu le courage de dire son fait à ce médecin qui venait de laisser mourir Juliette et son fils. Rosalie paraissait hagarde. Après avoir aidé la sage-femme à procéder à la toilette mortuaire du bébé puis de sa mère, elle tournait en rond dans la salle commune. Elle avait les joues ruisselantes de larmes, les yeux noyés et rougis de fatigue, les cheveux en bataille. Méconnaissable, se dit Marc Fournier qui, fort heureusement pour elle, arriva sur ces entrefaites. Il dissimula, très vite, le flacon de champagne qu'il avait apporté pour fêter la naissance de l'enfant, embrassa Rosalie et donna l'accolade à André, prostré près de la dépouille de Juliette. Les laissant à leur chagrin, il prit les choses en main et s'occupa du certificat de décès ainsi que des autres formalités. À peine toucha-t-il au déjeuner que leur avait préparé la vieille Joséphine, la nourrice de Juliette. La pauvre femme faisait pitié, même si elle ne laissait paraître sa détresse qu'en se mouchant bruyamment ou en essuyant, dans un coin de tablier ou un pan de robe, les larmes qui lui coulaient sur les joues. De temps à autre, elle montait voir André qu'elle serrait dans ses bras et redescendait, en hochant la tête… Le pauvre Monsieur, disait-elle, Mademoiselle devrait aller s'occuper de lui…

Le temps passait. Marc commença à s'interroger et questionna Rosalie du regard. La jeune fille ne savait que faire : s'en aller avec son nouvel amant ou rester avec André ? Joséphine trancha pour elle en déclarant à Marc qu'elle s'occuperait de Mademoiselle Rosalie qui allait rester auprès de Monsieur, jusqu'à l'enterrement. Elle devait bien cela à Madame qui la considérait comme sa fille.

Ma pauvre Joséphine, songeait Marc, en serrant la vieille femme dans ses bras, tu n'as connu qu'un aspect de ta Juliette, le meilleur, et c'est tant mieux. Garde cette image d'elle. Ainsi, vous serez au moins deux à la pleurer vraiment, André et toi. Puis, il embrassa Rosalie et quitta la maison funèbre. Il reviendrait pour les funérailles. Mais il ne comprenait pas André. Cela n'aurait rien changé pour Juliette s'il avait fait appel au curé, et, du moins, la cérémonie funèbre aurait eu une certaine solennité !

Ce soir-là, André et Rosalie se couchèrent dans la chambre qui avait été celle de la jeune fille durant tout son séjour à Vanves. Ils pleurèrent ensemble, une grande partie de la nuit, dans les bras l'un de l'autre, comme frère et sœur, avant de s'endormir enfin. Les quelques caresses et gestes de tendresse qu'eut la jeune fille pour cet homme déchiré ne prêtèrent pas à confusion.

Quand il s'éveilla, au petit matin, André eut dix secondes de quiétude béate avant de découvrir Rosalie, étendue à ses côtés. La douleur et le chagrin lui revinrent aussitôt, toujours aussi vifs. Il sentit une boule lui nouer la gorge et allait fondre en larmes quand Rosalie bougea, dans son sommeil. Elle s'était montrée courageuse ; il devait l'être autant qu'elle. Il se pencha sur elle, lui posa un baiser sur le front, et murmura un «Merci, Rosie» qui aurait fait chaud au cœur de la jeune fille si elle l'avait entendu. Puis, il se leva, fit ses ablutions matinales et descendit préparer son petit déjeuner. Il était cinq heures trente et ils avaient, encore, deux rudes journées devant eux.

Le surlendemain, après un enterrement civil expédié trop vite au gré d'André qui regretta, pour le coup, de ne pas avoir écouté Marc qui lui conseillait de passer «quand même» par l'Église, ils déjeunèrent, tous les quatre, en silence, dans la maison de Vanves. Comme Joséphine, André avait, un instant, fait le rêve de garder la jeune fille près de lui. Mais Rosalie voulait vivre, rompre avec le passé qu'ils représentaient tous les deux et suivre la voie que lui avait tracée Juliette.

— Tu nous abandonnes, lui dit André, amer, quand ils se retrouvèrent en tête à tête.

— Je ne vous abandonne pas, répondit Rosalie, mais tu ne voudrais quand même pas que je me glisse dans le lit de Juliette alors qu'il est encore chaud! Ce serait… indécent. Je viendrai te voir dimanche, c'est promis…

— Ce sera gentil, et dis-toi bien, Rosie, que tu n'es pas obligée de te mettre dans mon lit pour réchauffer mes vieux os! Tu as toujours le tien ici. Et puis, quand cela serait? Ne peux-tu pas avoir pitié de moi? Avec Juliette, cela fait des semaines et des semaines que…

— Je sais, elle me l'a dit. Nous verrons. Promets-moi de t'occuper de Joséphine comme elle s'occupera de toi et souhaite-moi bon courage. Il nous en faudra à tous. Juliette me manque beaucoup à moi aussi.

*
* *

En rentrant vers Paris, Rosalie se blottit dans les bras de Marc. Elle avait tant besoin de lui, de sa présence.

— Marc ? fit-elle.

— Oui ?

— J'aimerais faire venir Anne-Marie, mon amie d'enfance, à Paris. Si elle le peut, du moins.

— Pourquoi pas ? Juliette va te manquer, et, de toute façon, il te faudra quelqu'un. Elle saura s'occuper de toi ?

— Anne-Marie ? Et comment ! Anne-Marie sait tout faire, précisa Rosalie en souriant. Elle est très intelligente. Beaucoup plus que moi !

— Enfin ! souligna Marc. Ton premier sourire de la journée ! Tu as raison. Demande-lui si elle peut venir. On essaiera de lui trouver une chambre près de chez toi.

Rosalie écrivit à sa sœur Cécile, le soir même, en lui demandant de prendre contact avec son amie et ancienne compagne de misère. Écrire directement à Anne-Marie eût été trop risqué : l'aubergiste aurait ouvert le courrier et découvert son adresse.

Elle reçut, à deux jours d'intervalle, deux courriers de Cécile. Dans le premier, sa sœur lui exprimait l'émotion qu'elle avait ressentie à la réception de sa lettre. À vrai dire, elle la croyait sinon morte, du moins, perdue à jamais pour sa famille, putain dans un cloaque quelconque, vieillie avant l'âge, ou, pis, en prison. Elle était heureuse de s'être trompée et de constater que Rosalie, qui écrivait bien mieux qu'avant, avait aussi appris à danser, à faire l'actrice et un tas d'autres choses. Elle devait même être riche, pour proposer à son amie d'enfance de la rejoindre ! Ne serait-ce que parce qu'il lui faudrait payer la diligence !

Depuis son départ, la vie n'avait pas gâté Anne-Marie. Après l'avoir engrossée, son patron, ce « cochon d'aubergiste », ainsi que l'appelait Cécile, l'avait mise à la porte. À la demande du recteur, un couple âgé, de braves gens, avait accepté de l'employer, pour lui donner un toit et lui permettre de mener sa grossesse à terme, dans de bonnes conditions. Par chance, l'enfant était mort, quinze jours après la naissance, mais Anne-Marie avait très mal supporté cette disparition. Si Rosalie pouvait l'héberger, ce serait l'idéal pour elle, lui écrivait Cécile. Anne-Marie avait besoin de changer de cadre de vie. En Bretagne comme ailleurs, fille-mère était synonyme de fille facile beaucoup plus que de femme violée.

Quand Cécile lui fit lire la lettre de Rosalie, Anne-Marie éclata en sanglots : sa Rosie ne l'avait pas oubliée ! C'est donc que quelqu'un l'aimait, sur cette terre, en dehors de Monsieur le Curé, bien sûr. Car, même chez les braves commerçants retraités qui l'employaient, le jardinier et le cocher se permettaient bien des privautés avec elle, et, s'ils ne l'avaient pas encore culbutée, ce n'était qu'une question de temps : elle avait été fille-mère, et l'on n'échappait pas à son destin. Anne-Marie n'hésita pas une seconde et demanda à Cécile d'intervenir auprès du recteur. Mais elle dut patienter encore six semaines avant de pouvoir prendre la diligence pour la capitale. Quand elle y grimpa, elle se sentait le cœur léger comme jamais. Enfin, elle allait vivre !

*
* *

Marc et Rosalie avaient été convoqués chez le notaire en même temps qu'André et Joséphine. Juliette avait laissé un testament ! Il fallait qu'elle ait eu bien peur de cet accouchement et pressenti sa fin prochaine. Toujours est-il que, quelques semaines auparavant, elle avait testé devant témoins et ils se retrouvaient aujourd'hui tous les quatre dans la salle d'attente de l'étude, aussi surpris les uns que les autres. Marc, le plus rompu à ce genre de réunions, était, aussi, le plus intrigué. Quelle surprise leur avait réservée Juliette, en dehors du montant de sa fortune qui, il s'en doutait, serait très élevé? Quatre cent mille? Six cent mille francs? Plus? Marc était, sans doute, le seul à savoir que Juliette avait mené une double vie, dont l'un des côtés était peu reluisant. Il la connaissait depuis toujours, ou presque. Quelle femme! Il se souvenait à peine de la gamine efflanquée de seize ans qu'il avait vue tomber sous la coupe de ce Marius, un bellâtre marseillais monté à la conquête de Paris à la fin du régime des Bourbons, et qui s'était fait une place sur le pavé parisien où il avait disparu douze ans plus tôt. Marc n'avait que quatorze ans à l'époque, et peut-être était-il amoureux sans le savoir. Elle n'était pas restée longtemps tapineuse, Juliette! Son Marius s'était vite aperçu qu'elle avait bien plus de cervelle que toutes ses autres filles réunies. Il s'était mis en ménage avec elle, l'avait retirée du turbin le jour de ses dix-huit ans et, avant d'avoir la faiblesse de l'épouser, lui avait, peu à peu, confié la direction de ses maisons, lui-même s'occupant des filles.

Maquerelle, alors, Juliette? Non. Elle laissait ce rôle à d'autres qu'elle surveillait de très près. Elle connaissait toutes les astuces et tous la craignaient. Elle s'était rapidement taillé une réputation flatteuse, et, faisant preuve d'un entregent exceptionnel, s'était assuré la protection de la police. Aux yeux de ses pairs qui lui demandaient souvent une intervention auprès des autorités, Marius était le patron. Il dirigeait tout. Pourtant, qu'aurait-il été sans elle?

Juliette était fine mouche et n'avait pas mis longtemps à s'apercevoir que Marius se prétendait myope pour ne pas avoir à lire devant ses lieutenants : lecture et écriture n'étaient pas son fort. En revanche, il adorait signer et, comme il ne voulait pas montrer qu'il ne savait pas lire, il signait n'importe quoi. Sans même s'en apercevoir, Marius avait donc apposé, en souriant, son beau paraphe sur des cessions en blanc de tous ses hôtels meublés. Quand il avait disparu, Juliette n'avait eu qu'à les faire enregistrer. Elle avait pris son temps et passé trois ans à régulariser ces transferts. Elle avait monté tout un réseau de complicités, fondé sur la clientèle de ses filles, et savait faire appel, quand il le fallait, à telle ou telle relation, fonctionnaire, notaire, avocat et, si nécessaire, juge ou policier... Marc s'était même, un moment, demandé si elle n'était pas pour quelque chose dans la disparition de Marius ; pis même, il avait été jusqu'à envisager qu'elle ait organisé le meurtre. Puis, il avait appris à la connaître et constaté que cela ne cadrait pas du tout avec son caractère.

Marc avait vingt-neuf ans et commençait lui-même à percer quand Juliette était devenue sa maîtresse, sept ans plus tôt. C'était une femme superbe, mais elle était seule et avait besoin, de temps à autre, d'un confident autant que d'un homme. Ils avaient commencé à faire des affaires ensemble. Il avait les théâtres où les protégées de Juliette pouvaient faire valoir leur beauté ; il connaissait, aussi, personnellement, ses abonnés et cultivait certains d'entre eux, amateurs d'actrices et de jolies filles, qui, selon l'habileté et le talent de leurs protégées, acceptaient ou non de financer les pièces dans lesquelles elles jouaient.

Ils avaient ainsi été amis, complices et amants, pendant quelques années. Et puis, un jour, elle était tombée amoureuse d'André, son charpentier. Marc avait eu l'élégance et l'intelligence de ne rien lui montrer, de ne pas s'accrocher. Pourtant, c'était la première fois qu'une femme le quittait, et il lui avait fallu quelques mois pour s'en remettre…

Juliette ? Une sacrée femme ! Et qui allait tous les surprendre, mais comment ? Ils n'allaient pas tarder à le savoir, le secrétaire venant de les faire entrer dans le bureau du notaire. Pierre Champfort, que Marc tutoyait, avait quelque chose du Père Chardin comme de l'Oncle Beuve, la tête et le bedon, sans doute. Mais s'il était replet et quelque peu dégarni, son sourire était celui d'un brave homme quand il les accueillit et les fit asseoir. Il poussa même la courtoisie jusqu'à approcher, lui-même, le siège de la brave Joséphine. «Diable ! se dit Marc, et si c'était cela, la surprise ? Si c'était Joséphine, l'héritière ? »

Le notaire leur présenta d'abord à tous ses condoléances, ce qui eut pour résultat de faire fondre en larmes d'abord Joséphine puis Rosalie et enfin André. Il les regarda tous trois, l'un après l'autre, d'un air mélancolique, puis il entama la lecture du testament par un préambule inhabituel dans lequel Juliette rappelait ses origines. C'est ainsi que, comme André et Rosalie, Marc apprit que Juliette était une enfant trouvée et que, loin d'être sa nourrice, Joséphine était, comme elle, une fille de ferme. Elle l'avait prise sous son aile, quand la défunte y avait été placée, enfant. Lorsque le fermier avait commencé à s'intéresser à la fillette qu'était encore Juliette à ses douze ans, Joséphine avait voulu mettre sa protégée à l'abri et toutes deux s'étaient enfuies à Paris.

Arrivé à ce point, le notaire marqua une pause, essuya ses lunettes, et fit remarquer que cela revenait à dire qu'il n'y avait pas de famille qui puisse revendiquer la succession de la défunte. Il les dévisagea tous, l'un après l'autre, et reprit sa lecture. Juliette désignait André comme légataire universel, à l'exception de quelques donations faites aux uns et aux autres.

Elle laissait à Joséphine deux appartements de cinq pièces, loués et gérés par son notaire ; à Rosalie trente mille francs, la propriété du petit appartement qu'elle occupait et tous ses bijoux ; à Marc, deux cabarets mal famés, près de la place Blanche, et, surtout, ses intérêts dans deux théâtres du boulevard du Temple, dont il était déjà porteur de parts. Un rapide calcul mental permit au metteur en scène de s'apercevoir qu'il en était dorénavant l'actionnaire majoritaire, ce qui allait lui changer la vie. Enfin, il serait son propre maître. Merci, Juliette !

Les exclamations s'étaient succédé sans interruption tout au long de l'intervention du notaire, mais le silence se fit quand Me Champfort fit l'énumération des biens que la défunte léguait à son mari et qu'il laissa tomber le chiffre de son évaluation : plus de neuf cent mille francs – près d'un million ! C'était incroyable. Il y avait de tout dans cette liste : des immeubles de rapport, des cabarets et cafés, des parts dans des usines, entreprises commerciales, carrières, sablières, mais aussi des bois, des fermes, dont celle de leur ancien patron à Joséphine et elle-même. Juliette avait tenu à la racheter et demandait à André de la laisser à Joséphine si elle le souhaitait.

La somme, colossale, imposait le respect ; et pourtant, souligna le notaire, ce n'était qu'une valeur de succession, minimisée à cause des taxes et droits qu'il y aurait à acquitter. Ni André ni Joséphine ni Rosalie ne bronchèrent, aucun d'entre eux ne se rendant compte de ce que cela représentait. Seul, Marc se demandait comment Juliette avait fait pour amasser pareille fortune en moins de vingt ans. Pas de doute : si l'on voulait faire fortune, les maisons de plaisir étaient un bon placement ! Mais qu'allait faire André de tout cet argent ?

Ah ! Il y avait des réserves : André devait verser une

rente annuelle de mille francs à Albert, son cocher, une autre de deux mille à Joséphine qui pourrait vivre avec lui jusqu'à sa mort si elle le souhaitait. Rien de plus normal, compte tenu de la façon dont la vieille femme avait pris Juliette en charge. Tiens ! C'était à lui, maintenant. Comment ? ! Juliette lui demandait de s'occuper de la liquidation de ses affaires ! Elle ne manquait pas d'audace ! Ce ne serait pas de tout repos. Il serait rémunéré par une commission de dix pour cent ? Décidément ! Si tout se passait bien, quatre-vingt-dix mille francs… Il allait être riche ! Marc n'écouta pas la suite… Il s'agissait de clauses particulières qui concernaient André et Rosalie. Il était assommé…

Me Champfort referma son dossier.

— Telles sont les volontés de la défunte. Puis-je vous dire un mot à tous ? Je connaissais bien Juliette. Très bien, même, devrais-je dire. Et je l'appréciais, tout comme elle vous aimait, tous quatre, à des titres divers. Aussi, vous a-t-elle laissé à chacun un mot que voici.

— Je ne sais pas lire, monsieur, objecta Joséphine.

— Je le sais, mademoiselle Dubout, je le sais. Je vous lirai donc ce que vous a écrit Juliette. Voici, pour vous, fit le tabellion en tendant une enveloppe cachetée aux trois autres. Je vais prendre rendez-vous avec chacun d'entre vous, maintenant, car il va de soi qu'après un moment de réflexion, vous aurez tous besoin d'explications. Dans une semaine, je pense que cela ira… Restez, mademoiselle Dubout…

Ils s'étaient retrouvés dehors, et, bien que voilé, le soleil devait briller d'une façon particulière, ce jour-là, puisqu'il leur noyait les yeux. Ils étaient abasourdis, ahuris, vidés, par ces quarante minutes passées à écouter le notaire.

— Nous allons déjeuner ensemble, tous les quatre, proposa Marc, quand Joséphine les eut enfin rejoints.

— Notre lettre? demanda Rosalie.

— Nous la lirons à tête reposée, ce soir, chacun dans notre coin.

— Marc a raison, Rosalie. Le notaire, cela suffit, tu ne crois pas? Je m'saoûlerais bien! suggéra André.

— Ça t'avancerait à quoi? lui répondit Rosalie. Allons-y.

Le repas fut très gai. À tour de rôle, ils se racontèrent des anecdotes, se remémorant les bons moments passés avec Juliette. De temps à autre, Joséphine et André s'essuyaient discrètement les yeux, au milieu des rires qui accompagnaient ces souvenirs heureux. Plus que le chagrin, c'était l'émotion qui provoquait ces larmes où l'alcool avait peut-être aussi sa part. Marc se sentait léger, libre comme l'air; après des jours et des nuits d'inquiétude, Joséphine était rassurée sur son avenir; Rosalie se demandait quels étaient ces bijoux dont elle allait hériter. Quant à André, il ne voulait pas penser à ce que représentait cette fortune qu'elle lui léguait et qui l'écrasait déjà.

— Suis-je obligé de prendre tout cet argent, Marc? demanda-t-il à la fin du repas. Tu comprends, je ne suis qu'un artisan; je sais écrire et compter, mais c'est tout juste. Sans Juliette... Alors, tout ça... Je ne sais pas ce que je vais devenir!

— Ne t'inquiète pas. Tu n'auras pas cet argent tout de suite. On verra avec Me Champfort, mais la vente ne se fera pas en un jour, crois-moi! Pense à autre chose. Voulez-vous venir au théâtre, ce soir? Je vous invite où vous voulez...

Joséphine avait préféré rentrer. Elle se sentait barbouillée. L'émotion, bien sûr, mais aussi les deux flacons de champagne qu'ils avaient bus à la mémoire de l'absente... Rosalie et André l'avaient raccompagnée. Puis, sous le regard approbateur de la vieille femme qu'ils avaient aidée à s'allonger, ils avaient rejoint la chambre de Rosalie pour une sieste qui leur avait fait un bien fou à tous deux. Ils avaient oublié Marc, mais pas Juliette qu'ils ne cessaient d'évoquer en faisant l'amour. Le lendemain matin, Rosalie se réveilla juste à temps pour aller au terminus des Messageries Laffitte et Caillard chercher Anne-Marie qui débarquait de leur Bretagne natale.

Dans l'omnibus, elle souriait en pensant à Juliette. Avant d'être sa bienfaitrice, elle avait été à la fois une mère, une grande sœur, une patronne exigeante, et presque une amante. C'est à elle qu'elle devait d'être ce qu'elle était aujourd'hui. Elle lui avait appris à savoir apprécier la vie, à chacun de ses instants, bons ou mauvais. Elle ne l'oublierait jamais.

4

Ma chère Rosalie,

Si tu lis cette lettre, c'est que je ne suis plus avec vous : je vous ai donc quittés, définitivement, André, Joséphine, et toi. Vous êtes les êtres que j'ai le plus aimés au monde. Tu sais ce que vous représentez, tous les trois, pour moi. Sans Joséphine, je serais sûrement morte avant mes dix ans. Je lui dois la vie que j'ai eue, une belle vie, finalement. André, lui, est le seul homme que j'ai vraiment aimé, passionnément. Marc, c'était autre chose : un amant et surtout un ami, un confident. Ferdinand, lui, a été mon premier amour, mais il m'a mise sur le trottoir. Marius n'a pas compté, sinon deux mois, quand j'avais seize ans ; et cela, même si nous avons vécu des années ensemble. Un souteneur et rien d'autre. Un maquereau, pas un homme.

Quant à toi, ma chérie, comment t'expliquer ? Lorsque tu as débarqué de ta campagne bretonne avec Frédéric et que tu m'as raconté ton histoire, j'ai

tout de suite su que tous les projets que je ne mène-
rais jamais à bien – je suis trop vieille pour cela –,
je pouvais les réaliser à travers toi. En toi, j'avais
l'impression de me retrouver, moi, avec vingt ans de
moins. En quelque sorte, tu m'étais destinée de
même que je me trouvais sur ton chemin pour te protéger.

J'ai donc commencé par écarter Frédéric qui ne
t'aurait attiré que des ennuis. S'il réapparaît un
jour, évite-le. Je connais bien ce genre d'homme. Ils
sont gentils mais beaucoup trop égoïstes et leur
égoïsme les rend dangereux. Fuis-les comme la
peste.

Je t'ai, en quelque sorte, adoptée, et, en t'adop-
tant, j'ai voulu te donner toutes les chances que je
n'ai pas eues à ton âge, et qui auraient peut-être
changé ma vie, quoique je n'en sache rien. Ce dont
je suis certaine, par contre, c'est que la vie est trop
courte pour que l'on perde inutilement du temps, et
c'est d'abord ce temps que je veux te faire gagner. Il
n'y a que six mois que nous nous sommes rencontrées et pourtant, j'ai l'impression de te connaître
depuis toujours.

J'aurais pu te laisser davantage d'argent, mais ce
ne serait pas une bonne chose. Trente mille francs,
c'est déjà énorme, à ton âge ; tâche d'en faire bon
usage. Fais également attention à mes bijoux qui
valent certainement beaucoup plus. Ne les porte pas
n'importe où. Et puis, si un jour tu as besoin d'argent, ne les vends pas à n'importe qui. La plupart
d'entre eux m'ont été offerts par des gens qui
n'étaient pas des enfants de chœur et qui ne les ont
sûrement pas achetés chez de grands bijoutiers. Sois
donc très prudente. Pour le moment, contente-toi de
ceux que je t'ai offerts, et place les miens dans un
coffre.

Quelques conseils, encore. Eh oui, que veux-tu, je ne vais pas me refaire ! Sois toujours ta propre maîtresse, ma Rosie. Ne laisse jamais un homme t'imposer sa loi. Ils ne nous sont en rien supérieurs, ni en caractère ni en intelligence. Et nous sommes plus fines, plus rusées qu'eux. Je l'ai prouvé. Ce qu'ils ont de plus que nous, c'est le pouvoir qu'ils gardent jalousement. Rosalie, tu es belle, tu as du charme, mais tu as aussi pour toi un autre atout très important, celui d'aimer l'amour et de très bien le faire, en plus. Toi, au moins, tu ne fais pas sem-blant ! Tu fais l'amour parce que tu aimes ça ; ça se saura. Ta chance, c'est que tes anciens amants te recommanderont à leurs amis. Les hommes adorent se donner les bonnes adresses, alors que nous, ce seraient plutôt les mauvaises que nous donnerions à nos amies.

Tu peux faire confiance à Marc. Il t'aidera, je le lui ai demandé. C'est un ami sûr et solide sur lequel tu pourras toujours compter, même quand vous vous serez quittés. Car il fera de toi sa maîtresse, il ne pourra pas s'en empêcher. Ne t'accroche pas à lui. Tu sauras, naturellement, quand tu devras le laisser, s'il ne te le dit pas lui-même. Mais veille à le conser-ver comme ami.

André, maintenant. Mon mari a un faible pour toi et te demandera, sans doute, de vivre avec lui, voire de l'épouser. N'accepte pas. Fais-lui plaisir, de temps à autre, si tu le veux, mais ne t'engage pas avec lui. Il n'a jamais été jaloux de moi, car il savait n'avoir aucune raison de l'être. Mais il le serait de toi, et te rendrait malheureuse, car tu ne supporte-ras jamais la jalousie. Vous gâcheriez vos deux vies. Ce serait dommage !

Un dernier conseil et j'en aurai fini. Quand tu te mettras avec un homme, qu'il soit banquier, commerçant, ou rentier, fais-le uniquement s'il en vaut la peine. Qu'il ait de la fortune, oui, mais pas seulement. Il faut aussi qu'il soit courtois, qu'il te respecte. Et matériellement, demande-lui l'impossible, demande-lui toujours plus qu'il ne pourra t'offrir. C'est ainsi que tu établiras ta cote et ta réputation. Tu sauras bien te renseigner sur les tarifs des courtisanes en vogue... Tu as tout le temps pour ça.

Voilà, ma chérie. Pense à moi de temps à autre. Et surtout, n'oublie pas, à chaque fois que tu devras t'engager, demande-toi : « Qu'aurait fait Juliette à ma place ? » Si tu as ce réflexe, j'aurais réussi ton éducation. Le plus important, enfin ! Le jour où tu auras la chance d'aimer un homme, vraiment aimer, tout ce que j'ai pu te dire ou t'écrire, tous mes conseils ne compteront plus. Fais très attention à toi, ce jour-là ! Bonne chance, ma chérie.

Je t'aime. Adieu.

Juliette

Rosalie était émue, comme chaque fois qu'elle lisait cette lettre, même si, cette fois, c'était à Anne-Marie qu'elle venait d'en faire la lecture. Elle aurait pu la lui donner, bien sûr, comme Anne-Marie le lui avait demandé, mais cette lettre contenait des passages trop personnels. Elle ne voulait aucunement trahir son amitié avec Juliette. Quand elle en eut terminé, elle dut répondre aux nombreuses questions d'Anne-Marie :

— Si je comprends bien, tu as couché avec son mari, cet André, conclut celle-ci.

— Oui, mais Juliette était là, elle aussi. C'est arrivé une seule fois. On a dormi ensemble tous les trois, mais sans faire l'amour. C'était amusant.

— Comment peux-tu trouver cela amusant ? protesta Anne-Marie. Dégoûtant, oui, voilà ce que c'est ! Trois ensemble ? Deux femmes et un homme ? Moi je ne pourrais pas.

— Tu ne le sais pas, puisque tu n'as jamais essayé !

— Ne dis pas de bêtises ! Les hommes…

— Eh bien quoi, les hommes ? Moi je les aime comme ils sont et comme ils m'aiment ! Tu peux comprendre ça, quand même ! Quoi de plus naturel qu'un homme te fasse l'amour ? C'est entre femmes ou entre hommes que ça ne l'est pas !

— Peut-être, mais je crois qu'entre femmes, c'est moins brutal.

— Tu dis cela parce que tu n'aimes pas les hommes.

— C'est vrai, je n'aime pas les hommes. Mais si tu avais subi ce que j'ai subi, toi non plus tu ne les aimerais pas, crois-moi ! Ils manquent de tendresse, ils sont bestiaux. Ils…

— Pardonne-moi, ma chérie, je n'y pensais plus ! Mais tous les hommes ne sont pas comme ceux de l'auberge…

— Peut-être, mais je n'en ai pas connu d'autres. Tous ! Tous ceux que j'ai connus étaient des brutes épaisses ! Rosie, embrasse-moi…

— Non, pas maintenant. J'attends Marc. Et puis, ce n'est pas pour qu'on se mette ensemble que je t'ai fait venir à Paris, mais pour que tu sois libre, comprends-tu ? Si tu as tellement envie d'une femme, il va falloir que tu te trouves une amie, mais sincèrement, je préférerais te trouver un homme comme André.

Rosalie avait dit cela, sans réfléchir, mais elle sut aussitôt que c'était la solution. Anne-Marie et André, bien sûr…

André était doux, tendre et, pour lui, il n'y avait pas que la beauté. Évidemment, il faudrait qu'Anne-Marie s'arrange, qu'elle change de coiffure, de vêtements, qu'elle se maquille. Elle allait s'y atteler dès le lendemain…

— Anne-Marie, demanda-t-elle soudain, que dirais-tu d'être riche ? Très riche ?

— Tu sais bien que je ne le serai jamais, répondit son amie. Ni belle. Je suis née pauvre et laide. Pourquoi te moques-tu de moi ?

— Je ne me moque pas de toi, Anne-Marie… J'ai une idée… Mais il faut que tu m'obéisses et fasses tout ce que je te dirai…

Anne-Marie promit, en se demandant ce que pouvait bien mijoter Rosalie déjà en train d'échafauder un plan pour réussir à mettre son amie dans les bras d'André.

*
* *

Marc n'était pas vraiment surpris. Que Juliette ait voulu se confesser avant de partir, rien de plus humain. C'est le contraire qui ne l'eût pas été. Et comme elle n'était pas croyante, elle s'était confiée à un ami, à l'unique confident qui pouvait tout entendre, lui. S'il avait eu le talent d'Alexandre Dumas, le père, le flamboyant, il aurait fait un succès de l'histoire de sa vie, mais voilà ! Il n'était pas Dumas.

Ainsi, il avait vu juste ! C'était bien Juliette qui avait tué Marius, son premier mari ! Sa seule erreur avait été de croire à un meurtre prémédité, exécuté de sang-froid, à une disparition organisée, alors que la réalité était bien plus simple : elle l'avait tué, uniquement par accident, en se défendant pour ne pas mourir étranglée. Une histoire banale que celle de la colère du mari

trompé ; classique, aussi, la scène de jalousie qui s'en-
suit et tourne mal. Pour une fois, la victime était
l'homme, le mari berné. Marius l'eût-il tuée, il aurait
bénéficié de la clause absolutoire de son honneur à
laver et aurait sans doute été acquitté. Mais elle, une
femme, ne bénéficierait d'aucune circonstance atté-
nuante. Elle n'avait rien à espérer d'une justice faite
par et pour les hommes. Elle n'avait qu'une solution :
faire disparaître le corps.

Comment Marius avait-il appris qu'elle l'avait
trompé avec l'un de ses lieutenants ? Il ne prit pas le
temps de le lui dire. Toujours est-il qu'il avait réagi
sur-le-champ avec sa brutalité coutumière et abattu
son rival avant de s'en prendre à elle. Elle ne dut son
salut qu'à une statuette en bronze qui se trouvait, par
chance, à sa portée quand il porta les mains à son cou.
Le cas type de légitime défense. Elle n'avait jamais
regretté de l'avoir tué, car, tout en essayant de l'étran-
gler, ce sauvage lui avait hurlé, avec une jubilation
démoniaque, qu'il l'envoyait rejoindre Ferdinand, son
premier amour.

Ce fut ce qui la sauva. Car ce que voulait avant tout
ce malade, c'était se venger d'elle avant de la tuer, la
faire souffrir autant qu'il souffrait, et, pour cela, il n'y
avait pas, à ses yeux, de meilleur moyen que de lui
raconter en détail le meurtre de son premier amour.
Pendant la révolution de Juillet, quand l'armée avait
chargé la barricade faubourg Saint-Antoine, ce n'était
pas un soldat qui avait tué Ferdinand. C'était lui,
Marius. Il avait profité de la fusillade pour faire main
basse sur toutes les filles de son rival, sans que cela lui
coûtât un centime. Un meurtre limpide : un seul coup
de pistolet tiré à bout portant avait suffi. Cet imbécile
de Ferdinand qui le croyait son meilleur ami alors que,
depuis trois ans, il lui soufflait toutes les plus belles
filles ! Il se souvenait encore de son regard étonné.

Sans doute s'imaginait-il, cet idiot, que cela pouvait continuer indéfiniment. Son seul regret était d'avoir dû supprimer aussi la petite Denise. Dommage, c'était une si bonne gagneuse ! Mais elle ne lui avait pas laissé le choix. Elle regardait dans la mauvaise direction au mauvais moment et avait tout vu. Mais surtout, elle l'avait dévisagé avec horreur et dégoût.

Peut-être est-ce ce dernier détail qui avait insufflé à Juliette la force de se battre. Le salaud ! Il n'allait pas s'en tirer comme ça. Dans un dernier sursaut, elle avait tendu le bras droit et réussi à saisir, enfin, la statuette qu'elle prit le temps de bien assurer dans sa main. Elle devait réussir. Il ne pouvait pas s'en sortir ainsi ! Elle allait le tuer, le punir, venger toutes les victimes de ce fou. Des années après, elle revivait encore la scène. Elle avait mis toute l'énergie et toute la vie qui lui restait dans son geste. Elle entendait toujours ce rire de dément qui lui déchirait les tympans et qui avait brutalement cessé quand la statuette avait frappé le crâne, le bruit sourd de l'os temporal cédant sous l'impact du bronze. Elle revoyait le sang perlant dans les cheveux, sentait le poids du corps soudain inerte sur elle. Cela n'avait duré qu'un dixième de seconde. C'était fini. Il était mort.

Elle avait réussi, elle l'avait tué. Juliette s'était dégagée en pleurant. Joséphine l'avait aidée à rouler le corps dans un tapis ; elles l'avaient placé dans une malle et descendu aussitôt à l'écurie. Puis, elles avaient attelé le cheval et attendu qu'il fasse nuit avant de rejoindre Bougival, où Marius avait une maisonnette, sur les bords de la Seine, et elles l'avaient enterré dans le bois attenant. La fosse était si profonde qu'il y avait très peu de chances pour qu'on le retrouve jamais.

Juliette avait expliqué l'absence de Marius à ses lieutenants par un voyage imprévu dans le Midi où il avait encore de nombreuses activités. Probablement aussi une autre femme, se disait-elle souvent, tant ses absences devenaient fréquentes. Et comme son mari n'avait jamais eu l'habitude de rendre de comptes à quiconque, nul ne s'en étonna. Elle avait continué à gérer ses hôtels, comme si de rien n'était. Le temps passant, elle avait feint l'inquiétude, adressé des courriers à Marseille où personne ne put lui dire où était passé Marius, pas même son frère, Saturnin.

Elle remplaça progressivement Marius, prit le contrôle total de ses affaires, cédant immédiatement celles qu'elle jugeait peu rentables ou trop dangereuses, en développant d'autres, modelant et rentabilisant l'empire de son ex-époux dont elle ne signala la disparition à la police qu'au bout de six mois et à la justice au bout de trois ans. Rechercher un maquereau de ce calibre était le cadet des soucis des roussins qui n'espéraient qu'une chose, c'est qu'il ne réapparaîtrait jamais. Et de cela, Juliette était sûre : il faudrait un tremblement de terre pour que l'on retrouve son cadavre, et le Bassin parisien n'était pas terre de séismes…

Confirmant dans leurs fonctions les lieutenants de Marius, elle leur laissa même, en apparence, plus de latitude qu'auparavant. Ils étaient très chatouilleux sur le chapitre des prérogatives masculines, et elle avait l'intelligence de leur laisser croire qu'ils étaient leurs propres maîtres. La plupart d'entre eux en étaient, d'ailleurs, d'autant plus convaincus qu'ils paraissaient bien l'être, effectivement, aux yeux des tiers. Si Juliette se faisait le plus souvent discrète, elle leur montrait, de temps à autre, que c'était bien elle la patronne et qu'elle les tenait dans le creux de la main. Elle avait l'art et la manière de le leur faire sentir dès qu'ils regimbaient. Elle ne menaçait jamais, elle agissait : une descente de police dans un cabaret, la fermeture d'une salle de bal, d'une «maison», d'un tripot, et c'étaient des recettes importantes qui s'envolaient. Ils venaient aussitôt faire amende honorable et quémander son intervention. Bref, ils y mirent le temps mais finirent, quand même, tous par l'adopter et par souhaiter, aussi, que Marius ne réapparaisse jamais. Il ne vint jamais à aucun d'eux l'idée que Juliette eût pu supprimer son mari.

La suite, Marc la connaissait : diversifiant ses investissements dans le commerce classique, l'immobilier surtout, Juliette n'avait conservé à son nom que quelques hôtels particulièrement rentables, en améliorant la tenue, s'orientant, de plus en plus, vers la qualité, le haut de gamme. Elle « éduquait » ses filles dont les tarifs augmentaient au fur et à mesure qu'elles passaient du statut de putain de trottoir à celui d'actrice ou de danseuse. C'était là l'essentiel du vivier de Marc à qui il arrivait d'y puiser un second rôle dans une foule d'utilités. L'élue pouvait alors voir de nombreuses portes s'ouvrir devant elle, car à une époque où il était de bon ton de s'encanailler dans la jeunesse dorée, s'il y avait encore un grand pas à franchir pour passer du demi-monde au monde, il suffisait d'un joli minois, d'un peu de talent et de beaucoup d'entregent pour intégrer celui du boulevard.

Les dernières pages de la lettre de Juliette étaient bien plus préoccupantes, puisqu'il y était question de la négociation de son legs à André. Sans le savoir, celui-ci se trouvait déjà nu-propriétaire de nombreux biens dont elle n'avait conservé que la jouissance. Son décès lui en donnait donc la pleine propriété. Pour autant, cela ne disait pas à Marc comment il devrait négocier avec Lucien l'Anguille et Igor le Russe, les deux demi-sels qu'elle lui recommandait comme acheteurs pour ses hôtels de passe et dont il connaissait la réputation. Se pouvait-il que Juliette eût été leur patronne à tous deux ? Si oui, elle devait vraiment être la reine du milieu. Elle lui demandait d'investir le produit de la vente de ses hôtels dans le bâtiment et l'immobilier, à Paris. Elle avait eu le temps de réfléchir aux projets du Prince-Président. Ses grands travaux allaient bouleverser Paris : l'achèvement du Louvre, le déblaiement du Carrousel, le prolongement de la rue de Rivoli, la création d'un Palais de l'Industrie aux Champs-Élysées, l'aménagement du bois de Boulogne allaient intensifier la spéculation immobilière. Il fallait acheter maintenant, à l'ouest, de préférence autour ou sur les Champs-Élysées, qui étaient encore bon marché.

Juliette lui faisait un cadeau empoisonné, en le nommant exécuteur testamentaire. Sans doute Marc pourrait-il, cependant, s'appuyer sur Pierre Champfort, pour mener à bien ces négociations. Et il avait, d'ailleurs, tout lieu de croire qu'elle avait laissé des instructions précises au notaire. Juliette avait toujours été si organisée... Quelle femme !

«Prends bien soin de Rosalie», lui écrivait-elle en conclusion. Cela, c'était déjà fait. Elle avait su avant de mourir pour Rosalie et lui. Rosalie... Elle était bien jeune pour Marc ; ou plutôt, il était bien vieux pour elle. Raison de plus pour ne pas la lâcher ! Encore que... Pierre Champfort lui avait fait part de l'intérêt qu'il portait à Rosalie et lui avait demandé de la sonder... Il soupira. Une jeune beauté de dix-huit printemps avec un notaire de quarante-deux ans, à moitié chauve... mais si riche ! Que dirait-elle quand il lui en parlerait ?

*
* *

Anne-Marie était à Paris depuis une dizaine de jours, déjà, quand Rosalie estima qu'il était temps pour elle de faire la connaissance de Joséphine et d'André. Il était à peine onze heures, ce samedi, quand l'omnibus les déposa à l'entrée de Vanves. Cinq minutes plus tard, Rosalie surprenait, dans son office, Joséphine qui y arrangeait un bouquet de fleurs des champs. Depuis le décès de Juliette, la vieille femme avait reporté toute son affection sur Rosalie.

— Toi, ici, ma Rosie ! s'exclama-t-elle. Pour une surprise ! Et qui est cette jeune fille ?

— C'est Anne-Marie, l'amie dont je vous ai souvent parlé à André et toi. Anne-Marie, voici Joséphine. Tu excuseras Anne-Marie, Joséphine. Elle parle le français, avec un accent si fort que tu risques parfois de ne pas la comprendre. Elle prend des cours pour le perdre.

— Comme tu l'as fait aussi, je crois. Ce que c'est que d'être breton, quand même… Nous, Berrichons…

— Tss… Tss…, l'interrompit Rosalie. André n'est pas là ?

— Il est sur un chantier et je ne l'attends pas avant ce soir. Mais mettez-vous à l'aise, les filles. Vous prendrez bien un sirop d'orgeat ?

— Volontiers. Que ça me fait du bien de te voir, Joséphine ! s'écria Rosalie, en la serrant dans ses bras.

— Et à moi, donc, mon poussin ! Que veux-tu manger. Que dirais-tu d'une omelette ? Avec des champignons ?

— Ce sera parfait. Avec des pommes de terre, si tu en as.

— Bien sûr. Tu préfères les pommes de terre ?

— C'est surtout Anne-Marie…

— Oh oui, les pommes de terre ! s'exclama la jeune femme. Cela changera des choux et des navets ! Je n'en ai pas mangé depuis des mois. Il y a la maladie, chez nous.

Depuis 1845, en effet, cette maladie de la pomme de terre avait entraîné une disette telle dans l'Europe entière que les morts par malnutrition se comptaient par centaines de milliers. L'Irlande en était le plus triste exemple, celui dont toute l'Europe parlait, mais la Bretagne n'était pas épargnée, non plus.

Joséphine mit son repas en train, après quoi elle proposa à Anne-Marie de lui faire visiter l'atelier d'André. Elle paraissait si heureuse de le faire que la jeune fille crut, un instant, qu'il s'agissait de son fils avant de se rappeler que la vieille femme n'avait aucun lien de parenté avec le charpentier. Et pourtant, se disait quelquefois Rosalie, Joséphine n'avait-elle pas adopté André comme elle avait adopté Juliette trente ans plus tôt? Si, bien sûr, et c'est peut-être par son intermédiaire qu'elle parviendrait à ses fins. C'était le moment d'en profiter, d'ailleurs : André était absent et elle trouverait bien un moyen pour éloigner Anne-Marie quelques minutes.

Elle attendit cependant la fin du repas pour aborder le sujet. Elles avaient pris toutes trois une liqueur de cerise, puis une autre. Joséphine était un peu gaie ayant bu quasiment seule la bouteille de vin de bordeaux qu'elle avait ouverte en l'honneur des jeunes filles. Pour Anne-Marie qui ne buvait jamais une goutte d'alcool, deux cerises, c'était au moins une de trop, et elle dut s'allonger, tant la tête lui tournait. Rosalie, elle, raisonnable pour une fois, n'avait pris qu'un seul verre et avait l'esprit parfaitement clair. C'était le moment d'entreprendre la vieille femme.

— Il faudrait nous préoccuper de trouver une gentille femme à André, commença-t-elle. Je n'aimerais pas qu'une gourgandine se glisse dans le lit de Juliette.

— Moi non plus, répondit Joséphine. Je préférerais partir que d'avoir à supporter cela. Pourquoi pas toi, ma Rosie? Tu aimes bien André, et lui t'adore, il me l'a dit. Et moi, tu le sais, je ne pense que du bien de toi.

— Juliette a dû t'écrire qu'elle ne souhaitait pas que j'épouse André, objecta Rosalie.

— Oui, mais je ne comprends pas pourquoi. C'est dommage… André… Il m'aurait bien plu, si j'avais eu vingt-cinq ou trente ans de moins… Il est si gentil ! Mais à mon âge…, soupira la vieille femme.

— Vois-tu, Joséphine, il faudrait qu'on lui présente quelqu'un de sûr, quelqu'un qui t'écoutera, et que tu pourras sinon commander, du moins conseiller.

— C'est exactement ce que je pense ! Toi, tu as une idée derrière la tête, n'est-ce pas ?

— C'est vrai, oui. Je songeais à Anne-Marie…

— Ton amie ? Elle paraît gentille, c'est vrai, mais je comprends à peine son français ! Sans compter, poursuivit Joséphine en baissant la voix, que, entre nous, c'est plutôt un «fagot» qu'une beauté, ton Anne-Marie !

— Joséphine ! Tu sais ce qu'on dit : la beauté ne se mange pas en salade ! Quand je l'aurai coiffée et maquillée, tu verras qu'elle n'a rien d'une «charrette» ou d'un «paquet» ! Bien arrangée, elle sera presque jolie. Et puis, je suis sûre qu'au lit, ça marchera avec André.

— Qu'est-ce que tu en sais ?

— Je le sais, c'est tout.

— Tu l'as… essayée ?

— Joséphine ! s'exclama Rosalie en riant. Tu as de ces expressions ! Et puis, si c'était le cas, où serait le mal ?

— Et lui aussi, n'est-ce pas ?

— Oui. Mais André, c'est parce que Juliette me l'avait demandé.

— Oui, je sais, elle me l'a dit. N'empêche que tu es un drôle de numéro !

Juliette avait raison… Tu aimes ça, hein ?

— Quoi ?

— Baiser. Te faire baiser.

— Oui, c'est vrai, j'aime. Pas toi?

— J'ai passé l'âge, Rosie…

La vieille femme laissa s'écouler un petit moment avant de reprendre:

— Tout bien réfléchi, pourquoi pas Anne-Marie, en effet? Si tu réponds d'elle…

Puis, elle se mit à rire en regardant Rosalie qui réfléchissait en se frottant le nez de l'index. Épais et lourd, ce rire partit du ventre, gagna peu à peu la poitrine et finit par la secouer tout entière. C'était un rire généreux, plein, total. Et communicatif aussi, puisque Rosalie se mit à rire à son tour, après un instant d'hésitation.

— Ma Rosie! Si André se doutait de ce qu'on trame derrière son dos! réussit enfin à articuler Joséphine. Qu'est-ce que vous n'allez pas inventer, vous autres, les filles d'aujourd'hui! Dis-moi, comment comptes-tu faire?

— Avec Juliette, j'ai été à bonne école! J'ai commencé par faire donner des cours de diction, de maintien et de bonnes manières à Anne-Marie. C'est elle qui m'a appris à lire et à écrire. Elle sait très bien compter et sera très vite capable de remplacer Juliette dans les affaires.

— En es-tu certaine?

— Absolument.

— Dans ce cas, je suis d'accord…

— Dans trois mois, reprit la jeune fille, Anne-Marie aura perdu son accent. Elle sera bien habillée, maquillée, coiffée, si bien que, même physiquement, tu ne la reconnaîtras plus. Mais, dès ce soir, je les mets au lit ensemble. Tu verras! Ça va marcher!

— Je l'espère, petite! Il va être quatre heures. Va t'occuper de ta protégée et fais-la belle, avant le retour d'André. Parce que, si, de prime abord, il la trouve

laide ce sera raté. Je le connais mon André. Il est buté !
Mais après, si ça marche…

Rosalie avait fait la leçon à Anne-Marie pendant
près d'une heure, tout en la maquillant, puis en la coif-
fant. Après lui avoir donné un bain, elle lui avait
ramené les cheveux sur le haut de la tête, en chignon,
lui dégageant le cou dont le décolleté de la robe accen-
tuait encore la finesse, tout comme il mettait en valeur
le galbe d'une poitrine opulente mais ferme. Anne-
Marie avait les lèvres trop fines ? Elle les souligna
d'un trait de rouge, les agrandissant, les gonflant, rendant la bouche presque pulpeuse. Elle lui fit les cils,
de façon à agrandir les yeux qu'elle ombra de krahl [1]
et les étira sur le côté ; puis, elle la poudra, dissimu-
lant les disgracieux boutons d'acné qui dégradaient le
visage juvénile.

Quand Anne-Marie se vit dans la glace, elle poussa
un cri de surprise. Cette jolie fille, dans la glace,
c'était elle ?

— Rosie ! Comment as-tu fait ? C'est merveilleux.
Je suis presque belle !

— Tu ne l'es pas presque, Anne-Marie. Tu l'es !

— Vraiment ? Tu le penses vraiment ?

— Puisque je te le dis !

— C'est le plus beau jour de ma vie ! Je ne suis plus
laide ! Embrasse-moi !

— Je ne vais pas te démaquiller, quand même !
s'exclama Rosalie en riant.

— Tu as raison, mais ce n'est que partie remise.

— Que t'avais-je dit, il y a dix jours ? Belle et riche…

— Je n'y croyais pas.

— Tu vois, je tiens parole. Mais rappelle-toi, tu
m'as fait une promesse…

1. Produit similaire au khôl.

— Laquelle ?

— De m'obéir en tout. Tu t'en souviens, n'est-ce pas ?

— Oui ! C'est promis, je t'obéirai.

— D'ailleurs, c'est ton intérêt. Je veux que tu épouses André. Joséphine est d'accord. Tu vas dormir avec lui ce soir. Et demain. C'est pour votre bien à tous deux. Et puis, cela va faire disparaître tes boutons, ajouta Rosalie en riant.

— C'est parce qu'il est riche que tu veux que je l'épouse ?

— Oui. Parce qu'il est riche et doux.

— Dans ce cas, pourquoi ne le gardes-tu pas pour toi ?

— As-tu déjà oublié la lettre de Juliette ?… Et puis, je n'ai pas été malheureuse comme toi !

— Et si ça ne se passe pas bien cette nuit ?

— Ne t'en fais pas, tout ira bien, si tu suis mes conseils. L'essentiel, c'est que, dès maintenant, tu te dises qu'il est gentil, qu'il est bon, et non pas mauvais comme les autres. Tu verras, il ne pensera pas qu'à lui ; il pensera à toi, aussi.

Joséphine fut sidérée de découvrir une Anne-Marie méconnaissable. Sans doute la jeune femme ne serait-elle jamais une beauté, mais elle était jolie, et, surtout, appétissante. Et André était beaucoup plus gourmand que gourmet. Cette diablesse de Rosalie allait, une fois encore, parvenir à ses fins ! Juliette aurait été contente de son élève.

*
* *

André avala tout : l'appât, l'hameçon, la ligne. Il aurait même avalé le pêcheur – Rosalie, en l'occurrence – si Anne-Marie n'y avait pas mis bon ordre.

Toute la journée, il avait eu son travail pour l'occuper, mais, dès qu'il termina son chantier et prit le chemin du retour, les idées noires l'assaillirent à nouveau, comme tous les soirs. Il ne cessait de penser à Juliette, à son sourire, à son rire, à son amour, à sa tendresse aussi. Il mesurait, chaque jour, à quel point elle lui manquait. Auparavant, il était tellement habitué à elle, à sa présence, qu'il ne se rendait même pas compte qu'il ne respirait, ne vivait que par et pour elle.

Il était un peu plus de six heures quand il arriva à Vanves. Il détela le cheval qu'il mena à l'écurie où il le bouchonna, changea la paille, lui donna de l'avoine et de l'eau ; puis il rangea ses outils dans l'atelier dont il ferma la porte à clef. En approchant de la maison, il lui sembla entendre parler. Il tendit l'oreille au moment précis où fusait le rire clair et franc de Rosalie ! C'était elle, à coup sûr ; ce rire, il l'aurait reconnu entre mille ! Il franchit le seuil. C'était elle, en effet ; il ne s'était pas trompé. Mais elle n'était pas seule. Elle était attablée, en compagnie de Joséphine et d'une élégante qu'il ne connaissait pas. Jolie fille, d'ailleurs. Rosie était venue accompagnée.

C'est donc qu'elle ne resterait pas.

Quelques minutes plus tard, revenu de sa surprise, il se désaltérait d'un verre de vin blanc et respirait : Rosalie restait. Anne-Marie, son amie, aussi. Ils passeraient une bonne soirée, Joséphine et lui, car, avec Rosie, l'on ne s'ennuyait jamais. Elle était la vie même, et c'est ce qu'il aimait le plus en elle, comme Joséphine et Juliette.

— Tu souris aux anges, André, demanda Rosalie. À quoi songes-tu donc ?

— Pardonne-moi, je rêvais… Jusqu'à quand restes-tu ?

— Nous repartons lundi matin, toutes les deux.

Vous devrez nous supporter jusque-là, Joséphine et toi.

— Tu peux rester ici tant que tu veux, poussin, fit Joséphine. Toute la vie, même, si tu le souhaites, n'est-ce pas, André ?

— Joséphine ! l'arrêta Rosalie, tu déparles et tu le sais. Ou bien, aurais-tu déjà oublié ?

André les regarda l'une après l'autre sans comprendre ce dont il s'agissait, avant de laisser son regard envelopper la silhouette d'Anne-Marie. Dire qu'au premier abord, il n'avait remarqué que son visage ! Il l'avait mal regardée ! Elle avait des rondeurs très prometteuses... Dans la seconde qui suivit, ses yeux accrochèrent ceux de la jeune fille et il lui décocha son plus beau sourire. Jamais un homme n'avait regardé ainsi Anne-Marie. Atteinte comme cela ne lui était encore jamais arrivé, et, tout en ayant une bizarre impression de faiblesse, elle se sentit rougir tandis que son cœur s'emballait. Elle eut cependant le réflexe de lui sourire en retour. « Je crois que je lui plais. Peut-être que ce soir, avec un peu de chance... » se dit André qui avait remarqué l'émoi de la jeune fille.

De son côté, Rosalie avait nettement perçu la petite flamme qui dansait dans le regard d'André. Elle était en train de gagner son pari, et si son amie y mettait un peu du sien, l'affaire serait vite dans le sac.

À peine Joséphine était-elle montée se coucher qu'à l'initiative de Rosalie, ils avaient, tous les trois, gagné l'étage et la chambre d'amis. D'un commun accord, André et Anne-Marie s'en remirent à Rosalie pour pimenter leur soirée et les mener où elle souhaitait les conduire. Ils étaient entrés dans un jeu de gages dont la règle consistait pour le gagnant à ôter un vêtement à son voisin ou à sa voisine, à l'embrasser, ou encore à le caresser. Très à la mode dans le demi-monde, ce jeu libertin s'était répandu dans de larges franges de la population parisienne. En meneuse de jeu avertie, Rosalie, qui tenait son savoir-faire de Frédéric, constata, bientôt, que ses deux amis étaient tous deux suffisamment en appétit pour se passer de ses services. Depuis dix bonnes minutes, ils ne s'étaient même pas aperçus, l'un et l'autre, qu'elle s'était mise hors jeu.

Lorsqu'elle s'esquiva, les laissant face à face, avec leur dernier gage à exécuter, Anne-Marie n'avait plus pour tout vêtement qu'une chemise que devrait lui enlever son vis-à-vis, mais cela, uniquement après qu'elle aurait, elle même, accompli son gage : lui ôter son caleçon. Ils se regardaient dans les yeux avec une telle intensité qu'ils auraient certainement pu se passer du jeu, au stade où ils en étaient, mais l'idée ne les en effleura même pas.

— Mon gage…, bredouilla Anne-Marie.

— Oui, répondit André d'une voix rauque. C'est à vous…

Plutôt que de se baisser, la jeune fille préféra s'agenouiller. Devant ses yeux, elle devinait le membre érigé, que lui cachait encore le caleçon long. Sans la regarder, André lui saisit la tête entre les mains et lui caressa doucement les cheveux. Devait-il la laisser, ainsi, à ses pieds ? Cette position était humiliante pour elle, même si c'était le jeu qui le voulait. Et d'ailleurs, ce n'était plus un jeu…

Rosalie exagérait. Que faisait-elle ? Un coup d'œil lui apprit qu'ils étaient seuls tous les deux, Anne-Marie et lui. Crénom ! Que devait-il faire ? Il avait une envie folle de s'enfoncer dans cette bouche si proche. Qu'attendait-elle, bon sang ? C'était aussi gênant pour lui que pour elle !

Baissant les yeux vers la jeune femme, il fut surpris de son regard levé vers lui. Ce n'est pas de la peur qu'il y lut, mais plutôt une interrogation. Elle n'implorait pas, mais semblait quémander quelque chose. Quoi donc ? Mais bien sûr ! Elle ne jouait pas plus que lui ! Il lui sourit, glissa les mains sous ses épaules et la remit debout. Il se pencha sur ses lèvres et l'embrassa à pleine bouche. Elle répondit à ce baiser avec fougue et, dans le même temps, tout en lui chuchotant « Merci ; mon gage, maintenant », elle fit glisser le caleçon et s'empara de son membre.

— À moi, maintenant, dit-il, à son tour, en faisant passer la chemise par-dessus la tête d'Anne-Marie.

Nus. Ils étaient nus, tous les deux. Il lui sourit, l'enleva dans ses bras et la porta sur le lit. Pour lui, comme pour elle, aussi, le jeu était fini, l'amour allait commencer.

Rosalie attendit un moment à la porte, curieuse de savoir comment les choses se passaient. Elle craignait un peu qu'Anne-Marie ne vive cette expérience comme une corvée, mais comptait sur André pour qu'il n'en soit rien. Il ne la déçut pas. Quand elle sentit l'affaire bien engagée, Rosalie se glissa discrètement dans la chambre, ne voulant pas perdre une miette de la première expérience consentie d'Anne-Marie avec un homme. Elle nota avec satisfaction que son amie, en femme de parole, remplissait avec enthousiasme sa part du contrat. André n'était pas en reste. Rosalie eut même comme un soupçon de jalousie en se disant qu'ils l'oublieraient bien vite, tous les deux. Elle fut même, un instant, tentée d'aller se mettre en tiers dans leur duo, mais s'en abstint sagement et ressortit sur la pointe des pieds.

Rosalie déjeunait en compagnie de Joséphine. Il était sept heures du matin et toutes deux avaient terminé la vaisselle depuis déjà un bon quart d'heure. La vieille femme regardait, avec un certain amusement, la jeune fille tourner en rond comme une lionne en cage. Elle n'allait pas tarder à exploser et Joséphine devinait même ce qu'elle allait lui dire.

— Je me demande bien ce qu'ils font, tous les deux, s'écria finalement Rosalie.

— Va le leur demander, lui rétorqua Joséphine, en riant. Mais, pour moi, ils s'envoient en l'air.

Rosalie s'arrêta et dévisagea la vieille femme avec hargne avant de répondre, penaude, à son sourire ironique.

— Tu as raison, Joséphine, je suis stupide.

— Je crois surtout que tu es jalouse, poussin.

— Jalouse, moi ?

— Oui, et c'est bien naturel ! Anne-Marie est ta meilleure amie, André, une sorte de grand frère pour toi… Tu les perds un peu tous les deux s'ils se mettent ensemble.

— C'est vrai, Joséphine. J'ai l'impression de les perdre, en effet.

— C'est cela, l'amour, Rosalie. Il faut être capable de donner sans espoir de retour, de perdre, de se priver d'une affection pour le bonheur de ceux qu'on aime. Tu verras quand tu auras des enfants. Quand ils vous quittent, vous abandonnent pour un autre amour, il faut les laisser partir puisque c'est vers leur bonheur qu'ils s'en vont ou croient s'en aller.

— Comment le sais-tu ? Tu n'as pas eu d'enfant !

— Comment ça, pas eu d'enfant ! Et Juliette, alors ? Il n'est pas nécessaire d'enfanter pour élever un enfant ! Crois-tu que ce soit d'un bon œil que je l'ai vue tomber amoureuse de Ferdinand, puis se mettre avec ce voyou de Marius, et enfin épouser André ? Pourtant, si elle n'a pas été heureuse avec Marius, André a été pour elle le compagnon idéal, un mari modèle… Et finalement, il est devenu comme un fils pour moi…

— Tu es pleine de sagesse, Joséphine.

— Je suis surtout vieille, ma Rosie. Allez ! Va les réveiller, puisque tu en meurs d'envie !

Elle s'était aussitôt précipitée vers la chambre et allait pousser la porte quand elle se dit qu'il valait mieux frapper. Que lui arrivait-il ? Hier, encore, elle aurait ouvert sans vergogne, s'estimant des droits sur Anne-Marie comme sur André. Il avait suffi de cette conversation avec Joséphine pour qu'elle commence à mûrir. Ce qu'elle avait donné de tout son cœur, il n'était pas question de le reprendre, ni même de le partager. André et Anne-Marie, pour elle, c'était fini. Pour eux, cela commençait.

— Entre, Rosalie, fit André, qui avait reconnu son pas.

Elle entra. Anne-Marie était dans les bras d'André, heureuse.

— Bonjour, ma Rosie, lui dit-elle en breton. Et merci. C'était…

— Merveilleux ? demanda Rosalie.

— Plus que ça ! Tu avais raison ; je n'ai plus besoin de filles, conclut-elle en se tournant vers André qu'elle embrassa tandis qu'elle laissait sa main courir sur le corps de son amant.

— As-tu passé une bonne nuit, André ?

— Oui, grâce à toi, Rosalie. Merci. Veux-tu nous rejoindre ?

— Hier soir, je t'aurais dit oui. Ce matin, c'est trop tard, j'en ai bien peur. À moins que vous ne le désiriez vraiment tous les deux.

Mais Anne-Marie marqua son désaccord à Rosalie, en breton, tout en soufflant « non » dans le creux de l'oreille de son nouvel amour.

— Tu as sûrement entendu, dit André en riant. Anne-Marie ne le veut pas. Mais merci encore, Rosie. Pour elle, pour moi, et pour tout !

Le lendemain, il fut convenu qu'Anne-Marie resterait à Paris quelques semaines encore, le temps de découvrir la ville et d'améliorer ses manières, mais le temps, surtout, de permettre à Rosalie de s'organiser sans elle. Elle viendrait passer, chaque semaine, deux ou trois jours à Vanves, et, si comme tout le laissait croire, André et elle s'entendaient aussi bien hors du lit que dedans, ils vivraient ensemble et se marieraient sans trop tarder. André voulait être père, Joséphine grand-mère, et le programme convenait à Anne-Marie.

5

C'était le premier rôle intéressant que Marc pouvait proposer à Rosalie. Elle ferait trois brèves apparitions dans un vaudeville, une à chaque acte. C'était peu de chose, sans doute, d'autant que la plupart de ses répliques se limiteraient à des «Non, Monsieur», ou «Bien, Madame», mais enfin, c'était un début! Et, puis, comme le lui souligna Marc, pour une soubrette jeune et jolie, c'était tout un art de savoir dire «Non, Monsieur» à un vieillard concupiscent et libidineux. Elle pouvait tout faire passer dans ce «Non, Monsieur». Selon la façon de le dire, ce non pouvait presque être un «oui» qui ne s'avouait pas, ou, au contraire, claquer comme une condamnation. Elle pouvait faire un triomphe, avec cette batterie de «Non, Monsieur»! Rosalie se laissa convaincre.

Comme chaque année, aux beaux jours, les Parisiens avaient pris leurs quartiers d'été, et les Champs-Élysées sortaient de leur léthargie hivernale. Cela n'empêchait pas les Boulevards de rester le centre de la vie parisienne et c'est à la Gaieté, boulevard du Temple, que Rosalie débuta. Ce ne fut pas un triomphe, mais Marc avait vu juste : elle se fit remarquer, même si la plupart des louanges qu'on lui tressait allaient davantage à sa plastique qu'à son talent d'actrice. Elle avait une « présence », assurait-on, « un physique intéressant ».

Si elle fut déçue de constater qu'on lui prédisait plus de succès dans les coulisses que sur les planches, sa vanité fut émoustillée par le bel article et les commentaires plus qu'élogieux parus dans une feuille au tirage malheureusement restreint, le *Sans le sou*. Paris voyait naître et mourir chaque année des dizaines de ces journaux éphémères qui permettaient à de jeunes ambitieux de se prendre, quelques jours ou quelques semaines, pour un Chateaubriand ou un Victor Hugo en herbe, avant d'en revenir à la rude réalité quand disparaissait cette feuille. L'auteur de cette critique inspirée était un jeune journaliste pour lequel une brune et pulpeuse soubrette de dix-huit ans valait bien quelques lignes dithyrambiques qui lui évitaient bouquets de fleurs et invitation à déjeuner, trop onéreux pour sa bourse. Rosalie sut lui montrer sa gratitude de la meilleure des façons, et notre folliculaire, reconnaissant que cette jeune actrice tenait encore plus dans son alcôve que ce qu'elle promettait sur scène, s'engagea à mieux la servir encore à l'avenir.

C'est par une belle après-midi d'août que Joséphine, André et Anne-Marie lui firent la surprise de venir l'applaudir.

Ils eurent tôt fait de recruter, dans le public, une claque active et efficace. Se démenant comme de beaux diables, ils firent si bien que, pour deux louis bien répartis, une salve d'applaudissements nourris salua chacune des interventions de leur actrice favorite, la jeune, la belle, la magnifique Rosalie Noël !

Le metteur en scène était ravi d'avoir donné sa chance à la protégée de Marc Fournier. Ce sacré Marc !

Il avait vraiment le chic pour dénicher les actrices qui plaisaient au public. Tous ces applaudissements… elle faisait un tabac ! Cette fille avait du chien, il est vrai, et elle dégageait une telle sensualité dans la façon qu'elle avait de susurrer parfois un « Non, Monsieur » qui promettait tant… Il faudrait qu'il lui prévoie un second rôle. Peut-être dans cette pièce de Paul qu'il montait au théâtre du Luxembourg, à la rentrée ?… Le style léger et grivois de Paul de Kock ne demandait que du naturel aux comédiens et du naturel, la petite en avait ! Oui, cette pièce lui irait comme un gant.

Évidemment, c'était le Luxembourg et le quartier était mort, comparé aux Boulevards. Mais si Gaspari, le nouveau directeur, n'avait ni le talent de pitre de Bobino, son inénarrable prédécesseur, ni même son inimitable bagout de camelot lorsqu'il faisait l'article, il se démenait cependant comme un beau diable pour attirer la clientèle de la rive droite. Oui, il allait en parler à Marc. Peut-être lui en dirait-il davantage sur sa protégée qui valait sans doute plus que le coup d'œil rapide qu'il lui avait accordé jusque-là. Et puis, avec Marc, il n'y avait ni surprise ni chichis. Lorsqu'on lui rendait un service, le retour était toujours assuré. C'était quelqu'un de solide et de correct.

Ces applaudissements répétés et prolongés commencèrent par ravir toute la troupe, avant que quelques esprits chagrins ne s'aperçoivent que, destinés à une seule d'entre eux, ils n'étaient peut-être pas non plus tout à fait spontanés. Rosalie, elle, ne comprit ce qui se passait que quand elle entendit Anne-Marie lui crier des encouragements en breton. Elle la chercha un moment dans la foule, où elle reconnut André et Joséphine avant d'apercevoir enfin son amie. Après avoir reçu une véritable ovation suivie de plusieurs rappels, à la fin du spectacle, Rosalie était rouge de plaisir quand elle leur sauta au cou, dans les coulisses où ils s'étaient précipités, une fois le rideau baissé.

— C'est un triomphe, Rosalie, constata André.

— Tu as très bien joué, ma Rosie, approuva Joséphine.

— Que tu es belle ainsi, ma chérie, lui fit Anne-Marie, admirative. C'est toi la meilleure, et surtout la plus jolie. N'est-ce pas, André ?

Anne-Marie avait pris de l'assurance depuis que son accent s'estompait. Et puis le bonheur lui réussissait, car elle était heureuse, cela se voyait, et Joséphine et André semblaient l'être tout autant. Et pourtant ! Il n'y avait pas six mois que Juliette avait disparu ! L'avaient-ils déjà oubliée ? Ne pas en parler, surtout, cela ne servirait à rien.

— Attendez-moi chez le glacier, leur dit l'actrice néophyte. Ou plutôt non, allez réserver une table au restaurant d'à côté. Je vous y rejoins ; le temps de me changer.

— Tu as une loge ? demanda André.

Rosalie éclata de rire.

— Oui, bien sûr, et une grande : le couloir ! Évidemment non, André, sinon, je vous y aurais offert une boisson. Mais je ne suis rien, juste une soubrette ! Ce n'est pas demain que j'aurai ma propre loge !

*
* *

Quelques instants plus tard, elle retrouvait ses amis au restaurant jouxtant le théâtre, où André les invita toutes les trois. Avec l'approbation bienveillante de Joséphine qui n'attendait plus qu'une chose de la vie, des petits-enfants, il filait le parfait amour avec Anne-Marie, un amour calme et paisible qui leur convenait à tous trois.

Bref, ils étaient heureux.

— Toujours rien, Anne-Marie? demanda Rosalie.

— Non, je suis toujours plate comme une planche à pain, répondit son amie, suscitant aussitôt le fou rire d'André.

— Tu te trompes, Annie. Une planche à pain, c'est une fille qui n'a pas de poitrine, et, en la matière, tu es plutôt bien pourvue, tu ne crois pas? On en a plein les mains!

— Moque-toi, André! répliqua Rosalie. Si tu t'imagines que le français est une langue facile, tu te trompes! Je trouve qu'Anne-Marie a fait des progrès impressionnants en très peu de temps. Elle n'a pratiquement plus d'accent!

— J'en ai bien conscience, Rosie. Je voulais d'ailleurs t'en parler. C'est toi qui as payé ses cours et, comme c'est pour notre plus grand bénéfice commun, Anne-Marie et moi voudrions te rembourser.

— Mais je l'ai fait de grand cœur! protesta Rosalie.

— Je le sais, Rosalie, mais je sais aussi que tu ne roules pas sur l'or…

— Ah! ça, c'est malheureusement vrai, et, sans l'argent que m'a laissé Juliette… Ce ne sont pas mes cachets de théâtreuse ni même de modèle…

— De modèle? demanda Joséphine. Tu es modèle de quoi?

— De peintres. Et la semaine prochaine, de photographe.

— Et ça rapporte beaucoup, ce travail-là?

— Jusqu'ici, on me paie un franc de l'heure. Quatre francs pour quatre heures de pose. Et, bien souvent, il ne fait pas très chaud, crois-moi!

— Comment ça, pas très chaud? demanda Anne-Marie, intriguée.

— Hé! C'est que, le plus souvent, on pose nue, Anne-Marie!

109

— Toute nue ? Complètement ? Sans rien pour cacher ton mistigri ? fit Joséphine, interloquée.

— Sans rien, ma bonne Joséphine… Mais on s'y habitue très vite. Les peintres te regardent comme si tu étais une botte de poireaux ou de navets, une bassine, un objet inanimé. C'est bien simple, ce qu'ils te répètent le plus souvent, c'est « Ne bougez pas ! » ou « Gardez la pose » ! Pour eux, tu es tout, sauf une femme ! Tu es un sein mais tu n'es qu'un sein, qu'une fesse, une hanche, un dos, un visage. Jamais tout cela à la fois. La femme, le peintre ne la voit que quand il a fini de travailler. À ce moment-là, oui, ça peut changer, mais à ce moment-là seulement.

— Eh bien ! Si on m'avait dit que se mettre nue pouvait être un métier honnête ! remarqua Joséphine, incrédule… Quand même, ma Rosie…

Un silence songeur avait suivi cet échange. Joséphine se demandait de quel bois étaient faits ces hommes qui pouvaient, des heures durant, détailler une femme nue sur toutes les coutures sans réagir. Ces médecins, par exemple… On lui avait affirmé que certains d'entre eux ne se contentaient pas de questionner leurs patientes ni même de les ausculter ; ils les déshabillaient ! Aussi n'avait-elle jamais pris le risque d'en consulter un seul ! Anne-Marie, elle, s'interrogeait sur ce qu'elle ressentirait à poser nue devant un homme. S'il ne la regardait pas, quelle vexation ! Mais s'il la fixait dans les yeux, ça serait sûrement excitant en diable ! D'ailleurs, rien que d'y penser, déjà… Elle se souvenait si bien de la première fois où elle et André s'étaient regardés ! C'était comme s'il l'avait prise ! Et pourtant, elle était habillée, ce jour-là. André… Elle lui jeta un coup d'œil et sentit le désir l'envahir. S'il se doutait ! Mon Dieu, qu'elle l'aimait !

À des lieues de là, André se reprochait son égoïsme.

Il avait la chance inouïe d'être comblé par la vie et les femmes. Amour, amitié, argent, il leur devait tout. Sa mère, tout d'abord, qui s'était sacrifiée pour Frédéric et lui. Une femme comme elle, il n'y en avait pas deux, s'était-il dit en la perdant. Et pourtant ! Juliette l'avait aimé comme personne ; elle avait pris soin de le mettre à l'abri du besoin, avant de mourir, tout en lui laissant une seconde mère en la personne de Joséphine. Rosalie, elle, s'était donnée à lui, d'abord, par affection pour Juliette, puis, pour le consoler, avant de lui offrir sa meilleure amie.

Anne-Marie… Il lui jeta un coup d'œil. Elle le fixait, le regard brillant. Il répondit à son sourire et revint à Rosalie. Il fallait qu'il trouve une solution. Il ne pouvait continuer à la laisser poser durant des heures pour un salaire de misère devant des rapins probablement sans talent ! Dans sa lettre, Juliette lui avait bien demandé d'aider Rosalie, mais la jeune fille était si fière qu'il craignait de la vexer.

Peut-être qu'en soudoyant l'un de ces peintres, en lui donnant cinq cents francs pour le modèle… Oui, c'est ça. Il allait le faire tout de suite… À moins que… Et s'il commandait un tableau ? Bien sûr ! C'était une meilleure idée ! D'autant qu'un tableau d'un peintre connu pouvait s'avérer un placement en même temps qu'un service rendu. Il ferait d'une pierre deux coups.

— Comment ces peintres recrutent-ils leurs modèles ? demanda-t-il à Rosalie.

— Oh ! ça dépend des peintres et des sujets, lui répondit-elle, agréablement surprise de l'intérêt d'André pour son métier. Certains prennent comme modèles des Italiennes ou les Orientales, bien en chair et typées. D'autres, heureusement, préfèrent les jeunes Parisiennes, cousettes ou actrices comme moi. Nous sommes plus naturelles, paraît-il.

— Et où vous trouvent-ils ?

— Dans les cafés, au théâtre, dans la rue, un peu partout, en définitive. Et il y a le bouche à oreille.

— Ces peintres ? Tu en connais beaucoup ?

— Quelques-uns, oui. Des provinciaux, pour l'essentiel. Ils se groupent par affinités ou écoles.

— Par affinités ? questionna Anne-Marie.

— Par goûts, si tu préfères. Il y en a qui n'aiment que les sujets de l'Antiquité latine ou grecque, des déesses et des dieux. Ce sont des nus classiques, avec des poses tarabiscotées et fatigantes. La plupart de leurs modèles sont des Napolitaines qui habitent le quartier de la rue Saint-Victor. Tu vois où c'est, André ?

— Très bien. Enfants, Frédéric et moi habitions rue d'Arras, avec ma mère.

— Alors tu connais sûrement la rue Fresnel et la rue Traversine. Elles donnent sur la rue d'Arras, justement !

— Oui, mais ça fait si longtemps… J'avais sept ou huit ans.

— Ce sont des ruelles infâmes, mal pavées, misérables en un mot. J'y ai raccompagné, une fois, une femme, un modèle, une Italienne qui venait de poser en Diane pour Chassériau, pendant six heures d'affilée. Elle avait peur de rentrer, peur d'être battue par son mari qui n'allait pas lui pardonner une aussi longue absence, même si elle rapportait de l'argent. Il était d'une jalousie féroce, cet homme.

— Et alors ?

— Il l'a crue, parce que j'étais avec elle. Sinon, il l'aurait battue. Oui. Ce que je voulais dire, c'est que ces femmes ont de la prestance, de l'allure… Elles peuvent effectivement passer pour des déesses. Et celles qui posent en Vénus sont vraiment de très belles filles

— Dis-moi, ma Rosie, demanda Joséphine, intriguée. Est-ce que tous les modèles sont de belles femmes, comme ces Italiennes ?

— En général, oui, mais les peintres «réalistes», eux, prennent pour modèles des filles et des hommes ordinaires, des gens de la rue, parfois des paysans qui font ça pour arrondir leurs fins de mois.

— Comment as-tu appris tout ça ? demanda André, admiratif. Les dieux, les déesses…

— Tout ça ? fit Rosalie en souriant. Mais je n'y connais rien, André ! Sinon ces modèles qui sont des Diane, des Cérès, des Vénus. Mon savoir s'arrête là.

— Rosalie écoute ce qu'on lui dit, André, intervint Anne-Marie. Comme moi. Toi, tu prêtes attention à ton interlocuteur cinq minutes, pas plus. Au-delà, tu ne l'écoutes plus.

— C'est vrai, je l'admets. Et c'est pour ça, Annie, que j'aimerais que tu m'accompagnes chez le notaire, demain. Parce que lui, ce n'est pas pendant cinq minutes qu'il va parler…

— Tu es quand même imprudente, Rosalie, d'aller chez des gens que tu ne connais pas, le coupa Joséphine. Et des Italiens, en plus !

Rosalie ne répondit pas ; elle se contenta de sourire.

— Si je te disais, Joséphine, que je vais aussi poser pour des photographes ? Du moins, si Marc me trouve des contrats. Les photographes sont moins exigeants que les peintres, et ils paient mieux. Et même si, pour les peintres, la photographie ce n'est pas de l'art, pour nous, modèles, c'est de l'argent, et c'est ce qui compte.

André n'avait pas écouté cette réflexion ; il suivait son idée et y revint encore.

— Tu as des peintres préférés, Rosalie ? demanda-t-il.

— Bien sûr ! Tous les beaux garçons qui manient le pinceau ! Non, sérieusement, j'aime bien ce que font les «réalistes», et en particulier Courbet. Il me plaît, cet homme, même s'il ne fait pas le fier actuellement.

— Pourquoi ?

— C'est un républicain, et le Prince le fait sur-
veiller, paraît-il. Mais il a énormément de talent. Et en
plus, il est beau.

— Ça rapporte beaucoup de poser pour lui ?

— Ce n'est pas ça, mais il commence à être célèbre,
et, si je posais pour lui, je me ferais un nom comme
modèle. Sans compter qu'on parlerait peut-être de moi
quand je serai morte, ajouta Rosalie, en riant.

— Ça te ferait une belle jambe ! intervint Joséphine. Ça te rapporterait quoi ?

— Laisse-la finir, s'il te plaît, Joséphine, fit André,
agacé. Rosie, tu le connais bien, ce Courbet ?

— Non, malheureusement. Je ne l'ai vu qu'une
fois, chez un de ses amis pour lequel je posais. Un
républicain, lui aussi. Un bel homme, mais qui ne le
sait que trop. Courbet m'a regardée, vraiment regardée, pendant deux ou trois minutes, tournant autour de
moi, me redressant le menton, la tête, me faisant m'allonger, me relever, bouger. Il a dit plusieurs fois :
« Intéressant… intéressant… » Et puis, il a conclu :
« Merci mon petit, vous pouvez vous reposer. » C'était
il y a trois semaines, peut-être…

— Il ne t'a pas fait signe, depuis ?

— Non, c'est dommage. D'autant qu'il paie sûrement bien plus qu'un franc de l'heure, lui !

André avait appris ce qu'il voulait savoir. Il allait
voir ce Courbet et lui commander une toile, un nu de
ce modèle qu'il avait remarqué, un nu de Rosalie.
Peut-être passerait-elle ainsi dans la petite histoire de
la peinture quand ils auraient tous disparu. Il resterait
ainsi une trace de sa beauté.

*
* *

114

Le lendemain après-midi, accompagné d'Anne-Marie, André avait retrouvé Marc devant l'étude de Mᵉ Champfort, une maison de deux étages, place Saint-André-des-Arts, à toucher les Verreries Desvignes. Marc appréciait Anne-Marie presque autant qu'il aimait Rosalie et les trouvait aussi vives et gaies l'une que l'autre. La promise d'André avait l'esprit ouvert et une soif d'apprendre qui faisait plaisir. La première fois qu'il l'avait rencontrée, à Vanves, il l'avait trouvée quelconque, évitant de parler à cause de son invraisemblable accent, la pauvre paraissait godiche et, comme ce n'était quand même pas une beauté… Bref, il ne voyait pas ce qui en elle attirait André.

Depuis, il avait compris. Rosalie lui avait raconté l'enfance et l'adolescence plus que difficiles de son amie. Comment Anne-Marie avait-elle réussi à faire, ainsi, table rase de son passé ou, du moins, à l'enfouir si profondément dans sa mémoire qu'elle semblait l'avoir oublié et être née une seconde fois, à son arrivée à Paris, six mois plus tôt ? Il se le demandait encore, mais cela avait dû exiger d'elle un extraordinaire effort de volonté. Aujourd'hui, le résultat était là : elle était enjouée et optimiste. Peut-être était-ce tout simplement parce qu'elle était amoureuse.

Toujours est-il que, pour lui, la voir c'était la certitude de passer un bon moment. De toutes les personnes qu'il connaissait – et il en connaissait quand même beaucoup qui passaient pour avoir de l'esprit –, elle était incontestablement la plus amusante et cela tenait à son langage extraordinairement imagé et coloré. Anne-Marie avait vraiment fait des progrès fulgurants en français, et, quand elle était en verve, l'écouter était un plaisir ; c'est bien simple, comparé au sien, le vocabulaire pourtant expressif de Rosalie paraissait terne. Ah ! s'il avait été auteur de théâtre, que de répliques elle lui aurait procurées !

Anne-Marie était un cas que, comme lui, Pierre Champfort étudiait avec intérêt depuis qu'elle prenait progressivement en main les affaires et les intérêts d'André. À vingt ans à peine et avec son passé, la jeune femme faisait preuve d'une intelligence remarquable. Pierre, pour lequel il éprouvait beaucoup de sympathie, lui avait dit être très impressionné par ses capacités d'analyse, et pourtant, il en avait vu d'autres. En plaisantant, il avait rajouté qu'en épousant Anne-Marie André ferait mentir l'adage qui voulait que seuls les cocus aient de la veine ! Il avait, en effet, la chance insigne de susciter l'amour de femmes bien plus intelligentes que lui et capables de s'occuper de ses intérêts.

Le notaire en avait encore pour un moment avec son client. Il leur proposait de les rejoindre au restaurant où ils seraient bien entendu ses invités. Ils convinrent de se retrouver rive gauche, aux Frères Provençaux. Marc abandonna un moment André et Anne-Marie et passa prendre Rosalie qui avait une bonne nouvelle à lui annoncer. Après un très rapide aller-retour, il revint accompagné de la jeune fille qui ne lui laissa même pas le temps de s'asseoir à la table où étaient déjà installés André et Anne-Marie, pour claironner la nouvelle. Elle était si impatiente !

— Avant tout, merci ! commença-t-elle. Merci, parce que c'est grâce à vous, à vos applaudissements au théâtre que Lucien Barrot, le metteur en scène, vient de me proposer un second rôle dans la pièce de Paul de Kock, qu'il monte au Luxembourg, début octobre.

— Et… c'est bien, un second rôle ? demanda André.

— Comment ça, c'est bien, c'est extraordinaire tu veux dire ! Je n'ai fait qu'une apparition dans une petite pièce, et je vais jouer un second rôle !

— Paul de Kock est un auteur à la mode, précisa Marc. Il est spécialiste de vaudevilles, des pièces enlevées et amusantes, avec des tas de rôles que peut parfaitement jouer Rosalie, aujourd'hui.

— Et quel est le titre de cette pièce? demanda Anne-Marie.

— Paul n'a pas encore fini de l'écrire, répondit Marc. Rien d'étonnant, d'ailleurs, car c'est un homme prolifique qui écrit un vaudeville tous les deux mois, parfois plus vite encore. Avec lui, le titre importe peu. La pièce aussi d'ailleurs. Je sais, moi, que Rosalie y aura un rôle sur mesure. Elle va briller, j'en suis certain!

— Rosie, tu nous as remerciés mais tu as oublié Marc! C'est pourtant grâce à lui que...

— Anne-Marie! Me prends-tu pour une ingrate? répondit Rosalie, en fixant intensément son amant qui lui faisait face et dont le visage s'empourprait. Marc, merci. Nous allons fêter ce rôle comme il se doit ce soir, je te le promets... Si tu peux attendre jusque-là du moins, poursuivit-elle, taquine.

«Elle a décidément, toutes les audaces», se dit Marc, qui adorait le culot de sa jeune maîtresse. Sous la table, en effet, le pied déchaussé de Rosalie venait de trouver sa cuisse où il s'aventurait. Aussi fut-il très surpris quand, interrompant soudain son exploration pédestre, elle détourna les yeux pour fixer quelqu'un dans son dos.

Pierre Champfort se dirigeait vers leur table, et, dans ses yeux, l'ironie le disputait à l'amusement. Qu'avait-il vu exactement? se demanda Rosalie. Son pied sur la cuisse de Marc? Sans doute, si elle se fiait à son sourire en coin. Le notaire salua tout son monde, adressant un mot à chacun d'entre eux, et, quand ce fut son tour, il lui glissa à l'oreille:

— Rosalie, voilà un exercice plutôt inhabituel, ma chère! Toutes mes félicitations pour votre virtuosité! Quelle souplesse de cheville et de pied! Mon ami Marc a bien de la chance!

Rosalie ne répondit rien mais soutint le regard de l'homme sur elle. Pas de doute, il la désirait et ce «Marc a bien de la chance» était destiné à lui faire comprendre ce dont elle se doutait : il n'allait pas tarder à lui faire une proposition.

On avait attendu les desserts pour commencer à parler placements. Il s'agissait, en réalité, de savoir comment André souhaitait investir l'argent que lui avait rapporté la vente des «maisons» de Juliette. Le notaire et Marc n'avaient pas eu le cœur de lui parler de la «cession» des filles dont s'occupait encore directement leur amie défunte. Peut-être l'eût-il très bien admis, mais il était inutile de courir le risque de le choquer. Ce côté proxénète de Juliette heurtait Marc qui se demandait ce qu'en pensait réellement Pierre Champfort. Lui-même avait beaucoup de mal à admettre qu'ayant connu ce métier de l'intérieur Juliette ait pu, à son tour, exploiter des filles comme elle l'avait elle-même été. Il la savait dure, mais, quand même !

Il avait fait à André la liste de tout ce qu'il possédait, de ce qu'il avait conservé, comme de ce qu'il avait vendu et arrivait à la conclusion.

— Tous comptes faits, André, récapitula-t-il, tu disposes de trois cent soixante-dix-huit mille francs. Le reste de ton argent est placé, et bien placé en parts sociales dans des affaires de construction. Bon an, mal an, ces placements te donnent largement de quoi vivre. Trente mille francs de rentes, ce n'est pas rien, et, si tu le souhaites, rien ne t'oblige à travailler. Restent donc ces trois cent soixante dix-huit mille francs. Que comptes-tu en faire ?

— Comment veux-tu que je le sache ? Tu en as de bonnes ! Ce serait plutôt à toi de me le dire ! soupira André.

En désespoir de cause, Marc se tourna vers Anne-Marie. Bien lui en prit.

— Je n'ai pas encore fini mon enquête, déclara la jeune femme, mais j'avance. En tout cas, je suis sûre que l'idée est bonne et que l'achat de terrains ou de taudis bien placés peut rapporter gros. Maître Champfort pourra peut-être…

— Quel cognac ! n'est-ce pas, André ? la coupa le notaire, plongé dans la dégustation d'un de Lagrange 1817, qui méritait, selon lui, qu'on lui consacre quelques minutes, toutes affaires cessantes. Trente-quatre ans, quel arôme ! Pardonnez-moi, Anne-Marie, mais il y a des priorités… Pour en revenir à ce que vous disiez, vous avez raison, bien entendu, mais avez-vous rencontré l'une ou l'autre des personnes que je vous ai recommandées ?

— J'en ai vu deux, maître, et vous en remercie, répondit la jeune femme, légèrement désarçonnée. Elles m'ont confirmée dans mon idée première : il faut suivre l'actualité de très près, et si possible, la devancer.

— Ce qui n'est pas toujours facile, répliqua le notaire.

— Que veux-tu dire, Anne-Marie ? demanda André.

— Il va y avoir des tas de travaux très importants à Paris, expliqua à sa place Pierre Champfort. Le Prince-Président en fait une affaire personnelle, ne serait-ce que parce qu'il veut relier le Louvre aux Tuileries, sans doute pour avoir le plus grand et le plus beau palais du monde. Louis XIV est de retour parmi nous. À moins que ce ne soit déjà Napoléon.

— Pierre, fit Marc, en baissant la voix, je sais que nous sommes rive gauche, terre républicaine s'il en est encore, mais, même ici, les murs peuvent avoir des oreilles. Méfiez-vous.

— Merci de prendre soin de mon avenir d'homme libre, Marc. Mais vous avez raison.

— Cela étant, reprit Marc, toujours à mi-voix, vous

êtes, quand même, dur avec le Prince. Il n'y a pas que les Tuileries, quand même ! Le Carrousel, la Cité, l'Hôtel de Ville, le bois de Boulogne, les liaisons entre gares... Autant de priorités qu'il s'est données et qui n'ont rien de personnel !

— Justement, observa Anne-Marie. L'Hôtel de Ville, les Halles surtout, ou la Cité, voilà des quartiers où le prix du terrain va flamber, non ?

— C'est certain, répondit le notaire. Voulez-vous rentrer dans une partie, Anne-Marie ? Je veux dire, y acheter quelques biens à revendre très vite ? J'ai des relations dont l'activité essentielle consiste à rénover certains vieux quartiers. Vous pourriez investir cent ou deux cent mille francs par programme. Qu'en pensez-vous ?

— Ça me semble très bien, dit la jeune femme. Encore faut-il qu'André soit d'accord ! Qu'en penses-tu, mon chéri ?

— Je n'en pense rien, mais je te fais confiance, Annie, tu le sais bien. Je ne vois pas pourquoi tu essaierais de me faire faire des sottises, alors qu'on va se marier !

— Bien dit, André, conclut Marc. Voilà une chose de réglée ! Je t'avoue que j'en suis content. Vous prenez acte, Pierre, de ce que j'en ai fini du travail que m'avait confié Juliette ? Anne-Marie me remplacera avantageusement.

— Tout à fait, Marc. Je prends note de la passation de pouvoirs entre vous. Cela étant, André et Anne-Marie auront certainement toujours besoin de vos conseils, moi aussi d'ailleurs, que ce soit professionnellement ou non.

— Bien, intervint Rosalie, qui avait saisi le sous-entendu de cette dernière remarque. Si vous en avez fini... Pour moi, tous ces placements sont du chinois. Je me demande ce que tu trouves d'intéressant là-

dedans, Anne-Marie ! Je vais devoir vous laisser...
J'ai une répétition... Et ensuite je pose pour un photographe, Braquehais, un académique. Marc ? tu m'y
conduis ? Maître Champfort, je vous remercie pour
le dîner. Au fait, vous n'êtes pas encore venu m'applaudir, n'est-ce pas ? N'avez-vous pas reçu d'invitation ?

— Si, Rosalie, merci. Mais je n'ai pas encore
trouvé le temps d'y aller. Je compte inviter deux ou
trois bons clients qui seront sûrement ravis de faire
votre connaissance. Accepteriez-vous de souper, après
le théâtre ?

— S'il n'y a que cela pour vous faire plaisir...
Pourquoi pas ?

*
* *

Le notaire vint, effectivement, assister au spectacle,
deux jours plus tard, mais il était seul, quand il vint lui
rendre visite en coulisse ; les clients et amis qui
l'avaient accompagné avaient dû rentrer, dès le baisser de rideau. Peu importait, ils dîneraient, en tête à
tête, tous les deux, si, du moins, elle n'y voyait pas
d'inconvénient. Elle n'en voyait pas. Ils quittèrent
aussitôt le Faubourg du Temple.

Pierre Champfort était un célibataire aisé qui avait
du savoir-vivre et de la fortune. Il possédait, rue d'Anjou, un coquet appartement où les attendait un souper
fin. Œufs d'esturgeon, huîtres de Cancale, poularde de
Bresse, cuissot de chevreuil... et un lit douillet pour
conclure ou commencer la soirée. Rosalie résolut de
prendre le taureau par les cornes et donna à son futur
bienfaiteur ce qu'il espérait, un premier et bref aperçu
de ses talents et des plaisirs que lui promettaient les
semaines et les mois à venir.

Il apprécia l'amuse-gueule en connaisseur avant de passer à table où, tout en dégustant des huîtres d'une fraîcheur exceptionnelle – elles venaient de Cancale en vingt-huit heures –, il fit à la jeune fille une offre alléchante : l'appartement où ils soupaient, une voiture avec cocher, mille francs par mois d'argent de poche, quelques bijoux, une garde-robe... Une cuisinière et une femme de chambre assureraient le service. Tout cela pour deux nuits par semaine, plus quelques réceptions où elle l'accompagnerait... Bien entendu, elle devrait lui être fidèle durant toute la durée de leur contrat. Elle devrait, aussi, quitter Marc et intégrer ce nouvel appartement dès le lendemain.

Rosalie jugea inutile de préciser au notaire que, Marc lui ayant déjà tout dit, la surprise n'en était plus une pour elle. C'eût été inutilement blessant et même insultant pour lui. Les deux amants étaient d'ailleurs convenus de se remettre ensemble, une fois l'intermède Champfort terminé. Le notaire rêvait de Rosalie depuis plus de huit mois, depuis que Juliette la lui avait présentée. Il ne cessait d'en parler à Marc auquel il avait été jusqu'à proposer une indemnité d'éviction s'il acceptait de se retirer sans discuter. Aussi, fut-il très désagréablement surpris quand Rosalie, avec un grand sourire, déclina son offre.

— Restons bons amis, Pierre, lui dit-elle en posant sa main sur la sienne.

— Comment ? Vous refusez, Rosalie ?

— Eh oui, mon ami ! Vous me mésestimez, je suis navrée de vous le dire... Ou du moins, vous me sous-estimez...

— Mon offre est trop basse ?

— C'est une façon un peu triviale de dire les choses, mais oui... C'est exactement ça.

— Peut-être ne suis-je plus au fait des pratiques

actuelles. Pouvez-vous rectifier mon erreur, Rosalie ? Décidez vous-même.

— Disons, trois mille francs par mois, dix mille de bijoux, et dix mille pour m'installer. La voiture sera une calèche. Deux chevaux, une livrée neuve pour le cocher. Vous pourvoirez, bien entendu, à ma garde-robe, qui inclura un châle de cachemire. Je continuerai à poser et à jouer au théâtre, bien entendu.

Dieu merci ! Ce n'était que son offre qui était discutée, non sa personne, comme il l'avait craint un instant. Quelle idée avait-il eue, aussi, de vouloir mégoter ? Il n'était pas à dix ou vingt mille francs près pour un morceau de roi comme cette fille ! Mais, tout en acquiesçant, il lui glissa :

— J'accepte vos conditions, Rosalie. Je ne vais pas discuter. Sachez cependant, jeune fille, qu'un négociant quelconque vous aurait renvoyée à votre théâtre. Pour un commerçant des faubourgs, un sou est un sou, un franc, un franc, et, que je sache, vous n'êtes pas encore une reine de Paris, l'une de celles qui fixent leurs conditions. Cela viendra peut-être un jour… ou ne viendra jamais. Attention, Rosalie ! Trop d'ambition peut tuer ! Au jeu de l'amour, comme à celui de l'oie, il arrive que l'on recule de plusieurs cases. Vous avez sauté la case «lorette», mais vous pourriez y retourner.

Ils dînèrent de fort bon appétit, avant de se remettre au lit pour sceller leur accord. Le notaire s'y révéla finalement un amant très convenable, pour un homme de son âge. Satisfaite de son choix, Rosalie déménagea le lendemain et entra de plain-pied et en toute connaissance de cause dans le monde de la galanterie. La première chose qu'elle rangea dans son nouvel appartement fut, bien entendu, sa paire de sabots de bois cirés, son talisman, ces sabots qu'elle n'étrennerait que le jour de son mariage, elle l'avait promis à sa sœur Cécile. Elle ne les plaça dans son armoire qu'après avoir consciencieusement craché dessus pour les faire reluire.

Elle avait bien failli dire oui à Pierre tout de suite avant de penser à Juliette qu'elle pouvait, une fois encore, remercier pour la pertinence de ses conseils. Quant à savoir combien de temps cela durerait, elle ne se posait pas la question : elle verrait bien.

Pendant que Rosalie faisait monter son nouvel amant au septième ciel, Anne-Marie était plongée, elle, dans un autre type de spéculation : elle décortiquait les textes législatifs qui régissaient les expropriations et tenait à vérifier, dans le détail, chacun des points que lui avait exposés le notaire. La loi de 1810 soumettait au contrôle judiciaire les transferts de propriété comme le système d'indemnisation. Sous Louis-Philippe, en 1833 et 1841, le législateur avait veillé à protéger les intérêts des expropriés en décidant que leurs indemnités seraient fixées par des jurys de propriétaires. Contribuables et donc, selon lui, *a priori* soucieux des deniers comme du bien public, ceux-ci lui paraissaient les plus aptes à fixer un prix juste pour le bien estimé.

— Je vous vois faire la moue, lui avait dit Pierre Champfort, et même, froncer le nez. Vous en doutez, ma chère ?

— Il me semble que l'homme moderne, celui de l'Empire, du moins, n'est pas vertueux à ce point ! avait-elle risqué.

— Et vous avez mille fois raison, jeune dame, avait approuvé le notaire, abondant dans son sens. Ce système eût peut-être été valable dans une République d'hommes vertueux, poursuivit-il, mais dans la France de ce milieu de XIXe siècle, sûrement pas. Car, si le nouveau régime faisait sien le « enrichissez-vous » de Guizot, il omettait la mention « par le travail et l'épargne » qui le complétait. Comment imaginer, en effet, que les propriétaires, membres de ces jurys, songeraient à servir l'État, la «Chose publique» avant leurs propres intérêts ou, du moins, ceux de pairs qui, quelques semaines ou quelques mois plus tard, auraient à leur rendre la pareille ? Il fallait être naïf pour le croire. Le législateur avait parié sur des citoyens vertueux. Il s'était trompé : en ce siècle d'affairisme, la vertu se faisait rare.

C'est le jeune Nicolas Burdin, un secrétaire des frères Pereire, qui compléta ces premières informations. Il expliqua à Anne-Marie que, le but de tout spéculateur étant de faire un profit maximum pour un risque minimum dans le laps de temps le plus court possible, la loi aurait dû prévoir l'annulation de toutes les opérations immobilières de moins de trois ans sur les terrains ou immeubles faisant l'objet d'expropriation. Ce n'était pas le cas. La spéculation n'était pas réglementée.

— Cela étant, chère madame, avait-il précisé, n'allez pas croire tout ce que l'on peut vous susurrer à l'oreille, en matière d'immobilier. Il faut un minimum de six mois pour boucler une opération, entre le moment de l'achat d'un terrain et sa revente. Et il est même plus sage de prévoir un an. Bien sûr, vous trouverez des gens qui prétendront faire mieux ! De très beaux parleurs. Évitez-les comme la peste !

— Pouvez-vous m'en dire plus ?

— Le plus souvent, avait répondu le jeune homme, condescendant, ces margoulins se prévalent de contacts privilégiés avec des agents voyers de la ville de Paris. Ceux-ci évaluent les biens immobiliers frappés d'expropriation et transmettent leurs estimations à la commission d'Indemnisation du Conseil municipal de Paris. Bien qu'ils fassent, pour la plupart, correctement leur métier, ces agents municipaux voient cependant, depuis une vingtaine d'années, le montant de leurs évaluations contesté. Le nombre d'affaires traitées à l'amiable diminue donc, car l'opposition devient systématique entre la commission qui sous-évalue les biens et les propriétaires expropriés – très souvent des spéculateurs – qui les surévaluent.

— Justement, avait fait Anne-Marie, ces spéculateurs, qui sont-ils ?

Burdin hésita. Il n'avait pas prévu de consacrer autant de temps à cette jeune femme ; mais elle avait de grosses possibilités, lui avait dit Champfort, et puis, elle semblait si naïve… Il décida de se montrer courtois.

— Ce sont, le plus souvent, des brigands qui mènent grand train en vivant à crédit et en abusant les investisseurs naïfs.

— Comment les reconnaît-on ?

— Ah ! ça, je suis bien incapable de vous les décrire, chère madame. Le spéculateur ? C'est monsieur Tout-le-monde, vous, moi, n'importe qui ! Votre voisin, votre épicier, votre notaire… Excusez-moi… Je ne parle, bien évidemment, pas de Me Champfort !

— Mais encore…

— Ah ! Madame ! La spéculation ! Et elle est parfois incontestable puisque certains immeubles sont revendus jusqu'à deux et trois fois dans l'année qui précède l'expropriation. Il y a des fuites, des gens trop bien renseignés et presque toujours intouchables qui s'en mettent plein les poches aux dépens de la ville. Je les connais très bien, ces spéculateurs qui empochent des profits scandaleux, en se mettant entre l'acheteur définitif et le premier vendeur !

Cette fois, il était lancé. Le jeune Nicolas Burdin était l'un des jeunes les plus brillants de la banque Pereire mais probablement aussi le plus vaniteux de tous et Anne-Marie avait décelé très tôt cette faille de son caractère. Ce jour-là, en se faisant passer pour sotte, elle l'avait piégé. Il se montra d'autant plus aimable avec elle qu'il se voyait déjà croquer cette petite provinciale, le moment venu. C'était si inhabituel, lui dit-il, de voir une jeune fille sortant du couvent s'intéresser à ce type d'affaires habituellement réservées aux hommes d'âge mûr. Il lui proposa son aide, pour lui éviter de se faire dévorer par des brigands et lui expliqua tout, après qu'elle eut accepté de prendre pour cent mille francs d'actions du Crédit Mobilier, la banque d'affaires des Pereire.

Le jeune homme tenait d'autant moins à laisser Anne-Marie se faire gruger par des spéculateurs véreux que, d'après Champfort, la jeune dame valait près d'un million en valeurs mobilières. Et ce capital, il espérait l'exploiter, lui-même, un jour, à son propre profit. C'est presque par inadvertance qu'Anne-Marie apprit encore, ce jour-là, de son nouveau conseiller que, si son notaire était l'un des plus réputés de Paris, il était aussi un « affairiste » avisé et l'un des gros pourvoyeurs de clientèle de la nouvelle banque qui lui accordait une commission de cinq pour cent sur le montant des actions et obligations qu'il leur plaçait.

Burdin expliqua à Anne-Marie toute la difficulté qu'il y avait à obtenir des informations de première main. Ainsi, tout le monde connaissait les projets initiés par le Prince-Président. Le déblaiement du Carrousel, le dégagement du périmètre de l'Hôtel de Ville comme des alentours de Notre-Dame étaient des opérations arrêtées, de même que le percement de la rue des Écoles. Déjà, autour de l'allongement de la rue de Rivoli, l'on parlait de ce que l'on appelait « la grande croisée » qui allait changer la configuration du centre de Paris. Ces travaux gigantesques effrayaient tant le préfet Berger qu'il en était venu à se montrer imprudent, allant jusqu'à les qualifier, en privé, de « pharaoniques ».

— Le préfet Berger a trop parlé, conclut le jeune homme. Le Prince n'aime pas qu'on le critique et cela va coûter sa place au préfet. L'on dit, d'ailleurs, que Persigny, le tout-puissant ministre de l'Intérieur, a déjà choisi son remplaçant, un certain Haussmann. J'espère qu'il sera à la hauteur.

Anne-Marie n'avait pu se retenir d'esquisser un sourire en écoutant le jeune et impénitent bavard juger si sévèrement le préfet Berger. Elle l'avait bien abusé ! Il lui avait tout dévoilé, s'imaginant qu'elle ne retiendrait rien de son discours. Pourtant, aujourd'hui, elle était sûre d'une chose : la ville grandissait, sa population qu'il fallait nourrir croissait. Cela signifiait que l'agrandissement et la modernisation des Halles allaient très vite devenir prioritaires. C'est là qu'elle devrait investir.

La jeune femme soupira, rangea ses feuillets, et éteignit la lampe à huile. Elle ferma la porte du bureau et regagna leur chambre où André dormait depuis plusieurs heures déjà. Elle avait de telles responsabilités vis-à-vis de lui et il lui faisait tellement confiance ! En quelques mois, elle lui était devenue indispensable et le serait peut-être encore plus demain qu'aujourd'hui si ses espoirs se confirmaient.

Elle avait quinze jours de retard, alors qu'elle était, habituellement, réglée comme un métronome. Pourvu qu'elle soit prise, se dit-elle… Si elle était enceinte… Ils se marieraient immédiatement, sans attendre la fin du deuil de Juliette.

6

Il faisait froid, ce 5 décembre 1852, quatrième jour du règne de Napoléon III, que les Français venaient de plébisciter quinze jours plus tôt. Les Parisiens avaient été quasiment les seuls à montrer, encore, quelque attachement à la défunte République, puisque plus de vingt pour cent d'entre eux avaient osé dire non à l'Empire, ce qui – compte tenu des conditions du vote – était un véritable camouflet pour le Prince-Président. À l'opposé, rejetant cette République de braillards et de désordres, la province l'avait triomphalement plébiscité empereur des Français en votant oui à 97,4 pour cent ! Il avait là de quoi se rassurer.

Rosalie avait fait comme toutes les femmes : elle n'avait pas voté puisque les femmes n'avaient pas le droit de vote. Il lui faudrait retrouver cette Eugénie dont elle ne se rappelait plus le nom, cette amie de Juliette qui avait présidé un club féminin, pendant la révolution de 1848, et qui réclamait le droit de vote pour les femmes. Rosalie se sentait, elle aussi, prête à contester l'ordre masculin qu'elle subissait comme toutes les autres, mais qu'elle ressentait plus encore peut-être, maintenant qu'elle était, par choix, une femme entretenue. Son choix ? N'était-ce pas, plutôt, celui de Juliette ?

Du moins avait-elle la chance de n'avoir jamais été une «lorette». Le terme était, d'ailleurs, passé de mode ; «biche» était plus courant, puisqu'elles s'offraient à ces jeunes «daims» qui, en un an ou deux, croquaient des fortunes pour elles. Rosalie avait même entendu certains acteurs utiliser un *nouveau* terme, celui de «crevettes», le féminin de «petits crevés». Mais autant «biche» et «daim» étaient acceptables, autant ces «crevettes» et «petits crevés» lui paraissaient vulgaires.

La jeune fille venait de quitter son appartement de la rue d'Anjou pour le Quartier latin. Elle avait rendez-vous, à la brasserie Andler, rue Hautefeuille, avec un photographe qui l'avait vue jouer la semaine précédente et qui souhaitait qu'elle pose pour lui. Encore une relation de Marc qui était, décidément, un agent hors pair. Braquehais puis Moulin et maintenant Belloc… tous photographes cotés. Elle n'eut pas la patience d'attendre l'omnibus, tant le froid était vif, et prit un fiacre qui la déposa devant la brasserie. Elle poussa la porte et se dirigea distraitement vers l'une des deux tables encore libres dans la première salle. Elle s'y assit, retira ses gants et commanda un chocolat, tout en jetant un coup d'œil sur les consommateurs.

Trois hommes la regardaient. Elle fit un petit signe de main à l'un d'entre eux en qui elle venait de reconnaître un peintre pour lequel elle avait posé l'année précédente, puis se plongea dans la page «théâtre» de son quotidien. Une voix lui fit lever la tête.

— Mademoiselle Rosalie, bonjour. Vous m'aviez reconnu, si j'en crois votre signe de main.

— Effectivement. C'est bien chez vous que j'avais posé, n'est-ce pas ? Vous êtes un ami de Courbet ?

— Tout juste! acquiesça le peintre, visiblement habitué à cette remarque. Nous nous demandions si vous accepteriez de vous joindre à nous. D'ailleurs, Courbet nous rejoint tout de suite. Il est à cette autre table, là-bas.

Courbet! C'est vrai, c'était lui; elle ne l'avait pas vu. Voilà qui changeait les choses. Elle sentit les battements de son cœur s'accélérer. Pourquoi eut-elle cette hésitation, presque ce refus?

Toujours est-il qu'elle répondit, à son propre étonnement:

— Je me serais jointe à vous avec plaisir, mais j'attends quelqu'un que je ne connais pas. Un photographe. Il devrait être là dans... dix minutes. Je suis en avance.

— Ne serait-ce pas Belloc, par hasard?

— En effet. Vous le connaissez?

— Oui, c'est un habitué des lieux, lui aussi. Il n'est pas encore là mais je dois vous avertir qu'il est rarement à l'heure... Si vous vous joignez à nous, de notre table, vous le verrez arriver.

— Dans ce cas, je n'ai plus de raison de refuser, n'est-ce pas? répliqua Rosalie en souriant.

Les choses étaient vraiment bizarres. Il y avait un an qu'elle espérait cette rencontre et, pourtant, elle avait tenté d'échapper au hasard qui la provoquait. Pourquoi? Elle répondrait à la question plus tard. Il arrivait.

L'instant d'après, elle faisait face à Courbet qui la soumettait à un feu roulant de questions, en la dévisageant avec un intérêt qui n'était pas uniquement professionnel. Il voulait tout savoir d'elle, qui elle était, d'où elle venait, ce qu'elle faisait. Et finalement, il lui lança:

— Savez-vous, mademoiselle, qu'il y a trois mois environ, l'on m'a proposé mille francs pour faire votre portrait?

Rosalie resta interloquée… Comment était-ce possible ? Mille francs ? Même pour Courbet, c'était une somme ! C'était sûrement Pierre ! Ce ne pouvait être que lui !

— Mon portrait ? s'étonna-t-elle pour dire quelque chose.

— Oui. J'ai refusé, par principe. Non pas que je crache sur mille francs ! Quel est le peintre qui le ferait, dites-moi ? Mais je ne connaissais ce citoyen ni d'Ève ni d'Adam, et ses explications m'ont paru très emberlificotées, pour ne pas dire tortueuses.

— Qui était-ce ? Et comment savez-vous qu'il s'agit de moi ?

— Rosalie n'est pas un prénom si courant… Quant à lui, je ne me souviens plus de son nom. Un homme dans les trente ans. Il habitait Vanves, je crois.

— Il ne se prénomme pas André, par hasard ?

— Si, c'est ça. Vous le connaissez ?

— Très bien, c'est un proche qui vient d'épouser ma meilleure amie. Mais pourquoi ce portrait ? Il ne m'en a rien dit.

— Il voulait que je vous offre cinq cents francs pour poser pour moi. Vous avez là un ami très généreux !

Rosalie ne put s'empêcher de sourire. C'était tout André, cela ! Il avait cherché une manière détournée de lui procurer de l'argent. Il devait la croire sur la paille !

— Que voulait-il comme portrait ?

— Un nu.

— Je vois…

— Eh bien, vous avez de la chance, parce que moi, je n'ai toujours pas saisi pourquoi il voulait me payer ce portrait mille cinq cents francs pour que je vous en donne cinq cents.

— Je lui avais dit que j'aimais beaucoup ce que vous faisiez.

— Ah! je comprends, il voulait vous offrir ce tableau! Si vous le voyez, dites-lui que je regrette de m'être méfié et que je suis à sa disposition. Et puisque nous parlons boutique, j'aimerais beaucoup que vous posiez pour moi, même si votre ami a changé d'idée. Vous êtes modèle, n'est-ce pas?

— Oui, entre autres choses. Pour le moment, je suis assez prise, malheureusement. Mais plus tard, pourquoi pas?

— Vous trouvez le temps de poser pour Belloc, pourtant!

— Il m'a vue jouer au théâtre et c'est un ami commun, Marc Fournier, qui m'a pris ce rendez-vous avec lui. D'ailleurs, je n'ai pas encore dit oui.

— Vous aimez vous faire prier, dirait-on! Comme toutes les jolies femmes! Vous dînez avec nous?

Rosalie n'hésita pas une seconde. Cet homme l'agaçait, oui, mais il l'attirait plus encore, et il n'était pas question de le quitter ainsi.

— Bien volontiers, répondit-elle. Je ne puis refuser une invitation faite avec, disons, autant de spontanéité et de naturel! Et cela vous prouvera que je n'ai rien contre les peintres réalistes! Bien au contraire, je préfère, et de loin, votre peinture à celle des «officiels».

— Je crains que vous ne m'ayez mal compris, la reprit Courbet, en plongeant ses yeux dans les siens. Vous dînez avec nous, mais en camarades. Chacun paye son écot. Le jour où je vous inviterai, ce sera ailleurs qu'ici et j'y mettrai les formes. Nous ne sommes pas des rustres, nous autres, républicains!….

Elle n'en doutait pas.

Quand Belloc arriva quinze minutes plus tard, il se confondit en excuses. Plus d'une heure de retard à un rendez-vous qu'il avait sollicité, c'était beaucoup. C'était même trop, au gré de Rosalie qui, bien que bonne fille, estima cependant que l'homme lançait l'hameçon un peu loin! Et en plus, il était pressé, devant être à Versailles, en milieu d'après-midi, pour une séance de photographies!

— Encore une fois, tu seras en retard, mon ami, fit remarquer Courbet. Mauvais, ça, quand on fait ton commerce. L'exactitude est la politesse des rois, l'aurais-tu oublié, toi le roi du collodion humide?

— Je ne suis le roi de rien du tout! Je suis républicain, comme toi, Courbet! Mais je serai à l'heure chez les Versaillais. Mademoiselle Noël, que faisons-nous?

— Venez un soir au théâtre, avant ou après le spectacle, si vraiment vous voulez me voir. Vous comprendrez que je ne me fie plus à vos rendez-vous!

— Vous êtes dure avec notre ami Belloc, Rosalie, intervint Courbet.

Quelle audace! De quel droit l'appelait-il par son prénom? Il s'imaginait déjà que c'était gagné, sans doute!

— Je ne crois pas, monsieur Courbet, fit la jeune fille en insistant lourdement sur le monsieur, avant de reprendre: Sincèrement, à vous voir vous agiter, monsieur Belloc, on dirait que vous faites exprès de rater vos rendez-vous.

— Que voulez-vous dire, mademoiselle?

— Comment auriez-vous trouvé le temps de discuter avec moi, alors que, même si vous étiez arrivé à temps, vous devez être à Versailles à quatre heures? Vous vous moquez du monde, mon cher! Ou alors, si vous m'avez fait patienter plus d'une heure pour me voir dix minutes, c'est que vous avez pour vos modèles si peu de considération que nous ne pourrons nous entendre.

Courbet appréciait la double leçon, celle que venait de recevoir Belloc, bien sûr, propre et nette, mais aussi la rebuffade qu'il avait lui-même essuyée, juste auparavant. Ce «monsieur Courbet» répondant au «Rosalie» qu'il avait osé, un peu prématurément, il ne l'avait pas volé… Maintenant, il allait devoir refaire le terrain bêtement perdu. Que dirait son ami Proudhon de cette fille, lui, le misogyne?

— Eh bien! Belloc, dit-il, cette fois, c'est fait! Une femme t'a envoyé ton paquet. Avoue que tu l'as cherché.

— Cherché, non, répliqua le photographe, en souriant, mais trouvé, oui. Mademoiselle Noël, vous me plaisez, vous avez du caractère et serez parfaite comme modèle, j'en suis certain. Je viendrai vous chercher à votre théâtre.

— C'est vrai que vous êtes aussi actrice, fit Courbet pour dire quelque chose.

— Je suis d'abord actrice, monsieur Courbet. Chanteuse et modèle, ensuite. Je joue au Luxembourg. Un second rôle dans une pièce de Paul de Kock. Et qui ne marche pas mal, d'ailleurs.

— Ah! le Luxembourg!

— Tout le monde ne peut être sur les Boulevards, que voulez-vous!

— Oh! ne croyez pas que ce soit une critique, bien au contraire. Nous autres artistes sommes des fidèles du Quartier latin, et notre théâtre, c'est celui de la rue de Fleurus. J'irai vous voir jouer.

— Je n'ai pas de billet de faveur à offrir.

— Nous pouvons payer nos places, rassurez-vous. Nous ne crevons quand même pas de faim, nous autres «réalistes»!

Cette jeune fille, songeait Courbet, avait dû apprendre à se battre rudement, pour rendre ainsi coup pour coup. Elle avait de la personnalité, était plus que jolie et ne semblait pas avoir froid aux yeux. La prendre comme modèle lui donnerait sans doute l'occasion de la connaître davantage, et, qui sait?

Peut-être que… Non, elle devait être le genre de fille à ne se rendre que la bague au doigt et le contrat de mariage signé. Pourtant, une actrice… Et si elle était entretenue ?

Rosalie hésitait à répondre positivement à Courbet qui venait de lui demander de repasser le soir même pour lui présenter l'un de ses amis républicains, Pierre-Joseph, quand celui-ci fit une brève apparition : il venait s'excuser auprès des peintres, et surtout de Courbet, de leur faire faux bond, ce soir-là, en raison d'un contretemps. On le lui présenta. Ainsi, c'était là le fameux Proudhon, se dit-elle, quelque peu déçue par le physique, on ne peut plus banal, du théoricien socialiste. Mais pourquoi, après tout ? Qui donc s'attendait-elle à voir ? Un géant ? Un apollon ? C'était lui, l'ami que Courbet voulait lui présenter. Les deux hommes eurent un court aparté à l'issue duquel Proudhon salua distraitement la société avant de s'en aller. Rosalie fût plus frappée par le manque de chaleur que par la déférence avec laquelle les uns et les autres l'avaient salué. On respectait l'homme d'idées, le penseur généreux avec lequel, seul, Courbet semblait très à l'aise, mais, visiblement, on ne l'aimait pas.

*
* *

Rosalie sortit du restaurant, rêveuse. Gustave Courbet… Certainement un homme à femmes et un grand chasseur devant l'Éternel ! Un séducteur trop sûr de lui aussi, mais qui arrivait souvent à ses fins, elle n'en doutait pas. Il devait apprécier les femmes autant et aussi bien qu'il goûtait le vin dont il se disait connaisseur et c'était incontestablement un gros buveur. Elle savait déjà qu'elle lui céderait sans se faire prier. Ce serait sans doute dans son atelier. Car il lui plaisait, pour ça oui ! Il la remuait, elle vibrait au son de sa voix et se sentait fondre sous son regard. Un regard sombre, comme ses yeux. Tout en lui était noir, les cheveux, la barbe, la mine même. Un beau ténébreux. Presque aussi typé qu'elle. Elle était contente de lui avoir résisté, d'avoir reporté ces séances de pose à plus tard. Il reviendrait vite à la charge. Très vite. Ce n'était pas le genre d'homme à rester sur un demi-échec et, quand il voulait quelque chose, il devait l'obtenir.

Sans s'en rendre compte, elle prit la direction du théâtre. Ce n'est que quand elle parvint rue de Fleurus qu'elle se rendit compte de sa méprise ; décidément, cet homme lui mettait la tête sens dessus dessous ! Elle n'avait rien à faire au théâtre, il y avait relâche jusqu'au lendemain soir ! Que lui arrivait-il ?

Elle était libre comme l'air. Pierre avait dû se rendre pour trois jours à Rouen. Elle allait en profiter et s'inviter à Vanves, chez Anne-Marie et André ; cela lui ferait un bien énorme. Elle verrait comment poussait le bébé dans le ventre de sa maman, enceinte de trois mois. À la mi-novembre, André et Anne-Marie s'étaient unis pour le meilleur et pour le pire. Par amour pour sa femme qui y tenait, André avait même fait l'effort de passer devant le curé.

La cérémonie avait été d'une grande simplicité, puisqu'il n'y avait que huit mois que Juliette était morte, mais ils avaient, quand même, fait une petite fête : après un dîner au Véfour, ils s'étaient rendus au cirque, puis au Bon Marché, le nouveau magasin à prix fixes que venait d'ouvrir Aristide Boucicaut, avant de souper au Café de Paris. Anne-Marie aurait aimé découvrir les bosquets du Bal Mabille et leurs milliers de lampions, danser la valse ou la polka au son de l'orchestre de Métra et de ses cinquante musiciens, voir à l'œuvre ces fameuses danseuses de cancan, cette Rigolboche surtout, dont tout le monde parlait. Mais c'était l'hiver, il pleuvait, et Mabille, l'hiver, était beaucoup moins féerique que l'été.

Ils se rabattirent sur les Boulevards où l'on venait de reprendre *La Fille du Tintoret*, un mélodrame qui avait connu un très grand succès huit ans plus tôt. Joséphine, Anne-Marie et Rosalie pleuraient à chaudes larmes en quittant le théâtre, tant elles avaient trouvé poignante l'histoire de cette Tintoretta, à la fois peintre et musicienne, qui mourait à trente ans. Mais elles n'étaient pas les seules à être émues, puisque, même si les hommes avaient aujourd'hui la larme beaucoup moins facile que dix ans plus tôt, en pleine période romantique, Pierre Champfort ainsi que André et Marc avaient, eux aussi, les yeux rouges en retrouvant le boulevard du Temple. Cette Tintoretta était vraiment émouvante.

Rosalie venait de repenser à cette journée avec nostalgie. Que lui arrivait-il ? Ce n'était pas elle, ça ! Ce Courbet n'allait pas la rendre triste, quand même ! Allez, elle perdait son temps ! Vanves lui changerait les idées ! Elle se mit en quête d'une voiture, trouva un fiacre qui la ramena rue d'Anjou où elle entassa rapidement quelques vêtements dans une petite mallette de voyage, cadeau de Marc. Puis, elle se fit conduire jusqu'à Vanves dans sa calèche qu'elle choisit de garder vingt-quatre heures. Victor, son cocher, logerait chez Albert qu'elle dédommagerait pour le dérangement.

Pourquoi donc Juliette l'avait-elle orientée vers cette vie ? Rosalie tentait de se remémorer leur première conversation, quand le cocher arrêta la voiture après un brusque écart de son cheval. Une lavandière venait de trébucher sur le haut du pavé, et son linge s'était répandu devant l'animal, effrayant celui-ci que Victor avait eu du mal à maîtriser. Assise à même le sol, la jeune fille pleurait son linge sali et sa journée de travail perdue. Rosalie descendit de voiture, malgré son cocher qui voulait l'en empêcher. Sans doute trouvait-il le quartier trop mal famé. Déjà, trois ouvriers s'étaient arrêtés.

— J'ai tout vu ! dit l'un d'eux, un maçon, le polissoir à la main. C'est le cheval de la bourgeoise qui a fait tomber la fille !

Les deux autres le regardèrent sans rien dire : ils savaient que c'était faux, mais ils ne s'attendaient certes pas, ni l'un, ni les autres, à la réplique de la « bourgeoise ».

— Menteur et con ! Voilà ce que tu es, « limousin[1] », lui cracha au visage Rosalie, qui, ulcérée par la mauvaise foi de l'homme, retrouvait d'instinct le langage vert qui avait été le sien durant toute son enfance d'orpheline. Crois-tu que tes cottes blanches et ta truelle m'impressionnent ? Je suis du peuple, moi aussi, et sûrement plus que toi, paysan ! Je servais déjà dans une auberge à un âge où tu n'avais encore jamais gardé une vache. Pour ça, oui ! Je pourrais t'apprendre à vivre et te rentrer tes mensonges dans les gencives !

Puis, elle se pencha vers la jeune fille et lui demanda avec douceur :

— Vous êtes-vous fait mal, mademoiselle ?

— Non, madame, merci. J'ai trébuché sur le pavé, répondit la jeune fille en se frottant la cheville. Vous n'y êtes pour rien ! Aïe ! Ça me lance !

— Une entorse ou une foulure, sûrement ! Y a-t-il un rebouteux dans le coin ? demanda Rosalie à la cantonade.

— Oui, dans la maison, là, à l'angle. Demandez Anna. Elle est vieille, mais c'est une excellente rebouteuse. Elle va lui arranger ça.

C'était le « limousin », le maçon qui, revenant à de

1. Nombre de Limousins se faisaient maçons en montant à Paris, comme les Savoyards, ramoneurs ou les Auvergnats, charbonniers.

meilleurs sentiments, la renseignait maintenant, avant de s'excuser :

— Pardonnez-moi, mam'zelle, je ne savais pas que vous étiez des nôtres. C'que j'en disais, c'était juste pour vous prendre quelques sous. Pas pour moi, mais pour cette pauv'fille qu'a perdu sa journée !

— C'est oublié, lui répondit Rosalie, en prenant par la taille la jeune fille qui s'appuya d'un bras sur ses épaules. Aide-moi, plutôt, à la porter là-bas. Victor, ramassez le linge de cette jeune fille, s'il vous plaît.

— Mais Madame…, fit le cocher, interloqué.

— Laissez ! Je vais le faire, fit une matrone survenant sur ces entrefaites.

Puis, s'adressant aux badauds agglutinés, elle poursuivit :

— Et dire qu'il n'y en a pas un qui aidera cette petiote ! Quelle bande de fainéants !

Aussitôt, l'attroupement se disloqua ; il n'y avait plus rien à voir. Les deux femmes et l'homme étaient rentrés dans la maison, le linge était récupéré, le cocher avait rangé sa voiture.

La rebouteuse ne mit pas cinq minutes à remettre en place la cheville foulée qu'elle banda ensuite très soigneusement. Puis, fixant dans les yeux Rosalie qui venait de la payer, la vieille femme lui dit :

— Tu es généreuse, belle inconnue. Donne-moi ta main. Je vais te dire ton avenir.

Rosalie hésita un instant avant d'accepter et de lui tendre la main que la femme examina longuement avant de se mettre à parler, d'une voix monocorde. « Tu viens de loin, de la mer. Je vois une femme, morte. Un bébé, toi… Orpheline. Tu as été pauvre, très malheureuse, aussi. Mais c'est fini. Grâce à ton courage. Tu es belle et les hommes t'aiment. L'un d'eux… Méfie-toi de lui, tu le connais. Il est dangereux, il tue. Non, on le tue. Fais attention. Tu te montres, tu chantes, tu seras célèbre. Il y a un autre homme; il te voit. Un noble, un prince. Riche, très riche. Il habite loin, très loin. Tu pars avec lui…» Elle s'arrêta soudain, passa la main devant ses yeux. C'était fini.

L'ouvrier et la lavandière avaient écouté la vieille femme et, bouche bée, regardaient Rosalie à qui l'on venait d'annoncer ce prodigieux destin. Était-il possible que cette jeune fille devienne princesse un jour?

— Eh ben, ça alors! fit le maçon. Un vrai conte de fées!

La jeune lavandière souriait timidement à Rosalie.

— Vous en avez de la chance, lui dit-elle.

— Crois-tu? répondit Rosalie en ajoutant: Ça va, maintenant?

— Très bien, madame.

— Viens me voir, après-demain matin, au 18 rue d'Anjou. Tu te rappelleras? Tu demanderas Rosalie Noël.

— Rosalie Noël, 18 rue d'Anjou, après-demain matin. Je viendrai. Je m'appelle Corentine.

— Tu es bretonne, avec un tel prénom! Moi aussi. Tiens, Corentine, voilà cinq francs. Pour ta journée perdue…

En reprenant la route de Vanves, Rosalie avait la réponse à sa question. Ce que Juliette voulait lui éviter, c'était cela, cette misère de tous les jours, la disette, les maladies, les épidémies, les mains gercées, les pieds gelés des lavandières, le trottoir des catins et la violence de leurs hommes, tout ce qu'elle avait connu, enfant, et qui était le Paris des pauvres et du petit peuple. Mieux valait être courtisane ou lorette que crève-la-faim. Et comme elle, Rosalie, avait tous les atouts pour l'être, Juliette l'avait naturellement orientée vers cette voie.

Il y avait deux heures de trajet pour Vanves, et Rosalie eut tout le loisir de songer à son peintre. Gustave…

un beau prénom. C'était la première fois de sa vie qu'elle sentait pareillement l'emprise d'un homme sur elle. Il l'émouvait ; elle aimait l'entendre parler, le regarder tandis qu'il tentait de la convaincre. Il avait un visage si animé et il était si beau ! Comment se faisait-il qu'elle n'ait pas été étonnée de le voir dans cette brasserie ? Cela lui avait paru naturel. Dès leur première rencontre, elle avait su qu'elle le reverrait, qu'ils se retrouveraient. Et voilà ! C'était arrivé. C'était peut-être cela l'amour. Elle, amoureuse ?

Elle avait besoin de mettre de l'ordre dans sa tête. Juste avant la chute de la jeune fille, avant que Gustave ne revienne la hanter, c'est à Juliette qu'elle songeait. Allez, pourquoi se poser des questions ? et pourtant... Pour quoi, pour qui vivait-elle ? Pour elle ? À quoi rimait sa vie, cette vie de courtisane que Juliette lui avait tracée et qui était la sienne aujourd'hui ? Elle ne vivait que pour le plaisir des hommes et, accessoirement, le sien. Était-ce cela la vie ? Un peu de luxe, un peu d'argent et le vide autour ? Anne-Marie, elle, avait André qu'elle aimait, un enfant à venir. Elle était heureuse... Il y avait bien la prédiction de cette vieille femme. Devait-elle y croire ?

Le jour où tu aimeras un homme, lui avait dit Juliette, ce jour-là, mes conseils ne compteront plus... Cet homme, était-ce Gustave ? Il n'était ni comte ni prince, son peintre !

La calèche ralentit en entrant dans Vanves. Elle allait retrouver ses amis ; se sentir aimée, protégée, entourée. Plus encore que l'amour d'un homme, c'est cela qui lui manquait : l'amitié, la chaleur d'une famille, d'un foyer... Elle se mit à pleurer. Allons, il ne fallait pas ! Elle n'allait pas s'effondrer, pas le jour où elle avait peut-être rencontré l'homme de sa vie !

Joséphine était seule, inactive, près de la cheminée, et ça ne lui ressemblait absolument pas. Elle avait mauvaise mine, et en l'embrassant, Rosalie ne put s'empêcher de lui en faire la remarque :

— Eh bien, ma Josie, tu n'as pas l'air brillante…, lui dit-elle en plaisantant. On dirait que tu t'apprêtes à passer de l'autre côté…

— Pas encore, poussin, rassure-toi, mais ça fait presque une semaine que je suis un peu patraque, en effet. J'ai dû prendre un coup de froid.

— Tu t'es soignée, au moins ? Je sais que tu refuses de voir le médecin, mais peut-être vaudrait-il mieux…

— Ta, ta, ta… Je sais me soigner, ne t'en fais pas. Je prends des tisanes que je connais depuis toujours et qui sont plus efficaces que tous les remèdes de ces charlatans. Le curé dirait que c'est de la sorcellerie, moi, je dis que ces tisanes ont fait leurs preuves et que les extraits d'araignée, de crapaud ou de chauve-souris valent bien leurs médecines ou l'eau bénite des curés !

— J'ai un très bon médicament dans ma mallette…

— Ah ? Et c'est pour quoi ?

— Pour presque tout. Où as-tu mal ?

— Au ventre, là, dit la vieille femme, en plaçant la main sur son côté droit. Et puis, j'ai aussi un rhume qui ne passe pas et qui me donne des maux de gorge et des migraines. Tu vois, il y a de quoi faire !

— Regarde, dit Rosalie. C'est la « farine du Barry ». C'est bon pour tout : gastrites – c'est pour le ventre –, insomnies, rhumes – tu en as un –, nerfs, gorge, foie, et même l'asthme et l'hystérie…

— L'asthme, c'est quand on respire avec difficulté, non ? demanda Joséphine.

— Oui.

— Alors, je vais l'essayer. Après tout, Rosie, si ça ne me fait pas de bien, ça ne peut pas me faire de mal, n'est-ce pas? Et toi, ma chérie?

— La santé, ça va. C'est le moral qui n'est pas brillant…

— Ton notaire n'est pas gentil?

— Pierre? Si, et même plus que je m'y attendais. Sans compter que, pour la bagatelle, il ne laisse pas sa part aux chiens. On ne dirait pas, comme ça, à le voir, pourtant…

— Les meilleurs coqs sont rarement ceux qui ont le plus beau plumage, dit-on, lui répondit Joséphine. Encore que, quand ils sont beaux en plus d'être bons, ça ne gâte rien.

— J'en ai rencontré un beau, figure-toi. Et intelligent! Un peintre…

— Un fauché, donc!

— Non, il gagne bien sa vie, je crois.

— Ils sont bizarres, ces peintres! Je sais qu'André a voulu commander un tableau à l'un d'eux. Il a refusé. Il lui proposait mille francs, pourtant! Quels fainéants, quand même!

— C'est justement celui dont je te parle, Joséphine. C'est lui! C'est Gustave Courbet.

— C'est le même? Eh bien, si c'est lui, méfie-toi, c'est un drôle d'oiseau, d'après ce que m'en a dit André. Il était dans son atelier, avec un autre barbu, un socialiste. Ils sont de l'Est, tous deux, presque de la Suisse. Pour refuser mille francs, tu admettras qu'il faut vraiment être malhonnête.

— J'ai aussi rencontré cet homme, Proudhon. Sais-tu ce que m'a dit Gustave de leur rencontre? Qu'il avait trouvé André bizarre… Je crois même qu'il l'a pris pour un espion, quelqu'un de la «secrète» ou quelque chose comme ça. C'est un républicain acharné, opposant au Prince-Président. Il est sous surveillance permanente, et ceci explique cela.

— À l'Empereur, Rosie.

— Que dis-tu ?

— Opposant à l'Empereur, Rosie. Nous avons un empereur aujourd'hui et André a voté pour lui !

Rosalie ne répondit pas et préféra demander à Joséphine des nouvelles de ses amis. Qu'André soit devenu bonapartiste n'était pas pour l'étonner. Comme beaucoup de Français, il était avant tout pour l'ordre, et l'ordre, aujourd'hui, c'était l'Empire. Elle était, elle, républicaine parce que les artistes l'étaient et qu'elle s'accrochait farouchement à ce statut d'actrice. Elle niait encore être une de ces femmes entretenues que méprisaient et admiraient, tout à la fois, les gens du peuple.

André était sur un chantier, dans le village. Anne-Marie était, elle, à Paris où elle se rendait deux fois par semaine pour s'occuper de leur avenir, comme elle disait. Joséphine ne comprenait rien à ce qu'elle lui racontait sur les grands travaux, les nouveaux boulevards, ce gigantesque Palais de l'Industrie qui l'intriguait tant et dont les travaux allaient commencer incessamment, si ce n'était déjà fait. «Le Prince a la folie des grandeurs», disait souvent la jeune femme qui s'inquiétait surtout de savoir où le préfet Berger comptait reloger tous ces pauvres, ces braves gens, expulsés des quartiers du centre ville, des Halles, de la Cité, de l'Hôtel de Ville, et qui n'avaient nulle part où aller. C'en était affolant, selon Anne-Marie qui ne pouvait rien y faire, malheureusement.

D'après elle, Paris allait être complètement transformé. On projetait de raser des quartiers entiers pour tracer de grandes avenues toutes droites… Pour la circulation, soi-disant. Mais s'il n'y avait plus d'immeubles pour loger les gens, à quoi serviraient ces grandes rues, ces boulevards, ces avenues? Sans immeubles, plus de Parisiens, et sans Parisiens, plus de circulation. Avenues et grands boulevards deviendraient inutiles… Rosalie avait souri. Joséphine ne changeait pas. Elle tirait toujours des conclusions inattendues de raisonnements apparemment logiques et qui, pourtant, ne l'étaient pas du tout.

Anne-Marie arriva à la nuit tombante, suivie presque aussitôt par André qui était, lui, frigorifié, ayant dû travailler sous une pluie glaciale une bonne partie de la journée. Il se réfugia aussitôt près de la cheminée où il se cantonna dans un silence inhabituel. Anne-Marie le regarda, intriguée, quand il toussa légèrement deux ou trois fois, mais ne réagit que quand il fut secoué par une violente quinte. Elle chauffa du lait dans lequel elle versa six cuillerées de miel, le tiers d'un flacon de rhum et obligea son mari à avaler le tout, bouillant. Sans lui demander son avis, elle soumit au même traitement une Joséphine qui protesta pour la forme mais qui était, en fait, ravie que l'on s'occupe d'elle comme du maître de maison.

— Je boirai bien quelque chose, moi aussi, fit Rosalie.

— Quelque chose, comme quoi, Rosie?

— Un petit blanc de Suresnes, si tu en as. Celui de l'autre jour était très bon.

— Oui, mais André a bu les cinq bouteilles que nous avions. J'ai un vin des coteaux auxerrois, si tu veux… Blanc aussi.

— C'est parfait! Et le bébé, il pousse?

— Comme tu peux le voir, répondit Anne-Marie, en se tâtant le ventre.

— Je suis un peu flagada, les coupa André. J'ai la tête complètement prise. Pardonne-moi, Rosalie, mais je vais aller me coucher. Bien au chaud sous la plume, je me sentirais mieux.

— Tu as raison, approuva Rosalie, et toi, Joséphine, tu devrais en faire autant. Avec ce que vous venez de boire tous les deux, vous allez transpirer et la fièvre va tomber.

Anne-Marie accompagna André à l'étage et Rosalie conduisit Joséphine à sa chambre. La vieille femme était ravie : depuis quand n'avait-elle pas été ainsi dorlotée ? Cela valait quand même la peine d'être patraque de temps en temps ! Au moins avait-elle encore la certitude de se savoir aimée par ceux qu'elle chérissait, la certitude aussi de ne pas vieillir seule, abandonnée. Quand elle se retrouva dans sa chambre avec Rosalie, elle lui confia :

— Poussin, j'aimerais aller voir la ferme où Juliette et moi étions domestiques et dont nous nous sommes enfuies toutes les deux, il y a trente ans. Tu sais que Juliette l'avait rachetée. André me la donne si je le souhaite. En vérité, je n'en ai pas besoin, mais j'aimerais la revoir, et, si l'ancien propriétaire est toujours vivant, lui dire ses quatre vérités à ce salaud !

— Et tu veux que je t'accompagne, c'est ça ?

— Tu as parfaitement compris, ma grande. Tu veux bien, dis ?

— Évidemment, Josie ! Je te dois tant !

— Tu me dois quoi ? Rien du tout, Rosie. Tu ne peux pas savoir le bonheur que j'ai de vous avoir tous les trois. Après Juliette, c'est inespéré. J'en viendrais presque à croire au Bon Dieu !

— Oh ! Mais tu peux y croire ! J'y crois bien, moi, même si je vis comme une païenne ! fit la jeune fille en riant. Tu sais que je n'ai pas eu de mère, Joséphine. Juliette était bien plus une grande sœur qu'une mère, pour moi, tandis que toi, tu pourrais être ma mère, peut-être, même, ma grand-mère !

— N'exagère pas, veux-tu ! Mais après tout, tu as

raison. J'ai cinquante-neuf ans ! Je suis née avant le siècle, en l'an III de la République. La première !

— Allez ! Trêve de bavardages ! Couche-toi et promets-moi de guérir vite ! Je vais te laisser dormir jusqu'à demain matin. Bonne nuit, Josie.

En sortant de la chambre de Joséphine, Rosalie s'arrêta un instant sur le palier. C'était étonnant comme elle se sentait proche de Joséphine, parfois ! Elle ressentait, elle aussi, profondément ce désir qu'avait sa vieille amie de retourner au village pour leur dire ce qu'elle pensait d'eux, de leur cracher son mépris au visage, de leur faire sentir qu'elle les tenait dans le creux de sa main. Un jour, elle aussi, peut-être... Un jour, elle le ferait. Elle retournerait en Basse-Bretagne et elle leur montrerait qui elle était devenue, elle étalerait sa réussite...

Peu après, Rosalie et Anne-Marie, les deux amies d'enfance, s'étaient retrouvées dans la salle commune. Leur première soirée à deux depuis...

— Depuis que je suis avec André, Rosalie ! Ça change tout, un homme, n'est-ce pas ? Pour moi, Guipavas, la Bretagne, c'est si loin ! Il s'est passé plus de choses dans ma vie durant ces derniers neuf mois que pendant mes dix-neuf premières années. Et toi ?

— En réalité, je chemine lentement, tandis que toi, tu brûles les étapes. André, un enfant, Champfort, le Crédit Mobilier... Pour une fille qui vidait les eaux usées, il y a un an à peine, tu en as fait du chemin !

— Comment pourrais-je t'en remercier, Rosalie ? questionna Anne-Marie, en prenant les mains de son amie. C'est toi qui m'as permis d'abord de survivre quand j'étais enfant. J'étais désespérée à mes dix ans, quand je t'ai connue, et tu m'as tout appris, le rire, l'espoir, l'amitié, mais si, mais si... Et puis surtout, tu m'as fait renaître, quand tu m'as donné André. Si, il n'y a pas d'autre terme ! Ne proteste pas ! Je t'en remercie, de tout mon cœur.

— Quelle déclaration ! C'est de l'amour, ça ! Des tonnes d'amour, même !

— Oui, Rosalie, c'est vrai, ce sont des tonnes d'amour que nous avons pour toi, Joséphine, André, moi. Et bientôt, ce bébé, notre enfant, t'aimera tout autant…

— Merci, ma chérie, tu ne peux savoir à quel point ce que tu viens de me dire me fait du bien !

Rosalie était repartie rassérénée le lendemain après-midi. Elle savait, dorénavant, qu'il était inutile qu'elle se pose des questions : il y avait quelque part, là, tout près d'elle, des amis pour lesquels son opinion comptait, des amis qui avaient besoin d'elle, de son affection, de son amour, de sa gentillesse, des amis, en un mot. Et si, comme Anne-Marie, elle avait en plus la chance de trouver l'amour, de rencontrer l'homme, dans toute l'acception du terme, celui dont rêve toute femme, alors, ce serait le don de Dieu, le cadeau, la cerise sur le gâteau…

*
* *

Quand le rideau tomba, le lendemain soir, Gustave l'attendait dans les coulisses. Ils quittèrent le théâtre immédiatement dans sa voiture. Il essaya de commenter son jeu, souligna à quel point sa sensualité sur scène occultait ses répliques, au point qu'au bout d'un moment il était devenu incapable de s'attacher au texte et ne pensait plus qu'à ce qu'ils feraient après. Choquée et ravie, elle sentit le désir monter peu à peu en elle, puis l'envahir, avant de la submerger. Elle avait envie de lui, terriblement, et finit par le lui dire. Même si la calèche n'était sûrement pas le genre de voiture qui s'y prêtait le plus, ils firent l'amour bien avant d'arriver à la rue d'Anjou, et, cette nuit-là, elle sut qu'elle allait quitter, au moins pour un temps, sa vie de courtisane, et, sûrement pour toujours, Pierre Champfort.

7

1855

Il s'était installé à une table près de la porte, et le garçon venait de lui apporter son absinthe. Près de lui, le haut-de-forme posé sur une chaise, deux boulevardiers, se racontaient sûrement leurs fredaines et bonnes fortunes de la journée, s'il se fiait à leurs rires, aussi épais que leurs ventres rebondis. Marc attendait Rosalie en lisant *Le Paradis des Artistes*, l'un de ces journaux éphémères, dont les premiers numéros étaient souvent percutants ; c'était le cas de celui-ci, qui grouillait de sous-entendus plus perfides les uns que les autres. Tiens ! Il figurait dans les potins. On parlait de sa liaison avec Atala Beauchêne. C'était du rassis, et depuis des mois ! Elle n'était pas encore en vogue quand ils couchaient ensemble. Mais cette feuille était quand même bien informée, puisqu'ils s'étaient revus deux jours plus tôt et qu'il l'avait troussée dans une loge, vite fait, bien fait, en souvenir du passé ! Qui les aurait vus ? Aurait-elle parlé ? Elle en était capable. Il replia son journal, parcourut *La Presse*, où il lut la chronique d'Émile de Girardin, avant de goûter son absinthe tout en laissant sa pensée en revenir à Rosalie qu'il attendait.

Quelle fille ! Elle était adorable mais n'en faisait qu'à sa tête. Il en était amoureux – enfin, autant qu'il pouvait l'être et qu'on pouvait l'être d'elle aussi – depuis… une éternité, quatre ans au moins. Ils vivaient ensemble de temps à autre, mais Rosie avait une façon de voir la vie qui le dépassait. Elle était à la fois courtisane et fleur bleue, au point de croire encore au prince charmant comme une enfant de sept ans ! En y mettant un peu du sien, elle aurait eu Paris à ses pieds, mais voilà ! Rosalie était Rosalie, une petite Bretonne ravissante, superbe même, une beauté. Elle aurait pu être une reine du Tout-Paris, si elle avait voulu, et il n'était pas trop tard, si elle voulait s'en donner la peine. Mais… Avec Rosalie, il y avait souvent des mais. Il en savait quelque chose, et Pierre Champfort aussi, le pauvre !

Il se souvenait de ses débuts, au théâtre. Des débuts en fanfare. Un rôle de soubrette, puis un second rôle dans une pièce de Paul de Kock qu'elle avait écrasée de toute sa personnalité, de toute sa sensualité aussi, l'avaient rapidement propulsée à l'affiche sur les Boulevards. Et c'est au moment où elle venait de se voir confier un premier rôle à l'Ambigu-Comique que Mademoiselle avait quitté, du jour au lendemain, son ami Pierre Champfort, le notaire qui la faisait vivre sur un grand pied. Et pour qui ! se serait exclamée Juliette. Pour un rapin, un peintre sans le sou ! Pas n'importe lequel, il est vrai. Qu'on aimât ou pas sa peinture, Courbet avait prouvé son incontestable talent, même si les avis sur l'homme étaient, eux, beaucoup plus partagés, ne serait-ce qu'en raison de son engagement républicain qui en agaçait plus d'un tant il clamait haut et fort ses opinions. Mais, à l'époque, fin 1852, Rosalie l'aimait à la folie ! Et c'était réciproque.

Les deux amoureux étaient partis pour le Doubs où ils avaient passé quatre mois à vivre d'amour et d'eau fraîche. D'amour surtout, s'il se fiait à Rosalie qui ne donnait jamais sa part aux chiens sur ce plan, et qui avait trouvé en son Gustave un partenaire à sa mesure ou sa démesure. En quittant Paris, Rosalie rompait ses amarres et unilatéralement ses contrats avec lui, Marc Fournier, et le théâtre de l'Ambigu.

Le théâtre… Il aurait pu s'en accommoder, lui trouver une remplaçante, mais voilà ! Il avait fait le siège de Frédérick Lemaître, lui-même, pour qu'elle puisse lui donner la réplique. Le grand Frédérick avait fini par accepter, après s'être fait beaucoup prier. N'était-il pas un dieu ? Et voilà que cette fille était défaillante, qu'elle manquait à l'appel… Un tel affront était impardonnable ! L'on n'offensait pas une Institution, et M. Frédérick Lemaître en était une. Il fit porter la jeune actrice sur sa liste noire : elle ne devait plus obtenir le moindre rôle dans l'un des théâtres où il jouait régulièrement, et comme, à part à la Comédie-Française dont elle ne ferait jamais partie, il était partout chez lui, elle n'avait plus qu'à changer de métier. Une légende, cela s'entretenait…

Un jour de mai 1853, Rosalie était rentrée. Courbet aussi. Séparément. Les deux amants s'étaient fâchés. Elle lui reprochait de s'être beaucoup servi d'elle, et pas seulement comme modèle. Il prétendait, lui, avoir été grugé. Pour rien au monde, ils n'auraient admis la vérité : lorsque l'on était bon vivant comme Courbet ou que l'on aimait passionnément la vie, comme Rosalie, il était impossible de vivre très longtemps en ermite.

Ils avaient tous deux tenté l'impossible : alors que leur amour aurait peut-être duré des années à Paris, ils étaient partis, comme des morts-de-faim, s'en rassasier dans une solitude à deux pour laquelle ils n'étaient faits ni l'un ni l'autre, d'autant qu'il faut de l'argent pour vivre, et qu'aucun d'eux n'en gagnait. Et puis, il faisait si froid, en plein hiver, dans cette campagne du Jura que, dès qu'elle sortait du lit, Rosalie était gelée. Vivre d'amour et d'eau fraîche, oui, mais quand l'eau est glacée, amour rime davantage avec retour qu'avec toujours. La jeune femme apprit à ses dépens que la fougue des amants les plus ardents s'émousse vite devant certaines contingences matérielles, comme l'atmosphère glaciale d'une maison, par exemple.

Rosalie posait. Il aurait fallu chauffer ; bois ou charbon, cela coûtait cher, et ils n'avaient plus un sou.

C'est d'ailleurs ce problème d'argent qui fut la cause première de leur retour sur Paris. Quand il apprit, dans le cours d'une conversation, que Rosalie disposait de plus de vingt-cinq mille francs qu'elle plaçait en immobilier dans la capitale, et qu'elle était donc beaucoup plus riche que lui, Gustave devint vert de rage : il entretenait seul leur couple depuis deux mois, depuis que Rosalie avait épuisé les quelques centaines de francs qu'elle avait emportées et qu'il croyait être toute sa fortune. Il se faisait du souci, s'inquiétait de voir ses fonds diminuer sans qu'il puisse vendre la moindre toile dans son Doubs natal, et, pendant ce temps, Mademoiselle thésaurisait !

Depuis qu'elle habitait Paris, Rosalie avait toujours été entretenue par les hommes avec qui elle vivait. Ils pourvoyaient à tout, cela faisait partie du jeu. Pour Gustave, il en allait différemment : homme et femme étaient égaux, partageaient tout, travail, argent, et contribuaient, dans la mesure de leurs moyens, aux dépenses du ménage. Entretenir une femme ? C'était, pour lui, hors de question ! Il était républicain, socialiste, et croyait profondément que les idées de son ami

Pierre-Joseph Proudhon allaient transformer le monde. Il s'imaginait l'avoir convertie à ses idées et réussi à en faire une adepte du socialisme. Mais, en quittant Gustave, Rosalie, ne retint de Proudhon que sa misogynie qu'elle reprocha aussi à son amant.

Ce qui est sûr, c'est qu'en rentrant à Paris, pleine d'amertume, Rosalie savait tout de Constantin Pecqueur, de Cabet et de ses Icariens, comme des phalanstères de Charles Fourier, bisontin comme Proudhon. Gustave lui avait même fait lire des extraits de socialistes allemands, ces Weitling, Büchner, ou encore Marx et Engels qui ne voyaient d'issue que dans les luttes entre classes sociales. Elle s'était empressée de les oublier ; elle n'allait pas s'encombrer l'esprit d'idées aussi fumeuses.

Dire ou tenter d'expliquer à Gustave que son ami Pierre-Joseph haïssait les femmes ou, du moins, les méprisait, c'était l'insulter personnellement. Et pourtant, Rosalie se demandait souvent comment Proudhon avait osé se marier et faire des enfants, compte tenu du regard qu'il portait sur la gent féminine. Comment Gustave pouvait-il défendre son ami quand celui-ci soutenait que la femme était inférieure à l'homme sur tous les plans, physique, intellectuel et même moral ? Il ne se contentait pas de soutenir cette ineptie, d'ailleurs, puisqu'il prétendait démontrer scientifiquement qu'elle était égale à un tiers.

Au fil des semaines, Rosalie se sentait de plus en plus réfractaire aux théories proudhoniennes, plus femme aussi, au point qu'elle en vint à reprocher à son amant son amitié avec un homme qui ne la respectait pas. C'étaient d'interminables disputes à l'issue desquelles le peintre en arrivait invariablement à la conclusion que, décidément, les femmes ne comprendraient jamais rien à la politique, et que ce serait une grave erreur que de leur accorder le droit de vote. Pour

Rosalie, c'était là l'insulte suprême et la preuve irréfutable que Gustave n'était finalement pas différent de Proudhon.

Elle nia toujours que celui-ci ait été pour quelque chose dans leur rupture, même si elle en avait soupé de la politique, de la république et du socialisme, et cela, pour un bon moment, confia-t-elle à Marc. En réalité, Gustave et elle n'avaient pas grand-chose en commun sinon leur attirance physique réciproque et Proudhon ne fut que le prétexte de leur séparation. Cependant, personne n'aurait fait dire à Rosalie qu'elle avait gâché quatre mois de sa vie, puisque les deux premiers en avaient été les plus beaux. C'était la première fois qu'elle aimait un homme et que cela se terminait ainsi : une passion qui s'étiole, un amour qui se meurt, par égoïsme de l'un, de l'autre, ou des deux. « Peu importent les conséquences, avait-elle dit à Marc. Cet amour, je voulais le vivre, je devais le vivre et je l'ai vécu. Cet homme m'était destiné comme je lui étais destinée. C'est ainsi que nous l'avons pris tous les deux. Je ne suis plus théâtreuse ? La belle affaire ! Je ferai carrière dans l'opéra ! Et puis Frédérick Lemaître n'est pas éternel ! »

Éternel, peut-être pas, mais le « Talma des Boulevards » était encore bien vivant, en cette fin de printemps 1853. Contrairement à ce qu'elle avait déclaré à Marc, Rosalie n'avait d'ailleurs pas du tout l'intention de se consacrer à l'opéra, fût-il comique. Et puis, du haut de ses cent cinquante-trois centimètres, elle n'avait pas peur de grand monde et Frédérick Lemaître n'était pas le loup. Elle résolut donc le problème à sa façon : elle alla voir l'ogre dans sa loge, à l'Ambigu. Elle montra de l'esprit et fit rapidement sa conquête ; ce n'est qu'ensuite qu'elle lui révéla qui elle était et pourquoi elle avait fui Paris comme une voleuse. Il éclata de rire, déclama une tirade sur « l'amour, toujours », et lui offrit un chocolat, non sans lui reprocher gentiment son choix.

— Pourquoi, belle dame, avoir préféré un rapin à l'un de nous ? N'avons-nous pas tout ce qu'ils ont, ne sommes-nous pas tout ce qu'ils sont ? Et en mieux ? Regardez autour de vous, Anna Chéri, par exemple…

— Anna compte parmi mes amies de scène, l'interrompit la jeune femme ; sa sœur Rose aussi, d'ailleurs.

— Ah ? fit Frédéric. Je sais que mon ami Louis Lesueur est ravi d'avoir épousé Anna. Mais Rose, ce n'est plus sur les planches qu'elle triomphe, mais dans les alcôves… Une tout autre scène…

— Et qui demande des talents très différents, j'en conviens, mais j'ai ouï dire que Rose en est abondamment pourvue.

— Je ne suis nullement qualifié pour juger des compétences de Rose en la matière. Mais si je me fie aux apparences autant qu'à mon flair, c'est là une scène où vous devez briller vous-même, ma chère.

— Comment le savoir, Maître ? Les acteurs sont les seuls à pouvoir juger de leurs performances sur ce théâtre sans public.

Frédérick avait de nouveau éclaté de rire et lui avait demandé son adresse. Il penserait à elle dès qu'il jouerait une pièce pouvant lui convenir. « Ma chère Rosalie, vous êtes femme d'esprit et, maintenant que je vous connais, lui dit-il, je vois très bien dans quel rôle vous triompherez. Je vais penser à vous, et, quoi qu'il en soit, revenez me voir aussi souvent que vous le souhaitez. »

Elle rejoua la comédie presque aussitôt. Barrot, qui l'avait lancée, ne l'avait pas oubliée ; le public non plus.

C'était il y avait deux ans déjà ! Rosalie qui avait réintégré son appartement de la Chaussée d'Antin avait, depuis, connu quelques hauts et autant de bas et en était actuellement à l'étiage tant au niveau des finances que de sa carrière. Depuis trois mois, on ne lui avait proposé que des rôles qui ne l'intéressaient pas. Elle était faite pour la comédie, le vaudeville et rien d'autre. Elle n'était pas Rachel et elle le savait. C'est ce qu'elle avait dit à Frédérick Lemaître, quand celui-ci, tenant parole, lui avait proposé un rôle dans l'un des drames dans lesquels il triomphait. Qu'aurait-elle donc fait dans *Falstaff, Kean,* ou *Ruy Blas*? Dans quel rôle la voyait-il? Bien qu'amateur de jolies femmes, Hugo ne lui aurait même pas proposé le rôle de Casilda, la suivante de la reine, avait-elle ajouté, avec un sourire triste. Elle tenait Frédérick quitte de sa promesse. Il la félicita pour son honnêteté.

*
* *

Quand elle pénétra dans le Café de Paris où les plus jolies des courtisanes étaient pourtant chez elles, les conversations s'interrompirent quelques secondes pour ne reprendre que quand elle s'installa près de Marc, qui s'était levé pour lui avancer sa chaise. Elle l'avait aperçu dès qu'elle avait poussé la porte, et pendant qu'elle se dirigeait vers lui, il avait comme toujours ressenti ce stupide mais merveilleux sentiment de fatuité quand la société masculine l'avait fusillé du regard. Il connaissait très bien la réaction des hommes présents qui se demandaient ce qu'il avait de plus qu'eux et qui auraient payé cher pour être à sa place. Se savoir ainsi envié, jalousé, même, flattait incroyablement l'amour-propre. Pierre Champfort lui avait avoué que ce qu'il regrettait le plus, après que Rosalie l'eut quitté, c'était de ne plus l'avoir à son bras quand il avait la chance de croiser un client ou une connaissance. Combien d'entre eux lui avaient dit l'envier, en le retrouvant dans son étude ! Et leurs épouses, informées de sa bonne fortune, le regardaient, elles aussi, d'un œil neuf et intéressé. Champfort… vraiment, vous l'auriez cru, ma chère ? Rosalie ! songeait Marc, si tu savais…

— Ouf ! Quelle chaleur ! Je suis bien aise de m'asseoir, lui dit-elle. Que m'offres-tu ? Je prendrai bien une glace à la fraise, puisque c'est la pleine saison.

Il faisait chaud, il est vrai, en ce mois de juin 1855, et la jeune femme sentait perler des gouttes de transpiration sur les ailes du nez.

— Ce temps ! Je suis en eau ! Je dois être horrible, non ? Je vais aller me rafraîchir. Tu permets ?

— Va, Rosalie. Je te commande ta glace.

— Donne-moi cinq minutes.

Cela lui prit un bon quart d'heure, mais, à son retour, elle était fraîche et pimpante. Le coin « femmes » du Café de Paris avait tout ce qu'il fallait pour ces dames.

— Pardonne-moi, Marc, mais j'ai dû marcher au moins six cents mètres en plein soleil. Pas d'ombrelle et tous ces paquets que j'ai laissés au vestiaire, en arrivant. Je les reprendrai demain.

— Voilà ce que c'est que de ne plus avoir de voiture !

— Tais-toi, veux-tu ? Dire que j'ai stupidement donné son congé à Corentine, aujourd'hui ! Elle allait à Ivry voir sa tante qui est malade.

— Ce n'est pas comme toi ! Tu es resplendissante !

— Oui, je vais bien mieux qu'il y a un mois ou même quinze jours. Je sens que ça revient, que la chance tourne. Sais-tu que j'ai rencontré Juda et Jacob ?

— On ne dit pas Juda, Rosalie, mais Jules ! Oublie Juda et Jacob. Jacques et Jules sont des Offenbach, maintenant, ne l'oublie pas ! Et Jacques est le nouveau roi de Paris. Je n'aurais jamais dû les appeler par leurs anciens prénoms devant toi. Mais je les connais depuis si longtemps !

— Quelle importance ? Si tu savais comme on a ri ensemble !

— Et de qui avez-vous ri ?

— Oh ! d'une actrice aussi bête que belle ! Et d'une vanité ! C'est la maîtresse d'un commanditaire de Jacques qui veut obliger notre ami à lui donner le second rôle de son prochain opéra bouffe !

— Elle chante ?

— Elle le prétend, ou du moins, elle le croit ! En réalité, Jacques n'a pas d'autre choix que de la prendre car elle vocalise bien mieux au lit que sur scène, et cela suffit à son protecteur. Je la remercie, figure-toi, car, du coup, Jacques m'a fait faire un essai, et comme, comparée à sa nouvelle recrue, il paraît que je suis une diva, il a promis de m'engager aux Bouffes Parisiens. Petits rôles au départ ; mieux si ça marche…

— Combien ?

— Quinze francs par jour. Il y a un hic, cependant, sinon, ce serait trop beau. Pour le moment, on lui impose un maximum de quatre acteurs par spectacle, pour ne pas concurrencer les grandes scènes officielles. Il ne peut donc m'embaucher que si cette limite est supprimée.

— Tu es donc en attente, répondit Marc, déjà informé de cette restriction impériale qui avait peu de chances d'être levée dans l'immédiat.

— Oui, mais j'ai obtenu un engagement aux Délass'Coms. Sari m'a embauchée pour dix francs par soirée, et j'ai aussi deux séries de photos avec Belloc. Cent francs chacune. Tu vois, ça repart.

— Belloc ? Il paraît qu'il vend ses nus en 9 × 6. Ça ne te gêne pas ?

160

— Pourquoi donc ? Ça m'est égal qu'on me voie nue !

— Fais attention quand même. Donc, tu vas t'en sortir ?

— Ça a été dur, mais je n'ai pas eu à écorner ma réserve. J'ai toujours mes vingt-cinq mille francs placés. Et qui font des petits puisque je ne touche pas aux intérêts, des petits de plus en plus gros si j'en crois Anne-Marie qui s'en occupe très bien. Je ne sais comment elle fait, ni qui lui a transmis cette science des finances, mais c'est incroyable comme elle se débrouille bien !

— Tu as de leurs nouvelles à tous les trois ?

— Bien sûr. D'ailleurs, j'ai l'intention d'aller les voir demain. Si tu souhaites m'accompagner…

— Tu crois que ça leur ferait plaisir ?

— Comme si tu ne le savais pas ! Tu es le parrain d'Eulalie, non ?

— Et toi sa marraine, je sais.

— Quand je pense qu'Anne-Marie est enceinte pour la troisième fois, soupira Rosalie. Je l'envie. Elle a la bonne part, même si trois grossesses en trois ans, c'est beaucoup.

— Je ne pense pas que tu aimerais sa vie, fit Marc. Chacun d'entre nous a son destin… Tiens ! Nous avons de la visite : ne te retourne pas, c'est Prévost-Paradol, un journaliste libéral et homme de lettres que je crains et n'aime pas, le demi-frère de Ludovic.

— Ludovic ?

— Oui, Ludovic Halévy, l'ami et le futur partenaire de Jacques. Attention… Le voici… Bonjour, mon cher, comment allez-vous ?

— Bonjour, Fournier… Mademoiselle…

— Rosalie, je te présente monsieur Prévost-Paradol, écrivain, journaliste et grand historien que nous verrons bientôt à l'Académie française. Si, si... mon cher, vous le savez bien !

— Merci, Fournier. J'espère que ces Messieurs les Habits Verts seront de votre avis, le moment venu !

— Mon cher Paradol, je vous présente mademoiselle Rosalie Noël, comédienne qui joue actuellement aux Délass'Coms'. Rosalie est également modèle à ses heures, mais uniquement pour des maîtres.

— Marc ! S'il te plaît, n'en rajoute pas !

— Avec un tel physique, je veux bien le croire, intervint le journaliste. Pas de fausse modestie, mademoiselle. Notre ami a raison. Les hommes doivent vous dire vingt fois par jour que vous êtes superbe et vous devez susciter bien des jalousies chez vos amies actrices.

— Vous me flattez, monsieur !

— Pas du tout, mais pardonnez-moi. Voici qu'arrive mon rendez-vous, Charles Baudelaire, un poète de talent. Vous le connaissez, Fournier ?

— De nom, bien sûr.

— Son prochain recueil va faire du bruit, croyez-moi. Et plus que ne se l'imagine lui-même ce dandy, fit l'homme en s'éloignant.

Marc attendit qu'il disparaisse avec le poète.

— Je suis obligé d'être poli avec cet homme, reconnut-il en se levant, mais autant j'apprécie Ludovic Halévy, autant j'évite Paradol. Ce Baudelaire ferait bien de se méfier de lui. Allons dîner, Rosie.

*
* *

Retenu à Paris par un contretemps professionnel, Marc n'avait finalement pas pu accompagner Rosalie. Elle était venue seule voir André et Anne-Marie qui avaient construit à Montmartre, au pied de la Butte, à toucher la place Saint-Pierre, une belle et grande maison qu'ils habitaient avec Joséphine et leurs deux enfants. Elle se souvenait de la discussion animée qui avait opposé son amie et son mari, lors de sa dernière visite. Autant Anne-Marie était ravie d'avoir déménagé, autant André regrettait Vanves.

Ce coin de Montmartre, c'était encore la campagne, et, tous les matins, en ouvrant ses volets, Anne-Marie pouvait voir les ailes des derniers moulins qui tournaient inlassablement sur la butte. Quand ils avaient acheté la ferme et avaient construit leur maison, après avoir rasé tout le bâti qui s'y trouvait encore, le coin était étonnamment tranquille. C'était si près de la ville, pourtant… Mais l'afflux incessant de Parisiens que les grands chantiers d'Haussmann chassaient du centre vers les faubourgs faisait croître de douze pour cent par an la population de la commune qui n'avait évidemment pas les moyens d'accueillir tous ces nouveaux arrivants. Il en allait de même dans toute la banlieue : Paris devenait une ville dans laquelle indigents et vieillards n'avaient plus droit de cité. Ils se voyaient relégués à la périphérie, là où l'on ne payait pas l'octroi, là, aussi, où la pauvreté et la misère étaient moins visibles, moins dérangeantes pour les bourgeois des beaux quartiers et surtout pour le pouvoir politique. Car Napoléon III voulait refaire de Paris la capitale du monde, la vitrine de la France et du génie français, le témoin de la grandeur de l'Empire, et l'Exposition universelle de 1855 devait en être la première et éclatante démonstration.

De village, hier encore, Montmartre devenait une petite ville qui grandissait trop vite, au gré de ses habitants, si vite que l'insécurité la gagnait déjà. André regrettait la tranquillité de Vanves où l'expansion de Paris était davantage contenue, même si elle s'y faisait aussi sentir. Il aurait dû acheter plus haut, franchement sur la colline. Pourtant, la pente était rude qui menait sur la Butte, et ils se souvenaient tous de leur première ascension au sommet de la tour Montmartre, du haut de laquelle, pour vingt centimes chacun, ils avaient pu jouir d'une vue imprenable et panoramique sur le grand Paris.

Ce jour-là, Rosalie s'était sentie fière d'être parisienne. Que la ville était belle et impressionnante ! On embrassait, presque d'un seul coup d'œil, l'Arc de Triomphe, la merveilleuse avenue des Champs-Élysées dont on ne percevait que de là-haut l'incroyable largeur, puis, en descendant, presque en bord de Seine, le clou de l'Exposition, ce nouveau Palais de l'Industrie, gigantesque quadrilatère de deux cents mètres sur quarante-sept, et, plus bas encore, dans le prolongement de l'Avenue, l'ensemble majestueux des deux Palais réunis, Tuileries et Louvre. Se dressait, sur la gauche, vers l'est, cette invraisemblable forêt d'échafaudages qui cachaient Notre-Dame en pleine restauration, puis l'Hôtel de Ville, et plus loin encore, tous les monuments de la rive gauche que l'on distinguait à peine les uns des autres tant ils étaient noirs de suie : la Conciergerie, la Sorbonne, le Corps législatif.

Ce qui frappait surtout dans ce Paris nouveau, c'était l'importance des travaux, les innombrables chantiers, les saignées des boulevards en construction, comme celui qui joindrait le Châtelet à la nouvelle gare de l'Est, et qui, de l'autre côté, filait sur Port-Royal et la barrière d'Enfer, celles aussi des canaux, et encore ces multiples voies ferrées qui, partant de chacune des gares parisiennes, promettaient pour bientôt des liaisons rapides avec la province. Quelle époque exaltante !

Bien sûr, cela n'allait pas sans inconvénients : les locomotives fonctionnaient au charbon, et leurs fumées s'ajoutaient à celles des usines qui, depuis des siècles, rongeaient la pierre des monuments parisiens, Viollet-le-Duc l'avait constaté à Notre-Dame. Comment s'en étonner à voir la multitude de cheminées qui, sur la rive gauche, se dressaient au-dessus des hauts fourneaux, laminoirs, raffineries ou distilleries de Grenelle, comme des fabriques d'allumettes et usines chimiques de Javel, où l'on produisait l'eau du même nom ? S'en échappaient des fumées nauséabondes qui empuantissaient l'air de la capitale dès que les vents étaient à l'ouest ou au sud-ouest... C'était pourtant là un mal nécessaire car il fallait bien que les gens vivent, et André ne pourrait reprocher indéfiniment, comme il le faisait, aux ouvriers carriers d'encombrer les chemins et les routes de Montmartre avec leurs chargements.

Bien qu'elle fût dans le bon sens, celui des retours à vide des tombereaux vers les carrières, c'est derrière l'un d'eux, justement, que Rosalie se trouvait coincée depuis dix bonnes minutes dans l'impériale qu'elle avait empruntée. Fort heureusement, elle arrivait ! Le soleil tapait aussi fort que la veille, mais, cette fois, elle s'était habillée en conséquence, s'était munie d'une ombrelle et d'un chapeau de paille et surtout, elle était assise dans l'omnibus. C'est cependant à pied qu'elle dut gravir les deux cents mètres de côte qui lui restaient à parcourir, ce qui suffit à la mettre en nage, tant il faisait chaud.

Anne-Marie, André et leur fille cueillaient des cerises dans le potager. Rosalie s'arrêta un instant sur le perron et se sentit envahie d'une immense tendresse lorsqu'elle les aperçut tous les trois, à genoux sur le gazon, ramassant les fruits tombés de l'arbre qu'André venait de secouer. Eulalie riait aux éclats, une paire de cerises sur chaque oreille. Serai-je encore là le jour où un galant lui croquera ces pendants fruités à même le lobe ? songea fugitivement Rosalie, avant de se secouer quand la fillette se précipita sur son père, du haut de ses deux ans, et entreprit de le renverser sur le dos. Elle y parvint sans mal, tant André y mit de bonne volonté. Rosalie applaudit des deux mains en criant «Bravo». Aussitôt, l'enfant se rua vers elle, les bras écartés et son rire fusa, limpide et clair, quand sa marraine l'enleva dans les airs.

Ils rentrèrent tous les quatre, Eulalie se balançant au bout des bras de Rosalie et de son père qui devisaient. Juste derrière eux, Anne-Marie, à nouveau enceinte, ressentait une joie profonde en contemplant ces trois êtres qu'elle chérissait tant. L'enfant lâcha soudain la main des deux adultes et se mit à courir derrière un papillon, aussitôt suivie par son père qui ne la quittait pas d'une semelle. Rosalie se retourna vers son amie.

— Tu en es au troisième ou au quatrième mois, Anne-Marie? demanda Rosalie.

— Quatorze semaines.

— Déjà! Que ça passe vite! Et tu souhaites?

— Un garçon, bien sûr! Quelle question!

— Pourquoi un garçon?

— Tu trouves notre sort enviable à nous, femmes? Pas moi, et encore moins pendant mes grossesses. Tu verras quand ce sera ton tour!

— Mon tour? fit Rosalie. Je me demande s'il viendra un jour. Je prends des précautions, bien sûr, mais, depuis le temps, je m'étonne de ne jamais avoir eu d'accident.

— Tu veux dire, de ne jamais avoir été enceinte?

— Oui.

— Heureusement pour toi! Tu te rends compte? Célibataire?

— Peut-être, mais d'un autre côté... Enfin... Et vous? Quoi de neuf?

Anne-Marie sentait son amie devenir mélancolique, et comme elle avait une ou deux nouvelles à lui annoncer, elle choisit de le faire tout de suite.

— Au fait, dit-elle, j'ai acheté ces terrains, derrière les Champs-Élysées, à Neuilly.

— Tu as réussi ?

— Oui. Bien sûr, c'est encore la campagne, aujourd'hui, mais c'était si bon marché ! D'ici à cinq ans, le prix de ce terrain aura triplé ou quintuplé. Te voilà propriétaire pour un cinquième d'un hectare et demi, tout près des Champs-Élysées.

— Propriétaire terrienne ! Qui l'eût cru ?

— Rosie, j'ai aussi besoin d'un conseil.

— Dis toujours, mais tu sais ce que valent mes conseils…

— Voilà, j'ai la possibilité d'obtenir un marché pour André comme maître d'œuvre d'un lot important. Comment crois-tu qu'il réagirait si je le lui proposais ? Évidemment, ce serait un nouveau métier pour lui…

— Anne-Marie ! Il va être tourneboulé ! Tu le connais mieux que moi pourtant, ton mari déteste le changement. Déjà que tu le perturbes avec tes idées de religion.

— C'est mon devoir, m'a dit le recteur. D'ailleurs, André m'écoute ; il lit la Bible et les Évangiles. Et ça l'intéresse, figure-toi, répondit Anne-Marie, tout près de prendre la mouche. De toute façon, comme il me l'a dit, ça ne l'engage à rien.

Elle avait failli répliquer vertement à Rosalie et lui demander de garder ses conseils pour elle, mais, après tout, c'était de sa faute. Rosalie l'avait prévenue : ses avis étaient rarement judicieux. Mieux valait changer de sujet.

— Dis-moi, Rosie, as-tu eu ce rôle que tu espérais ? demanda-t-elle.

— Non, mais je vais démarrer aux Délassements Comiques, chez Sari. Ce n'est pas l'idéal, sans doute, mais c'est mieux que rien. Et puis, j'ai toujours mes photos qui me permettent de manger, c'est déjà ça... Anne-Marie, je trouve petite mine à Joséphine.

— Ah! Toi aussi! Je ne serais pas étonnée qu'elle couve quelque chose, effectivement. Mais tu la connais : pas question de voir un médecin! Sais-tu qu'elle parle de retourner dans le Berry?

— Qu'y faire, mon Dieu? Quand nous y sommes allées, il y a deux ans, elle n'y avait pris aucun plaisir. C'était comme si elle retournait dans un cimetière, m'avait-elle dit, à l'époque. Toutes ses connaissances avaient soit disparu, soit quitté la ferme et la région. Et le fermier lui-même, son ennemi intime, était mort. Il faut lui enlever cette idée de la tête.

— Tiens! Quand on parle du loup. La voilà qui nous appelle. Le dîner doit être prêt.

*
* *

André avait attendu qu'Anne-Marie et Joséphine soient parties coucher les enfants. Resté seul avec Rosalie, il lui tendit une lettre en disant simplement :

— Je le pensais mort, vois-tu, et je me trompais. Il est vivant, et même bien vivant, puisqu'il parle de retour.

Frédéric! Il parlait forcément de Frédéric!

Depuis des mois, Rosalie n'avait pas eu la moindre pensée pour lui ; cette période de sa vie lui semblait si lointaine.

— Pas maintenant, lui répondit-elle. Je ne m'en sens pas le courage. Que dit-il?

— Il est à fond de cale, comme tu t'en doutes. Il a voyagé, traîné ses guêtres et sa misère de Barcelone à Rome. Je me demande ce qu'il y a fait, lui qui ne parle ni espagnol ni italien. Il m'a donné une adresse à Toulon où je dois lui faire parvenir des fonds.

— Tu vas le faire ?

— Pourquoi pas ? Ça ne me prive en rien !

— Tu sais ce qu'en disait Juliette : ne jamais lui donner ce type d'habitudes.

— Juliette n'est plus là, répliqua André, et Frédéric est mon petit frère. J'ai des devoirs envers lui et j'ai fait une promesse à ma mère.

Puis, il attendit quelques secondes avant de demander :

— Dis-moi, Rosie, nous n'en avons jamais parlé… Est-il toujours recherché ?

C'était plus une prière qu'une question, et c'est ce qui incita Rosalie à lui dire, enfin, la vérité. Il saurait faire la part des choses, aujourd'hui…

— Non, il n'est plus recherché. J'ai sans doute tort de te le dire, et Juliette, qui ne l'aurait fait pour rien au monde, m'arracherait la langue si elle vivait encore. Elle voulait l'écarter de toi, de moi, de nous tous, pour nous éviter des ennuis.

— Je m'en doutais, figure-toi.

— Que comptes-tu faire ?

— Rien, pour le moment. Qu'il reste où il est. Je préfère qu'il continue à se croire recherché. Juliette était pleine de bon sens.

— C'est le mieux, en effet, approuva Rosalie. Pour toi, mais aussi pour Anne-Marie et vos enfants. Et pour moi aussi, sans doute. Tiens, tu peux me montrer sa lettre, maintenant… Je suis prête.

Elle la lut d'une traite. Il est vrai qu'elle n'était pas très longue, l'écriture n'étant toujours pas l'affaire de Frédéric qui avait aussi oublié de la dater.

Mon cher frère,

Cela fait quatre ans bientôt que je vous ai quittés. Je suppose que tu es heureux avec Juliette et tes enfants parce que vous en avez sûrement deux ou trois, aujourd'hui. Je regrette beaucoup d'avoir dû quitter Paris et Rosalie qui est bien la seule femme qui m'aurait convenu. Je ne sais pas si c'est ça qu'on appelle l'amour, mais elle me manque, et il m'arrive encore de rêver d'elle.

J'ai eu beaucoup de misères durant ces quatre ans ; j'ai même fait six mois de prison en Italie, à Turin, pour un larcin. La faim, le manque d'argent... J'ai volé dans une ferme et me suis fait prendre. J'avais compté sans les chiens... Difficile de leur échapper quand ils sont bien dressés. J'ai fait toute la Méditerranée, jusqu'à Barcelone, et j'ai attrapé la fièvre quarte sur la côte, près de Narbonne, où j'ai été bien près de passer l'arme à gauche. Il s'en est fallu d'un rien. C'est infesté de moustiques, par là-bas. Je t'assure, mon frère, le nord de la France est bien plus sain que ce Sud où il fait trop chaud l'été et, parfois aussi, trop froid l'hiver.

J'apprécierais que Juliette vérifie auprès de ses amis si ma situation administrative est toujours la même. J'aimerais, aussi, que tu puisses m'avancer un peu d'argent. Vingt-cinq louis, ou, comme on dit maintenant, vingt-cinq napoléons. Et puis, si tes affaires marchent bien et si tu peux m'en prêter le double, n'hésite pas à le faire. Je t'en remercie par avance. Je suis à Toulon actuellement. Voici mon adresse :

Frédéric Duchêne aux bons soins de Mme Luisa Vitelli

Chemin des Douaniers.

Rosalie ne lut pas l'adresse. Il vivait avec une femme… Elle ressentit un petit pincement au cœur. C'était curieux, cette sensation : elle admettait difficilement qu'il vive avec une autre… Pourtant, quoi de plus normal ? Et il ne l'avait pas oubliée, puisqu'il rêvait encore d'elle ! Elle leva les yeux. André la regardait, un étrange sourire aux lèvres.

— Qu'y a-t-il, André ? Pourquoi souris-tu ?

— Tu l'aimes toujours, Rosie ?

— Pourquoi dis-tu ça ?

— Tu es bouleversée. La lecture de cette lettre t'a remuée, ça se voit !

— C'est vrai. C'est tout mon passé qui resurgit, comprends-tu ?

— Mais tu l'aimes, non ?

— Je ne crois pas, je ne sais pas.

Et elle éclata en sanglots.

André s'approcha d'elle et la prit dans ses bras. Quelle brute il était ! Pourquoi avait-il posé cette question dont il connaissait la réponse ?

— Là, là, lui dit-il, ne pleure pas…

Il lui tendit son mouchoir, et, sans même s'en rendre compte, lui caressa la joue, puis le cou, et, insensiblement sa main glissa sur le dos de Rosalie. Crénom ! Il avait soudain envie d'elle ! Elle le tentait encore tellement ! Il allait céder et se penchait pour l'embrasser quand, glaciale et coupante, la voix d'Anne-Marie rompit le silence :

— Surtout, ne vous gênez pas pour moi, tous les deux. Qu'attends-tu pour continuer, André ? Que je te donne ma bénédiction ?

Mais, s'apercevant que Rosalie sanglotait, elle se précipita vers son amie et lui dit :

— Pardonne-moi, Rosie, je me suis méprise. Je croyais… Que se passe-t-il ? Pourquoi pleures-tu ?

— C'est… C'est…, répondit Rosalie en tendant la lettre.

— C'est Frédéric, intervint André qui avait conscience de l'avoir échappé belle et s'écarta de Rosalie. Mon frère m'a écrit. Je ne t'en ai pas parlé parce que tu ne le connais pas. J'ai attendu que Rosalie soit là pour lui montrer cette lettre. J'étais loin de m'imaginer que cela la mettrait dans des états pareils. Je tentais de la consoler quand tu es arrivée.

Anne-Marie eut un geste pour signifier que l'incident était clos. Puis elle prit, à son tour, Rosalie dans ses bras.

— Je me suis méprise, André, et m'en excuse. Mais admets qu'il y avait de quoi se tromper ! Rosalie, ma chérie, ne pleure pas. Frédéric n'en vaut pas la peine.

— Peut-être, renifla la jeune femme, mais j'ai beaucoup, j'ai tant d'affection pour lui... Il représente une partie de ma vie, et il m'aime, puisqu'il rêve encore de moi, la nuit !

— Ça te fait une belle jambe !

— Je ne peux pas oublier ce que nous avons vécu tous les deux. Nous nous sommes aimés, Anne-Marie, et tu sais d'où il m'a sortie. D'où il nous a sorties toutes les deux...

— N'oublie pas qu'il t'a fait faire le trottoir, quand même ! Mais tu as raison, Rosie, il nous a rendu un fier service. Pardonne-moi. Quant à le revoir...

— Ce ne serait pas raisonnable, je le sais.

— Bien, alors nous sommes d'accord, conclut André. Je vais lui envoyer cinquante louis, en lui disant qu'il est toujours recherché.

— Fais-le, mais, surtout, pas un mot à Joséphine. Elle serait folle de rage, ajouta Anne-Marie.

*
* *

Frédéric n'en croyait pas ses yeux. Une somme de

mille francs l'attendait à l'agence toulonnaise de la Société Marseillaise de Crédit. Il lut et relut plusieurs fois le papier. Pas de doute, cela ne pouvait venir que de son frère. Comment se faisait-il qu'il ne lui ait même pas écrit ? Sans doute sa Juliette lui avait-elle permis de faire fortune pour qu'il lui adresse ainsi mille francs sans explications. Mais elle lui avait désappris les bonnes manières : André lui jetait ces cinquante napoléons comme un os à un chien. Tout ce qu'il méritait, c'était qu'il les lui renvoie. Qu'il les renvoie ? Il déraisonnait ! Comme s'il le pouvait ! Le chien ne fait pas le difficile devant l'os qu'on lui donne, même si on le lui jette. Il se précipite dessus et le broie avant d'en sucer la moelle.

Allons, il n'avait plus les moyens de sa vanité ! Les grands airs, c'était passé de mode pour lui, même s'il lui en coûtait. On lui aurait annoncé cette nouvelle, la veille, il aurait bondi de joie. C'en était fini de courir de droite et de gauche, à toujours chercher deux sous pour faire un franc. Il n'y avait rien de plus démoralisant que ça ! Si son frère avait fait fortune, tant mieux. Il allait lui demander sa part. Pourquoi André garderait-il tout, alors que lui, pauvre gueux, avait accepté de quitter Paris pour qu'il puisse vivre en paix avec sa panthère ? Pareille abnégation méritait bien une récompense…

La lettre de son aîné lui parvint trois jours plus tard, alors qu'il avait déjà écorné son trésor de près de deux cents francs pour refaire sa garde-robe et offrir un vrai restaurant à la brave Luisa qui le méritait bien.

Brave, elle l'était, la veuve Vitelli qui s'était entichée de lui, deux ans plus tôt, lorsqu'il l'avait rencontrée dans sa gargote de la banlieue de Gênes. Ils s'étaient tout de suite mis ensemble. Il était, lui, fatigué de voler, elle, d'être seule et sans homme. Quand il avait quitté l'Italie, elle avait vendu son commerce et l'avait suivi. Évidemment, Luisa n'était pas une beauté et elle avait trente-six ans sonnés, mais c'était une rude travailleuse qui avait, en outre, le mérite de bien le nourrir et de ne rien lui demander. Dès qu'il avait posé son sac à Toulon, elle y avait ouvert une boutique de «pasta». Ces pâtes qu'elle préparait *alla genovese*, *alla romana*, *alla napolitana* – il y en avait pour tous les goûts – se vendaient bien mieux sur le port de Toulon que sur celui de Gênes! Bref, le commerce de Luisa leur permettait de vivre et, pour peu que la chance revienne et qu'il dispose d'un peu de fonds, pourquoi ne viserait-il pas beaucoup mieux pour sa Luisa?

Frédéric s'étonnait d'autant plus du succès de Luisa que Toulon était une ville pauvre où les immigrés italiens étaient bien plus habitués à manger «lou pan négré», ainsi que les Provençaux appelaient le pain noir dans leur langue occitane. C'est aux marins dont il faisait l'ordinaire que les Italiens achetaient ce pain de munition qui se conservait des semaines, voire des mois. Sur ce pain préalablement imbibé d'huile d'olive, ils étalaient les filets d'anchois, leur mets favori.

Ces jours d'anchoyades étaient jours de festin, mais ils étaient rares. Quand l'argent commençait à manquer, ils se rabattaient sur la pasta de Luisa. Et quand il n'y en avait plus du tout, c'est-à-dire presque toujours, ils se contentaient de tremper leur pain noir dans de l'eau pour pouvoir le consommer nature.

Il faisait beau et chaud. Installé à la terrasse d'un café, sous un auvent, Frédéric sirotait la boisson locale à base de liqueur d'anis que les Toulonnais consommaient en guise d'apéritif. Il avait mis du temps à s'habituer au goût particulier de cet apéritif, mais reconnaissait qu'il était particulièrement bien adapté au climat. À la table voisine venaient de s'asseoir bruyamment deux marins, de retour de Russie. Il allait les laisser s'installer avant de les approcher. Cette guerre de Crimée était une aubaine inespérée. Les troupes transitaient par Toulon, et, depuis quelques mois, les occasions de plumer le pigeon se faisaient de plus en plus nombreuses. Si seulement il n'y avait pas ce maudit choléra qui les fauchait tous, là-bas, à Sébastopol, et qui frappait maintenant un peu partout en France !

Il se montra si tendre avec Luisa, ce soir-là, qu'elle se trouva, en une fois, payée de toutes ses peines. Après avoir vu, dans sa petite enfance, son père battre sa mamma comme plâtre, elle avait, la pauvre, été mariée dix ans à un abruti qui en avait fait autant avec elle jusqu'à ce qu'il tombe de son échafaudage de maçon. Aussi était-elle très attachée à Frédéric qui la respectait et n'avait jamais levé la main sur une femme. Il avait une façon bien à lui et plus agréable d'arriver à ses fins et de lui faire entendre raison. Frédéric était un charmeur et c'est son numéro favori qu'il joua à Luisa, ce soir-là. L'idée lui était venue, lui dit-il, de louer un vrai commerce où elle pourrait faire étalage de ses talents de cuisinière, faire sa pasta et vendre aussi ces plats italiens que lui-même appréciait tant. Elle méritait qu'il fasse cet effort pour elle. Il ne savait encore trop comment il s'y prendrait, mais il y parviendrait.

Luisa était aux anges : son Frédéric était décidément le plus gentil des hommes, et ses amies seraient encore folles de jalousie, le lendemain, quand elle leur annoncerait la nouvelle. Elle se demandait souvent jusqu'où elle irait pour lui. Bien sûr, elle l'entretenait depuis longtemps et rien n'était plus normal que cette entraide, dans un couple, quand l'homme et la femme s'entendent bien et s'aiment comme ils le faisaient. Il n'y pouvait rien, le pauvre, s'il faisait de mauvaises affaires, ces temps-ci. Oui, elle l'aimait tant que, si elle avait eu dix ans de moins, elle aurait été jusqu'à se prostituer pour lui. Heureusement, elle n'avait pas à le faire et pouvait se garder pour lui seul. Luisa était heureuse…

Frédéric aussi, mais pour de tout autres raisons. La lettre d'André lui confirmait ce qu'il avait subodoré : son frère avait réussi. Il était riche ou du moins aisé. Il avait déménagé pour Montmartre tout en gardant sa maison de Vanves qu'il louait, ce qui en disait assez long sur son aisance. Mais surtout, la grande nouvelle c'est que Juliette était morte et qu'il s'était remarié. Bien sûr ! Il avait épousé une héritière ! C'était cela l'explication ! Il n'y en avait pas d'autre ! Ce ne pouvait être que cela !

André le disait sans fard, il était heureux. Il avait deux enfants, et sa femme en attendait un troisième. Pas un mot de Rosalie. Était-elle morte, elle aussi ? Ne la voyait-il plus ? Il n'en disait rien. À moins que… André et Rosalie ? Non, c'était impossible ! Et cela n'expliquerait pas la fortune de son frère. Rosalie n'avait pas un liard.

Bref, le point positif, c'était cette aisance nouvelle d'André. Il allait jouer là-dessus. Sa femme, ses enfants, la chance qu'il avait, et lui, Frédéric, seul, sans attaches… Un coup de main supplémentaire et peut-être pourrait-il oublier la misère, épouser Luisa, et exploiter ses talents de cuisinière.

Il se frotta les mains… Oui, c'était dit, il allait acheter un restaurant à sa Luisa, André le lui paierait. Luisa travaillerait et lui encaisserait. C'était bien moins dangereux que de voler ! Il se constituerait un pécule et pourrait ensuite envisager la vie sous un autre angle, et faire à nouveau des projets.

Toute une semaine, il réfléchit à la meilleure façon de présenter son affaire. Il était probable, se dit-il, que Juliette n'avait jamais parlé à André du dédommagement qu'elle lui avait versé pour Rosalie. De toute façon, cela valait la peine d'essayer. Il gonfla ses frais, insista sur sa détresse, estima le manque à gagner qu'avait représenté pour lui sa séparation d'avec sa maîtresse, quatre ans plus tôt, et chiffra ses besoins à quatre mille cinq cents francs. Quinze jours plus tard, son frère lui fit parvenir cinq mille francs ainsi qu'un mot : « Ne me demande plus rien, Frédéric, car tu as, là, largement de quoi te payer ce restaurant. Et ne réclame rien, non plus, à Rosalie. Elle a assez de mal à s'en sortir, la pauvre ! »

Le nigaud ! Il lui avait dit ce qu'il souhaitait lui cacher : Rosalie était vivante, et, certainement, toujours célibataire. Ce « elle a assez de mal à s'en sortir, la pauvre » lui ouvrait des horizons nouveaux : il pouvait envisager un retour à Paris. Mais d'abord, installer Luisa. Rosalie attendrait encore un peu.

8

À son réveil, ce matin-là, Rosalie trouva Corentine en larmes. Elle eut beau insister, rien n'y fit: la jeune fille refusa de se confier à elle. Depuis qu'elles s'étaient rencontrées, trois ans plus tôt, par hasard ou, plus exactement, par accident, dans une rue mal pavée du sud de Paris, Corentine lui servait à la fois de femme de chambre et de cuisinière. Quinze mois d'écart entre elles, c'était peu, et leurs relations étaient plus celles d'amies que de maîtresse à servante. Corentine était la confidente privilégiée des secrets de cœur et d'alcôve de Rosalie à laquelle elle servait de temps à autre de complice, voire d'alibi auprès de l'un ou l'autre de ses amants. Outre le gîte, le couvert et les trente-cinq francs de gages mensuels qu'elle lui versait, Rosalie habillait son employée, lui apprenait à lire et écrire, et la laissait même jouer du piano, en son absence. Bref, Corentine était dans une très bonne maison et le savait.

Aussi, en sortant de chez elle, Rosalie était-elle très remontée contre la jeune fille, qu'elle laissa à son ménage sans avoir obtenu de réponse à ses questions. Ulcérée de ce manque de confiance, elle était résolue à découvrir, à son retour, les raisons de ce désespoir. Un très gros chagrin d'amour, très probablement. À moins qu'une grossesse ? Ou les deux, comme souvent ?

Elle ne se trompait pas. Sa femme de chambre n'était pas autrement faite que les autres filles de son âge dont elle avait les distractions. Le samedi soir, elle rejoignait ses amies soit au bal Dourlans, soit à celui de la Victoire, rue de la Croix-Nivert, où se retrouvaient, entre eux, les gens de maison – valets, femmes de chambre, cuisiniers, bonnes, lingères –, pour danser scottishs, valses, polkas, mazurkas, mais aussi, quadrilles et même bourrées et rondes. Il arrivait cependant à la jeune fille de faire des infidélités à ce milieu qui n'était pas vraiment le sien. Trois mois plus tôt, elle avait, ainsi, accompagné sa patronne au bal de la Boule Noire, au pied de la Butte, à la barrière des Martyrs, et là, entre deux polkas endiablées, Rosalie, en riant aux éclats, lui avait crié l'une des scies du moment, en lui désignant son cavalier du menton avec force mimiques :

— Pan ! Dans l'œil !

— Il a des bottes, Bastien ! avait répondu Corentine, du tac au tac, à sa patronne qui aurait pu mal prendre le « Et ta sœur ! » qu'elle avait sur le bout de la langue.

Sa réplique n'avait pas de sens, mais peu importait, puisque c'était une autre des scies qui faisaient fureur, en ce début d'Empire, à une époque où la qualité de l'humour parisien avait baissé d'un ton et même de plusieurs. Tirées de répliques de spectacles de vaudeville, de chansons de caf'conç ou de sketchs à succès, ces scies duraient plus ou moins longtemps. Lorsqu'elles étaient à la mode, elles fleurissaient partout et dans tous les milieux, retentissant aussi bien au bureau qu'au café, en société et, même, dans le « monde », tant il était admis que l'on n'était jamais ridicule quand on était à la mode, à Paris, du moins.

Jeunes et jolies comme elles l'étaient, les deux jeunes femmes ne manquaient pas de galants et voletaient de l'un à l'autre, ravies de se faire courtiser. Elles avaient le choix et ne s'en privaient pas. À cet instant, Corentine avait pour cavalier un garçon auquel elle donnait vingt-cinq ans. Il avait les cheveux bruns impeccablement plaqués et pommadés, la moustache parfaitement cirée et il se laissait, aussi, pousser la barbe démocratique, manière courante d'afficher ses opinions républicaines.

Son danseur lui sourit, tout en se creusant la tête pour lui démontrer qu'il n'était pas totalement dénué d'esprit. L'autre jeune femme lui plaisait certes beaucoup plus que sa cavalière, mais paraissait plus difficile d'approche. Sans cesser de sourire, il lui souffla :

— Je m'appelle Robert, et j'ai des souliers, mademoiselle !

Corentine s'arrêta et le dévisagea : Robert était élégant, c'est vrai, avec sa casquette plate, son pantalon noir et son paletot rouge, mais il l'aurait été tout autant dans le bourgeron bleu qu'il portait sûrement dans la journée. Il avait, surtout, l'air très sûr de lui et de son charme. Il lui décocha un sourire enjôleur qu'elle lui rendit aussitôt. Il lui offrit à boire, se montra extrêmement courtois et ne la lâcha pas de la soirée. Déjà conquise, Corentine avait complètement oublié Rosalie, quand celle-ci la rejoignit : elles rentraient. Un bref conciliabule avec son danseur, et il la réinvita le lendemain, dimanche. Elle aurait aimé l'exhiber à son bras, au bal Dourlans, pour rendre ses amies vertes de jalousie ; mais il refusa d'aller danser chez les bonniches et les larbins, et l'amena à La Reine Blanche, boulevard de Clichy.

Ce mépris pour les gens de maison mortifia tellement Corentine qu'elle n'osa pas lui avouer qu'elle était, elle-même, l'une de ces bonniches qu'il dédaignait tant et que l'amie qu'il avait rencontrée la veille était en réalité sa patronne. Ce premier mensonge en entraîna vite d'autres, mais ce n'étaient là que fautes vénielles et d'autant plus excusables que lui aussi bluffait. Elle s'en aperçut dès qu'ils pénétrèrent dans la salle de bal dont il se prétendait un habitué alors qu'il était le seul à porter la casquette plate là où tous étaient coiffés de casquettes à trois ponts. Mais surtout, il avait oublié – ou il ignorait – qu'à La Reine Blanche, les barbes républicaines n'étaient pas les bienvenues. On le railla, on le brocarda, et comme il n'avait pas l'esprit de repartie, il tenta de répondre avec ses poings, succomba bientôt sous le nombre et fut jeté dehors, sous les huées d'employés, d'étudiants et de grisettes, mais aussi sous le regard curieux, ironique et blasé d'élégants, amateurs d'émotions fortes, venus s'encanailler pour un soir dans ce bal populaire en compagnie de trois ou quatre lionnes.

La mode était aux noms d'animaux pour désigner les êtres les moins naturels du monde. Daims et biches, petits crevés et crevettes avaient vécu, remplacés par ces cocodès et cocodettes, comme il était de bon ton d'appeler dorénavant les membres de cette jeunesse dorée. D'aucuns abrégeaient le vocable biscornu de « cocodettes » en « cocottes » auquel, par analogie, chansonniers et journalistes substituaient déjà celui de « poules », plus bref et plus parlant.

Ainsi allait l'argot des gens à la mode, à Paris, du moins… Être à la mode, rester « fashionable », s'habiller dernier cri, savoir que la scie du jour c'était « Tu vas me le payer, Aglaé ! » ou bien « Et ta sœur ! » ou encore « Vive la joie et les pommes de terre frites », tel était le but de nombreux Parisiens. Il fallait être *up to date* et s'esclaffer de ces scies, même si elles n'étaient que sottises et qu'on les jugeât telles.

Corentine, elle, n'était pas à la mode, ou, si elle l'était, ce n'était qu'à celle, éternelle, qui fait rimer amour avec toujours. Comme une cousette débutante, la jeune fille délurée qu'elle s'imaginait être était tombée amoureuse de son danseur. Et ce jeune coq téméraire avait pris une plumée en voulant tester des ergots insuffisamment acérés dans une basse-cour qui n'était pas la sienne et où il s'était aventuré imprudemment. La leçon était rude : le nez cassé, l'arcade ouverte, Robert payait cher sa forfanterie. Heureusement pour lui, son orgueil de mâle trouva une compensation immédiate dans le don, qu'en guise de consolation, la jeune fille lui fit de son cœur et de son corps. À tout prendre, il est probable qu'il eût préféré s'en passer et garder le visage intact, d'autant que ce corps juvénile était malheureusement fertile à ce moment précis. Mais c'était là un choix qu'il n'avait pas eu à faire.

*
* *

Robert, le beau ténébreux, a été très contrarié, en apprenant la nouvelle, et, pour ne plus en entendre parler, il a disparu. Une chance pour Corentine : depuis ce matin, sa maîtresse s'en doute, même si, pour le moment, elle a d'autres soucis en tête que la grossesse éventuelle de sa femme de chambre.

Pendant que, seule dans la cuisine de l'appartement de la Chaussée d'Antin, Corentine se morfond et, tout en faisant briller cuivres et étains, pleure à chaudes larmes sur le sort des jeunes filles naïves en général et le sien propre, en particulier, Rosalie court d'une audition à l'autre. C'est que la vie est dure, pour une célibataire parisienne, en cet an de grâce 1855, surtout pour une jeune actrice qui court le cachet ! Par chance, Rosalie n'a rien d'une Perrette. Elle ne rêve pas ; elle est réaliste comme l'art du même nom ; elle a les pieds solidement ancrés sur terre, et cela, bien qu'elle vocalise comme un oiseau, ce qui lui vaut justement, ce matin-là, un contrat à l'Alcazar d'Été. Elle n'est pas dupe, cependant. Ce contrat, c'est à son amie Emma Valadon qu'elle le doit, Emma qu'elle a connue naguère – c'est si loin, dix-huit mois déjà ! –, à l'époque où elles chantaient toutes deux dans un café-concert minable à deux francs la soirée et qui lui apporte aujourd'hui la preuve que les liens sont décidément plus forts entre compagnes d'infortune qu'entre partenaires de succès.

C'est qu'elle a fait son chemin, Emma, depuis cette période de vaches maigres ! Son nom de scène est désormais Theresa, et, si on ne l'appelle pas encore La Patti de la Chope, surnom qui passera à la postérité, elle est déjà La Theresa, tant sa notoriété est grande. Elle a une voix que l'on n'oublie pas, Emma, une voix grave, prenante, qui vous remue et vous donne des frissons. Elle a de bons textes, aussi, même si le directeur de l'Alcazar préfère la voir triompher dans son répertoire de chansons comiques plutôt que d'enthousiasmer un public averti par des chansons à texte ou ces poèmes qu'elle lit merveilleusement. Et elle triomphe, Emma ! Elle est l'une des attractions des Boulevards et des Champs-Élysées, l'un des clous de l'Exposition universelle aussi, puisque, au sortir du Palais de l'Industrie, visiteurs étrangers et provinciaux se précipitent à l'Alcazar tout proche écouter et voir La Thérésa ! Aujourd'hui, Emma est une vedette.

Aussi, quand elle a dit à son patron : «Je veux Rosalie dans mon spectacle ; c'est une amie», cela a-t-il suffi. Rosalie est presque embauchée. Après un essai jugé suffisamment convaincant pour qu'on lui propose un vrai contrat de cinq mois, elle signe jusqu'à la fin de l'Exposition, fin novembre. Merci, Emma.

Dans sa tête trottent les chiffres : quinze francs par soirée, quatre soirs par semaine, quatre semaines dans le mois, cela lui fait… deux cent cinquante-cinq francs si elle compte un mois de trente jours. Elle est sortie d'affaire pour un moment. Et, pendant qu'elle fait ses calculs, défilent devant ses yeux le spectacle de la rue, les passants, les devantures qu'elle voit sans les regarder et soudain :

— Arrêtez, crie-t-elle à son cocher. Je descends ici.

— Vous m'aviez dit place de la Bourse, patronne. Au Vaudeville.

— Je sais mais j'ai changé d'avis.

Elle règle sa course, traverse la rue et se dirige vers une galerie, ou plutôt une sorte de hangar sur lequel est tendue une banderole de tissu portant ce nom en grosses lettres : «Courbet». C'est vrai, elle l'a lu dans *La Presse* : Gustave a été refusé au Salon et, du coup, il organise, lui-même, l'exposition de ses œuvres, avenue Montaigne. Peut-être les officiels détestent-ils vraiment sa peinture. Peut-être ont-ils des ordres. Peut-être, tout simplement, font-ils du zèle. Gustave clame si haut et si fort ses opinions républicaines ! Dans tous les cas, ils sont injustes avec lui et elle tient à lui dire sa sympathie.

Elle y va de son écot pour pénétrer dans le bâtiment. Ce n'est pas la foule, mais il y a gentiment du monde, une bonne quarantaine de personnes. Et puis, dans l'entrée, Rosalie reste pétrifiée, son cœur s'emballe, frappe à grands coups dans sa poitrine. Quel choc ! C'est elle, là, en grandeur nature, nue, sur ce tableau représentant deux jeunes femmes au bain. Elle reste un long moment immobile, les yeux rivés sur la toile. Jamais, elle n'a posé pour ce tableau. Gustave l'a peinte de mémoire, de toute la mémoire qu'il a d'elle, de son corps.

Son cœur retrouve peu à peu un rythme normal. Rosalie est troublée, mais heureuse : c'est ainsi que la voient les amateurs qui paient un franc l'entrée, c'est ainsi qu'on la verra pour l'éternité, si, comme elle le croit et l'espère, Gustave Courbet est, un jour, reconnu.

Quand elle parvient, enfin, à s'arracher à sa contemplation, elle l'aperçoit, en grande conversation avec un visiteur. Il lui tourne le dos. L'instant d'après, il se retourne, reste un moment figé, puis il lui sourit et lui ouvre les bras. Elle s'y précipite aussi lentement qu'elle le peut. Elle voudrait tant se ruer sur lui. Mon Dieu ! L'aimerait-elle toujours ? Non, c'est impossible ! Elle ne peut aimer un rustre, un goujat pareil, ce paysan du Doubs, ce Jurassien buveur ! Mais l'amant de ses vingt ans, ce bel homme, ce charmeur, son Gustave, si !…. Et quel sourire de carnassier ! Il va encore la croquer, puisque, déjà, elle ne demande que ça ! « Calmetoi, ma fille, il ne doit pas s'apercevoir que ton cœur bat la chamade, que ton corps entier le réclame. »

— Rosalie ! Que c'est gentil de penser à moi, juste quand j'en ai tant besoin.

— Bonjour, Gustave. Je voulais te témoigner mon amitié et mon admiration. Car c'est toi qui as raison.

— Merci, ma Rosette, mais ça, je le sais depuis longtemps.

Un ange passe… Leurs regards se sont accrochés et ne se quittent pas. Une grande faiblesse envahit Rosalie et lui, face à elle, sent son sexe réagir impérieusement à sa présence. Décidément, elle lui fait toujours le même effet. Est-ce son odeur, son parfum, ou tout simplement sa beauté ? Il le ne sait pas et peu lui importe : les années n'ont pas diminué le désir qu'elle lui inspire. Et il le devine, il le sent, il le sait avec une certitude absolue : Rosalie le veut autant qu'il la veut, même si elle réussit, enfin, à détourner son regard de celui de son amant. Retrouvant les mots de leur intimité passée, il lui glisse à l'oreille :

— C'est incroyable ! Tu me fais toujours autant d'effet ! Je bande comme un cerf !

— Tais-toi, Gustave ! Pour moi, c'est pareil... Tu vas me faire rougir...

Nouveau silence avant que Rosalie ne demande doucement :

— C'est moi ? en désignant *Les Baigneuses*. Comment as-tu fait ?

— C'est toi, bien sûr, répond le peintre. J'ai une bonne mémoire, vois-tu. Et puis nous avons quand même travaillé, non ? J'avais de très nombreux croquis.

Il s'interrompt alors, prend par le bras l'ami avec qui il s'entretenait peu avant, et se tournant vers la jeune fille, lui dit :

— Rosalie, je te présente mon ami Jules Husson, plus connu, comme écrivain, sous le pseudonyme de Fleury ou Champfleury. Jules est aussi le théoricien du courant réaliste. Jules, je...

Champfleury n'est peut-être pas un très grand écrivain, mais il ne manque ni de talent ni de sensibilité et il a ressenti, avec acuité, la tension incroyable et presque palpable qui lie cet homme et cette femme. Il a l'impression d'être indiscret, presque de violer leur intimité. Et pourtant, il a bien envie d'en savoir plus et coupe son ami...

— Gustave, crois-tu que l'on puisse oublier Mlle Rosalie Noël ? Ne te souviens-tu pas de me l'avoir présentée, un soir, chez Dinochau, il y a deux ou trois ans ?

— Quelle mémoire ! s'exclame Rosalie. Vous me flattez, monsieur ! Mais vous avez raison, nous nous sommes aperçus une fois effectivement. Et c'était bien chez Dinochau. Gustave m'avait invitée dans ce restaurant qui vous sert de quartier général, si je ne m'abuse.

— Avec la Brasserie Andler, oui, remarque Courbet, en levant un œil sur la jeune femme. C'est curieux ; je ne m'en souviens pas du tout.

— Évidemment ! Tu la dévorais des yeux, et...

Rosalie éclate de rire :

— Et moi aussi, sûrement ! J'étais folle de toi, Gustave, c'est vrai. Je t'aurais mangé tout cru à chacun de mes repas ! Et comme c'était notre premier dîner, j'avais une faim d'ogresse !

Un peu abasourdi, Gustave choisit la prudence.

— Vois-tu, Jules, dit-il à son ami, ce n'est que quand une jolie femme comme Rosalie tient à un homme de tels propos au passé qu'il prend réellement la mesure de son infortune. Pourtant, ce n'est pas si loin, ma Rosette...

— Gustave, ne remue pas de cendres froides, veux-tu ? Le passé est le passé. Restons bons amis. C'est à ce titre que je suis là.

— Tu as raison, Rosalie. Où dînes-tu, ce midi ? Encore que maintenant, l'on ne sait plus si l'on dîne ou si l'on déjeune le midi. Si je t'invitais à nouveau chez Dinochau ? Un clin d'œil au passé. Et puis, on y mange bien, l'on y boit encore mieux et le patron fait crédit pour le vin, dès lors qu'il s'agit d'une bonne bouteille !

— Ce n'est pas une raison pour en abuser !

— Rosalie ! Comme si..., commença Courbet avant de s'interrompre et de se mettre à rire. J'oublie que tu me connais comme personne !

— Comme personne, vraiment ? questionne-t-elle, provocante.

— Puisque je te le dis..., répond-il en la fixant, déjà ferré. Voyons... Il est midi moins dix. Il serait étonnant que je rate la vente du siècle si nous partons maintenant. Qu'en penses-tu, Jules ?

L'écrivain n'a rien perdu de la scène entre les deux anciens amants et constate que son grand ami franc-comtois est sur le point de succomber à nouveau au charme irrésistible de cette beauté brune. C'est vrai que la demoiselle est vraiment une des plus belles femmes qu'il ait jamais vues, et si Gustave n'accroche pas, il n'hésitera pas à tenter sa chance.

— Tu m'invites ? répond-il à son ami.

— Ne rêve pas, veux-tu ? Je t'invite à nous accompagner, mais tu paieras ton écot. Voudrais-tu me ruiner ?

— Gustave, si tu es si serré, suggère Rosalie, je peux payer ma part !

— Je n'ai pas d'ardoise chez Dinochau, moi, rétorque le peintre. Et si j'en juge par Henri Murger qui lui doit plus de quatre mille francs de vins fins, je puis y boire pas mal de bouteilles à huit francs pièce et y faire encore plus de repas à un franc soixante-quinze !

— Des repas à l'eau ? observe Champfleury. Tu n'en fais jamais, Gustave !

— Que devient Henri Murger ? s'inquiète Rosalie.

— Tu connais ce paresseux ? demande Gustave. C'est un protégé de Jules.

— Il travaille comme rédacteur à la *Revue des Deux Mondes* qui lui a proposé une place, répond rapidement Champfleury, voulant ainsi gommer la réflexion malheureuse de son ami.

— Je suis heureuse pour lui. Je l'aime bien, commente Rosalie.

Mais l'écrivain tient visiblement à abréger.

— Qu'attendons-nous ? demande-t-il.

Ils ont déjeuné sans se quitter des yeux, comme s'ils étaient seuls au monde, Gustave oubliant même de se servir de ce vosne-romanée qu'il a commandé, laissant son ami Champfleury le boire à sa place. Puis, ils se sont éclipsés sans un mot, quand l'écrivain leur a chuchoté :

— Mieux vaut que vous vous éloigniez d'ici, jeunes gens. Il y a tant de feu dans votre regard à tous deux que vous n'allez pas tarder à vous enflammer comme de l'amadou.

Rosalie l'a regardé, bizarrement, en silence ; Gustave a sorti une pièce de dix francs de son gousset, en lui disant « Règle pour moi, veux-tu ? » ; et ils se sont levés tous les deux. Jamais encore, Champfleury n'a pareillement ressenti la pulsion animale et purement sexuelle qui poussent, l'un vers l'autre, un mâle en rut et une femelle en chaleur. Le désir entre ces deux êtres est si bestial et si palpable que c'en est gênant. Il connaît la réputation de Gustave auprès des femmes, mais cette petite ne lui cède en rien. Il faudra qu'il puisse décrire cela, qu'il pense à elle pour un prochain personnage.

C'est arrivé parce que cela devait arriver. C'était écrit quelque part, là-haut, dans le ciel où ils ont sûrement leur étoile. Rosalie le sait, comme elle sait aussi que cet après-midi de passion assouvie ne sera pas le dernier, mais qu'ils ne reprendront jamais, non plus, de relation suivie. Entre eux, c'est une histoire de peau, d'odorat, de toucher, d'envie, de sexe, lui a-t-elle chuchoté à l'oreille en riant, utilisant pour cela des termes beaucoup plus crus. Ils sont assez « réalistes » pour l'admettre et même pour se le dire sans hypocrisie, mais ils se connaissent tous les deux : ils n'ont que ça en commun, rien d'autre. Et quand ils se quittent, repus l'un de l'autre, quand Gustave lui confie : « Merci, Rosie. C'était merveilleux, comme d'habitude », elle lui répond sur le même ton : « Pour moi aussi. » Et s'il poursuit « À quand la prochaine fois, Rosette ? », c'est elle qui conclut : « Quand tu veux, où tu veux, comme tu veux, Gusty. » Peu leur importe où et quand, en effet, car ils savent tous deux qu'il y aura une, qu'il y aura des prochaines fois, parce que, même si leurs tempéraments s'opposent, leurs corps sont faits pour s'accorder, se combler, se repaître l'un de l'autre.

*
* *

Gustave l'a laissée sur le boulevard Poissonnière d'où elle a rejoint à pied la place de la Bourse. Son rendez-vous au Théâtre du Vaudeville est sans doute raté, mais elle se doit d'y aller, malgré tout. Bien entendu, le directeur n'est plus là. Elle griffonne un mot d'excuse pour son retard et s'installe au café qui jouxte le théâtre. Elle a, très probablement, laissé passer sa chance, mais elle ne regrette rien. Les deux heures que Gustave et elle se sont offertes valent bien plus que ça. À peine s'est-elle assise qu'une femme se dirige vers sa table : c'est Anna Lesueur.

— Rosalie ! Une revenante ! Que fais-tu là, ma chérie ?

— Anna ! Quelle surprise ! Que deviens-tu ?

— Quand je ne suis pas enceinte, je joue encore. C'est ce que je fais, en ce moment, à la porte d'à côté. Nous avions une réunion, ce matin, pour une nouvelle pièce. Et toi ?

— Moi... ça va, ça vient. Il y a des hauts et des bas. Je viens de signer à l'Alcazar jusqu'en septembre, mais le théâtre me manque. J'avais rendez-vous ici, mais je suis arrivée en retard.

— Repasse demain. Le directeur te recevra. Mais tu ne pourras pas faire les deux, l'Alcazar et le Vaudeville. C'est impossible.

— Dans ce cas, la question est réglée. Je suis à l'Alcazar, j'y reste.

— Et les hommes ? Avec qui es-tu ?

— Je suis célibataire. Mais tu ne devineras jamais qui m'a invitée à déjeuner ce midi.

— Comment veux-tu que je le sache ? À part ton peintre, je ne t'en ai pas connu d'autre.

— Justement ! C'est lui !

— Décidément ! Tu l'as dans la peau !

— Tu ne crois pas si bien dire, Anna !

— Comment ça ? Tu n'as pas… Si ? Vous avez ? Un deux à quatre, alors ?

— Oui ! D'où mon retard. Nous avons, comme tu le dis. Et c'est toujours aussi merveilleux ! Tu te souviens ? Je t'avais raconté, non ?

— Non, tu m'avais dit que c'était bien et que tu me dirais tout, mais tu ne l'as jamais fait. J'ai le temps aujourd'hui. Raconte…

— Je ne peux plus, Anna, car notre histoire n'est pas finie, comme je le croyais. Et ta sœur Rose… Que devient-elle ?

— Elle passe d'un lit à l'autre, d'un comte à un prince… Je ne la comprends pas, ou plutôt, je ne comprends pas pourquoi elle mène cette vie. Si encore elle économisait pour ses vieux jours… Mais elle dépense tout !

— Peut-être aime-t-elle les hommes, tout simplement.

— Détrompe-toi, elle les déteste. C'est par paresse et rien d'autre qu'elle mène cette vie de courtisane. Quand je pense qu'elle est l'une des actrices les plus douées de notre génération et vaut presque Rachel, dans un autre registre. Quel gâchis !

— Et toi, Anna ? Le mariage ? Les enfants ?

— Ah ! le mariage… Évidemment, ce n'est plus pareil. Louis est un bon mari, mais c'est un homme et, comme tous les hommes, c'est lui le chef. J'ai du mal à m'y faire, mais c'est la loi de la vie. Nous devons nous y soumettre, nous autres, femmes !

— Je ne le supporterai jamais.

— Mais si, comme nous toutes ! Et ces grossesses ! Que de temps elles nous font perdre !

— Tu as l'air bien désabusée...

— Rosalie ! En trois ans, j'ai peut-être joué trois fois trois mois. Comment veux-tu faire carrière dans ces conditions ?

— C'est vrai, soupire Rosalie. Au fait, connais-tu une dénommée Eugénie...

— Voyons ! la coupe Anna. Tu sais bien que c'est une grande amie ! Veux-tu que je te la présente ? Elle habite les Tuileries, si tu l'as oublié.

— Dieu, qu'elle est sotte ! Je ne te parle pas de l'Impératrice mais d'une Eugénie qui dirigeait en 1848 le club « La voix des femmes » que Lamartine a interdit.

— Eugénie Niboyet, tu veux dire ?

— Comment ? s'exclame Rosalie. Tu la connais ? J'aimerais la revoir.

— Ah ! ça, ne me demande pas où elle vit, aujourd'hui... Peut-être te le diront-ils au Palais Bonne-Nouvelle ; c'est là qu'était notre club. C'était en 1848.

— Tu en faisais donc partie ? s'étonne Rosalie.

— Oui. Ma mère nous y avait inscrites Rose et moi. Rose n'y est allée qu'une seule fois, elle trouvait ça ridicule, ce sont ses propres termes. À l'époque, il y avait beau temps qu'avec son pucelage, égaré à Bourges, elle avait perdu ses illusions et avait déjà cette mentalité mercantile... Moi, ça me plaisait bien, j'y suis restée jusqu'à la fin.

— As-tu connu Juliette Duchêne ?

— Juliette Duchêne ? Non, ça ne me dit rien...

— Je suis bête, Juliette ne s'appelait pas encore Duchêne, à cette époque !

— Attends, il me semble… Oui. Il y avait bien une Juliette, une femme à poigne. On disait qu'elle avait été grisette, et pas dans les beaux quartiers ! C'était une veuve, propriétaire d'hôtels… Je ne me souviens plus de son nom mais ce n'était pas Duchêne, en tout cas. Une belle femme, d'ailleurs, grande, bien faite. C'est cela ?

— Oui, ça pourrait l'être…

— Cette Juliette semblait assez liée à un autre pilier du club, une femme qui servait de secrétaire à Mme Niboyet, une Mathilde quelque chose, je crois. Non, une Valérie. L'on a dit qu'elles étaient bien ensemble.

— Tu veux dire, Valérie et Eugénie Niboyet ?

— Voyons, Rosalie, tu n'y penses pas ! Mme Niboyet jouissait du respect général. Et mérité, d'ailleurs. C'est une femme distinguée, heureuse en ménage, mère de famille, et mariée à un avocat très coté !

— Juliette avec cette Valérie, alors ?

— Que Valérie en ait été, c'est possible. Elle avait une façon de te déshabiller du regard, en effet, maintenant que tu en parles… Mais ta Juliette, j'en doute. Et puis, tu sais ce que valent ces rumeurs. Cette Juliette, tu voudrais la rencontrer ?

— Non. Elle est morte, malheureusement. Elle m'avait, en quelque sorte, adoptée, et j'aurais souhaité connaître son passé.

— Pardonne-moi, Rosalie. Si j'avais pu me douter…

— Ce n'est rien, Anna. Je l'aimais énormément, vois-tu. Mais je vais devoir te laisser. Je dois rentrer chez moi car je crains que ma femme de chambre ne fasse des bêtises.

— Ah ?

— Je ne serais pas étonnée qu'elle soit enceinte. Au fait, connais-tu une faiseuse d'anges ?

— Rosalie ! Si je ponds un bébé tous les quinze mois, c'est que je me refuse à ce genre de pratiques… Je sais que c'est inhabituel dans notre milieu, mais c'est ainsi. Demande ça plutôt à Rose ; c'est une courtisane, elle… Au fait, sais-tu ce qu'est une courtisane ? Esther Guimond en a donné une définition épatante !

— Esther Guimond ?

— Oui, la maîtresse d'Émile de Girardin, le journaliste, et l'une des lionnes les plus célèbres aussi. Récemment citée à comparaître, elle a déposé comme suit au Tribunal : « Esther Guimond, courtisane, monsieur le Président ». Devant l'air ahuri du greffier, elle lui a précisé : « Écrivez grande putain, si vous le préférez, jeune homme… »

— Quelle audace ! fit Rosalie, en s'esclaffant.

— Pour ça, oui ! Elle en a à revendre !

— Te rends-tu compte ? Grande putain ?

— Attends, veux-tu ? Je n'en ai pas fini ! L'assistance a applaudi à tout rompre et la Guimond et le président du Tribunal.

— Le président du Tribunal ? Et pourquoi donc ?

— Tu connais ce genre d'hommes… Pas question pour lui d'être en reste avec une femme ! Il a donc fait assaut d'esprit – grivois – avec son témoin en jupons, et, sur un ton badin, il lui a répondu : « Je ne me permettrai pas de vous faire rendre gorge pour la sève de cette saillie, madame. Je sais apprécier l'humour à sa juste mesure. » Inutile de te dire qu'il a eu bien du mal à faire revenir le silence, ensuite.

— Eh bien ! pouffe Rosalie. Il est osé, ce président !

— Mais quel esprit aussi ! Deux allusions polissonnes dans la même réplique ! Et du tac au tac ! Quant à la Guimond ! Quelle leçon pour les femmes entretenues !

— Comment cela ? s'étonne Rosalie.

— Les grisettes à cent sous la passe, on sait ce que c'est : de pauvres filles exploitées par des voyous. Les lorettes, qu'elles soient de Breda-Notre-Dame-de-Lorette, ou qu'elles aient émigré dans les beaux quartiers, choisissent d'être ce qu'elles sont : de jolies filles qui vivotent de leurs charmes. Elles ne sont que l'étape intermédiaire entre la grisette, méprisée par tous, et la femme entretenue.

— Et, pourtant, elles ne rêvent toutes que d'être des lionnes…

— Ce qu'il y a de curieux, c'est que ces lionnes, qui ne sont que de grandes putains comme le reconnaît justement Esther Guimond, ces Thérèse Lachmann, Aglaé, je veux dire Apollonie Sabatier – la Présidente comme l'a baptisée Théophile Gautier –, Blanche d'Antigny, Anna Deslions, Céleste Mogador et les autres, semblent représenter aujourd'hui l'idéal féminin. C'est quand même dommage.

— L'idéal féminin… Tu exagères, Anna, dit Rosalie qui commence à se sentir mal à l'aise.

— Crois-tu ? Je comprends qu'elles soient l'idéal des lorettes ; mais que des comtes, des ducs, que des grands bourgeois les couvrent de bijoux, leur offrent des équipages et des hôtels particuliers, qu'ils les exhibent comme des trophées, au Bois ou au spectacle, ça, je ne le comprends pas. Il est vrai que l'exemple vient de haut : Morny, le Prince Napoléon, l'Empereur… Tant que cela se limite aux cabinets particuliers des restaurants à la mode, pourquoi pas ? Mais s'ils étalent ce vice, les bourgeoises vont bientôt vouloir imiter les courtisanes et prendre des amants qui les entretiennent ! C'est déjà, d'ailleurs, ce qui se passe !

Décidément, se dit Rosalie, je ne vais pas m'en sortir si je ne plie pas bagage. Elle consulte la montre qu'elle porte en pendentif, feint l'effarement et s'écrie :

— Mon Dieu ! Cinq heures vingt ! Ne me retiens plus, s'il te plaît ! Je dois te laisser, Anna. Vraiment ! Salue ton mari de ma part.

*
* *

Rosalie prend l'omnibus pour rentrer Chaussée d'Antin. Par une température plus fraîche, un peu de marche lui aurait permis de faire les magasins, mais avec cette chaleur… De sa voiture elle aperçoit Bouton d'Or, l'une des figures emblématiques du Quartier latin. Que fait donc là le Vicomte, si loin de ses bases habituelles ? Il faudra qu'elle le lui demande, la prochaine fois qu'elle le rencontrera, lui qui prétend ne jamais traverser la Seine !

Rosalie a fait sa connaissance, des années plus tôt, alors qu'elle jouait au théâtre du Luxembourg. Bouton d'Or, de son vrai nom le vicomte Boutonnet de Saint-Vallier, est un ancien étudiant en droit qui n'a jamais pu se résoudre à quitter la rive gauche et à rejoindre sa province, une fois ses études de droit brillamment conclues. L'y attendaient, selon lui, une famille étouffante qui lui aurait imposé une vicomtesse issue de la plèbe mais suffisamment dorée sur tranche pour que son blason le soit aussi, et une ribambelle de moutards qu'il n'aurait pas manqué de faire à ses servantes par distraction et à sa femme autant pour tromper son ennui que par devoir conjugal. Pierre Chamfort, qui a été un de ses condisciples à la faculté de Droit, l'a invité à deux ou trois reprises, quand elle était sa maîtresse en titre. Mais Pierre n'appréciait pas trop leur complicité.

Quel âge peut-il avoir aujourd'hui ? se demande-t-elle. Quarante-cinq ? Quarante-huit ans ? Dire qu'il hante toujours les cafés, cabarets et brasseries du Quar-

tier latin de sa jeunesse, comme tous ces étudiants prolongés qui ont trop souvent tendance à confondre vie
de bohème et vie de misère ! Il ne s'en sort pas si mal,
d'ailleurs, bien mieux que beaucoup d'autres, en tout
cas. Il utilise ses talents de juriste pour aider, chaque
année, quelques étudiants en droit moins doués que lui
mais beaucoup plus fortunés à rédiger leurs thèses.
Une fois leurs parchemins obtenus grâce au Vicomte,
ils s'achèteront une charge d'avoué, s'installeront
comme avocat, se feront nommer magistrat ou, pourquoi pas ? professeur d'université. Bouton d'Or, qui
reste «bohémien», n'est pas aigri par ce travail de
nègre ; il en plaisante même en assurant qu'il est l'un
des quelque mille esclaves que l'abolition de 1848 a
oubliés.

Rosalie se secoue et pousse un gros soupir en songeant qu'elle n'aimerait, pour rien au monde, mener
une vie si incertaine : elle en aurait peur. Mais dès
qu'elle pénètre dans son immeuble, c'est à Corentine
qu'elle repense, Corentine et son désespoir. Et si elle
s'était pendue ? Il y a beaucoup de femmes non
mariées – elle en a connu – qui préféreraient le faire
plutôt que de vivre l'angoisse de la grossesse et le
blâme de la société. Arrivée devant sa porte, elle a une
hésitation et tend l'oreille : il lui semble entendre des
voix. Elle introduit sa clef ; elle ne s'est pas trompée. Il
y a du monde dans le salon. Elle appelle :
— Corentine ?
— Oui, Madame ? lui répond sa chambrière en se
précipitant vers elle. M. Fournier est là, Madame. Il
vous attend depuis un quart d'heure.
— Comment te sens-tu ? Mieux ? dit-elle en pensant «aussi bien que moi ?», tant elle se sent soulagée
de retrouver sa camériste en bonne santé.
— Bien mieux, Madame.

— Qu'as-tu décidé? Car tu es enceinte, n'est-ce pas?

— Vous l'aviez deviné?

— Ce n'était pas très difficile, admets-le; mais je n'ai pas apprécié ton manque de franchise, ce matin. Enfin, nous verrons cela plus tard. Pour le moment, sers-moi une boisson fraîche, veux-tu? Il reste de la glace?

— Je suis retournée chez le glacier, il y a un quart d'heure, Madame. Pour Monsieur Marc.

— Tu as très bien fait. Je vais me passer de l'eau sur le visage. J'ai tellement transpiré! Ah! Marc! Comment vas-tu?

Marc vient lui proposer un rôle dans une nouvelle comédie qu'il produit et met en scène au théâtre de la Gaîté. Elle lui fait part de son engagement à l'Alcazar où elle doit débuter le mardi suivant et il l'incite à tenter sa chance dans ce registre, nouveau pour elle, d'interprète de chansons légères et lestes. Si elle n'a pas la voix de son amie Emma, son physique devrait lui valoir plus qu'un succès d'estime auprès de la clientèle masculine de l'Alcazar d'Été, surtout pendant l'Exposition.

Ils en viennent ensuite au problème de Corentine que Marc a jugé inutile de sermonner après qu'elle s'est confessée à lui: la petite se mord suffisamment les doigts pour avoir consolé, à sa façon, un joli cœur qui s'est fait corriger dans un bal populaire. Elle est résolue à garder l'enfant, mais se demande comment elle y parviendra. Marc l'a assurée de leur aide à tous, que ce soit celle de Rosalie, bien sûr, mais aussi la sienne et celle d'Anne-Marie. De toute façon, c'est cela ou l'avorteuse dont la jeune fille ne veut pas entendre parler; et c'est bien à elle de décider et à personne d'autre. Marc sait qu'Anne-Marie accueillera Corentine à bras ouverts, si la petite n'a pas d'autre alternative. Elle sait ce qu'est la détresse d'une fille-mère, séduite ou violée. Marc plaide comme s'il avait à convaincre Rosalie qui, jusque-là, n'envisageait l'avortement que parce qu'elle s'imaginait que la jeune fille ne voudrait pas garder l'enfant. Il est donc surpris et soulagé de voir son amie abonder dans son sens.

Plutôt que de sortir souper, ils se partagent les reliefs du repas que Rosalie a servi la veille à André et Anne-Marie : une matelote d'anguilles, du saumon froid, des restes de poule et de rôti de bœuf qu'ils accompagnent de petits pois au sucre dont Marc raffole et d'une bouteille de vin de Bandol qui leur donne l'humeur nostalgique. Rosalie s'étonne d'avoir aperçu Bouton d'or, Rive droite. Et ils parlent de ces « bohémiens », ces joyeux compagnons du Quartier latin qu'ils connaissent tous deux pour les fréquenter, de temps à autre, de ces poètes maudits, journaleux d'occasion et d'infortune, de ces peintres méconnus dont l'un ou l'autre connaîtra peut-être la gloire posthume, mais aussi de ces étudiants prolongés qui, refusant de « se déraciner », optent pour une vie d'errance où l'alcool tient, au fur et à mesure qu'ils prennent de l'âge, une place de plus en plus envahissante. Que de talents gâchés ! Combien d'entre eux termineront dans la misère et la solitude leur vie de noctambules alcooliques ?

— Ils devraient remercier Murger, pour ses *Scènes de la vie de Bohème*. Au moins leurs vies, sinon leurs noms, passeront-elles à la postérité. Moi…, commença Marc, avant de s'interrompre soudain.

— Toi, quoi ? Qu'est-ce qui t'arrive, Marc ?

— Rosalie, ta vie, la mienne, sont, pour la société actuelle, de bonnes vies ; tu n'as pas trop de soucis, moi non plus, et nous ne mourons pas de faim. Mais dans trente ans pour moi, cinquante peut-être pour toi, nous ne serons plus. Pour quoi aurons-nous vécu ? Pour qui ? Je n'ai pas d'enfant, pas de femme, pas d'attache sinon mes amis… Qui saura dans cent ans que j'ai existé ? Je n'aurai servi à rien, été utile à personne. C'est cette inutilité qui commence à me faire peur…

— Tu auras, du moins, amusé les spectateurs des pièces que tu montes et c'est déjà beaucoup que de donner du plaisir aux gens.

— Tu es gentille, mais, vois-tu, je crains que, le jour du grand départ, si je m'en rends compte, j'en sois, comme aujourd'hui, à me demander pour quoi et pour qui j'aurai passé soixante ans ou plus sur cette terre. Qu'y aurai-je fait d'utile ? Quelle trace y laisserai-je ? Aucune, sinon une stèle dans un cimetière où mes héritiers reconnaissants viendront peut-être honorer ma mémoire quelques années. Ensuite… Y aura-t-il quelqu'un pour se souvenir de moi, dix ans après ma mort ? J'en doute, aujourd'hui.

— Tais-toi, Marc, tu vas me donner le spleen. Et, tu le sais, je déteste ce genre de discussion. Alors, aie pitié de moi ou sois courtois, au choix, mais tais-toi. Buvons plutôt une liqueur : Trappistine ou Grande Chartreuse ? Je n'ai que ça à t'offrir.

— Rapidement, alors, car je vais devoir aller travailler. Nous parlons des bohémiens alcooliques et faisons comme eux… Tu m'accompagnes ?

— Si tu veux. Je n'ai rien de prévu ce soir.

— Tu… Tu couches chez moi ?

— Non, Marc, pas ce soir… Je voudrais me reposer. Et puis… Il faudrait peut-être que nous perdions tous deux cette habitude de coucher ensemble, non ? Tu ne m'en veux pas ?

— Rosie ! Bien sûr que non, mais je ne vois pas pourquoi nous perdrions une si bonne habitude.

9

Il y avait plus de vingt minutes qu'Anne-Marie patientait dans la salle d'attente du Crédit Mobilier, quand, mettant fin à son attente, Nicolas Burdin parut enfin. Il reconduisait un homme dans la cinquantaine, dont la barbiche impeccablement peignée à l'impériale ne parvenait pas à égayer le visage, plus sévère encore que sa redingote de drap noir. En l'apercevant, l'homme souleva son haut-de-forme, la salua poliment et sortit, droit comme un I. Un vrai croque-mort, se dit la jeune femme, en le voyant disparaître tandis que le secrétaire l'introduisait dans son bureau. Quel contraste entre cet homme et le jeune Burdin qui devait consacrer chaque matin deux fois plus de temps qu'elle à s'habiller, se dit Anne-Marie en s'asseyant face à lui. La construction de son invraisemblable cravate gris perle et sa fixation à la chemise avaient dû nécessiter l'utilisation d'au moins deux douzaines d'épingles et un bon quart d'heure, mais le résultat tenait du prodige !

— Chère madame Duchêne ! quel plaisir de vous voir ! s'exclama Burdin quand il se fut installé. Pardonnez-moi de vous avoir fait patienter. Mais vous ne pouvez imaginer à quel point la visite d'une jolie femme peut me faire plaisir après tous ces hommes d'affaires, plus sinistres les uns que les autres.

— Effectivement, lui répondit Anne-Marie, votre précédent visiteur n'avait pas une mine particulièrement réjouie.

— C'est le directeur de cabinet du préfet Haussmann, le maître de Paris. Il a bien des soucis et attend impatiemment les rentrées de l'emprunt obligataire de soixante millions émis par la ville.

— Moi qui croyais tous ces Messieurs de la Préfecture plus élégants les uns que les autres ! répliqua Anne-Marie en souriant.

— Chère madame, l'on ne peut tout avoir : la beauté et l'élégance comme vous, et le pouvoir comme cet homme. C'est d'ailleurs en partie pour lui que j'ai souhaité vous rencontrer.

— Comment cela ? s'étonna la jeune femme.

— Depuis que nous avons fait connaissance, il y a trois ans, je vous ai fait placer vos fonds dans trois ou quatre affaires rentables, n'est-ce pas ?

— C'est exact.

— Y compris dans notre Crédit Mobilier ?

— En effet.

— C'était, de ma part, une grande preuve de confiance, et aussi un passe-droit inhabituel.

— Je vous en remercie et j'espère que vous ne l'avez pas regretté.

Le jeune homme leva les yeux et répondit en souriant :

— Non, madame. Et je suis persuadé de ne jamais avoir à le faire.

— Jamais, monsieur, si cela ne tient qu'à moi.

— Bien, sourit Burdin. Avant d'en venir à notre affaire, vous me permettrez un bref préambule sur notre rôle et notre façon de concevoir le métier de banquiers.

Il se renversa dans son fauteuil et lui expliqua comment, en fondant le Crédit Mobilier avant même la proclamation de l'Empire, Émile Pereire répondait aux vœux du Prince-Président. Le rôle de sa banque était en effet de financer le développement de l'économie de la nation, celui de l'industrie, des mines, mais aussi des transports, qu'il s'agisse des omnibus, des ports et canaux, des cargos et paquebots, et surtout, des chemins de fer, dont l'essor devait entraîner celui du commerce et la prospérité de la nation. Cette tâche, lourde et enthousiasmante, la banque l'avait bien entamée, avait-il conclu, en venant, enfin, à l'objet de leur rencontre.

— Je suppose, madame, que vous êtes satisfaite des opérations que nous réalisons ensemble ?

— Tout à fait. Je serais mal venue de me plaindre.

— Si je ne m'abuse, vous avez presque triplé votre capital.

— Oui, c'est à peu près cela, répondit Anne-Marie, en se demandant sur quoi allait déboucher ce préambule.

Le banquier s'était levé, et marchait de long en large dans son bureau. Il ne devait surtout pas l'effaroucher...

— Je ne vous cacherai pas, dit-il enfin, que, pour répondre à tous les besoins de nos clients, il nous arrive aussi, à nous banquiers, de manquer de fonds. C'est le cas aujourd'hui : je dois battre le rappel de nos meilleurs amis pour donner satisfaction à la Ville.

— Je comprends, monsieur, et si je puis vous aider...

— Accepteriez-vous de participer, pour trois ou six mois tout au plus, à un prêt à la Ville pour, disons, cinq ou six cent mille francs ?

— Six cent mille francs ? Nous n'en disposons pas, monsieur.

— Combien pourriez-vous nous avancer ? Cinq cents ? Quatre cents ?

— Je dois demander son accord à mon mari, répliqua sagement Anne-Marie à qui André laissait toute latitude ; mais je pense que vous pouvez envisager entre trois et quatre cent mille francs : je dirais trois cent mille, sûrement, trois cent cinquante, peut-être.

Anne-Marie, que cette démarche étonnait, ne voulait pas révéler à son interlocuteur qu'elle avait plus d'un demi-million devant elle. Visiblement déçu sur le coup, celui-ci s'était repris très rapidement et faisait à nouveau bonne figure.

— Très bien, répondit-il ; j'étais certain de pouvoir compter sur vous et vous remercie de votre confiance. Je vous compte pour trois cent mille. J'espère que vous vous tenez à l'écart des valeurs spéculatives de chemins de fer et avez placé votre argent dans des valeurs sûres.

— Oui, dans l'industrie et la terre, monsieur.

— La terre ?

— J'ai acheté des terrains à bâtir à Neuilly.

— Un très bon placement dont je vous félicite, madame, commenta le jeune homme, soudain songeur, avant de poursuivre : Écoutez… Il est midi et dix minutes. Je voudrais me faire pardonner mon retard… Puis-je vous inviter à déjeuner ? Nous n'irons pas loin, puisque nous disposons d'une salle à manger, dans cet immeuble.

— Je ne sais pas si je peux…

— Votre époux vous attend peut-être ?

— Non, absolument pas… Ce sont mes enfants qui me font hésiter… Et puis, pourquoi pas ? De toute façon, si je pars maintenant, ils seront couchés quand j'arriverai à Montmartre. J'accepte, monsieur Burdin.

L'hésitation d'Anne-Marie tenait, en réalité, à ce que ce dîner serait le premier qu'elle aurait en tête à tête avec un homme qui n'était pas son mari, et cela la troublait. Que risquait-elle, pourtant ? Rien. En revanche, elle pouvait en apprendre beaucoup sur l'utilisation de ces trois cent mille francs, dont elle attendait aussi une compensation : une opération avec la Société financière immobilière, filiale du Crédit Mobilier, sur ses terrains de Neuilly, par exemple.

L'invitation à déjeuner du jeune banquier visait le même but, à ceci près que c'est un tout autre partenaire qu'il envisageait pour Anne-Marie : lui-même. Ambitieux comme beaucoup de jeunes Parisiens de son âge, mais sans doute mieux placé que la plupart d'entre eux et formé pour cela, Nicolas Burdin rongeait son frein depuis quatre ans, dans l'attente d'une opportunité qui ne pouvait manquer de se présenter, un jour ou l'autre. Et ce jour était peut-être arrivé. Cette petite Mme Duchêne qu'il mettait en confiance depuis maintenant trois ans pouvait très bien être sa chance.

Il n'avait que très peu de clientes, et pour cause ! Au regard de la loi, les femmes étaient des mineures, dépendantes de leur père ou de leur mari, et rares étaient, parmi elles, celles que leurs époux jugeaient aptes à s'occuper de leurs propres intérêts ou de ceux du couple. C'était le cas de cette jeune femme qui était certainement aussi plus avisée qu'il ne le pensait : ce placement de Neuilly en était la preuve. Ce n'était pas pour lui déplaire, bien au contraire : Burdin était sûr de lui, de son charme comme de son talent de négociateur. Aussi fut-il d'autant plus ravi de voir Anne-Marie accepter son invitation que, ce midi, ses patrons étaient retenus au Ministère, toujours pour cette grande croisée du Châtelet. Leur entretien n'aurait donc pas de témoin.

En même temps qu'une révélation pour Anne-Marie, ce déjeuner fut aussi sa première leçon d'initiation économique. Le jeune Burdin commença par lui expliquer les raisons qui avaient provoqué la chute de Louis-Philippe et des Orléans. Le roi eût-il été sauvé si l'excellente récolte de 1848 était intervenue un an plus tôt ? Le peuple aurait-il oublié les rigueurs de l'hiver 1845-1846, qui, s'ajoutant à la maladie de la pomme de terre, avaient entraîné une disette rappelant les pires famines de l'Ancien Régime ? Peut-être. Mais il aurait refusé de maintenir sa confiance à ce roi qui ne pouvait être que mauvais puisque maudit par le ciel : les inondations catastrophiques de 1846, comme la terrible épidémie de choléra qui, la même année, avait emporté des milliers de Français, auraient été de trop.

— Voyez-vous, madame, pour faire face à cette crise, il eût fallu à Louis-Philippe un Premier ministre habile et clairvoyant ; or Guizot fit preuve d'une maladresse insigne en commençant par augmenter fortement le prix du pain. Son incapacité à gérer la situation économique comme la mollesse et l'aveuglement du roi les ont menés tous deux à leur perte et la crise des chemins de fer a scellé le sort du régime. L'agiotage qui en découla comme la fermeture de la Bourse et le chômage accélérèrent la perte de confiance, entraînant grèves, fermeture des banques, blocage de l'activité économique. Incapable de maîtriser cette spirale infernale qu'il vécut comme une descente aux enfers, le roi préféra démissionner dès les premiers troubles, évitant une effusion de sang. Aussitôt, la République fut proclamée. Vous voyez, madame, en politique, tout est lié : il n'y a jamais une mais des causes à une révolution.

Le jeune homme est lancé et ravi de se mettre en valeur devant une femme qui, si elle n'est pas une beauté, ne le laisse pas indifférent pour autant. Tout en déjeunant, ils parlent – enfin, c'est surtout lui qui parle – à bâtons rompus des inventions qui bouleversent la France et le monde : le télégraphe, le métier à tisser, la machine à vapeur, dont les applications sont infinies. Son utilisation dans l'industrie – six mille cinq cents en 1852, près de dix mille début 1855 –, dans les transports – bateaux à moteurs, mais plus encore, chemins de fer – révolutionne l'industrie, facilite les communications, développe le commerce national et international. A-t-elle conscience comme lui de vivre une époque prodigieuse ? Non ?

Il lui explique, alors, l'apport du coke et du procédé Bessemer dans l'essor de la sidérurgie, les liens croisés entre les industries du fer et du charbon, comment elles dépendent toutes deux de l'essor du chemin de fer, lui-même gros consommateur de fer pour ses rails, ses motrices et ses wagons. A-t-elle visité les usines Cail à Grenelle ? Non ? Il faudra qu'il les lui montre ! Deux mille huit cents ouvriers y fabriquent des locomotives et des tas d'autres produits mécaniques. C'est plus qu'impressionnant : grandiose ! Peut-être pas autant que les Forges du Creusot qui emploient, elles, dix mille ouvriers, mais quand même : deux mille huit cents ouvriers dans la même usine, peut-elle l'imaginer ?

Tout cela est bien gentil, se dit Anne-Marie, mais voilà les desserts, et nous n'avons toujours pas abordé le sujet. Elle étouffe un bâillement aussi discret que voulu qui ne lui échappe pas.

— Pardonnez-moi, madame, je vous noie…, s'excuse-t-il.

Anne-Marie lui répond avec son sourire le plus charmeur :

— Monsieur Burdin, quel rapport avec ce monsieur de la Préfecture de Paris ?

— J'y viens, chère madame. La municipalité a besoin de fonds. De très gros besoins. Elle comptait sur les Rothschild qui, une fois de plus, se font tirer l'oreille, jugeant son endettement trop important. Nous, les Pereire, avons décidé de relever le défi. Nous allons financer la rénovation de Paris et rendre ce service au préfet Haussmann. Gageons qu'il saura s'en souvenir au moment opportun.

— Je l'espère, fit Anne-Marie. Personnellement, quel retour puis-je en attendre ?

— Ah ! Vous ne perdez pas le nord, vous, c'est très bien ! Il y aura, bien sûr, des retombées sur une tranche de travaux ou une autre ; je vois cela du côté Rive gauche et j'ai en tête quelque chose qui pourrait vous laisser de l'ordre de trente pour cent sur l'année. Sans compter les lots qui reviendront à l'entreprise de votre époux. Confidentiellement, l'année du Crédit Mobilier sera, elle aussi, très bonne et le dividende réjouissant. On parle de vingt-cinq à trente pour cent. Bien entendu, je ne vous ai rien dit.

— Merci de votre confiance, monsieur Burdin. Vous pouvez compter sur ma discrétion.

— Je n'en doutais pas. Pour en revenir à nos moutons. Neuilly…

Ils y viennent enfin ! Le jeune homme ne peut plus tergiverser et ne va pas raconter de sornettes à cette jeune femme assez mûre pour comprendre que quelqu'un comme lui, sans fortune, puisse être amené à prendre des risques pour atteindre son objectif sentimental… et financier, tous deux étroitement liés, à une époque où tout s'achète et se vend, même une épouse. Balzac, lui-même, n'a-t-il pas écrit que l'époque considère la femme comme un « bien meuble » ? Il sent, cependant, qu'il lui faut faire preuve de sentiment et de sincérité pour emporter l'adhésion de son interlocutrice dont les yeux candides le fixent sans ciller.

— Vous m'avez bien dit disposer de terrains à Neuilly ? commence-t-il.

— Oui, et très bien placés. Quinze mille mètre carrés, répond Anne-Marie.

— Un hectare et demi ? Mazette ! De quoi monter une belle opération ! Si vous le souhaitez, bien évidemment.

— Je suis tout ouïe, monsieur Burdin.

Il y est cette fois. Il doit se jeter à l'eau ; il n'a pas d'alternative.

— Je vais vous faire une confidence, madame. J'aime une jeune fille qui m'aime aussi et nous envisageons de nous marier. Le problème, c'est qu'elle est riche et que c'est loin d'être mon cas. Mon futur beau-père n'y a pas été par quatre chemins. Il a même été on ne peut plus clair avec moi : « Apportez-moi une belle affaire et vous serez mon gendre », m'a-t-il dit. Si je vous précise que c'est un architecte de talent qui peut s'appuyer sur des entrepreneurs de premier rang, vous comprendrez que passer par lui ferait considérablement avancer mes affaires. Voulez-vous me rendre ce service ?

— Dans la mesure où je le puis, bien volontiers, répond prudemment Anne-Marie.

— Voici comment je vois l'affaire. N'hésitez pas à m'interrompre si quelque chose vous échappe. Première étape : protéger vos intérêts. Nous commençons par vendre la moitié de votre terrain à un prix double de votre prix d'achat, ce qui ne pose aucun problème, Neuilly échappant, pour le moment encore, au contrôle de la préfecture de Paris. L'acheteur sera une société que mon beau-père et ses partenaires monteront pour l'occasion. Ainsi, vous retrouvez immédiatement votre capital et n'investissez plus dans l'opération que votre bénéfice. Vous me suivez ?

— Jusque-là, parfaitement, monsieur.

— Je poursuis. Le nouveau prix de référence des sept mille cinq cents mètres carrés qui vous restent est donc le double de votre prix d'achat. Ce terrain sera votre apport dans la société immobilière que vous monterez avec vos partenaires, mon futur beau-père et ses associés, et qui vous donnera, sous un an, deux francs pour un investi. Un rapport de un à quatre, avec un capital sécurisé, ce n'est pas rien ! Cela vous convient-il ?

— Très bien, monsieur Burdin. Pour autant que tout cela soit légal.

— Tout à fait, madame. Croyez-vous que je vous proposerais une opération malhonnête ? Pour financer terrains et travaux, le constructeur fera un emprunt à la Financière immobilière, filiale de notre banque, et le tour est joué. Tout le monde y trouve son intérêt : vous, la banque, moi-même et mon futur beau-père qui dotera, ainsi, sa fille, ma future épouse, de façon très convenable sans que cela lui coûte un sou. Il ne veut, en effet, rien sortir pour elle de son patrimoine, estimant que je ne suis pas de son monde. Vous voyez, je ne vous cache rien ! Vous me permettez d'épouser la jeune fille que j'aime et vous faites ma fortune tout en arrondissant la vôtre. Je serai votre obligé ma vie entière.

— J'en suis ravie et vous donne mon accord de principe. Je dois, bien entendu, en parler à mon époux, mais nul doute qu'il acquiescera.

— Au fait, combien avez-vous payé ce terrain, madame ?

— Cent quatre-vingt-cinq mille francs.

— Vous allez donc récupérer ce montant presque immédiatement, et, ensuite, le double, environ, à brève échéance, soit au total, un demi-million, tous frais déduits. Que ne suis-je à la place de votre mari ! Nous aurions fait de grandes choses, tous les deux !

— Nous en ferons sans être mari et femme, voilà tout !

Habitué au badinage de femmes aux mœurs plutôt

libres, il faillit commettre un impair et crut, l'espace d'un instant, qu'elle s'offrait à lui, alors qu'elle s'était, tout simplement, mal exprimée. Cette petite provinciale n'aurait certainement pas apprécié ses avances, s'il lui en avait fait ; heureusement, il se reprit juste à temps.

Anne-Marie avait parfaitement conscience qu'il avait pu être abusé par l'ambiguïté de sa réponse. Ignorer sa remarque était encore le meilleur moyen de s'en sortir. Ce qu'elle fit.

*
* *

Ce n'était pas l'opulence mais c'était déjà l'aisance. Le petit restaurant que Frédéric avait repris et aménagé, près du port, ne désemplissait pas. Luisa faisait des prodiges et, pour l'aider à la cuisine et au service, il avait embauché deux jeunes filles de dix-sept et dix-neuf ans, aussi jolies l'une que l'autre. Il savait que des serveuses accortes faisaient autant pour le succès de ce genre de gargote que la cuisine de la patronne. De son côté, Luisa commençait à regretter le temps où, moins accablée de travail, elle n'avait pas à craindre les comparaisons que son homme commençait à faire entre ses trente-six ans et la jeunesse de ses serveuses. Elle le voyait bien aux regards qu'il laissait traîner sur leurs croupes et leurs seins agressifs mais plus encore à certains gestes qui, s'ils n'étaient pas encore des caresses, y ressemblaient de plus en plus. Si Frédéric était toujours aussi prévenant et affectueux, il n'était plus tout à fait aussi assidu près d'elle, quand venait l'heure du coucher, et elle commençait à craindre qu'il ne cherche ailleurs des compensations à cette désaffection nocturne.

Une fois terminé le service du déjeuner, Frédéric s'absentait et ne rentrait que vers six heures. Il jouait aux cartes dans les cabarets, s'y procurant, assurait-il, des revenus complémentaires. Les filles, elles aussi, étaient libres, une fois la vaisselle terminée, et l'idée vint souvent à Luisa de suivre son homme pour vérifier si l'une d'elles ne lui prenait pas, de jour, ce qui aurait dû lui revenir de droit la nuit.

Elle n'eut pas à le faire. Ce fut à l'intérieur même du restaurant, dans l'entresol qui leur servait de cave et de resserre, qu'elle le surprit un jour avec Mireille, la plus jeune de leurs deux employées. Il l'avait renversée sur un fût vide et la besognait comme si sa vie en dépendait. Ils étaient si occupés qu'ils n'entendirent pas claquer la serrure quand elle les enferma dans la resserre, avant de regagner sa cuisine. Peu après, percevant des coups sourds, elle ordonna à Claudine, sa seconde employée, d'aller voir ce qui se passait. La jeune fille revint en pouffant, précédant d'un mètre une Mireille, rouge comme une écrevisse ébouillantée, et un Frédéric, un peu embarrassé.

— Le vin est tiré, Mireille, il faut le boire, se contenta de dire Luisa, avec le plus grand calme apparent. Frédéric, tu lui donneras son compte après le service.

— Madame ! je ne voulais pas ! tenta la jeune fille. C'est le maître qui…

— Tu mens. Et d'ailleurs, peu importe. Je n'ai pas le choix ; toi non plus.

Frédéric intervint pour remettre les deux filles au travail avant de s'enfermer avec Luisa dans la cuisine. Mais il eut beau tenter de l'amadouer, essayer de réduire la tromperie à un moment d'égarement, rien n'y fit. Luisa resta intransigeante. Elle défendait son territoire et savait qu'elle disposait de l'arme absolue : l'argent qu'elle seule faisait rentrer et qui lui permettait, à lui, de faire le beau. Il devait renvoyer cette fille, lui promettre de ne plus la revoir et de ne jamais recommencer ni avec Claudine ni avec celle qu'ils devraient recruter pour remplacer la garce qui l'avait débauché.

Frédéric s'engouffra dans la porte de sortie qu'elle lui entrouvrait et qui sauvait les apparences. Oui, c'était Mireille qui l'aguichait sans cesse, se plaçait sur son passage, le frôlait, lui lançait des œillades incendiaires… C'est elle qui l'avait suivi dans la resserre et s'était offerte à lui. Il n'était qu'un homme, pas un saint : il avait cédé.

Luisa ne demandait qu'à le croire. Elle en avait même tellement besoin qu'elle finit par nier l'évidence. Pour un peu, elle se serait dit qu'elle avait eu une hallucination. Si Frédéric avait fauté, il n'était, comme elle, qu'une victime du démon tentateur qui avait pris la forme de Mireille. Mais, deux précautions valant mieux qu'une, il ne suffisait pas d'éloigner la coupable ; encore fallait-il conjurer le danger.

Elle se renseigna. L'une de ses amies connaissait, de nom, quelqu'un qui pouvait l'aider, la femme Herbaumont qui habitait la petite rue des Réaux, une ruelle étroite et sinueuse de la vieille ville. Elle officiait dans une maison aux volets le plus souvent clos. Cette guérisseuse, qui soignait tous les maux, avait fait maintes fois preuve de ses extraordinaires talents, et les plus grands la consultaient : médecins, juges, avocats, des nobles même. Le prix de la consultation était le même pour tous : douze francs. Mais les traitements particuliers pouvaient être plus onéreux, et de beaucoup !

Cette femme prédisait également l'avenir qu'elle lisait dans les tarots et, grâce à ses dons exceptionnels, avait le rare talent de conjurer le sort, d'écarter les maléfices et surtout, de ramener à leurs épouses les maris infidèles. Il n'en fallait pas plus pour convaincre Luisa qu'elle devait consulter la femme Herbaumont. Peut-être mieux informée que les autres, l'une de ses amies, après avoir tenté en vain de la détourner de son projet, lui recommanda quand même la prudence : d'aucuns disaient la Herbaumont sorcière, et fréquenter une sorcière pouvait être dangereux pour la bonne chrétienne qu'elle était. Mais c'était trop tard. Persuadée que, seule, cette femme pouvait lui redonner la paix de l'âme et l'amour de son Frédéric, Luisa préleva deux louis dans la boîte de fer-blanc qu'elle cachait dans la resserre et prit le chemin de la vieille ville, non sans s'être assurée que sa croix d'argent pendait bien à son cou. Elle aurait bien besoin de la protection du Christ si cette femme était possédée du démon.

Luisa eut bien du mal à raconter à ses amies comment s'était passée cette consultation, lorsqu'elles l'interrogèrent. Elle se souvenait d'avoir attendu plusieurs heures devant la maison, en compagnie d'autres malheureux dont beaucoup étaient malades et venaient là pour se faire guérir de maux de ventre et de diarrhées. Ils étaient assis, en plein soleil, et allaient, de temps en temps, se rafraîchir au puits du bout de la rue. Enfin, ce fut son tour. La femme Herbaumont la fit entrer dans une pièce sombre et basse de plafond. Les volets étaient clos et la lueur que distillaient les chandeliers placés à chaque extrémité de la pièce maintenait celle-ci dans une semi-pénombre qu'accentuaient des tentures murales dont le temps et la saleté avaient effacé la teinte originelle.

La guérisseuse la questionna longuement avant de lui préparer des mixtures qu'elle lui fit ingurgiter. Puis, après l'avoir fait s'étendre sur le sol, totalement dévêtue, elle l'endormit à moitié. Tout en faisant brûler des bâtons d'encens au-dessus d'elle, elle se mit à proférer d'incompréhensibles incantations dans lesquelles, comme une litanie, revenait sans cesse une formule magique dont elle ne comprit que le premier mot : « Antes... » En sortant de sa torpeur, Luisa supplia Dieu de ne pas la punir trop sévèrement d'être venue dans l'antre de cette sorcière, mais elle accepta encore de boire un philtre très amer qui lui donna envie de vomir, avant de pouvoir quitter l'horrible endroit, allégée des quarante francs qu'elle avait apportés. Elle volait sur le pavé en regagnant son logis, comme si elle avait eu le diable aux trousses, mais c'était trop tard. Il s'était déjà glissé en elle, insidieusement, et d'une manière qu'elle ne soupçonnait pas.

Cela commença le surlendemain. Elle se réveilla vers trois heures, engourdie et souffrant de violents maux de ventre. C'était si douloureux qu'elle se leva en espérant que cela diminuerait le mal, mais elle fut aussitôt prise de vomissements, puis, presque en même temps, de coliques irrépressibles. À six heures, ses sphincters ne lui obéissaient plus. Quelle honte ! En être réduite au stade des bébés et des vieillards ! Qu'allait lui dire Frédéric ! L'eau de fleur d'oranger qu'elle s'efforçait pourtant de boire consciencieusement toutes les heures ne parvenait ni à arrêter les vomissements ni même à en ralentir la fréquence. À son réveil, Frédéric lui donna, sans plus de succès, des biscuits de Gagnère contre les maux de ventre. Mais elle rejetait tout ce qu'elle avalait. Ses intestins étaient maintenant complètement vidés, et ses selles n'étaient plus que de l'eau.

Frédéric avait fermé le restaurant. C'était un samedi, et, après tout, ils pouvaient bien fermer un samedi de temps à autre. Il détestait les gens malades, et estimait que Luisa en faisait un peu trop. Certes, ces vomissements étaient inhabituels, mais prétendre que ses maux de ventre étaient atroces. Atroces ! Cela avait-il un sens pour une femme ? Que dirait-elle si elle avait eu la malaria, comme lui ! Il demanda à Claudine de veiller sur Luisa et, sans plus y penser, descendit au port de pêche où il savait trouver quelques-uns de ses partenaires habituels de tarots. Il y déjeuna tranquillement avant de rentrer faire sa sieste.

Il fut sincèrement surpris, en pénétrant chez lui, de trouver Claudine affairée autour de Luisa toujours couchée. Comment ? Elle avait toujours ces diarrhées ? Des crampes, aussi ? Qu'est-ce que cela pouvait bien être ? Dès qu'il vit Luisa, l'insouciance de Frédéric céda immédiatement devant la peur. En huit heures de temps, sa compagne avait dramatiquement changé d'aspect : ce n'était plus Luisa, mais une femme de cinquante ou soixante ans qu'il ne connaissait pas. Le médecin. Seul un médecin pouvait la sortir de là, arrêter cet affaiblissement, ces coliques et ces maux de ventre. Luisa, qui craignait plus que tout que le praticien ne découvre qu'elle était ensorcelée, eut beau prétendre que ce n'était pas la peine, que cela allait déjà mieux, rien n'y fit. Frédéric sortit chercher le médecin.

Ce dernier eut vite fait de diagnostiquer un mal qu'il ne connaissait que trop. L'abdomen douloureux, la peau qui, déjà, commençait à se dessécher ; bientôt ce serait la langue, les joues se creuseraient, le globe des yeux se ferait moins rond, ce serait la fin. Il allait la faire transporter immédiatement à l'Hôtel-Dieu. En quatre heures, Luisa était le sixième de ses patients, victime de la recrudescence de l'épidémie de choléra qui frappait encore une fois Toulon. Cette foutue guerre de Crimée allait faire une nouvelle victime indirecte.

Il fit un signe discret à Frédéric qui, devant la rapidité de la consultation, s'apprêtait déjà à discuter de ses honoraires. L'envie lui en passa dès qu'il sut de quoi il en retournait. Luisa était sans doute condamnée, mais lui-même valait-il mieux ? La première chose à faire était d'éloigner la malade et de tout désinfecter. Moins d'une demi-heure plus tard, Luisa était en route vers l'Hôtel-Dieu qu'elle rejoignit en compagnie du médecin. À peine avait-elle quitté leur logis que Frédéric se rua chez trois apothicaires différents où il se procura quinze litres de vinaigre phénique du Dr Quesneville, avant d'acheter du laudanum chez un quatrième.

À son retour, il plaça sur la porte une pancarte «Fermé pour travaux», et s'enferma dans sa demeure avec Claudine. Le regard que lui lança son patron lorsqu'il se tourna vers elle renseigna la jeune fille, déjà habituée à lire le malheur sur le visage de ses semblables. Pressentant le pire, elle lui obéit sans dire un mot. Après avoir calfeutré portes et fenêtres, ils aspergèrent les murs et le sol de vinaigre phénique qu'ils respirèrent ensuite à pleins poumons. Frédéric fit bouillir un litre d'eau, y ajouta une bouteille de rhum et une livre de sucre, obtenant un grog bouillant. Il s'en servit un bol et en tendit un autre à Claudine qui le regardait, déjà résignée. «Fais comme moi et ne pose pas de questions, lui dit-il; cela vaut mieux pour toi. Nous allons monter, dans un instant, et recommencer, là-haut, ce que nous avons fait ici. Nous terminerons par la resserre.»

Ils travaillèrent d'arrache-pied pendant quatre heures d'affilée. Quand ce fut terminé, Frédéric regarda la jeune fille s'affaler sur une chaise dans la cuisine et se laisser aller, jambes écartées, dos appuyé au dossier. Il n'arrivait pas à détacher les yeux de ces seins pleins et ronds, que la sueur collait au chemisier, de ces bourgeons provocants, orgueilleusement dressés au-dessus des aréoles sombres. Il ne pouvait résister à pareil appel et son sexe y répondit aussitôt. Il s'approcha d'elle. Lorsque la jeune fille leva la tête, elle perçut nettement le désir dans le regard de l'homme rivé à sa poitrine. Elle lui prit la main et la glissa dans son corsage. Il empauma le deuxième sein qu'il sentit frémir sous la caresse. Il y eut un long moment de silence pendant lequel le désir qui les tenaillait tous deux et qui tenait plus de l'instinct de survie que d'autre chose le disputa à cette vérité si dure à affronter et, peut-être, plus dure encore à formuler. C'est la jeune fille qui le brisa quand elle lui demanda : « C'est le choléra ? » et qu'il lui répondit par un simple « Oui ». Ce fut ce qui la décida :

— Montons dans votre chambre, dit-elle. Prenez-moi. Baisez-moi. Je ne veux pas mourir pucelle. Je veux savoir ce que c'est que faire l'amour. Je suis contente que ce soit vous, la première fois, et que ça se passe dans un vrai lit, aussi. Vous êtes beau. Il paraît que... Mireille n'a pas regretté.

C'était certes la première fois pour la jeune fille, mais, pour tous deux, c'était peut-être aussi la dernière. Ils se prirent avec frénésie, presque avec désespoir, comme si leur vie en dépendait. De temps à autre, Frédéric, déterminé à tout tenter, faisait boire un verre de grog, de plus en plus tiède, à la jeune fille. Il y ajouta même du laudanum dont un potard lui avait vanté les mérites. Ils respiraient aussi, à tour de rôle, au-dessus d'une bassine, les vapeurs de vinaigre phénique dont l'odeur empuantissait l'atmosphère. C'était bien peu de chose, se disait Frédéric, et ce n'étaient certainement pas ces inhalations qui les sauveraient s'ils étaient contaminés, mais il ne leur restait rien d'autre que cette pauvre médication.

Le lendemain matin, au réveil, Frédéric fut surpris de se trouver en bonne santé. Il avait bien un léger mal de crâne, mais cela n'avait rien d'étonnant compte tenu de tout l'alcool ingurgité la veille. Près de lui, Claudine dormait, la bouche légèrement entrouverte. Une heureuse surprise, cette fille ; il ne l'aurait pas crue si dégourdie. Et une meilleure affaire, assurément, que la petite Mireille, qui paraissait plus jolie mais avait, finalement, beaucoup moins de dispositions qu'elle, se dit-il, en laissant courir sa main gauche sur des courbes

qui tenaient bien leurs promesses. Il l'embrassa légèrement sur les lèvres en se levant; elle se réveilla et lui
dit simplement:

— Merci, Frédéric. On recommence, dis?

— Aussi souvent que tu voudras, mais pas tout de
suite, lui répondit-il. Je vais de ce pas chez le notaire,
mettre le restaurant en vente.

— Et Luisa?

— Luisa est foutue, le médecin me l'a dit. Quand il
est venu, c'était déjà trop tard pour elle. Peut-être
même est-elle déjà morte, à l'heure qu'il est. Je me
demande où elle a bien pu attraper cette saleté de choléra!

— Ce sont ces marins de retour de Crimée qui l'ont
propagé dans le vieux Toulon. Il paraît que, là-bas, ils
tombent comme des mouches.

— Pour la plus grande gloire de Louis-Napoléon,
ce jean-foutre! Si tu as la patience de m'attendre, fais-
le. J'en ai pour une heure, tout au plus.

— Je vais préparer le petit déjeuner. Après, on se
recouche, dis?

— Juré, Claudine. Et nous parlerons aussi de l'avenir. Du moins, si nous nous sortons de ce traquenard…

— L'avenir? Quel avenir? On va tous crever du
choléra. Luisa, toi, moi. Mon avenir immédiat c'est ça,
fit-elle en tapotant le lit. Avec toi, mon amour.

Elle se mordit les lèvres. Après tout, cet homme,
son amant, était d'abord son patron, et peut-être n'ap-
précierait-il pas sa familiarité. Mais Frédéric n'était
pas chien, et c'est en souriant qu'il lui répondit:

— Ça te dirait de venir avec moi? De m'accompagner à Paris?

À peine eut-il émis cette suggestion qu'il la regretta.
Qu'est-ce qui l'avait encore pris? Sa gentillesse lui
jouait un nouveau tour. D'accord, il était très probable
qu'il serait bientôt réduit à l'état de cadavre. Mais s'il

survivait? S'encombrer d'une fille pareille quand il projetait de retrouver Rosalie… Il faudrait d'abord que Claudine survive, elle aussi, et, dans ce cas, il pourrait y voir un signe du destin. Quoi qu'il en soit, d'ici à ce qu'il rejoigne Paris, il s'écoulerait des jours, des semaines, peut-être même, des mois, et il n'était pas homme à vivre seul… Il la regarda. Non, ce n'était pas idiot. Elle lui souriait en lui tendant les bras. Allons, cette Claudine était une bonne nature qu'il ne fallait pas contrarier. Il n'y avait pas urgence à aller chez le notaire ; mieux valait profiter tout de suite de cette jeunesse et ne rien remettre à un demain qu'ils ne verraient sans doute pas. Il sentit son sexe s'animer. La vie n'était pas morte en eux puisqu'ils voulaient encore faire l'amour. Quel être curieux que l'homme pour ne songer qu'à ça, alors qu'il va mourir, se dit-il en souriant… Il ne sut pas pourquoi, mais cette pensée lui réchauffa le cœur. Il allait se battre jusqu'au bout contre cette épidémie de malheur. Et il gagnerait.

Il était à demi ensommeillé quand, deux heures plus tard, il entendit Claudine pleurer doucement. Lorsqu'il la retourna vers lui, elle l'étreignit avec violence.

— Je ne veux pas mourir, Frédéric, sanglota-t-elle. Je veux vivre ! Je n'ai que dix-neuf ans et n'ai jamais fait de mal à personne. Ce n'est pas juste !

— Moi non plus, je ne veux pas mourir, Claudine, lui répondit-il en lui embrassant les yeux et en y buvant ses larmes. Et nous n'allons pas mourir. Ni toi, ni moi. Je te le promets. Je vais tout de suite chez le notaire. Nous allons partir à Paris avec l'argent du commerce.

— Tu abandonnes Luisa ?

— Luisa est morte, Claudine, ou c'est tout comme. Comprends-le. Nous ne pouvons plus rien pour elle, ni toi, ni moi. Peut-être est-elle déjà enterrée ? Parce que, crois-moi, ça ne traîne pas, le choléra !

— On dirait que ça ne te fait rien, qu'elle soit morte, observa la jeune fille.

— Bien sûr que si, mais que veux-tu que je fasse ? La pleurer ? Oui, ça me fait chagrin de la perdre. Je l'aimais bien Luisa. Mais ce ne sont pas des larmes qui la feront revenir. C'est ainsi ; on vit, on meurt, un nouveau-né nous remplace…

*
* *

Rosalie se maquillait. Elle introduisait, ce soir-là, dans son tour de chant deux parodies des succès comiques de Thérésa qui lui avait donné son accord la veille. Son amie avait écarté «L'Homme aux seins doux», parodie de sa «Femme à barbe» que l'Europe entière chantonnait, mais avait accepté que «La Vénus aux carottes» devienne «L'Apollon au chat noir», et «Le Canard tyrolien», «La Bécasse polonaise», par allusion à la Païva, originaire de ce pays, qu'elle éreintait dans son plagiat. Rosalie portait un court boléro rouge, s'ouvrant sur un corsage de dentelle très ajourée qui révélait presque tout de sa sculpturale poitrine. Elle avait la taille prise dans une ceinture de strass qui en soulignait la finesse et sur laquelle un gandin s'était bruyamment extasié la veille. La jupe noire, très courte, qui s'arrêtait à mi-cuisse, révélait des jambes au galbe parfait et laissait deviner des cuisses qu'elle exhibait fièrement devant ses plus fervents admirateurs lorsqu'elle dansait, debout sur leurs tables.

L'un de ceux-ci, un Anglais fort riche, lui avait fait parvenir un bristol, trois jours plus tôt. Elle n'y avait pas répondu. La veille, il lui avait adressé deux douzaines de roses rouges et autant de camélias blancs. Sans doute ce Lord Ennisfield avait-il vu la pièce de Dumas fils, avant de venir à l'Alcazar. On apporta à

Rosalie un nouveau bouquet de fleurs et une carte : toujours son Lord qui l'invitait à prendre une coupe de champagne à sa table, après son numéro. La veille, elle l'avait aperçu : un grand blond au visage rougeaud et au nez proéminent, curieusement habillé d'une veste de laine et d'un béret de couleur. Il n'était pas beau, certes, mais s'il était riche... C'est Claudia qui l'avait repéré dans la salle. Avec la chaleur qu'il faisait, il ne devait pas se sentir très à l'aise !

Les applaudissements crépitèrent quand elle conclut son numéro par «La Bécasse polonaise» qui fit un tabac. Rares étaient ceux qui appréciaient Thérèse Lachman, même si elle était aujourd'hui marquise de Païva et la demi-mondaine la plus en vue de l'Empire. Qu'une théâtreuse comme Rosalie la prenne pour cible était salué comme il se doit. Son numéro terminé, Rosalie se dirigea vers son Lord qui se leva et lui fit un baisemain en la priant de s'asseoir. Elle fut sidérée de constater que l'homme ne portait pas de pantalon mais une jupe écossaise, et il n'était pas blond, mais d'un roux éclatant. Elle avait chanté une demi-heure et avala, coup sur coup, deux coupes de champagne pour se désaltérer, avant de se tourner vers Ennisfield qui la dévorait des yeux.

— J'ai pensé que ceci vous aiderait à accepter de dîner avec moi ce soir, lui dit-il en glissant vers elle un écrin qui révéla, quand elle l'ouvrit, un rubis en forme de cœur...

— Vous faites ce qu'il faut pour qu'on ne puisse rien vous refuser, my lord, mais j'aurais accepté votre invitation, ne serait-ce qu'à cause des roses rouges que j'adore, et pour lesquelles je vous remercie.

Cinq minutes plus tard, le Lord lui prenait la main, cinq minutes encore et c'est la sienne qu'il laissait s'égarer sur le genou de la jeune femme. Réaliste, Rosalie se dit que, si elle n'abrégeait pas rapidement la séance, la main écossaise se ferait encore plus baladeuse. Mieux valait ne pas risquer de scandale et continuer la conversation dans le cabinet particulier d'un restaurant où il lui serait, également, plus facile de parler «affaires». Dans ce brouhaha, cela tenait de la gageure.

Rosalie partit se changer et revint habillée en «biche», d'une courte jupe noire et de bottes montantes de la même couleur, d'une veste noire très près du corps qui tranchait avec le corsage rouge que fermait une cravate-ruban, noire, elle aussi, un «suivez-moi, jeune homme» artistiquement noué. Elle était élégante et le savait mais elle faisait le nécessaire pour l'être : sa lingerie venait de chez Longueville, son corsage de «La petite Jeannette», ses bottes de chez Schumacher, son chapeau de chez Mlle Ode et son éventail de chez Duvelleroy. Elle s'était parfumée légèrement à «Eau vivifique» de Gargault et s'était maquillée rapidement, ombrant le bord de ses paupières, cernant ses yeux de bistre, irisant ses cils, pour accentuer son air latin. Elle n'avait par contre nul besoin de souligner la matité de sa peau ou ses cheveux d'un noir de jais, totalement hors mode à cette époque où toutes les femmes se voulaient blondes. Rosalie était une beauté brune et tenait à le rester.

Le jeune Lord resta sans voix quand il la vit se diriger vers sa table. Quelle femme ! Quel corps ! se dit-il en imaginant, un court instant, ce que dirait sa mère s'il ramenait dans son château des Highlands une jeune Londonienne habillée de cette façon. Il ne la laissa pas s'asseoir et ils sortirent immédiatement. Une demi-heure plus tard, ils dînaient à la Maison d'Or où il avait réservé un cabinet particulier. Après un cent d'huîtres, ils commandèrent des pâtés d'anguille et de saumon que suivirent une poule bressane et un rosbif à l'anglaise. Ils ne prirent ni les entremets ni les sorbets commandés. Edward piaffait d'impatience : il tenait, enfin, en Rosalie, l'une des Parisiennes que lui avaient décrites ses amis, « une femme dont on rêve à seize ans, et la seule dont on se souvienne encore à soixante » — rien à voir avec les lorettes rencontrées jusque-là. La politesse de Rosalie, son éducation apparente, le laissaient augurer d'une rare félicité nocturne. Il eût été très surpris de savoir que Rosalie était dans un état d'esprit totalement opposé et craignait de s'être fourvoyée, encore une fois. Sans le rubis, elle l'aurait planté là, tant elle estimait qu'il se comportait plus en hussard et même en soudard qu'en Lord écossais, le principal avantage du kilt semblant être pour lui d'abréger les préliminaires et de faciliter les contacts. À peine s'étaient-ils installés, d'ailleurs, qu'il lui avait fait constater, « de manu », ses bonnes dispositions à son égard.

Elle le suivit, cependant, jusqu'à l'hôtel particulier qu'un de ses amis lui prêtait pour la durée de son séjour parisien, bien résolue à mettre les choses au net avant de lui donner quoi que ce soit.

— Mon cher Edward, déclara-t-elle, avant d'aller plus loin, j'aimerais vous préciser que je suis une actrice, pas une lorette. Connaissez-vous la différence ?

— Je sais, Rosalie, que vous n'êtes pas une de ces filles à un ou deux louis... C'est pourquoi, je vous ai offert ce rubis.

— Qu'attendez-vous de moi ?

— J'aimerais dormir avec vous cette nuit.

— Dormir, vraiment ? Je vais vous rendre votre rubis, Edward, et mieux vaut que nous en restions là. Ne croyez pas que je sois fâchée. Simplement, je ne suis pas la femme d'une nuit. Comprenez-vous ?

— Non, Rosalie. Pardonnez-moi, mais...

— Je suis une courtisane, Edward, pas une fille.

— Expliquez-moi la différence, Rosalie, demanda le Lord. Londres n'est pas Paris…

— Je pourrais être votre maîtresse pour trois mois par exemple. Nous sortirions ensemble dans le monde, j'aurais une voiture et un cocher, une garde-robe, un appartement – à moins que je n'habite ici – et, bien sûr, mon argent de poche. Il vous en coûterait environ cent mille francs.

— Cent mille francs !

— Oui, et encore, cela c'est l'arrangement que proposerait un marquis français à sa maîtresse. Les comtes et princes russes sont, eux, beaucoup plus généreux. En temps de paix, du moins, car, depuis que nos empereurs se font la guerre en Crimée, ils sont tous rentrés à Pétersbourg.

— Ce qui a sûrement fait baisser les prix ! commenta Ennisfield, croyant faire de l'esprit.

En Parisienne accomplie, Rosalie le fusilla du regard et lui lança avec mépris :

— Apprenez, my lord, que, pour l'usage que vous voulez faire d'une femme, il y a des putains, les lorettes que vous pourrez payer à la nuit, ou, moins cher encore, les grisettes, à l'heure ou à la passe. Mais, mille regrets, my lord, je ne suis pas une putain. Du moins pas de cette espèce.

— Pardonnez-moi, Rosalie, je ne voulais pas être blessant…

— N'avez-vous pas de maîtresse à Londres ?

— Pas comme vous l'entendez, en France. Cela n'a rien d'officiel. N'imaginez pas le monde à l'image de Paris ! Vous avez un empereur libertin. Nous avons, nous, en Victoria, une mère de famille puritaine, et une reine qui ne tolérera jamais de mœurs « à la française ». Exhiber une maîtresse comme le font les Français ? Nous serions mis au ban de la bonne société !

— C'est pourquoi vous venez faire vos frasques à Paris ? Quelle hypocrisie !

— Peut-être, mais c'est ainsi.

— Et c'est dommage. Savez-vous que toutes les femmes sont coquettes et qu'elles adorent plaire, Edward ? C'est sûrement malgré elles que vos femmes portent des robes qui leur montent au cou et des dessous de toile si rêche qu'ils ôtent à tout homme l'envie d'aller voir ce qui s'y cache.

— Sans doute que...

— Savez-vous qu'à la Cour impériale le décolleté profond est obligatoire et qu'il est presque de bon ton d'y exhiber ses tétons ? Savez-vous que l'on dit que certaines de ces dames trouvent les crinolines très pratiques pour y cacher leurs amants ? Que décidez-vous, Edward ?

— Une nuit ? Vous accepteriez ?

— Parce que c'est vous, et que je suis ici. Ce sera trois mille francs.

— Trois mille francs ? Pour une nuit ? s'exclama l'Écossais, estomaqué. Je déduis le prix de mon rubis, je suppose...

— Vous êtes blessant, Edward. Et impoli. Votre rubis, vous m'en avez fait cadeau, il y a à peine une heure et vous voulez déjà le reprendre ! Je ne suis pas une putain, je viens de vous l'expliquer, mais puisque vous marchandez comme si j'en étais une, tant pis pour vous : mon prix est maintenant de cinq mille francs. Et ne me désobligez pas plus ou je m'en vais.

Le jeune Écossais hésita quelques secondes. Quel idiot il avait été de jeter son dévolu sur une actrice ! Jamais il n'aurait imaginé que cela pût lui coûter si cher. Cinq mille francs ! Elle allait devoir faire des prouesses pour qu'il en ait pour son argent ! S'il la renvoyait... Non. Il perdrait la face, car ses amis l'apprendraient d'une façon ou d'une autre et railleraient une fois de plus son avarice. Mais cinq mille francs ! Une nuit ! C'était ce que lui coûtait chaque année Priscilla qu'il retrouvait, dans son petit appartement de Chelsea, deux soirs par semaine, en sortant de son club londonien. Un arrangement hygiénique qui leur convenait parfaitement à tous deux. Que faire ? Trouver un prétexte quelconque ? Non. Ce fouineur de Simpson n'hésiterait pas à se renseigner auprès de Rosalie elle-même, puisqu'il les avait vus partir ensemble dans sa voiture. Il n'avait pas le choix et répondit :

— Je n'ai pas cette somme ici, ma chère, mais la ferai prendre à ma banque demain matin, avant que vous ne soyez levée. Si je le pouvais, je vous demanderais bien de me réserver ces trois mois, mais mes obligations à la Chambre des Lords ne me permettent pas de rester plus d'un mois à Paris.

— Je vous fais confiance, Edward, d'autant que vous n'auriez aucun intérêt à manquer à votre parole et à tromper une putain parisienne, n'est-ce pas ?

Encore une phrase que n'aurait jamais osée une Priscilla, se dit le jeune Lord qui prenait là une leçon salutaire.

Si cette nuit ne fut en rien mémorable pour Rosalie, pour Edward, il en alla tout autrement. Dès le lendemain, lors d'une réception à l'ambassade de Grande-Bretagne, il put glisser à quelques connaissances, comme lui membres de la Chambre haute, que la Parisienne... Ah ! mon cher, c'est bien ce qu'on en dit : on en rêve, et ensuite, on s'en souvient... Inoubliable... Si vous saviez... Quelle nuit fabuleuse... Une grande actrice française...

Il fut assez malin pour se montrer discret mais il en dit suffisamment, quand même, pour intriguer, sa réputation de ladre étant bien assise. Il nota bientôt avec satisfaction que quelques chasseurs de grouse de son comté, qu'il retrouverait cet hiver dans les Highlands, le considéraient, soudain, d'un œil neuf. Allons, cette nuit pouvait se révéler un bon placement, en définitive : une leçon de savoir-vivre et d'humilité, d'abord, une autre d'amour, ensuite, et – plus inattendu, mais plus durable et valorisant – son prestige considérablement rehaussé auprès de ses pairs. Finalement, non, il ne regrettait pas du tout son argent.

Il en vint même à s'en féliciter quand, à la fin de la journée suivante, il se fendit à nouveau de deux douzaines de roses qu'il fit livrer à Rosalie dans sa loge, avec une carte de remerciements. Il ne l'aurait jamais fait, bien sûr, si Simpson ne lui avait tenu la jambe, mais la satisfaction de voir son ami verdir de jalousie à mesure qu'il écrivait ce mot d'accompagnement le payait, et au-delà, de la somme laissée dans l'escarcelle de cette jeune demoiselle. Il était certain que Simpson répandrait le lendemain, haut et fort, qu'une petite actrice française était parvenue en une nuit à un résultat auquel tous ses condisciples d'Eton et d'Oxford avaient échoué dix ans durant : contraindre Ennisfield à ouvrir sa bourse !

Le lendemain soir, Rosalie reprit son numéro à l'Alcazar. Le bouche à oreille avait fonctionné et, dans le public très mélangé, se pressaient de nombreux Britanniques, et au premier rang de ceux-ci, un industriel, grand admirateur de Thérésa, qui séjournait à Paris la moitié de l'année. C'est ce que précisa à Rosalie Jonathan Davies quand il se présenta à elle à la fin du spectacle. Il était à Paris pour affaires et, plus précisément, pour une concession de chemins de fer pour laquelle il se battait depuis un an déjà. Gallois de pure souche, Jonathan était marié depuis dix ans à Virginia, une jolie blonde au teint de porcelaine et il avait deux garçons de huit et six ans qu'il ne voyait et ne verrait que fort peu avant leur majorité, puisqu'ils vivaient à Cardiff avec leur mère et qu'il passait, lui, son temps entre

Londres et Paris. Sa famille fabriquait des locomotives et, accessoirement, créait et gérait des lignes de chemins de fer. Le marché britannique étant suréquipé, il cherchait à s'implanter en France où il avait pour partenaires des maîtres de forges et des industriels qui exploitaient les mines de charbon si prometteuses du Massif central.

Tout cela, Rosalie l'apprit au cours du dîner auquel il l'invita, au sortir du spectacle, comme Edward l'avait fait la veille. Mais leur passeport était le seul point commun entre Jonathan et le Lord écossais. S'il n'était pas noble, l'industriel avait une autre classe que l'homme en kilt. Gentleman jusqu'au bout des ongles, et d'une courtoisie que Rosalie n'avait encore jamais rencontrée, il lui proposa un essai de six mois : il l'installait dans son hôtel particulier de la rue de Rivoli où il passait de quatre à six mois par an, au printemps et en été. Elle aurait un équipage, sa propre femme de chambre, en plus du personnel de maison, une garde-robe complète, et dix mille francs par mois pour ses besoins personnels. Elle recevrait ses amis et clients, l'accompagnerait à certaines réceptions, quand il le lui demanderait.

Rosalie était conquise. S'il n'était pas Lord, Jonathan était un prince et, ce qui ne gâtait rien, il avait un charme fou. Elle avait tout de suite noté, dans le visage, le menton carré et glabre, le nez droit, les lèvres charnues et gourmandes, la belle chevelure blonde. Mais depuis qu'il lui parlait, elle ne quittait plus son regard, ses yeux gris-bleu couleur d'océan, qui pétillaient d'intelligence et animaient son visage de façon incroyable. Jonathan parlait parfaitement le français, avec un inimitable accent qui la ravissait.

Lorsqu'il lui demanda de réfléchir à sa proposition, elle posa la main sur la sienne et lui dit, les yeux dans les yeux :

— Jonathan, c'est tout réfléchi, c'est oui. Et… j'aimerais commencer tout de suite.

— Moi aussi, Rosalie. Je dois vous avouer qu'il y a plusieurs mois que, sans le savoir, je vous cherche dans Paris. Pourquoi attendre, maintenant que je vous ai trouvée ?

— Jonathan… Jonathan… Que restons-nous faire ici ? Nous avons fini de souper… Demandez l'addition et partons, voulez-vous ?

Mais il était dit que pour elle, rien ne serait jamais simple. Lorsque leur voiture s'arrêta dans la cour de l'hôtel et qu'un valet vint les aider à descendre, son majordome tendit à Jonathan un télégramme de sa firme. Le ministre des Mines l'attendait à Londres le surlendemain. Impossible de reporter ce rendez-vous qu'il avait lui-même sollicité. Il devait prendre le premier train pour Rouen, le lendemain matin à cinq heures trente et, de là, un bateau pour Londres. Mais cela ne changeait rien à leurs arrangements. Rosalie s'installerait à l'hôtel qu'elle dirigerait en son absence. Jonathan donna aussitôt ses ordres en conséquence. Rosalie le laissa faire. Pourtant, lorsqu'il partit à quatre heures et demie, elle lui confia qu'elle préférait attendre son retour avant de s'installer avec lui. Ils n'en étaient pas à une semaine près.

— Prenez au moins la calèche, lui dit-il. Et puis, tenez, voici un billet. Vous irez à ma banque, aujourd'hui même. Vous pourrez ainsi commencer à préparer votre installation. Tout à l'heure, à votre réveil, Maria viendra s'occuper de vous. C'est une jeune Espagnole très serviable et jolie. Et puis, elle est très spontanée, vous verrez.

— Vous l'avez… Non, pardonnez-moi ; ça m'a échappé…

— Jalouse, déjà ?

— Non, trop curieuse, tout simplement. Jonathan,

je vous remercie pour tout, pour cette nuit, même s'il y aura beaucoup mieux, j'en suis sûre.

Il était parti depuis bientôt une heure et elle ne dormait toujours pas : elle était si énervée ! Bien sûr, il y avait ce billet de vingt mille francs. Cette fois, pas de doute, elle avait tiré le gros lot. Vingt mille francs et il ne la connaissait même pas ! Sans doute était-il habitué à jauger ses semblables, mais quand même ! Il y avait surtout ce changement total qui s'annonçait. Elle s'apprêtait à tourner une page de sa vie, une page riche en amitiés, mais si pauvre en amours, surtout au singulier, d'ailleurs. Des coups de passion, des coups de cœur, oui, elle en avait eu ; elle savait ce que c'était, Gustave en était la preuve vivante, tout comme Juliette, d'une certaine façon. Mais elle n'avait jamais rien connu de durable, et ne savait pas si elle en serait un jour capable.

Demain, elle serait la maîtresse officielle d'un industriel anglais qui passait la moitié de son temps en France où ne venait jamais son épouse. Elle allait devenir Mme Davies bis, le double français de l'épouse anglaise de Jonathan. Cela ne choquerait personne, car cela n'étonnait plus personne qu'un homme s'affiche avec sa maîtresse, ou même, dans un certain milieu, qu'une femme trompe ouvertement son mari, pour autant que ce soit avec quelqu'un de bien né.

Rosalie appréhendait le bouleversement dans sa vie qu'impliquait ce changement de statut. Elle allait devoir, tous les soirs, s'engoncer dans ces crinolines qu'elle détestait, s'encombrer de ces cerceaux métalliques Peugeot sur lesquels sa chambrière étalerait jupons et robes. Elle allait devoir fréquenter ces bourgeoises, des dondons qui cachaient la misère de leur corps et leur absence de formes sous ces cloches de métal et de tissu. La crinoline résistait, depuis deux ans, aux attaques que menaient contre elle différents chroniqueurs et journalistes dont ceux de *L'Illustration* étaient les plus acerbes. En vain. L'Impératrice qui adorait exhiber ses formes et disait, en privé, trouver cette « cage disgracieuse et incommode » s'y était résignée, dans le but, selon elle, de favoriser l'industrie textile française. Comble d'ironie, c'était un Anglais qui avait instauré le règne de cette crinoline, un certain Frisk, lui avait appris Jonathan, en lui annonçant qu'ils iraient à l'opéra dès son retour, et qu'elle devrait, bien entendu, en porter une.

C'est en songeant à tous ces laiderons qui dissimulaient leur corps sous ces cloches que Rosalie s'endormit. Deux heures plus tard, Maria que, volontairement ou non, personne n'avait jugé utile de prévenir, se glissait nue dans son lit, et, comme elle le faisait chaque matin, plongea la tête sous les draps. Le hurlement qu'elle poussa, presque aussitôt, en s'apercevant de son erreur réveilla Rosalie en sursaut.

Rouge de confusion, Maria cherchait les vêtements qu'elle avait éparpillés un peu partout, en se déshabillant à la hâte. Rosalie la fit venir près d'elle et la questionna, tout en la détaillant sur toutes les coutures. La gamine était très bien faite, même si elle avait peut-être la peau un peu trop foncée à son goût. Oui, elle agissait ainsi chaque matin ; c'était sa façon de réveiller Monsieur. Madame comprenait sûrement : elle voulait rester vierge jusqu'au mariage et avait proposé cette forme de compensation à Monsieur. Rosalie en savait assez pour l'instant : elle renvoya la petite et lui demanda de revenir deux heures plus tard.

La nuit qu'elle venait de passer lui laissait une impression curieuse. Sur le moment, elle s'était dit que Jonathan était fatigué ou perturbé par ce télégramme et son départ matinal. Mais peut-être y avait-il autre chose. Il lui avait bien dit que la petite Maria était serviable, jolie et spontanée, mais pas qu'elle le réveillait ainsi tous les matins. Pourquoi le lui avait-il caché ? Elle ne le comprenait pas. Si c'était cela l'humour anglais, il lui faudrait sans doute un certain temps pour être en mesure de l'apprécier. Que se serait-il passé s'il n'avait pas dû partir ? C'eût été une partie à trois, sans doute. Allons, ce n'était probablement que cela ! Pas de quoi fouetter un chat. Il aurait dû le lui dire tout de suite ; elle n'avait rien contre. Les habitudes particulières de ses amants ne lui avaient jamais posé de problème, et ce n'est pas aujourd'hui que cela allait commencer, d'autant que ce billet de vingt mille francs qu'elle irait encaisser tout à l'heure était quelque chose de palpable et de bien réel. Vingt-cinq mille francs en deux jours ! Pour elle, c'était énorme ! Elle n'était pas la Païva qui les dépensait en un mois pour sa table ! Vingt-cinq mille francs ! Après une longue période de vaches maigres, et même faméliques, la vie prenait des couleurs or-argent qui n'étaient pas désagréables.

10

1857

Luisa était morte deux jours après son admission à l'Hôtel-Dieu, et avait été ensevelie dans la fosse commune, comme toutes les victimes de l'épidémie. Ces vagues de choléra effrayaient tellement les populations que les familles préféraient abandonner leurs morts plutôt que de faire courir le moindre risque aux survivants. Guère plus brave qu'un autre, Frédéric n'avait pas fait exception à la règle, d'autant qu'il n'avait, officiellement, aucun lien avec la défunte. Il avait, tout simplement, omis de réclamer le corps, réalisant au passage de substantielles économies. Cela ne l'avait pas empêché d'avoir une pensée pour Luisa, à l'heure de son enterrement, ni de regretter l'abandon où il la laissait. Mais qu'y pouvaient-ils, Claudine et lui ? Ils n'avaient pas le choix et devaient penser à survivre, c'était ainsi. La morte n'aurait fait que comme eux, affirma-t-il à la jeune fille. Il se sentait, pour une fois, totalement impuissant, ce qui le mettait dans une rage sourde. Et comme il ne savait à qui s'en prendre, c'est le pouvoir qui devint la cible de ses critiques.

Claudine écoutait ou faisait semblant d'écouter les diatribes de son patron et amant. La France avait connu trois révolutions; pour quel résultat? clamait-il. Soixante-dix ans après l'abolition des privilèges, un homme qui naissait pauvre vivait, souffrait, et mourait pauvre. En ce début d'Empire, épidémies ou non, c'est à la fosse commune que finissaient un Français sur deux et deux Parisiens sur trois. Pour le pouvoir, la place de chacun était acquise à la naissance et devait le rester; les Bonaparte ne différaient en rien des Bourbons ou des Orléans et il y avait beau temps que le prince Louis-Napoléon avait jeté aux orties ses vêtements d'apôtre du paupérisme comme sa tenue de carbonaro, même si certains de ses anciens amis s'en souvenaient encore qui se rappelaient à lui de temps à autre. Il les avait troqués contre des habits bien mieux adaptés à son nouveau rôle d'Empereur.

Frédéric n'avait rien renié de ses convictions. Bien que frondeur et contestataire, il n'était pas révolutionnaire et tenait pour une république qui protège les intérêts et les biens des citoyens. Il en débattait régulièrement, autour d'un apéritif, avec deux ou trois souteneurs de ses amis, épris de liberté comme lui, mais beaucoup moins d'égalité et de fraternité. Républicain, il l'était, certes, mais à la façon de Robespierre qui, ayant du pain à satiété, reprochait à ceux et celles qui en manquaient de se battre pour en avoir plutôt que pour les idées et les principes qu'il professait.

Frédéric était propriétaire, fonds et murs, du restaurant À la bonne pâte qu'il exploitait. À la mort de Luisa, il avait bien tenté de le vendre, mais il s'était vite aperçu qu'il lui fallait, d'abord, retrouver une cuisinière de talent. Ce n'était pas les candidates qui manquaient à Toulon, mais en trouver une, parmi les amies de Luisa, qui vaille la disparue et allie bonne cuisine et bon caractère relevait de la gageure. Il avait cherché quatre mois avant de dénicher enfin la perle rare, Giuletta, une Bergamasque de vingt-huit printemps, gaie comme un pinson, et jolie comme un cœur, mais plus jalouse qu'une tigresse.

Il y avait dix-huit mois que la bonne humeur et la cuisine de Giuletta assuraient le succès du restaurant de Frédéric, tandis que, plus discrètement, Claudine et deux autres tapineuses lui apportaient la prospérité. Toutes ses femmes vivaient en bonne intelligence quand un caprice inattendu de sa diva des fourneaux vint mettre en péril cette heureuse cohabitation. Piquée par il ne savait quelle mouche, mais sans doute était-ce une fois de plus celle de la jalousie, la belle formula soudain des exigences auxquelles il ne pouvait souscrire : elle prétendait, tout bonnement, devenir la seule poule dans son poulailler, ce qui était, bien évidemment, hors de question. Un seul coq dans un poulailler, oui, bien sûr, rien de plus normal, mais avait-on jamais vu un poulailler avec une seule poule ? Et pourquoi pas une seule poule avec plusieurs coqs, tant qu'elle y était ? Pourquoi pas, en effet ? avait insolemment répliqué la belle, plongeant Frédéric dans un abîme de perplexité.

La contestation, passe encore, mais la révolution, c'était inadmissible, et c'était une révolution que prêchait la jolie Giuletta qui remettait tout bonnement en cause la prééminence masculine ! S'en rendait-elle compte, seulement ? Sans doute pas ; elle n'était pas assez fine pour cela. Raison de plus pour sévir ! Il allait devoir la mettre au travail dans l'une des ruelles mal famées de la vieille ville. Il le regrettait par avance : c'était gaspiller inutilement de l'argent et gâcher un talent qui ne demandait qu'à s'épanouir. Elle dépérirait sur le pavé et cette idée le rendait positivement malade, mais elle ne lui laissait pas le choix. Frédéric soupira. Les femmes ! Pour scier la branche sur laquelle elles étaient assises et faire leur malheur, elles se posaient vraiment là ! À trop tirer sur la ficelle, elles lassaient les meilleures volontés… Lui qui n'aspirait qu'à les satisfaire !

Si seulement il avait pu mettre Claudine aux fourneaux ! Une crème, une fille courageuse, dévouée. Au décès de Luisa, il avait bien tenté l'expérience, mais avait vite dû y renoncer, sa cuisine faisant fuir les clients les plus fidèles. Il lui avait trouvé rapidement un autre emploi mieux adapté à ses compétences, et Claudine avait vite démontré que, si, pour la «pasta», elle ne valait pas chipette, comme gagneuse, par contre, elle se posait un peu là ! Et avec ça, un bon esprit ! Toujours vaillante et du cœur à l'ouvrage ! C'est bien simple, depuis qu'il l'avait mise sur le trottoir, il n'avait qu'un seul reproche à lui adresser, celui d'user trop de chaussures. Mais c'était vraiment peu de chose, et puis, cela prouvait son ardeur au travail ! Ah ! si elles étaient toutes comme elle !

On ne pouvait pas dire, pourtant, qu'elle avait la vocation, c'est vrai, mais, pour parler franc, l'on rencontrait très peu de filles qui faisaient ce métier par plaisir. Il connaissait bien un souteneur qui prétendait le contraire, mais il était le seul. Saturnin Ollivier était marseillais, il est vrai, et les Marseillais avaient toujours tendance à exagérer. Frédéric et lui tapaient ensemble le carton quatre ou cinq fois l'an, et Saturnin, qui appréciait sa bonne humeur et son bon caractère, lui laissait, chaque fois, quelques centaines de francs qu'il perdait avec désinvolture, en grand seigneur. Il pouvait se le permettre car il avait eu toutes les chances dans la vie, Saturnin, et d'abord, celle d'hériter des «filles» comme de la «femme» et des hôtels de son frère aîné, quand celui-ci avait disparu, une quinzaine d'années plus tôt. Ce frère, Marius, s'était volatilisé entre la capitale et Marseille et avait sûrement passé l'arme à gauche, à moins qu'il ne croupisse dans une geôle ou un bagne quelconque.

Ce n'est pas à moi qu'arriverait pareille bonne fortune ! se disait Frédéric, en observant son ami marseillais qui n'avait effectivement rien d'un aigle.

Il aurait pourtant eu mauvaise grâce de se plaindre de son frère, même s'il ne l'avait pas revu depuis six ans. André et lui échangeaient régulièrement des nouvelles. Il écrivait à son frère tous les trois mois, environ, et dès qu'il lui parlait de monter à Paris, André lui virait de trois à cinq mille francs. Cela facilitait grandement la vie, Frédéric en convenait volontiers. Bref, aujourd'hui, son restaurant en était vraiment un, et n'avait plus rien de la gargote où avait débuté Luisa : Frédéric était vraiment installé. Heureusement, d'ailleurs, car il ne pouvait plus compter sur les troupes de la guerre de Crimée pour se faire des extra. La guerre était finie. Et gagnée. Partout fleurissaient des rues, avenues, boulevards de Sébastopol, Inkerman, Malakoff, Alma, à croire que la France avait écrasé l'Europe entière dans cette guerre où la maladie avait fait beaucoup plus de morts que les combats eux-mêmes. Il en savait quelque chose, puisque sa Luisa était morte du choléra. Enfin ! il s'en était sorti et c'était bien là l'essentiel, d'autant que Claudine, elle aussi, était passée au travers...

Après sa sieste, Frédéric revêtit une chemise blanche, un pantalon de toile, des espadrilles et, comme toujours avant de sortir, fit une courte pause devant l'armoire à glace, son premier luxe de restaurateur aisé. Le miroir lui renvoya l'image d'un homme en pleine force de l'âge, hâlé par le soleil et respirant la santé. Satisfait, il s'essaya à ce sourire qu'il savait irrésistible. Rares étaient les femmes qui restaient insensibles à ses yeux bleus, à ses dents d'un blanc éclatant ou, tout simplement, à son charme. Frédéric était content de lui. La vie était belle, le temps était beau. Il se mit à siffloter, se coiffa de son canotier et sortit.

Il faisait chaud en ce mois de mai 1857 ! Terriblement, à croire que le soleil concentrait ses rayons sur la Méditerranée ! Qu'allait-il faire ? S'il passait voir sa Claudine ? Oui, il allait lui rendre sa visite bihebdomadaire avec un peu d'avance ; ça lui ferait plaisir à la petite. Et puis, elle pourrait lui donner sa comptée, qu'il irait ensuite jouer aux courses : il y en avait trois, ce jour-là.

Il resta même une bonne demi-heure de plus que prévu avec la jeune femme, ce qui lui permit de constater qu'elle prenait du poids. Il le lui reprocha gentiment en accompagnant sa remarque d'une grande tape sur les fesses qui, heureusement, restaient toujours aussi fermes. La marche avait quand même du bon, quoi qu'en disent les filles. Claudine, elle, savait très bien que, malgré le sourire qui l'accompagnait, la mise en garde était sérieuse et que, si elle ne voulait pas se retrouver un de ces jours dans une des ruelles de la vieille ville, elle avait intérêt à perdre au plus vite quelques kilos.

Elle le connaissait son Frédéric et nourrissait toujours la même admiration et le même dévouement pour lui. Il était si gentil avec elle ! Jamais il ne la battait ! Quand ses amies Francillette ou Jeannette voyaient leur homme, elles arboraient souvent, au retour, un coquard rouge ou déjà bleu. Elles l'enviaient...

Il passait devant le bistro de Dédé l'Aixois quand il aperçut de la fumée, à moins de cent mètres, droit devant lui. Un incendie... Il pressa le pas. Pourvu que… Bien avant d'arriver, il sut que c'était pour lui, cette fois. Les salauds ! Ces Corses de malheur ne reculaient devant rien ! C'était digne d'eux, ça ! Une offre ridicule et puis… le feu, tout de suite, sans même discuter ! À prendre ou à laisser ! Les bandits ! Il respira un grand coup et ralentit le pas. Il arrivait devant son restaurant. Prendre son temps ; rester calme, ne pas s'énerver, surtout, puisque l'un des incendiaires assistait sûrement au spectacle. Jouer à l'homme blasé.

Le feu était pratiquement éteint quand il arriva chez lui. Il avait eu de la chance dans son malheur : Giuletta était passée au restaurant dans l'après-midi, pour y prendre son porte-monnaie qu'elle y avait oublié. Dès qu'elle avait senti le brûlé, elle s'était mise à hurler ; ses cris avaient ameuté les voisins qui, accourant aussitôt, avaient évité le pire. Il les remercia tous chaleureusement. Pour autant, il n'était pas question d'assurer le service, ce jour-là, et il ferma le restaurant pour inventorier les dégâts. Rien de dramatique ; quelques centaines de francs, guère plus. Il pourrait rouvrir sous quarante-huit heures. Il remercia Giuletta en passant la nuit avec elle, mais resta muet quand elle lui suggéra le mariage. Quelle idée avait-il eue, aussi, de lui dire qu'elle pouvait lui demander ce qu'elle voulait en guise de remerciement !

Ce ne furent pas les Corses, mais deux Marseillais inconnus, nouveaux venus dans la ville, qui vinrent le trouver le lendemain matin et lui annoncèrent qu'ils reprenaient son restaurant pour dix mille francs. À prendre ou à laisser. S'il refusait, la prochaine fois, il y aurait un vrai feu d'artifice au milieu duquel il rôtirait. Frédéric s'attendait à cette visite et avait préparé sa réponse. Il leur expliqua qu'il n'était évidemment qu'un prête-nom et qu'il devait en référer à son bailleur de fonds, un personnage en vue qu'ils connaissaient sûrement de réputation, puisqu'il était du Vieux-Port, lui aussi. Il avait besoin d'un délai de soixante-douze heures pour le consulter, le temps d'un aller-retour sur Marseille.

Il savait que cette réponse évasive embarrasserait ses interlocuteurs mais il n'imaginait pas qu'elle les mettrait à ce point mal à l'aise. Ils lui demandèrent le nom de son partenaire marseillais avant de laisser entendre que l'on pourrait peut-être discuter… «J'en prends note, mais je préfère que vous le fassiez avec Saturnin», répondit négligemment Frédéric qui vit aussitôt la panique s'emparer des deux hommes. Saturnin avait, en effet, hérité, dans le milieu local, de la réputation de brutalité de Marius, son frère disparu, et il en était tout à fait digne, disait-on.

Les deux hommes ne savaient comment se sortir du guêpier dans lequel ils s'étaient fourrés. Ils eurent beau faire, Frédéric fit semblant de ne rien comprendre à leurs approches et, peu après, il les regarda partir, un sourire ironique aux lèvres. Sans perdre une seconde, il se mit sur son trente et un et prit la route de Marseille.

Saturnin ne pouvait évidemment pas tolérer que l'on s'en prenne à son ami toulonnais; cela revenait à contester sa propre autorité. Il proposa donc à Frédéric sa protection avant d'accepter de lui racheter son restaurant le jour même pour trente mille francs. Le surlendemain, accompagné de son ami et de trois de ses lieutenants, Saturnin vint à Toulon prendre possession de son restaurant. Ainsi qu'il le confia à Frédéric, il allait se le faire offrir, pour moitié, au moins, par les deux malfrats qui avaient voulu l'escroquer. Il allait les mettre à l'amende, tout simplement.

Mais, pour Frédéric, il était temps de quitter Toulon qui allait devenir un terrain de jeux pour lesquels il n'était pas fait. Trois jours plus tard, il était dans la diligence pour Paris.

À sa grande surprise, Giuletta refusa de l'accompagner et poussa de hauts cris à l'idée de quitter ses amies et ses fourneaux. Après l'avoir présentée à Saturnin, son nouveau patron, qui la trouva à son goût, Frédéric, bon prince, fit cadeau de la jeune Bergamasque à son ami marseillais. Entre amis, lui dit-il… Il est vrai qu'il ne pouvait se montrer chien : outre son restaurant, Saturnin le défrayait de cinq mille francs pour chacune des deux pouliches de dix-neuf ans qu'il lui laissait à Toulon. Éduquées par Claudine, elles s'annonçaient, toutes deux, pleines de promesses.

Frédéric avait d'abord envisagé de prendre le train, à partir de Lyon, mais, n'ayant qu'une confiance limitée dans ce moyen de transport, il avait finalement opté pour la prudence et pris la diligence, beaucoup plus sûre que le chemin de fer de Talabot. Assise en face de lui, Claudine ronflait légèrement, la bouche entrouverte. Brusquement, Frédéric se revit, des années plus tôt, dans une autre diligence, en compagnie d'une autre fille, et se sentit cafardeux. Rosalie… Il y avait un monde entre la petite Bretonne racée, une pouliche de grand prix, et cette jument de trait, courageuse, certes, mais qui s'arrondissait déjà, à vingt et un ans à peine. Si Rosalie était digne d'un prince, Claudine, elle, était faite pour son voisin, un homme d'une quarantaine d'années gras et mal rasé, un représentant de commerce sans doute. Tiens, il allait la lui coller, ce soir, au relais ! Cela lui paierait sinon la diligence de Claudine, du moins la tenue de voyage qu'il lui avait achetée avant leur départ, pour éviter qu'elle ne se fasse trop remarquer pendant le trajet.

Il disposait, pour démarrer à Paris, d'un pécule de plus de cinquante mille francs, la plus forte somme, et de loin, qu'il ait jamais possédée. Prudemment, il avait laissé presque tout son argent à sa banque marseillaise ; il connaissait mieux que personne les dangers qui guettaient les voyageurs imprudents aux relais de poste. Pour avoir été, dans une autre vie, un redoutable détrousseur de grands chemins, il ne tenait pas à en devenir, à son tour, la victime.

Pour une fois, il allait prendre son temps et profiter du voyage. Personne ne l'attendait à Paris où il retournait en conquérant. N'avait-il pas réussi au-delà de ce qu'il aurait pu espérer, en arrivant à Toulon? Il avait acquis de la maturité et même de la modestie: il connaissait, dorénavant, ses limites, savait composer avec plus fort que lui, chercher et trouver des appuis, des «patrons», comme on disait. Oui, il allait s'arrêter quelques semaines à Lyon, et s'il s'y plaisait, pourquoi ne s'y installerait-il pas quelque temps? On disait la ville riche, une ville de textiles, la capitale de la soie… Il avait tout le loisir de retrouver Rosalie, sa duchesse de Bretagne, sa princesse aux sabots.

*

* *

La duchesse de Bretagne était si fourbue, en sortant de sa répétition, qu'elle n'alla pas plus loin que le Café des Variétés qui touchait le théâtre. Elle se laissa tomber sur une chaise plutôt qu'elle ne s'y assit. Une boisson fraîche lui ferait du bien. Ou une glace. Mais ils n'en avaient sûrement pas ici. Quelle vie de chien que celle de comédienne! Toujours à courir après un rôle que l'on n'attrapait que rarement. Et cette fois, elle ne faisait pas le poids, elle le savait. Elle n'y serait pas arrivée. Ce n'était ni un rôle ni une pièce pour elle; elle avait bien fait de déclarer forfait. D'ailleurs, le metteur en scène n'avait pas insisté. Pourtant, cela faisait bientôt trois mois qu'elle n'avait pas joué. Il lui fallait à tout prix un contrat!

Tout allait de travers depuis huit mois, depuis qu'elle

avait quitté Jonathan, ou plus exactement, depuis que Jonathan avait, bien malgré lui, mis fin à leur accord. Il avait définitivement abandonné Paris et vendu son hôtel particulier après avoir abouti dans ses négociations avec ses partenaires auvergnats, ses «Charbougnats», comme il appelait, en plaisantant, les propriétaires de ces houillères. Ils avaient fini par créer une société commune et sa présence à Paris n'était plus nécessaire. Il était rentré à Londres et elle s'était trouvée à nouveau seule, pratiquement du jour au lendemain. Que ne lui avait-il dit la vérité! Elle l'aurait compris et aurait eu moins de peine.

Peu après son départ, en effet, une lettre de Londres lui avait apporté une tout autre explication et la vérité. Son amant n'était que le directeur de sa compagnie dont le véritable propriétaire était son beau-père. Informé par une âme charitable des fredaines parisiennes de son gendre, il avait mis Jonathan au pied du mur et l'avait sommé de rentrer à Cardiff. Le malheureux ne serait plus autorisé à quitter son épouse aux yeux de porcelaine pour la vie londonienne qu'en cas d'extrême nécessité, et encore! pour de très courts séjours. Pauvre Jonathan! Il se retrouvait en prison; dorée, certes, mais prison quand même, lui qui aimait tant la vie parisienne!

Cette lettre destinée à l'abattre mit au contraire un peu de baume au cœur de Rosalie. Elle en avait besoin: après une année d'opulence, il n'était pas facile de retrouver la précarité de la vie de bohème. Elle avait été prévoyante, heureusement, et avait tout de même mis de côté en un an quatre-vingt mille francs. Mais plus question de se montrer cigale, elle devait oublier au plus vite les habitudes dispendieuses prises avec Jonathan. Quand ils vivaient ensemble, elle n'achetait sa lingerie que chez Longueville, ou à «La petite Jeannette», boulevard des Italiens; sa modiste était

Mme Virol, ses bottes venaient de chez Sikorski, et, quand son amant lui offrait des bijoux, il les prenait toujours chez Fontana. Elle recevait et sortait en crinoline mais se refusait toujours à porter le corset, même si Mme Gagelin, qui lui créait ses robes à cages, l'y encourageait, prétendant que le corset maintenait les muscles du ventre.

Il lui avait vite fallu reprendre ses anciennes habitudes, retrouver les magasins à prix fixes. On s'habitue très vite au luxe, elle ne le savait que trop, mais elle n'était pas la seule à qui arrivait ce genre d'aventure. Elle se demandait souvent ce que devenait la jeune Maria, la petite Espagnole que Jonathan gâtait tant. Sans doute était-elle rentrée dans son pays, le jour même où il avait, lui, regagné le pays de Galles. Sacrée gamine! Elle avait réussi à préserver sa virginité pendant les quatre années passées au service du Gallois, accumulant, au passage, un trésor de plus de dix mille francs! Elle devait être mariée aujourd'hui, la petite Maria! Rosalie sursauta brusquement quand un importun interrompit sa rêverie.

— Rosalie, quelle surprise! Où donc êtes-vous?

Champfleury! Décidément, on rencontrait toujours des connaissances sur le Boulevard...

— Où étais-je? En Espagne, mon cher.

— Vous y faisiez un château?

— Non, pas précisément. Je rêvais, simplement. Comment allez-vous, Jules? répondit Rosalie en tendant la main à l'écrivain.

— Très bien, merci. Je prends l'apéritif à l'intérieur. Devinez avec qui?

— Je ne sais pas moi. Non! Ne me dites pas que c'est Gustave!

— Non. Ce n'est pas Gustave, Rosalie; je suis désolé.

— C'eût été trop beau, aussi. Ce n'est pas ma

période de chance. Voyons, qui d'autre ? Henri Murger ? C'est un habitué.

— Gagné. Bonvin est là aussi. Je crois que vous vous connaissez.

— Oui, très bien, et depuis des années !

— Des années ?

— Oui. François et moi avons eu la même enfance misérable, bien que la sienne ait été réellement atroce. Beaucoup plus que la mienne encore. Cela nous a rapprochés.

L'écrivain avait eu un haut-le-corps, en entendant Rosalie parler de l'enfance affreuse de Bonvin.

— Vraiment ? s'étonna-t-il. Je l'ignorais. Pourtant, François et Gustave étant amis, j'aurais dû le savoir. Vous êtes sûre que vous n'exagérez pas un peu, Rosalie ?

— Certainement pas ! protesta la jeune femme, agacée. Sa marâtre l'a martyrisé et a même tenté de le tuer à plusieurs reprises.

— Mon Dieu ! s'exclama Champfleury.

— La vie n'est pas toujours une partie de plaisir, mon ami, conclut sentencieusement Rosalie en dévisageant son vis-à-vis de l'air, quelque peu condescendant, de celui qui sait, face à celui qui ne sait pas… Mais gardez cela pour vous, si François ne vous en a rien dit…

L'écrivain sembla hésiter un instant avant de demander à la jeune femme de se joindre à eux, mais elle y était visiblement disposée. Il fut surpris de constater la profonde émotion de François Bonvin quand il serra affectueusement dans ses bras une Rosalie que Murger embrassa, lui, sur les deux joues en s'exclamant : « Comment vas-tu, ma petite duchesse ? » Ainsi, il était finalement le seul à qui Rosalie tendait la main ! Que lui avait-il fait pour qu'elle le tienne ainsi à distance ?

Murger paraissait très excité. À l'entendre, l'on aurait pu croire que Rosalie et lui avaient vécu toute leur jeunesse ensemble. Il n'en était rien, bien entendu, mais la «bohème» rapprochait les êtres et ils avaient, quand même, tous deux, passé quelques chaudes soirées en compagnie de ces éternels étudiants, de ces écrivains et de ces artistes que Murger avait si bien décrits dans ses romans.

L'un après l'autre, Champfleury puis François Bonvin se retirèrent, laissant, en tête à tête, Murger et Rosalie. Le romancier invita la jeune femme à dîner et c'est, une fois de plus, chez Dinochau qu'ils se retrouvèrent. Murger y était vraiment chez lui, Rosalie put le constater, comme elle put vérifier, aussi, qu'il y mangeait bien à crédit. Plus tard, ils firent une courte promenade digestive sur le boulevard.

— Vois-tu, Rosalie, dit Murger, Jules a raison. Il y a un temps pour la bohème, et je le remercie de m'en avoir sorti. Quand je vois Fernand !

— Fernand ?

— Oui, Desnoyers. Il promettait, pourtant. Tu l'as sûrement rencontré. Il ne se lève jamais avant deux ou trois heures, de l'après-midi, bien sûr, et commence sa journée quand les autres la finissent, sur le coup de cinq heures du soir. Il boit, bavarde, cherche à se faire inviter chez l'un ou l'autre, écrit une pige à la va-vite, sur un coin de comptoir, la boit aussitôt, fait les Boulevards, les théâtres, dîne, et puis, quand tout est fermé, toujours entre deux vins ou deux alcools, il traîne aux Halles. Il ne rentre jamais chez lui avant cinq heures du matin et se couche quand les autres se lèvent... Je le plains.

— C'est vrai ? s'étonna Rosalie, qui avait reconnu dans cette description la vie de Murger lui-même, six ans plus tôt, quand elle l'avait connu.

— C'est vrai, Rosie. La bohème, vois-tu, c'est

presque toujours le talent gaspillé, gâché dans les cabarets, les cafés… La bohème, c'est peut-être bien à vingt
ans, mais à vingt-cinq, ce n'est déjà plus normal, et à
trente, c'est une hérésie. Il est trop tard. Le pli est pris.
Impossible de le perdre. La liberté et l'insouciance,
oui. Mais l'insouciance dans la misère, je n'y crois pas.
Le «bohémien» est esclave de la misère, il est son pri-
sonnier; il la subit, il ne la choisit pas. Et puis, il y a
l'alcool! L'alcool qui vous use à petit feu. Regarde
Théodore…

— Je ne le connais pas…

— Comment ça! Bien sûr que si! Théodore Pelloquet!

— Puisque je te dis que non! Enfin! répliqua Rosalie, énervée.

— Ne te fâche pas! Théodore Pelloquet était secrétaire de direction du *National* et critique d'art, jusqu'en 1852. Un homme compétent, mais qui n'a
jamais décroché de la vie de bohémien. Il buvait et a
continué à boire. Il y a laissé, d'abord, son travail au
journal, en 1852, l'année où Jules m'a fait obtenir le
mien, puis, celui de critique d'art, trois ans plus tard.
Aujourd'hui, il se meurt, quelque part dans le Midi,
cuit par l'alcool.

— Il est certain que de trop boire n'arrange personne, fit Rosalie, sentencieuse.

— À qui le dis-tu! Moi-même, j'ai longtemps été
sur la mauvaise pente avant de devenir raisonnable:
une bouteille de vin par repas, un ou deux apéritifs par
jour, c'est tout ce que je me permets.

— Ce n'est pas si mal.

— Pas si mal? Attends… Je vais t'en conter une
bien bonne… Tu connais le restaurant Philippe, bien
sûr, le restaurant de poissons.

— Oui, j'y ai déjeuné une ou deux fois.

— Il y a, chaque samedi, chez Philippe, des habitués qui font un repas pantagruélique, ce sont les membres du Club des Grands Estomacs. Ils sont douze, comme les Apôtres, mais leur repas n'a rien de la Cène ! Ils bâfrent pendant dix-huit heures d'affilée. Ils se mettent à table à midi pour le dîner qu'ils ne terminent qu'à six heures. Ils commencent alors à souper, ce qui dure jusqu'à minuit, moment où ils entament leur déjeuner. À six heures du matin, ils quittent la table et le restaurant pour aller dormir, digérer, et cuver vins et alcools.

— C'est fou ! s'exclama Rosalie.

— Oui, complètement ! fit Murger en écho. Je ne te parlerai pas de ce qu'ils mangent, tu l'imagines sans peine. Mais ce qu'ils boivent ! C'est là où je veux en venir : six bouteilles de vin, bordeaux et bourgogne. Par convive, bien sûr ; et par repas. Et je ne parle pas des cafés et pousse-café qui agrémentent le tout. Pour le déjeuner final, ces messieurs se contentent de quatre bouteilles de champagne. Par personne, est-il besoin de le préciser ?

— C'est… répugnant, s'indigna Rosalie.

— C'est aussi mon avis, fit Murger en écho. Quand je t'ai connue, j'en étais à dix apéritifs et quatre bouteilles, au moins, par jour. Tu avais quoi… seize, dix-sept ans ? Tu étais avec Fontan-Crusoë…

— Fontan ? Nous n'avons jamais été ensemble ! protesta Rosalie. J'ai dû coucher avec lui deux ou trois fois, c'est tout. Et encore ! C'était pour le remercier, pour le payer d'articles qu'il écrivait sur moi, à ses débuts. Et aux miens !

— Diable ! Il a toujours laissé croire…

— Quelle audace ! Mais ça ne m'étonne pas outre mesure de sa part.

— Quand même ! Ce n'est pas très honnête…

— C'est sûr, mais vous, les hommes ! Pour vous attribuer dix maîtresses, là où il n'y en a pas deux, vous vous posez là, s'exclama la jeune femme qui se tut.

— Tu n'as pas tort, Rosalie, la preuve… Et… ton peintre ? Courbet ?

— Je me sens lasse, Henri, reprit-elle, ignorant la question. D'ailleurs, écoute ! Onze heures sonnent ! Je vais rentrer en omnibus.

— Il n'y en a plus. Je prends un fiacre et je te raccompagne.

— Tu es gentil, mais ce n'est pas la peine. Regarde ! Le voilà justement, mon omnibus !

Rosalie était contente d'avoir réussi à se libérer. Henri était gentil mais ne savait jamais s'arrêter. Il aurait pu passer la nuit à parler de la sorte. La vie de bohème lui manquait vraiment.

*
* *

Le lendemain matin, Corentine ouvrit les persiennes de la chambre de Rosalie sur un ciel dégagé de tout nuage. Elle regarda, soulagée, sa patronne s'étirer longuement, telle une chatte paresseuse, et lui sourire en s'éveillant. Mademoiselle était de bonne humeur ; ce dimanche serait une bonne journée, se dit aussitôt la jeune fille, en poussant un soupir de satisfaction. Depuis quelques mois, sa maîtresse était nerveuse et, parfois même, franchement désagréable. Elle avait des soucis au théâtre et, pour ce qui était des hommes, elle traversait une mauvaise passe depuis le départ de son amant anglais. La jeune fille sortit un instant de la chambre avant d'y revenir en portant le plateau du petit déjeuner qu'elle posa sur la table. Elle installa Rosalie, lui cala le dos contre les oreillers, puis lui souhaita un bon appétit.

De fait, Rosalie se sentait affamée. Elle avait pourtant copieusement dîné la veille : Murger n'était pas homme à se contenter de repas légers, même s'il n'était pas encore membre de ce «Club des Grands Estomacs» auquel il rêvait certainement. Elle attaqua ses tartines de pain au miel avec détermination, jeta un coup d'œil par la fenêtre, et laissa son esprit vagabonder : la journée s'annonçait belle, c'était dimanche et elle allait à Montmartre, chez Anne-Marie et André, fêter l'anniversaire d'Eulalie, sa filleule. Marc serait sans doute là, lui aussi. Rien de plus normal, après tout ; il était le parrain de la fillette.

Cette brouille entre eux était stupide ! Corentine l'accompagnerait. Comme tous les dimanches, ou presque, elle rendrait visite à son fils, le petit Corentin, un bambin superbe qui grandissait avec les enfants d'André et d'Anne-Marie. C'est cette dernière qui, d'elle-même, leur avait proposé cette solution, la meilleure possible pour Corentine. La bonne d'enfants s'occupait de quatre bébés au lieu de trois, voilà tout. Ne restait à payer que la nourrice, et c'était elle qui s'en chargeait.

Tous ces petits en bas âge dans une maison ! Un véritable élevage, se dit Rosalie en soupirant. Comment faisait donc son amie ?

Peu auparavant, Anne-Marie avait perdu son dernier-né, un prématuré qui n'avait pas vécu dix semaines. Elle ignorait de quoi il était mort, mais peu importait, car c'était sûrement un bien pour un mal. Il était si rare que des enfants, aussi chétifs à la naissance, atteignent l'âge adulte dans de bonnes conditions ! Mieux valait les perdre tôt. On évitait la peine de perdre un petit à demi élevé.

Il était dix heures pile quand elles arrivèrent à Montmartre, juste à temps pour la grand-messe, lui confia Anne-Marie. Rosalie accepta de l'y accompagner et Corentine se sentit obligée d'en faire autant.

— Cela nous rappellera notre enfance bretonne et nous rapprochera un peu du ciel, païennes que nous sommes, dit Rosalie à la jeune fille.

— J'y pense souvent, Mademoiselle, lui répondit Corentine. Que se passerait-il si je mourais maintenant ? Pour sûr, je me retrouverais en enfer !

— En enfer ? s'étonna Rosalie.

— Bien évidemment, répondit Anne-Marie, sur le ton de la plaisanterie, mais plaisantait-elle, vraiment ? Et toi aussi, ma Rosie. Nous sommes toutes des pécheresses ; mais moi, je me confesse, j'irai au paradis, tandis que vous…

Rosalie était assez peu portée sur la religion, depuis qu'elle avait quitté la Bretagne ; il y avait bien longtemps qu'elle n'était pas entrée dans une église, et plus encore qu'elle ne s'était pas approchée des sacrements. Si la réflexion d'Anne-Marie la laissa de marbre, elle agita beaucoup Corentine. Continuer à risquer l'enfer ? Pas question. Il lui fallait se confesser tout de suite. Peut-être Anne-Marie saurait-elle… Une demi-heure plus tard, Corentine se faisait absoudre de ses péchés, avant de retrouver son petit garçon, le cœur léger. De son côté, Rosalie avait suivi l'office avec une ferveur qui l'avait étonnée elle-même, y trouvant une sorte d'apaisement et même de réconfort. Après tout, peut-être Anne-Marie avait-elle raison ? Elle était si pleine de bon sens !

André et les enfants faisaient la sieste. Corentine aidait à la vaisselle. Les deux amies se retrouvèrent dans le jardin et s'installèrent sous la tonnelle.

— Je m'attendais à voir Marc, commença Rosalie.

— Il viendra en fin d'après-midi. Pourquoi êtes-vous fâchés ? Tu peux me le dire maintenant, nous sommes seules et ça fait si longtemps !

— Oh ! une sombre histoire qui remonte déjà à six mois… Marc s'est estimé des droits sur moi.

— Comment cela ? s'étonna Anne-Marie.

— Tu connais ces soirées parisiennes, celles dont on sait comment elles commencent, jamais comment elles se terminent. Une soirée masquée chez Arsène Houssaye. Il y était invité ; je l'ai accompagné. Je l'ai finie sans lui, en me laissant quelque peu aller.

— C'est-à-dire ?

— C'est stupide... Il y avait là quelques-unes de ces lionnes, dont une Italienne, Julia Benini, que j'ai connue modèle. Nous ne nous aimons pas beaucoup. C'est une belle femme, c'est vrai, mais qui veut à tout prix le montrer et qui se déshabille souvent en public.

— Complètement ?

— Oui. Elle se met nue, c'est son plaisir. Au Grand Seize, passe encore, mais, même chez Bignon ou à la Maison Dorée, elle est coutumière du fait. Et je ne te parle pas des soirées privées !

— Et alors ?

— Elle m'a mise au défi de l'imiter. Enfin, c'est d'abord un homme qui m'a lancé ce défi, je ne sais plus qui. Elle ensuite. J'avais un peu bu...

— Et bien sûr...

— Eh oui, je l'ai fait ! La belle affaire !

— Et Marc a été vexé !

— Oui, et il m'a traitée de catin.

Anne-Marie était tout aussi choquée que Marc par le comportement scandaleux de Rosalie, mais le montrer eût été particulièrement maladroit. Aussi se limita-t-elle à un :

— Tu ne l'avais pas volé, admets-le !

— Peut-être ; je ne sais pas. Mais il n'avait pas à me traiter comme ça.

— Que t'a-t-il dit, exactement ?

— Que, si je voulais avoir la réputation de Julia – elle se prétend « la plus grande putain de Paris et même du monde » –, j'en prenais bien le chemin.

— Il n'avait sans doute pas tort, releva Anne-Marie.

— J'allais mal, je me sentais seule, c'était peu après le départ de Jonathan… Et surtout, il l'a dit en public…

— Il a eu tort, j'en conviens, mais quand même, Rosie… Tu ne crois pas qu'il serait temps que tu mettes un peu d'ordre dans ta vie ? Que tu réfléchisses à ton avenir ?

— Mon avenir ! s'exclama Rosalie. Quel avenir ? Je n'en ai plus, d'avenir ! Mon avenir est derrière moi, dans mon dos. Je suis nulle ! Comme actrice, comme chanteuse, et même comme « fille » ! Je ne garde pas un amant, conclut Rosalie en éclatant en sanglots.

Anne-Marie prit son amie dans les bras et s'efforça de la consoler de son mieux, mais elle ne trouvait pas ses mots. Ses enfants exceptés, consoler n'était pas ce qu'elle savait le mieux faire. Elle essaya l'ironie.

— Que veux-tu, ma chérie, ce n'est pas étonnant que tu ne plaises à personne : tu es si laide. Évidemment, si tu étais à moitié aussi belle que moi… La nature ne t'a pas gâtée, ma pauvre fille !

Ce rappel à leur enfance, quand Anne-Marie se plaignait d'être laide, réussit là où la compassion avait échoué. Rosalie sourit enfin, même si c'était encore bien timidement.

— Voilà qui est mieux ! lui dit Anne-Marie. Je te retrouve, là, Rosie.

— Tu peux te moquer, fit Rosalie en reniflant. N'empêche que c'est vrai.

— Je sais. Rien ne va dans ta vie, aujourd'hui. Mais nous avons tous des périodes noires. Il faut courber le dos, attendre que ça passe. Et puis, un jour, la roue tourne et le soleil brille à nouveau.

— Puisses-tu dire vrai !

Anne-Marie se leva de la balancelle où elle s'était installée, fit quelques pas et se tourna vers Rosalie. Le moment était sans doute venu de crever l'abcès, mais il lui fallait faire attention. Rosalie était au trente-sixième dessous. Elle devait lui remonter le moral, pour commencer. Ensuite, mais ensuite seulement, elle pourrait essayer de lui parler d'un éventuel changement de vie.

Elle bâilla, s'étira, et, le plus naturellement du monde, revint sur cette période de sa vie où elle était, elle aussi, désespérée, et ne se voyait d'autre avenir que la misère. Et puis... Rosalie l'avait fait venir à Paris. La chance avait frappé à sa porte. Du jour au lendemain, sa vie avait basculé. Deux mois plus tard, elle tombait amoureuse, épousait l'homme qu'elle aimait, deux mois encore, et elle héritait de charges apparemment trop lourdes pour elle. Elle lui décrivit sa panique le jour où Marc s'était débarrassé, d'une phrase, du fardeau que représentait, pour lui, la gestion des biens d'André. Elle avait été sur le point de refuser de s'en charger, et puis, en une seconde, avait décidé qu'elle devait aider son mari; s'il était incapable de gérer ses biens, c'était à elle de le faire. Et elle avait réussi.

Elle avait passé des nuits à lire les textes de loi et à tenter de les comprendre, des heures à se faire préciser certains points par l'un ou l'autre, et le plus souvent par l'un et l'autre, tant elle craignait d'être grugée, et cela, toujours dans la hantise de passer pour une idiote, de faire une réflexion stupide. Elle n'était pas un aigle, ou alors, elle l'aurait su depuis longtemps ! Pourtant, peu à peu, elle avait assimilé la réglementation, s'était intéressée à la Bourse, aux actions, aux obligations, aux mines, aux chemins de fer, la grande affaire du moment. Elle ne voulait pas paraître ignare devant Pierre Champfort, ou le jeune Burdin. Ils étaient bien trop portés à profiter de l'ignorance de leurs clients, elle s'en était aperçue à plusieurs reprises.

Anne-Marie lui raconta encore ses périples parisiens que Joséphine appelait ses tournées, ses recherches de terrains, d'immeubles à acheter, pour reconstruire, rebâtir. Elle lui peignit les taudis qu'elle visitait, où pullulaient rats et chiens errants, où les enfants malingres, couverts de poux, jouaient au milieu des immondices, après leur journée de travail, où les locataires s'entassaient à huit ou dix dans une pièce infâme. Elle lui décrivit le quartier Saint-Marcel, le passage Saint-Louis, à Ménilmontant, les abords du Chemin de ronde des Amandiers, où s'entassaient des loques humaines, des provinciaux naufragés de Paris, qui échouaient là, dans un total dénuement : Savoyards, Auvergnats, Bretons. Et il y avait pire : tous ces endroits où il était déconseillé de se risquer, des zones de non-droit où la police ne mettait jamais les pieds, de véritables coupe-gorge.

Six mois plus tôt, un jour qu'elle visitait un immeuble, un vieillard l'avait interpellée. Vêtue comme elle l'était, la jolie dame ne logeait sûrement pas là, n'est-ce pas ? Que désirait-elle ? Naïvement, elle le lui avait dit. Aussitôt, le ton avait changé, il l'avait presque agressée, lui reprochant de les expulser de cet immeuble où on pouvait se loger pour cent quatre-vingts francs par an. Le jour où il serait détruit pour être remplacé par un neuf, où irait-il ? Aux Batignolles ? C'était déjà le double pour une surface deux fois plus petite. C'était plus cher qu'à Paris, cinq ans plus tôt. Montmartre ? Belleville ? C'était du pareil au même.

Elle ne répondait rien. Qu'aurait-elle pu lui dire ? D'aller rejoindre l'armée des chiffonniers d'occasion, des miséreux du domaine réservé du Petit Bicêtre, rue Mouffetard, ou de la rue Neuve-Saint-Médard, sur la Montagne-Sainte-Geneviève ? Pourquoi pas la Cité Dorée, tant qu'elle y était ?

Il refusait de déchoir ainsi. Il ne lui restait plus qu'à mourir, continuait l'homme, puisqu'il ne pourrait se loger nulle part. Il était chiffonnier et travaillait avec son petit-fils de huit ans, qui habitait avec lui. Qu'allait devenir le gamin? Ses parents étaient morts du choléra, comme tous ses frères et sœurs. Bien sûr, elle ne connaissait pas ça, la belle dame! Dans les beaux quartiers, l'on ne mourait ni du choléra, ni du typhus, ni de la variole. Seulement de vieillesse ou d'indigestion!

Et qu'elle n'aille pas lui répondre ce que leur disaient ces Messieurs de la Ville, qu'ils pourraient aller habiter à dix ou quinze kilomètres du centre de Paris, à l'extérieur des Fortifications. Mais alors, de quoi vivraient-ils, son petit-fils et lui? Ils ne pourraient plus exercer leur métier de chiffonniers! C'est que, dans la profession, chacun avait son territoire, et qu'ils commençaient très tôt, tous les matins.

Anne-Marie s'était renseignée. Le vieillard disait vrai et partout c'était la même chose. Mais avait-elle vraiment besoin de se renseigner? Ne le savait-elle pas? Bien sûr que si, elle le savait! Elle se tut, soudain. Ce n'était pas à Rosalie qu'elle venait de s'adresser, mais à elle-même. Elle venait d'admettre, devant son amie à qui elle s'apprêtait à reprocher sa conduite, que la sienne était encore plus répréhensible puisque l'argent qu'elle gagnait dans ses opérations immobilières augmentait la misère, le désarroi de pauvres gens. Cette révélation la rendit muette.

— Que se passe-t-il? lui demanda Rosalie, étonnée de son silence.

— Rosie, tu te reproches parfois ta conduite, tu te trouves nulle. Mais que suis-je moi, sinon une misérable? Ce que je fais… Mon Dieu!

— Toi, misérable? protesta Rosalie. Ne me fais pas rire!

— Sais-tu que, chaque fois que je fais une opération immobilière, je mets de pauvres gens à la rue ? Jamais je ne me suis souciée de leur relogement ! Pourtant, j'y pensais, les premiers mois… J'estimais même que la mairie de Paris aurait dû s'en préoccuper plus sérieusement.

— Et alors, que s'est-il passé ? questionna Rosalie.

— Ce qui s'est passé ? Tout simplement que les compliments me sont montés à la tête. On a loué mon habileté, je me suis crue un phénix. Et j'ai «oublié» les pauvres gens que je mettais sur le pavé !

— C'est la vie, Anne-Marie, tu n'y peux rien. Si ce n'avait pas été toi, cela aurait été quelqu'un d'autre qui les aurait faites, ces opérations.

— Sans doute, mais n'empêche que c'est moi, pas cet autre, qui ai mis ces gens dehors. Tu dis que c'est la vie ? Ce n'est pas la vie, Rosalie, c'est l'argent. L'argent qui corrompt tout, l'argent qui conduit à fermer les yeux, à refuser de voir. Et aujourd'hui, il n'y a que ça : l'argent ! C'est le nouveau dieu. Et je m'y suis laissé prendre.

— Que comptes-tu faire ? questionna Rosalie que l'exaltation de son amie commençait à inquiéter.

— En parler à André. Et arrêter.

— Il y a sûrement d'autres façons de placer cet héritage.

— Certainement, il y en a plein. Mais je me demande s'il y en a beaucoup d'honnêtes.

— Mais enfin, s'exclama Rosalie, ce que tu as fait n'avait rien de malhonnête !

— Aux yeux de la loi, non. Mais la morale… Toi, Rosie, quand tu couches avec l'un ou l'autre, que tu te fais entretenir, tu ne nuis à personne ! Et j'irais jusqu'à dire que tu fais du bien à tes partenaires.

— Je l'espère bien ! fit Rosalie, en riant. Manquerait plus que ça, que je leur fasse du mal !

— Ce que je veux dire, c'est que tes coucheries sont certainement plus morales que mes spéculations faites au détriment de pauvres gens ! Et pourtant, ni l'Église ni l'État ne condamnent ces spéculations, alors qu'ils te clouent au pilori parce que tu es une courtisane.

— C'est vrai, ça ! Finalement, tu as raison, et si je ne suis pas encore une sainte, j'en prends déjà le chemin ! Merci, ma chérie. Tu sais quoi ? Je crois que, si je tuais quelqu'un, tu trouverais encore de quoi justifier mon crime. Tu es une vraie amie.

— C'est sans doute que je t'aime, ma grande !

— Moi aussi, tu sais ! Et cette conversation m'a fait du bien.

— À moi, beaucoup moins, mais tant pis ! conclut Anne-Marie en soupirant.

Elles remontaient lentement vers la maison, suivant l'allée centrale du jardin, en se tenant par la taille, comme des jeunes filles en fleurs. De la terrasse donnant sur la pelouse qui descendait en pente douce vers le potager, bien campée sur des jambes encore solides, Joséphine les regardait venir vers elle. Ses deux « filles » ! Elle n'était pas très croyante mais elle eut une pensée de gratitude vers le Dieu de son enfance, celui d'Anne-Marie aussi, qui lui accordait une vieillesse si heureuse. Des larmes lui vinrent aux yeux qu'elle essuya furtivement d'un revers de main et elle chuchota : « Juliette, si tu me vois, si tu les vois, tu peux être fière de toi. » Puis, presque aussitôt, elle se dit qu'elle aurait bien aimé être petite mouche ou papillon pour écouter ce que se racontaient les deux jeunes femmes.

Elle aurait été étonnée d'entendre Rosalie confier à Anne-Marie que, finalement, c'était elle qui avait fait le bon choix : les rires et les cris d'Eulalie et d'Arthur le montraient assez. C'était elle qui avait la bonne part : un mari aimant et aimé, des enfants resplendissants de santé qu'elle voyait grandir. Tout le reste n'était que balivernes. Elle, par contre…

— Tu vois, conclut Rosalie, en lâchant la taille de son amie, et en s'animant un peu, je te parlais tout à l'heure de Julia Benini, que l'on appelle «la Barrucci». Eh bien, je l'envie, vois-tu, parce qu'au moins, elle a réussi : elle a un comte pour amant. La Païva est marquise, mon amie Francine vient de décrocher Haussmann qui l'a installée dans un somptueux appartement. Rose Chérie, Anna Deslions… tant d'autres… Moi, j'ai eu un Lord une nuit. Une nuit ! Comme une lorette !

Allons ! Ce n'était décidément pas le moment de lui faire la morale, se dit Anne-Marie en écoutant son amie. Temporiser. Ce qu'elle pouvait faire de mieux, c'était de la rassurer.

— Tu as le temps, Rosalie, et puis…

— Le temps ? J'ai vingt-cinq ans ! Qu'ont-elles de plus que moi, ces filles ? Je suis aussi jolie, aussi bien faite, et au lit, je les vaux sûrement !

— Rien, Rosie, elles n'ont rien de plus que toi, tu le sais bien. De la chance peut-être, et, de la patience sûrement.

Rosalie s'était tue. Anne-Marie avait raison. Elle manquait de patience, tout le monde le lui disait, au théâtre, au caf'conç, partout, on lui en faisait le reproche.

*
* *

Marc n'arriva que dix minutes avant le dîner. Il s'attendait, visiblement, à ce que Rosalie et Corentine soient déjà reparties, mais il sut se montrer courtois vis-à-vis de ses hôtes et, quand il se trouva face à son ancienne maîtresse, il l'embrassa comme si de rien n'était. Anne-Marie les prit un instant en aparté, dans son débarras, et obtint, sans peine, une réconciliation, avant de les laisser en tête à tête. Rosalie versa quelques larmes en regrettant son écart de conduite, Marc retira ce qu'il avait dit sur le coup de la colère, et tous deux convinrent de terminer leur soirée ensemble pour sceller leurs retrouvailles.

Leur baiser de paix se prolongea au-delà du raisonnable et aurait pu avoir des suites acrobatiques, vu l'endroit où ils se trouvaient, si Anne-Marie, espiègle, n'était venue leur rappeler qu'on les attendait pour le dîner.

Ils étaient rentrés ensemble à Paris et avaient terminé la soirée aux Bouffes Parisiens où ils avaient rencontré Ludovic Halévy qui leur avait offert sa loge avant de les retenir à souper. Rosalie connaissait mal le librettiste qu'elle n'avait rencontré qu'une seule fois et brièvement deux ans plus tôt, chez Jacques Offenbach. Il fit sa conquête par les mots d'esprit qu'il collectionnait et notait sur un petit carnet qu'il portait toujours sur lui.

Il fit beaucoup rire ses invités, Rosalie, surtout, qui était bon public. La mode était aux devinettes et Ludovic en avait plusieurs en réserve. Quand il lui demanda : « Quelle est la différence entre une panthère, M. de la Rochejacquelein et l'Empereur ? », Marc, qui connaissait la réponse, eut le bon goût de ne rien dire. Rosalie donna sa langue au chat. En la regardant, Marc s'attendrissait : quelle candeur, quelle attente dans le regard qu'elle fixait sur Ludovic ! On eût dit un enfant devant un magicien. Halévy fit durer le plaisir mais, à peine eut-il énoncé : « C'est que la panthère est tachetée, M. de La Rochejacquelein est acheté, et l'Empereur est à jeter », que Rosalie fut secouée d'un rire inextinguible. Les deux hommes la regardaient sidérés. Tout son corps bougeait, de la tête aux pieds. Marc observait, du coin de l'œil, le librettiste qui, les yeux braqués sur la poitrine de la jeune femme, attendait le moment où les seins jailliraient du corsage.

D'un petit mouchoir de batiste, Rosalie se tamponna délicatement les yeux qui riaient encore. Halévy était conquis. Quelle femme ! On se sentait très spirituel, sans peut-être l'être du tout d'ailleurs, quand l'on réussissait à faire rire ainsi pareille beauté ! Une actrice… Peut-être savait-elle chanter ? Il le lui demanda. Oui, elle chantait. Elle avait même passé une audition et signé, deux ans plus tôt, un contrat avec Jacques Offenbach qui n'avait pu l'embaucher, en raison d'un numerus clausus imposé par le ministère. Cette clause stupide venait de sauter, précisa leur hôte ; Jacques pourrait honorer son contrat. Aimerait-elle chanter dans son prochain spectacle ? Pourquoi pas ? avait-elle répondu. Ils convinrent d'un rendez-vous pour le lendemain. Si son essai était concluant, et il était convaincu qu'il le serait, elle pouvait compter sur un cachet de vingt francs par soirée, quatre soirées par semaine. Ils commençaient dans un mois et demi. Connaissait-elle Hortense Schneider ? C'était la nouvelle vedette des Bouffes et de Jacques qui ne jurait que par elle.

Rosalie et Marc échangèrent un bref coup d'œil complice. Ils n'avaient même pas eu à formuler de demande ; on leur avait proposé un rôle. Et vingt francs par soirée, c'était plus qu'honnête.

Ils étaient rentrés la main dans la main. Il était près de minuit et nul ne se serait permis, à cette heure, de les reprendre pour tenue indécente sur la voie publique.

11

Durant les trois semaines qu'avait duré leur remontée du Midi, Frédéric avait eu le temps de réfléchir à la meilleure façon de renouer avec la capitale. Pourtant, en la retrouvant, il était aussi excité et anxieux qu'une jouvencelle allant à son premier rendez-vous. Neuf ans déjà qu'il était parti ! Neuf ans, c'était long et Paris avait beaucoup changé, s'il se fiait à ce qu'il avait lu et entendu. Il lui faudrait réapprendre sa ville. Il allait louer un appartement, ne pas se précipiter pour chercher une petite affaire qui lui permette de vivre – un restaurant de préférence – et ensuite, il verrait. Il avait déjà Claudine qui sommeillait près de lui, dans le fiacre, et qui lui resterait fidèle, quoi qu'il arrive. Elle lui était très attachée ; peut-être, même, l'aimait-elle vraiment et, après tout, il avait, lui aussi, beaucoup d'affection pour elle. Il lui jeta un coup d'œil rapide. Cette petite, quelle affaire ! C'était presque une assurance contre la pauvreté, tant elle avait de santé et mettait de cœur à l'ouvrage ! Elle lui paierait le loyer comme un rien, ainsi qu'une bonne partie du restaurant s'il se débrouillait bien.

Pour redécouvrir sa ville, Frédéric avait fait les choses en grand : il avait loué un fiacre pour la journée à la Compagnie générale des petites voitures. Par chance, ils avaient hérité d'un cocher aussi discret que les tons marron et bistre de sa redingote courte et de son pantalon, assortis à la couleur du fiacre. Quand ils atteignirent le sommet de la colline de Passy, avant de franchir la barrière, Frédéric demanda à l'homme de s'arrêter. Il descendit de la voiture, et prit une profonde inspiration. Paris ! L'air de Paris ! Neuf ans qu'il attendait cet instant ! Il laissa son regard courir sur la ville étendue à ses pieds, et sentit sa gorge se nouer. Pour un peu, il y aurait été de sa larme ! À ses côtés, Claudine se taisait, elle aussi ; il se tourna vers elle en se disant : « Je parie qu'elle aura la bouche grande ouverte. » Il ne se trompait pas. Claudine restait effectivement bouche bée : c'était là sa manière de s'extasier. Ce que ressentait et voyait la jeune femme dépassait l'entendement et les mots. C'était… immense, énorme, inimaginable ! Elle ne s'y retrouverait jamais dans une ville pareille !

— Que c'est grand ! dit-elle, enfin.

— C'est grand, oui, et c'est beau, aussi, Claudine. Enfin, tout n'est pas beau, bien sûr, mais c'est vrai : Toulon à côté, et même Marseille, c'est de la gnognote, ça n'existe pas, ce n'est rien.

— C'est beaucoup plus grand que Marseille, Paris ?

— Beaucoup plus grand, ma belle. C'est la capitale de la France.

— Frédéric ! Je ne suis pas sotte au point de l'ignorer, quand même !

Il était en train de s'attendrir et aurait peut-être pleuré, si elle n'avait pas parlé. Il était ému comme il ne l'avait pas été depuis très longtemps. Pourtant, si Frédéric avait choisi la barrière de Passy pour entrer dans la ville, c'était parce que ce quartier était l'un de ceux qu'il connaissait le moins et que son émotion serait progressive et donc moins forte. Combien de temps étaient-ils restés ainsi? Il n'en avait aucune idée, mais le cocher, lui, n'avait pas que cela à faire, même si ce citoyen avait loué la voiture pour toute l'après-midi.

— Longtemps que vous avez quitté Paris? risqua-t-il, par politesse, quand ils remontèrent dans le fiacre.

— Longtemps, oui. Trop longtemps. Neuf ans, un bail entier, répondit Frédéric qui se sentit, soudain, de bonne humeur.

— L'armée, sans doute, risqua le cocher. Vous êtes si hâlé! Ou alors, les colonies. L'Algérie, je parie.

— Perdu, mon brave, répliqua joyeusement Frédéric. Le Midi, tout simplement.

— Le Midi? s'étonna l'homme.

— Le sud de la France. Marseille, Toulon, le soleil, quoi! précisa Frédéric.

— La demoiselle aussi?

— Vous n'entendez pas son accent? Bon, allons-y. Lentement. Je veux profiter de la vue. Un hôtel correct, mais pas trop cher, vous connaissez sûrement ça.

— Quel quartier?

Frédéric hésita un instant. Il voulait découvrir son Paris, seul, à pied, sans témoin. Il savait que, rive droite, il aurait autant de mauvaises que de bonnes surprises et voulait les vivre seul.

— Rive gauche, Quartier latin.

— C'est comme si on y était, monseigneur!

— Je ne suis le seigneur de personne et ne le serai jamais, fit Frédéric avec vivacité.

— Bien noté, citoyen! C'était manière de parler. N'y a pas d'offense, hein! Ça y est! J'y suis! Parti en 1848, vous êtes républicain!

— Liberté, égalité, fraternité: c'est ma devise, en effet. Une belle devise, la plus belle. Oui, je suis républicain, et fier de l'être.

— Moi aussi, fit le cocher, tout en baissant la voix. Serrons-nous la main, mais attention ! Ne le dites pas à n'importe qui ; ça peut être dangereux par les temps qui courent.

— Pourquoi donc ?

— Dame ! La Rousse a de grandes oreilles. Depuis avril, surtout.

— Avril ? Pourquoi avril ?

— Depuis l'attentat, voyons ! Ces trois Italiens qui ont essayé de tuer l'Empereur, alors qu'il sortait de chez sa putain italienne, la Castiglione.

— Je n'y pensais plus, répliqua Frédéric. Si seulement ils avaient réussi leur coup !

— Nous prenons par où ? demanda le cocher, arrivé à un carrefour.

— Passez par l'Arc de Triomphe, si vous le voulez bien, répondit Frédéric. Nous ferons plaisir à Madame qui rêve de découvrir Paris.

«Madame»... Claudine était flattée. Pour la première fois, sans doute, de son existence, un homme, son homme, se souciait d'elle avant de penser à lui. Décidément, cette journée serait à marquer d'une pierre blanche.

Ils longeaient des propriétés entre lesquelles des pâtés de maisons formaient des îlots inattendus qui ne tarderaient pas à intégrer la ville. On n'y voyait qu'hôtels particuliers et immeubles cossus auxquels ne pouvaient prétendre les gens du peuple. Sur leur droite, de l'autre côté du fleuve, le misérable village de Vaugirard cédait progressivement la place à un ensemble gigantesque d'usines de toutes sortes. C'était Grenelle, le nouveau quartier industriel de Paris, que Claudine ne fit qu'effleurer du regard : des usines, ça n'avait rien de folichon. Au loin, devant eux, au bout de l'avenue sur laquelle ils venaient de déboucher, se découpait, enfin, la masse imposante de l'Arc qui retenait toute son attention. Ils remontèrent, au trot du cheval, une large avenue qui les mena au pied de l'Arc dont ils firent lentement le tour. Claudine aurait aimé s'y arrêter mais Frédéric s'y refusa. «Nous reviendrons», lui promit-il. Puis, ils descendirent les Champs-Élysées : c'était vraiment autre chose ! L'avenue était large comme la rade de Toulon ! On pouvait presque mourir après avoir vu cela, se dit la jeune femme. Et tous ces arbres qui la bordaient, des massifs de rhododendrons, de fusains, d'araucarias, de houx... Au milieu de pelouses plus vertes les unes que les autres éclataient des parterres de fleurs dont elle ne connaissait pas les noms. Assis sur des bancs, des badauds bavardaient, écoutaient des musiciens ambulants, regardaient les jongleurs, prestidigitateurs et autres saltimbanques qui tentaient d'attirer leur attention.

— Regarde cet homme, Frédéric ! C'est extraordinaire, s'extasia soudain Claudine en pointant le doigt vers un vieux soldat.

L'homme jouait, seul, de trois instruments à la fois : il avait une cymbale à chaque genou, une flûte devant les lèvres et un violon dans les mains. Ils s'arrêtèrent pour le voir de plus près et s'aperçurent, alors, qu'il réussissait encore à frapper, au moyen d'un tampon fixé à son coude droit, une grosse caisse placée dans son dos, et qu'il agitait, de temps à autre, une couronne de grelots attachée à sa jambe gauche. Pour un homme-orchestre, c'en était vraiment un !

Ils l'applaudirent de bon cœur et Frédéric lui laissa même une petite pièce que le vieux soldat méritait bien : se donner autant de mal pour récolter aussi peu d'attention ! Claudine était peinée pour lui. «C'est ça aussi, Paris, lui dit Frédéric : l'indifférence des passants. Les Parisiens sont trop sollicités, ils sont blasés, revenus de tout. Il en faut beaucoup pour les étonner.» Mais il se tut soudain. Ils arrivaient au bas des

Champs-Élysées et cette fois, ce fut à son tour de s'étonner : Le Carrousel ! Qu'en avaient-ils fait ? Mais quand il aperçut les deux châteaux réunis – Louvre et Tuileries – Frédéric resta coi. Grandiose, il n'y avait pas d'autre mot. Cela n'empêchait pas des promeneurs de flâner dans les jardins, ouverts au menu peuple. Il avait quand même fait ça, ce voyou de Bonaparte !

— C'est le palais de l'Usurpateur ! précisa Frédéric à Claudine, ébahie.

Ainsi, se dit la jeune femme, c'était là, dans ce gigantesque palais, qu'habitait l'Empereur ! Fallait-il que la France soit riche pour offrir à son chef une demeure aussi somptueuse !

— Que choisissez-vous ? lui demanda le cocher. Je prends le Pont Royal ou je continue rue de Rivoli ?

— Continuez rue de Rivoli ; ça fait si longtemps ! lui répondit Frédéric que ce qu'il voyait commençait à laisser sans réaction.

Il n'était pourtant pas au bout de ses surprises. L'ensemble Grand Magasin – Hôtel du Louvre le laissa déjà pantois, mais devant la Grande Croisée, son étonnement fit place à l'ahurissement. C'était sidérant à quel point ce régime avait réussi à transformer le quartier. Inimaginable ! Cette large avenue rectiligne coupait, verticalement, Paris en deux : du Châtelet, elle filait jusqu'à la gare de l'Est et, de l'autre côté, traversant l'île de la Cité, elle se prolongeait vers le jardin du Luxembourg et Port-Royal. Dans le sens horizontal, l'axe des Champs-Élysées prolongé par la rue de Rivoli et la rue Saint-Antoine, jusqu'à la place de la Bastille, en faisait autant. Deux saignées qui transformaient la capitale. Bien sûr, il prétendrait, comme tant d'autres, que cela défigurait Paris, et c'était vrai en un certain sens, mais au fond de lui-même, Frédéric ressentait de l'admiration pour les ingénieurs et architectes qui avaient osé et réussi cela. Il se souvenait de la saleté de ces quartiers, jadis misérables, et si nets aujourd'hui. Quel changement !

— À l'hôtel, cria Frédéric au cocher.

Il était assommé et avait besoin de se ressaisir. Heureusement qu'il avait voulu une reprise de contact progressive avec la capitale ! Qu'eût-ce été s'il s'était retrouvé d'emblée place du Château-d'Eau ou sur le Boulevard ! Il se rencogna dans le fiacre, ne voulant plus rien voir, alors que Claudine continuait à s'émerveiller.

L'hôtel lui convenait parfaitement, et, bien que le prix fût plus du double de ce qu'il aurait payé à Toulon pour une catégorie supérieure, Frédéric avait acquiescé au choix du cocher. Un porteur avait monté leurs bagages, et, peu après, ils avaient fêté leur arrivée dans la capitale, de la meilleure des manières dans un grand lit moelleux.

Un peu plus tard, Frédéric avait laissé Claudine se reposer, pour aller humer, seul et à pied, l'air de la ville pendant une heure ou deux, en lui recommandant de rester tranquille et, surtout, de ne pas chercher de client. Pas de zèle ! Il fallait d'abord qu'elle prenne ses repères dans la ville et que lui-même sache où il pouvait mettre les pieds.

*
* *

Cela faisait bientôt trois semaines que Rosalie avait débuté aux Bouffes Parisiens quand elle reçut la visite d'un revenant. Elle n'avait pas revu Pierre Champfort depuis... c'était si loin déjà ! Elle commençait à se démaquiller quand il entra après s'être fait annoncer. Elle s'excusa, sur le ton de la plaisanterie, de ne pas l'embrasser : elle ne voulait pas le déguiser en Pierrot. Le notaire commença par s'informer de la pièce et lui demanda si elle était contente de son nouveau rôle. Rosalie fit la moue et finit par admettre qu'elle était déçue de jouer un travesti. Elle ne devait pas le prendre ainsi, lui rétorqua Pierre. Elle n'était plus au café-concert, où chanteuses et autres «artistes» étaient court-vêtues. Aux Bouffes, comme dans tous les théâtres, les femmes se produisaient toutes en jupes ou robes longues et les travestis étaient les seuls à avoir la possibilité de faire apprécier le galbe d'une jambe. Et les siennes étant particulièrement jolies, elle aurait d'autant plus de succès.

Mais, après toutes ces années, le notaire n'était sûrement pas venu pour disserter sur les costumes de scène.

— Qu'est-ce qui me vaut cette visite surprise, Pierre ? demanda-t-elle.

— Es-tu libre, ce soir ?

— Pour quoi faire ? répondit prudemment Rosalie.

— J'aimerais te parler. C'est sérieux.

— Je t'écoute.

— Je préférerais un autre cadre. Puis-je t'inviter quelque part ?

— Ça tombe bien ! J'ai faim !

— Que dirais-tu de Philippe ? Ou alors, Baratte ? C'est aux Halles. Ils ont des huîtres d'Ostende ! Une merveille.

— Va pour Baratte !

Il y avait un moment qu'elle n'avait pas soupé aux Halles. Le quartier achevait sa mue. Ces nouvelles Halles – douze pavillons de métal, conçus et construits par l'architecte Baltard – avaient fait couler beaucoup d'encre et de salive. Les avis étaient très partagés mais ces Halles ne laissaient personne indifférent.

— Une nouvelle querelle des Anciens et des Modernes, résuma Champfort en y arrivant. Arrêtez-nous, ici, Victor.

Le cocher descendit pour tenir la porte à Rosalie à qui Pierre tendit la main.

— Victor, soyez là à onze heures trente précises. Tu vois, Rosie, c'est la perpétuelle opposition entre gens de progrès et conservateurs. Ce qui est curieux, c'est que le même homme est souvent l'un et l'autre à différentes époques de sa vie : « progressiste », lorsqu'il est jeune et qu'il croit que demain sera meilleur qu'aujourd'hui, nostalgique du passé et donc conservateur, quand il sent venir la vieillesse et la mort.

— Te voilà bien sentencieux, Pierre ! Que t'arrive-t-il ?

— Je vais te répondre, mais soupons d'abord, veux-tu, avant de passer aux choses sérieuses.

— Diable ! Tu commences à me faire peur !

— N'aie crainte, je ne te veux que du bien.

— Là, Pierre, tu m'intrigues pour de bon.

Ils avaient soupé, et fort bien. Baratte méritait déjà sa jeune réputation de spécialiste de poissons et gibiers. Mais, d'évidence, Rosalie avait apprécié son souper beaucoup plus que Pierre, visiblement préoccupé. Après avoir goûté, en amateur averti, un vieux cognac « de Lagrange », Pierre alluma un cigare et posa les deux mains sur la table. Un dernier coup d'œil à Rosalie, toujours absorbée par sa « trappistine » qu'elle dégustait à petites gorgées, et il se jeta à l'eau, c'est-à-dire qu'il se lança dans un long préambule alambiqué.

— À t'entendre, l'interrompit Rosalie, on pourrait croire que tu t'apprêtes à avouer un crime !

— Vraiment ?

— Vraiment, oui. Pourtant, si j'ai bien compris, ce que tu veux me dire, c'est que tu éprouves soudain l'envie, le besoin pressant de construire un foyer, d'avoir des enfants et que tu as même rencontré la jeune fille de vingt-deux ans que tu vas épouser.

— C'est exactement ça, Rosalie, répondit le notaire. Mais…

— Ah ! Il y a un mais ?

— Oui.

— Laisse-moi deviner… La jeune fille ne veut pas se marier ?

— Non, pas du tout.

— Elle a fauté et elle est grosse ?

— Rosalie ! s'esclaffa le notaire. Que vas-tu chercher là !

— Elle est particulièrement sotte, alors ? Ou bien, elle est laide à faire peur ?

— Tu n'y es vraiment pas.

— Elle ne t'aime pas ?

— Bien sûr qu'elle ne m'aime pas ! Elle a vingt-deux ans, moi quarante-huit ! Et je ne peux même pas dire que j'ai de beaux restes ! Je n'ai jamais été un apollon !

— Ça c'est vrai, ne put s'empêcher de dire Rosalie.

Pierre se mit à rire. Elle n'avait pas changé d'un iota : toujours aussi spontanée, elle continuait à dire naturellement ce qu'elle pensait sans farder le moins du monde la vérité.

— Tu es dans la neige et le froid, Rosalie. Tu gèles, même.

— C'est bon, je donne ma langue au chat, fit enfin Rosalie. Allez, dis-moi. Qu'est-ce qui te fait hésiter ?

— Ce qui m'arrête, Rosalie ? Mais, toi ! Toi, tout simplement.

Cette fois, ça y était. Il avait réussi à le lui dire.

— Moi ? Comment cela ? Peux-tu m'expliquer ? protesta la jeune fille, sur la défensive.

— J'ai bien réfléchi, Rosalie : la femme qui me conviendrait le mieux, c'est toi. Toi et personne d'autre. Veux-tu m'épouser ?

Le souffle coupé, Rosalie fixait le notaire, les yeux

ronds : une demande en mariage, la première de sa vie !
Et qui la lui faisait ? Pierre Champfort, son ami et
ancien amant ! Lui qu'elle avait trompé !

Après quelques secondes d'ébahissement, elle ne
put s'empêcher de douter. C'était si inattendu, si
extravagant ! Et si elle avait mal entendu ?

— Dis-moi que je n'ai pas rêvé, Pierre. Tu m'as
bien demandée en mariage, il y a un instant, n'est-ce
pas ?

— Oui, Rosie. Et je réitère ma demande : veux-tu
être ma femme. L'acceptes-tu ?

Elle ne rêvait pas ! Mais c'était si ahurissant !
À moins que... Bien sûr, un pari ! C'était cela. Il se
moquait d'elle. Seul, ou avec quelqu'un d'autre !

— Pierre Champfort, lâcha-t-elle, si c'est une plaisanterie, elle est de très mauvais goût. Et si c'est un
pari idiot, le coupa-t-elle, c'est encore pire.

— Rosalie ! Ce n'est ni l'un ni l'autre, voyons ! Il
faut croire que tu me connais bien mal !

Il avait une mine si dépitée qu'elle le crut enfin.

— Pardonne-moi, dit-elle en posant la main sur la
sienne, mais je n'arrive pas à y croire ! Toi... Moi...
C'est...

Il y avait tant d'incrédulité dans la réaction de Rosalie que le notaire reprit espoir. Elle se sous-estimait
donc tant que ça ?

Il avala une nouvelle gorgée de cognac, puis une
autre... Les yeux dans le vague, Rosalie était loin, très
loin de lui.

— Rosalie ? fit-il doucement.

— Hein ? Comment ? Pardonne-moi, j'étais dans la
lune...

— Tu réfléchis à ma proposition ?

— Sincèrement, Pierre, pas encore. Je la savoure,
tout simplement, je la digère.

— Tu n'es pas fâchée ?

— Fâchée? s'exclama Rosalie en souriant. Mais, Pierre, c'est le plus beau cadeau que tu m'aies jamais fait! Tu me prouves que tu ne m'as jamais considérée comme une putain.

— Bien évidemment non! Comment as-tu pu l'imaginer?

— Je… je croyais… Puisque tu me payais…

Il hocha la tête avec un sourire, comme pour balayer cette idée.

— Si j'avais pensé un seul instant que tu n'étais que vénale, tu m'en aurais apporté un cinglant démenti, non? en partant avec ton peintre sans le sou!

— C'est vrai…

— Rosalie… Ta réponse… Tu me la donnes tout de suite ou tu préfères attendre?

Le regard de Pierre sur elle était ouvert, confiant, amical. Rosalie savait qu'elle allait accepter; c'était si inespéré… Elle était tentée de répondre oui sur-le-champ. Pourtant, sans savoir pourquoi, elle s'abstint de le faire et préféra se donner du temps. Sans doute était-ce par décence, par respect pour eux deux.

— Du champagne, Pierre. J'aimerais bien. Ces émotions, ça assèche la gorge.

— C'est oui, alors? risqua-t-il.

Il était beaucoup plus tendu qu'il n'aurait pensé l'être face à cette jeune femme qu'il connaissait si bien. Elle ne se rendait absolument pas compte de son charme ni du pouvoir qu'il lui donnait sur les femmes et sur les hommes. Plus encore que sa beauté, c'était sa spontanéité, sa gaieté, sa générosité qu'on aimait en elle. Rosalie! Elle ne se voyait que comme une courtisane, alors qu'elle n'était absolument pas faite pour ce métier. Sa fugue avec Courbet leur en avait apporté la preuve à tous, sans qu'elle-même le comprenne et en tire les conséquences.

Rosalie ne répondit pas mais prit la main droite de

Pierre dans les siennes, et, le regardant dans les yeux, elle lui sourit avec une infinie tendresse.

— Merci, Pierre, dit-elle doucement. Merci pour ce moment de bonheur que tu viens de me donner. Je suis très touchée. Vraiment. Quoi qu'il advienne, je me souviendrai de cette soirée toute ma vie. Pourtant…

— Pourtant ?

— Une semaine… Peux-tu me laisser une semaine de réflexion ? Je ne te cache pas que j'ai une envie folle de te dire oui, tout de suite, et que je le ferai très probablement dans une semaine. Mais laisse-moi ce délai, Pierre. Une semaine, ce n'est pas long, et cette idée ne t'est pas venue hier ! Depuis quand attends-tu ?

Il lui dit tout. Combien il avait souffert de leur séparation, cinq ans plus tôt. La frustration qu'il ressentait chaque fois qu'Anne-Marie l'invitait à Montmartre, la lente maturation qui s'était faite en lui en la voyant vivre auprès de son mari, ses enfants, les comparaisons qu'il faisait entre le bonheur simple d'André et Anne-Marie et la vanité de leurs vies de « Parisiens », Marc, lui, elle…

— Toi aussi ? l'interrompit Rosalie avec un long soupir. Je me fais la même réflexion depuis des années. Quand je vois Anne-Marie et André, j'ai l'impression de perdre mon temps et ma vie.

— Nous avons donc au moins ça en commun, Rosie. Nous parlons le même langage, toi et moi, et c'est pour ça que je veux t'épouser. Je veux une femme, une vraie, pas une poupée ou une potiche. Pas une pucelle de vingt-deux ans, non plus. J'ai mieux à faire.

— Et le mieux, c'est moi ? Pour toi, je suis une vraie femme ? interrogea-t-elle. Je veux dire, épouse, bien sûr…

— Sincèrement, Rosalie, répondit Pierre, je ne sais pas si je t'aime, mais, du moins, je sais que je t'aime beaucoup. J'ai énormément d'affection pour toi, suffisamment pour vouloir t'épouser. Je sais que nous pourrons avoir une belle vie, des enfants… Entre nous, il n'y aura pas de tricherie, pas de faux-semblants. C'est une base solide que la tendresse, l'estime réciproque et la franchise. Et si l'amour vient en plus…

Il l'avait raccompagnée chez elle et l'avait embrassée sur la joue en lui souhaitant le bonsoir. Il la connaissait : elle aurait cédé par affection, pour ne pas le chagriner, s'il lui avait demandé de prendre une chartreuse chez elle. Mais ce qu'il voulait, ce qu'il attendait d'elle était différent. Il ne voulait plus en faire sa maîtresse, mais sa femme.

*
* *

Frédéric avait mis deux semaines avant de repérer la maison de son frère à Montmartre. Ensuite, il lui avait suffi de trois jours pour connaître ses habitudes. André était toujours aussi matinal et sortait de chez lui à six heures moins le quart précises, mais il se contentait, désormais, de conseiller ses compagnons et apprentis sur ses chantiers, de contrôler et de vérifier leur travail. Il avait vingt-huit employés et s'était mué en entrepreneur, épaulé par deux employés de bureau que sa femme avait à l'œil.

À peine son aîné avait-il franchi la porte cochère ce matin-là, que Frédéric, caché derrière un arbre, l'avait sifflé comme il le faisait vingt ans plus tôt, en imitant le chant de la bergeronnette. Il avait vu André se figer sur place, en regardant dans la mauvaise direction, et s'était mis à rire, tout doucement.

— C'est toi, Frédéric ? Où es-tu ? avait interrogé son aîné, tendu.

— Ici, avait-il répondu, en sortant de sa cachette.

— Tu ne changeras jamais, avait grommelé son aîné. Tu es toujours aussi imprudent. Regarde.

Et, devant son frère éberlué, André avait brandi un eustache qui aurait, à tout coup, percé la panse de son cadet s'il s'était trouvé plus près de lui.

Il avait rangé son couteau, en riant, et ils étaient tombés dans les bras l'un de l'autre. Six ans! Six années qu'il ne s'étaient vus. Ils s'étaient longuement regardés, en se tenant à bout de bras.

— Tu n'as pas changé, André, avait conclu Frédéric, après un examen détaillé du visage de son frère. Enfin, si peu. Quelques cheveux gris par-ci, par-là.

— Toi, pas du tout, Frédéric. Tu me sembles en meilleure forme que jamais.

— Dis-moi, ce couteau. Tu n'es pas un peu fou?

— Fou? Sûrement pas! C'est qu'il faut être prudent, par les temps qui courent, frérot. Tu m'accompagnes? Je suis pressé et j'ai vingt bonnes minutes de marche avant d'arriver sur mon premier chantier.

— Paris serait-il devenu un coupe-gorge?

— Paris, non, mais les alentours, oui. Montmartre pousse trop vite, comme Belleville, comme Clichy, comme tous les faubourgs et ils sont de moins en moins sûrs, avait répondu André, en se mettant en route. Que veux-tu? La rousse chasse les vauriens de Paris, ils doivent bien se rabattre quelque part!

— Et ta femme, tes enfants? questionna Frédéric.

— Il y a les chiens. Deux briards qui chassent les importuns quand je suis absent. Et nous avons pris un gardien depuis un mois. Deux précautions valent mieux qu'une.

— Tu marches trop vite pour moi, André, fit Frédéric.

— J'ai l'impression de t'entendre quand tu étais gamin. Tu disais déjà la même chose à six ans. Pourtant, aujourd'hui, c'est toi qui devrais me précéder! Allons! Un peu de nerf, bon sang!

Ils avaient parlé de tout, de rien. Frédéric avait fini par expliquer à son frère qu'il avait préféré quitter le Midi quand on avait essayé d'incendier son restaurant. André l'avait approuvé. Il ne risquait plus rien, à Paris. Qu'il reprenne une affaire semblable à celle qu'il tenait à Toulon, et tout irait bien pour lui. Et si, pour s'installer, il avait besoin d'un coup de main, il le lui donnerait. Une dernière fois, avait-il conclu en regardant Frédéric dans les yeux. La dernière fois. Il était temps qu'il apprenne à marcher tout seul. Et droit.

Frédéric s'était senti rougir et avait failli répliquer sèchement à son aîné. Mais, depuis quelques années, il avait appris à se maîtriser, quand il subissait un affront. D'ailleurs, son frère n'avait pas tort, et surtout, cela partait d'un bon sentiment. Après tout, se dit-il, si André avait fait fortune, comme il le constatait, c'était par son travail et sa rigueur. La chance n'avait rien à voir là-dedans. Ils s'étaient quittés cinq minutes après qu'eut retenti l'angélus du matin. André avait retrouvé ses compagnons. Frédéric les avait regardés s'éloigner et était entré dans l'un des nombreux cabarets de la petite place du Marais où il avait laissé son frère.

À l'intérieur, c'était la cohue. Les ouvriers se pressaient devant le zinc pour se faire servir, qui, un petit blanc de Suresnes, qui, un coup de gnôle pour «tuer les vers», on n'était jamais trop prudent. Parmi eux, ni lavés, ni rasés, quelques «sublimes», ces ouvriers devenus piliers d'«abattoir», se faisaient remarquer en parlant haut et fort, prenant les uns et les autres à témoin de leurs histoires. Ils avaient déjà avalé quelques coups de blanc pour se donner du cœur à l'ouvrage avant de reprendre le collier. Dans quelques semaines pour les uns, quelques mois pour d'autres, un an au plus pour tous, l'alcool faisant son œuvre, la saoulerie hebdomadaire du samedi ne leur suffirait plus. Un matin ou un autre, ils n'auraient pas cuvé leur vin de la veille et manqueraient un premier jour de travail. Ce premier accroc, qu'on leur pardonnerait, serait très vite suivi d'un second. Au troisième, ils perdraient leur emploi.

S'ils en retrouvaient un autre, ils resteraient peut-être sobres quelques semaines. Mais ils replongeraient vite, reprendraient leurs mauvaises habitudes et c'en serait fini. Quelques mois plus tard, ces « sublimes » ne seraient que des loques humaines. Frédéric en avait vu tant ! Ils ne se contentaient pas de se détruire eux-mêmes : ils ruinaient leurs familles, mettaient leurs enfants à la rue, leurs filles, leurs femmes sur le trottoir. Quand il eut terminé son guinguet de Nogent, Frédéric sortit en jetant un coup d'œil méprisant à l'un d'entre eux, qui lui lança : « Hé ! toi, l'rastaquouère… Qu'est-ce t'as à m'regarder com'ça ? » Mais il était déjà parti. Rastaquouère… Bien sûr, il était si hâlé qu'on devait le prendre pour un métèque ! Il faudrait qu'il perde ce teint, signe de bonne santé dans le Sud, de basse caste dans le Nord.

Sur la rue, il respira à pleins poumons et, pour la première fois, remarqua à quel point le tabac avait envahi cafés et cabarets. Lorsque l'on y entrait, aujourd'hui, il fallait traverser un nuage de fumée pour rejoindre le comptoir. Bizarre que ce soit la première fois qu'il s'en aperçoive. Et il fallait, bien sûr, que ce soit à Paris.

Paris… Il y était… Ces deux chiffonniers qui tournaient au coin de la rue en étaient la preuve vivante avec leurs lanternes, leurs crochets et leurs sacs. Ils avaient commencé leur journée depuis un moment, déjà. Il se dirigea vers les Halles. Encore à demi endormie, la ville s'éveillait. Sur les trottoirs, les pipelets échangeaient les premiers commérages de la journée en agitant leurs balais de genêts ou de paille de riz. Il approchait des Halles, car il croisait de plus en plus de marchands ambulants qui étaient allés s'y approvisionner. Leurs cris retentissaient déjà. Il en reconnut quelques-uns, oubliés depuis des années : au « À la coque » du marchand d'œufs répondait le « Aux pois verts » de la marchande de légumes et ceux, plus variés, des marchands de la marée. C'était sa ville, ça, c'était Paris !

Dans une heure ou deux, en regagnant le quatre pièces qu'il avait loué, place de la Bastille, ce sont les cris des petits métiers qui réveilleraient les bourgeoises : le « de haut en bas, vos cheminées » des « savoyards », le « à l'eau » des porteurs d'eau, le « gare là-dessous » des limousins et tant d'autres… Il serait encore trop tôt pour voir sa ville livrée à tous les marchands ambulants de « trompe-couillons », poudres de perlimpinpin, de magiciens et funambules de toutes sortes, équilibristes, montreurs d'ours, musiciens ambulants et leurs orgues de Barbarie que l'on parlait de chasser de la ville parce qu'ils étaient trop bruyants et trop nombreux aussi. Sans oublier, bien entendu, les innombrables mendiants professionnels. Ah ! Ceux-là ! Il faudrait bien, un jour, se résoudre à limiter leur nombre de manière autoritaire. Ils devenaient insupportables et viendraient, bientôt, vous prendre votre argent dans la poche, si on les laissait faire.

Comme tous les jours, il accompagnerait Claudine dans les rues de Paris. Sa protégée ne se lassait pas du spectacle de la rue. Elle y aurait passé toute la journée. Si Pradier, le jongleur de cannes de la place de la Madeleine, était l'un de ceux qui l'étonnaient le plus par sa virtuosité, sur cette même place, c'est surtout Mangin qu'elle admirait, Mangin qui « donnait » ses crayons à dix fois le prix, en se déguisant en don Quijote. Il faut dire qu'il était épatant, Mangin : il arrivait sur une voiture tirée par deux chevaux, au son d'un orgue de Barbarie dont son serviteur tournait la manivelle. Lui-même était vêtu d'une tunique de brocart, recouverte d'une cuirasse brillant de mille feux. Il portait des bottes, une épée au côté et un cimier couronné d'un panache invraisemblable. Émerveillée, Claudine ne se lassait pas de voir et revoir son numéro. L'homme avait donné à Frédéric une leçon de savoir-faire quand il lui avait expliqué que ce n'était pas son produit qu'il vendait, mais sa mise en scène.

— Ce ne sont pas mes crayons que me paient mes clients, citoyen.

— Qu'est-ce donc alors ? s'était étonné Frédéric, curieux.

L'explication de Mangin l'avait rendu admiratif.

— Ce sont mes vêtements, mes chevaux, mon serviteur musicien, ma mise en scène, en un mot, lui avait dit le saltimbanque. Ils veulent me remercier pour les avoir étonnés. Mes crayons ? Ils n'en ont rien à faire ! Ils ont les mêmes dans les boutiques pour dix fois moins cher. Mais le Chevalier à la Triste Figure, on ne le voit pas chez le marchand de couleurs !

Ce soir, comme tous les autres soirs, pendant que Claudine finirait sa sieste, il irait faire son tour sur les Boulevards. Il s'assiérait à la terrasse d'un glacier ou d'un café, donnerait une pièce aux musiciens ambulants qui circulaient parmi les lorettes assises devant leur glace, leur thé ou leur absinthe, attendant le chaland autrichien, anglais, russe, peu importait, pourvu qu'il ait les poches pleines de livres ou de roubles. L'officier d'Afrique, lui-même, faisait l'affaire, mais ce n'était pas la même.

Le marché de la galanterie, grande ou petite, était encore plus florissant qu'à son départ de Paris, et ce constat laissait à Frédéric de grandes espérances pour l'avenir. Il lui suffirait d'adjoindre à Claudine deux apprenties de talent pour que la fortune lui sourie à nouveau. Le samedi suivant, il irait faire un tour des guinguettes des bords de Seine et de Marne. À Nogent ou ailleurs, il trouverait sûrement deux ou trois jeunes filles aussi ambitieuses que jolies.

*
* *

Rosalie avait eu un mal fou à s'endormir. À vrai dire, elle n'avait pas trouvé le sommeil avant quatre heures du matin, une heure de lorette à laquelle elle n'était pas habituée. Pourtant, si elle se sentait fatiguée quand Corentine l'avait réveillée, elle était de bonne humeur et n'avait pas maugréé : sa soirée de la veille lui revint immédiatement à l'esprit. Sa première demande en mariage ! Bien sûr, elle aurait pu rêver mieux, plus beau, plus jeune, mais plus riche ? Non. Elle se sentait rassérénée de savoir qu'un homme comme Pierre puisse souhaiter faire d'elle sa femme. Elle suivit des yeux Corentine qui venait de faire glisser les doubles rideaux. Sa femme de chambre approchait des vingt-cinq ans, et elle s'était promis de ne pas la laisser coiffer Sainte-Catherine comme la majorité des employées de maison qui finissaient vieilles filles. Si elle ne voulait pas que Corentine se retrouve seule, le jour où son fils volerait de ses propres ailes, elle devait lui trouver quelqu'un de solide et sérieux, et tout de suite, pas dans cinq ou dix ans, quand elle serait laide et ne plairait plus à personne.

— Corentine, annonça-t-elle, nous partons pour Montmartre dans deux heures, le temps de me préparer.

— Bien, Madame.

— En prenant mon déjeuner, je te raconterai ce qui m'est arrivé, hier soir. Tu vas être étonnée.

Ce n'était d'ailleurs pas pour rien que Rosalie mettait sa femme de chambre en appétit : Corentine était encore plus curieuse que nonchalante, et Rosalie savait pertinemment que la meilleure façon de la faire se presser était justement d'exciter cette curiosité.

Corentine se précipita, effectivement, à la cuisine. Plus vite elle servirait sa maîtresse, plus tôt elle apprendrait la nouvelle. Tout en préparant le déjeuner, elle fit fonctionner ses méninges. Il s'agissait sûrement d'un homme, mais lequel ? En tout cas, il n'avait pas couché là, elle s'en serait aperçue. Elle passa en revue les amants de sa maîtresse, échafauda mille hypothèses, n'en retenant aucune jusqu'à ce que… Bien sûr ! C'était son Anglais ! Cet Anglais qu'elle avait si peu connu : un bel homme, d'ailleurs, ce Monsieur Jonathan !

Tout émoustillée, elle pénétra dans la chambre en poussant la table roulante, un sourire aux lèvres. Rosalie s'était assise dans son lit, le dos calé sur ses oreillers. La chemise de nuit blanche qu'elle portait ce matin-là était si ajourée qu'elle ne cachait presque rien de ses seins. Corentine roula la table le long du lit avant de placer, au-dessus des jambes de sa maîtresse, une petite tablette de bois pliante sur laquelle elle posa son plateau.

— J'ai trouvé, Mademoiselle ! claironna-t-elle, triomphalement. C'est Monsieur Jonathan ! Il est de retour à Paris !

— Jonathan ? Quelle idée ! s'étonna Rosalie.

La mimique de déception qui se peignit sur le visage de Corentine était si comique que Rosalie, qui attaquait son déjeuner, ne put se retenir d'en rire et faillit s'étouffer en engloutissant un morceau de brioche. Pendant quelques minutes, sa chambrière la laissa dévorer toasts, brioche et tartines, sans mot dire. Elle ne pensait plus du tout aux amants de sa maîtresse, son attention se concentrant, maintenant, sur sa chemise de nuit. Toutes ces dentelles… Combien pouvait-elle coûter? se demandait-elle, les yeux fixés sur les tétons arrogants. Une fortune, plus d'un mois de gages, sûrement.

— Tu admires ma chemise de nuit? observa Rosalie. Je l'ai trouvée à «La Petite Jeannette», il y a deux jours, et n'ai pas pu résister, malgré le prix.

— Elle ne cache pas grand-chose, Mademoiselle, remarqua la jeune fille. Vous seriez nue que cela ne changerait rien!

— C'est le but, vois-tu. Les hommes adorent ces petits bouts de tissu qui les mettent en appétit. Justement…

— Mademoiselle, l'interrompit Corentine. Vous m'avez promis…

— Oui, et je ne vais pas te faire attendre plus longtemps, répliqua Rosalie qui prit cependant son temps pour annoncer, les yeux dans ceux de Corentine: Hier soir, on m'a demandée en mariage.

— Une demande en mariage? Ça alors! Qui est-ce? interrogea la jeune femme, dont l'étonnement faisait jubiler sa maîtresse.

— Un ancien amant, bien sûr, précisa Rosalie qui voulait faire durer le plaisir et ne donnait ses renseignements qu'au compte-gouttes.

— Je le connais? demanda Corentine, entrant dans le jeu.

— Non. C'était avant notre rencontre. Quelques mois avant.

— Il est riche? Beau?

Le jeu allait se poursuivre jusqu'à ce que l'une d'elles craque. Ce fut Rosalie, incapable de se taire plus longtemps.

— Beau, non. Mais riche, oui. Et très gentil surtout. C'est un notaire de quarante-huit ans.

— Quarante-huit ans, s'écria Corentine. Mais, Mademoiselle, vous ne pouvez pas épouser un vieux de près de cinquante ans ! Pas vous !

Rosalie fut surprise par ce cri du cœur de Corentine. L'âge ne lui avait pas paru être un obstacle, la veille, car, si bien des quinquagénaires pouvaient effectivement être considérés comme des vieillards, ce n'était en rien le cas de Pierre qui semblait bien plus proche des quarante que des cinquante ans.

Cette réaction spontanée de sa femme de chambre préoccupait Rosalie. Alors que deux heures plus tôt, sa décision était prise, le doute s'insinuait peu à peu en elle et ne cessait de croître au fur et à mesure que le fiacre s'approchait de Montmartre. C'est vrai, il y avait cette légère calvitie qui le vieillissait, ce ventre aussi qu'il n'essayait même plus de cacher. Bien sûr, tous les hommes ou presque avaient de l'estomac, passé leurs trente-cinq ans. Avec ce qu'ils mangeaient… N'empêche que si un bedon était plaisant sur un amant, elle aurait préféré un mari au ventre plat ; ça faisait plus jeune. Oui, dans deux ans, Pierre aurait cinquante ans, elle, vingt-huit seulement. Corentine avait raison ; une différence d'âge de vingt-deux ans, cela demandait réflexion. Elle allait voir ce qu'en dirait Anne-Marie.

Anne-Marie applaudit des deux mains. Vingt-deux ans ? Et alors ? Des écarts de vingt-cinq ans et plus entre conjoints étaient fréquents. Cela n'empêchait pas certaines de ces unions d'être heureuses, même si, elle devait en convenir, bien des femmes se retrouvaient veuves trop tôt, ou alors, ce qui était pire, négligées par des maris qui ne les avaient épousées que pour leur faire un ou deux enfants sans changer quoi que ce soit à leurs habitudes de célibataires.

— C'est le cas de Morny, fit remarquer Rosalie.

— Oui, il a épousé une jeunesse, une princesse russe, lui répondit Anne-Marie. C'est à elle que je pensais, justement ! Il n'a pas quitté sa maîtresse pour autant et s'affiche même avec elle. Dire qu'elle a quitté son mari, l'ambassadeur de Belgique, pour ce... ce... ce jean-foutre !

— Un jean-foutre, Morny ? comme tu y vas, Anne-Marie ! ça ne te ressemble pas, ce vocabulaire de charretier ! Et d'abord, comment le sais-tu ?

— Le jeune Burdin. Il a des fréquentations mondaines et m'informe des potins. C'est amusant. Mais rassure-toi, Pierre n'a rien d'un Morny, conclut Anne-Marie, en refermant la parenthèse.

Les deux femmes restèrent un moment silencieuses. Anne-Marie prenait peu à peu conscience que son amie risquait d'engager son avenir sur le conseil qu'elle allait lui donner et c'était là une responsabilité qu'elle ne voulait pas prendre, ce qu'elle tenta de lui expliquer. Elle ne pouvait juger Pierre que sur des apparences, pas sur ce qu'il était. Bien que Rosalie et lui eussent semblé très bien s'entendre du temps où ils étaient ensemble, elle ne leur voyait, en réalité, que très peu d'affinités, et redoutait pour eux la vie commune, au jour le jour.

— Tu comprends, Rosalie, avoir quelqu'un pour amant ou maîtresse, cela n'a rien à voir avec le mariage. Si tu épouses Pierre, sache que tu le trouveras, chaque matin, près de toi, au réveil. Qu'il ne tardera pas à avoir des rhumatismes, la goutte, et toutes les autres misères des quinquagénaires, qu'il va se plaindre quotidiennement, que...

— Tu sembles bien t'y connaître, l'interrompit Rosalie.

— Et pour cause ! André n'a pas encore quarante ans, et déjà, il se plaint de tous ces maux ou presque ! Il est vrai que son métier n'est pas facile.

Cette remarque avait laissé Rosalie perplexe. À la perspective de la voir épouser Pierre, son amie qui avait tout d'abord paru enthousiaste l'était visiblement de moins en moins.

— Tu me déconseilles donc…

— Je ne dis pas cela, Rosie ! Pas du tout ! Pierre a de grandes qualités, et l'âge n'est pas tout. Il y a la sécurité, l'affection… et puis, tu m'as toujours dit que comme amant…

— Oui, ça compte, non ? avait-elle conclu.

En rentrant à Paris, ce soir-là, elle était encore moins avancée qu'en allant à Montmartre, alors qu'elle était venue y chercher une confirmation à sa décision.

Mais le lendemain, c'est une tout autre nouvelle qui vint la bouleverser. Il était midi et demi tout au plus et elle s'apprêtait à déjeuner quand André, qu'elle n'avait pas vu la veille, vint lui apprendre que Frédéric était à Paris. Frédéric ! Elle en fut toute tourneboulée pendant deux jours. Frédéric à Paris, c'était le passé qui resurgissait, qui lui sautait au visage et, tout aussi certainement, des tas d'ennuis qui s'annonçaient. Pourtant, au fond d'elle-même, elle ressentait un trouble profond qui la laissait rêveuse, incertaine. Frédéric…

À la fin de la semaine, elle n'avait toujours pas pris de décision. Elle proposa donc à Pierre Champfort une formule bâtarde, puisqu'il s'agissait, en quelque sorte, d'un mariage à l'essai. Ils vivraient ensemble, comme mari et femme, pendant un mois, et, si l'essai était concluant, à l'échéance, ils officialiseraient leur union. Pierre acquiesça avec enthousiasme à cette offre aussi généreuse qu'inattendue. Finalement, lui aussi appréhendait un peu de se retrouver lié, sans transition ni test préalable, à son ancienne maîtresse dont il connaissait le tempérament volcanique et le caractère primesautier. Il ne se douta pas un seul instant qu'en lui proposant cette solution Rosalie voulait, certes, leur donner du temps à tous les deux, mais aussi se protéger de Frédéric. Il est vrai que Pierre ignorait tout de Frédéric ; jusqu'à son existence même.

*
* *

Or Frédéric avait déjà investi la place. Il l'avait suivie, un soir, à la sortie du théâtre et avait vite localisé son appartement. Le lendemain, il avait attendu son départ pour s'y présenter, en tout début de soirée. Il avait au moins deux heures devant lui. Quand il s'était annoncé, Corentine avait ouvert sans crainte au frère de Monsieur André. Elle l'avait fait entrer au salon où elle lui avait servi une carafe de blanc de Loire, en attendant Mademoiselle.

Il n'avait pas fallu cinq minutes à Frédéric pour mettre la jeune femme en confiance. Il lui avait raconté quelques anecdotes innocentes sur sa patronne. Elle avait ri et lui en avait dit autant. Il l'avait fait parler puis s'asseoir face à lui. Il l'avait charmée en un quart d'heure et conquise en une heure à peine.

Il l'avait quittée, bien avant le retour de Rosalie, en lui demandant de taire sa venue à sa patronne à qui il voulait faire une surprise. Frustrée de le voir partir si vite, elle avait promis et tenu sa promesse : elle en rêvait déjà. C'était un si bel homme ! Si gentil, si délicat. Elle l'avait ensuite attendu des jours durant. Une semaine avait passé. Puis une autre. Elle commençait à désespérer quand, enfin, il était revenu. Cette fois,

Corentine était décidée à jouer sa chance, envers et contre Rosalie. Sa patronne était absente ? La belle affaire… Elle allait savoir, aujourd'hui, si elle pouvait la remplacer. Pourquoi pas, après tout ? Pourquoi n'aurait-elle pas sa chance, elle aussi ?

Elle ne s'était pas trompée. Frédéric n'avait rien à faire de Rosalie : c'était elle qu'il venait voir. Il le lui dit, un soir, à sa troisième visite, quand elle lui eut avoué que sa maîtresse ne vivait plus dans l'appartement. Elle vivait chez son amant qu'elle allait sans doute épouser. Un notaire très riche. Ils étaient donc seuls pour la soirée ? lui demanda-t-il. Oui, répondit-elle en rougissant. Elle lui avait servi un apéritif. Ils avaient bavardé de choses et d'autres, Frédéric, très à l'aise, elle, de plus en plus tendue au fur et à mesure qu'avançait la soirée. Elle savait que «ça» viendrait, mais quand ? Et s'il ne se décidait pas ? Que devait-elle faire ?

Quand elle s'aperçut qu'il avait pratiquement terminé son verre de madère, elle se leva pour le resservir. Sa main tremblait et elle se sentit rougir quand il la regarda dans les yeux. Il lui sourit et lui prit la carafe de baccarat des mains puis la reposa sur la table. Elle sut alors que c'était maintenant. Il se leva et elle ne trembla pas quand il la prit aux épaules et lui dit : «Allons dans la chambre, Corentine.» Elle lui sourit, se retourna et le précéda lentement. Il lui tenait la main et, après quelques pas dans le couloir, il la retint et commença à dégrafer son corsage, avant de lui prendre les seins et de lui embrasser le cou. Elle se laissa aller, la tête en arrière, le corps de l'homme pesant de tout son poids contre le sien. Ils se retrouvèrent dans la chambre de sa maîtresse, face à la glace de l'armoire. Frédéric jeta un coup d'œil rapide au mobilier. Rosalie était sûrement loin d'être aussi pauvre qu'il le pensait en arrivant à Paris.

« Peut-être s'imagine-t-il que c'est là ma chambre »,
songeait, de son côté, Corentine, qui observait, dans
la glace, l'habileté avec laquelle son amant la déshabillait. Dire qu'elle avait réussi à séduire un beau garçon comme lui !

Quand elle lui avait ouvert la porte, Corentine avait
lu la détermination dans ses yeux. Ce serait ce soir-là.
Il allait la prendre, elle lui céderait, c'était écrit. Elle y
était prête et n'était qu'attente. Elle acceptait d'être à
lui, et même de le suivre, là, sur-le-champ. Elle n'avait
pas fait un pas pour s'enfuir, pas un geste pour lui résister quand il s'était levé. Elle était sans force, sans
volonté devant lui. C'était ainsi. Il serait son homme ;
elle serait sa femme. S'il le voulait bien.

Ce qui la gênait le plus, c'étaient ses dessous, et surtout son pantalon. Il était si sage ! Elle aurait tant aimé
avoir l'un de ces jolis petits pantalons de soie de sa
maîtresse qui montraient presque tout ce qu'ils étaient
supposés cacher : de vrais dessous de lorettes ! Jamais
encore, elle n'avait osé en acheter, ni même en demander à sa patronne qui en possédait des quantités. Ils
étaient si chers ! Pourtant, deux de ses amies, qui s'en
étaient fait offrir par leurs galants, prétendaient que
leurs patronnes, des bourgeoises de trente ans pourtant, en portaient toutes les deux. C'est vrai qu'aujourd'hui ces femmes mariées prenaient des amants et
imitaient en tout les lorettes si bien qu'il n'était pas
toujours facile de les distinguer les unes des autres.
Cela aussi c'était la mode…

C'était curieux qu'elle pense à ce genre de choses,
tandis qu'il la déshabillait. D'ailleurs, elle avait l'impression que ce n'était pas elle qu'il dévêtait mais
quelqu'un d'autre. Elle le regardait faire et ne réagit
que quand il recommença à la caresser. Elle était très
crispée, bien qu'elle n'eût pas peur, et ce n'est qu'au
bout d'un moment qu'elle se laissa aller. Bientôt, elle

sentit son corps se détendre et réagir à ses caresses. Quand il la tourna vers lui et lui prit la bouche, elle crut qu'elle allait s'évanouir sous ses baisers. Frédéric était patient et tendre, toutes les femmes le lui disaient et il en tirait vanité. Il lui parla à l'oreille, lui murmura des mots doux, la rassurant, cherchant à la mettre en confiance. Il y parvint sans mal et sentit peu à peu le désir monter en elle. Il avait tout son temps et tenait surtout à ce que cette première fois constitue pour elle une réussite. Ce fut le cas.

Frédéric lui avait accordé près de trois heures, ce qui n'était pas dans ses habitudes. Il estimait que c'était, justement, en donner de mauvaises à ses filles que de passer trop de temps avec elles. Aussi ne s'était-il pas éternisé quand Corentine s'était assoupie. Il était content de lui. En investissant la place, il avait fait d'une pierre deux coups. Corentine pouvait faire une bonne recrue et seconder utilement Claudine, de cela il était certain, mais ce n'était pas là le plus important. Elle lui avait surtout donné un double de la clef de sa chambre de bonne. Pour le moment, elle s'était refusée à en faire autant pour celle de l'appartement de sa maîtresse, mais il savait qu'il aurait pu l'obtenir en insistant un peu. Il y avait renoncé pour ce soir. Il ne voulait pas l'effrayer. Elle y viendrait toute seule.

Il était temps qu'il réagisse. Il avait été si imprudent depuis son arrivée ! Il s'était laissé aller au jeu et avait considérablement écorné son magot, perdant près de quinze mille francs tant aux courses qu'aux cartes. Il devait cesser de fréquenter les champs de courses, et aussi, mieux choisir ses tripots. Mais il savait déjà comment se rétablir. André, son frère, était toujours aussi faible avec lui. Il le voyait toujours comme le « petit » qu'il devait protéger et il lui disait tout, même ce qu'il aurait dû taire. Rosalie avait un magot. Les bijoux de Juliette. Il allait les lui prendre.

12

C'était déjà la troisième fois que la cloche sonnait et cette empotée de Perrine n'avait toujours pas bougé. Anne-Marie lui ordonna d'aller voir qui s'annonçait à la porte cochère mais de n'ouvrir à personne sans son accord. Depuis quelques semaines, on assistait, dans le quartier, à une augmentation considérable du nombre de vols et d'agressions. Ce n'est qu'au premier meurtre qu'André avait pris des mesures draconiennes et engagé un gardien en plus des deux briards. Il recommandait aussi régulièrement à Joséphine et Anne-Marie de se méfier de tous les colporteurs de passage, vrais ou faux, dont le seul but était de repérer les lieux, avant de revenir les cambrioler.

Perrine était de retour. C'était, annonça-t-elle, le frère de Monsieur qui attendait qu'on l'autorise à entrer. Anne-Marie se résolut à aller voir elle-même ce qu'il en était. Elle ne connaissait qu'un frère à son mari, le fameux Frédéric qu'elle n'avait vu qu'une fois, des années plus tôt en Bretagne, quand il avait enlevé Rosalie. Et, jusqu'à preuve du contraire, ce phénomène était à Toulon.

Quelques mots échangés avec l'arrivant suffirent cependant à la convaincre qu'il s'agissait bien de son beau-frère. Que faire ? Le laisser à la porte c'était engager leurs relations sur un bien mauvais pied. Le faire entrer c'était, peut-être, aller à l'encontre des souhaits d'André et sûrement de ceux de Joséphine, très remontée envers ce vaurien qui avait osé mettre sa Rosie sur le pavé. Mais André n'était pas là et Joséphine faisait sa sieste. Anne-Marie invita Frédéric à entrer et se trouva face à un homme d'une trentaine d'années, d'un blond tirant sur le châtain, très hâlé et très élégant. Un bel homme, incontestablement, qu'elle reconnut sur-le-champ. Elle le fit entrer et referma aussitôt la porte à clef avant de lui faire face.

— Bonjour, Frédéric, je suis Anne-Marie, votre belle-sœur. Nous nous sommes vus, il y a une dizaine d'années, au relais de poste de Guipavas, vous vous en souvenez sûrement.

— Comment, c'est vous, Anne-Marie ? s'étonna Frédéric. Veuillez m'excuser si je ne vous ai pas reconnue. Vous avez changé, et c'est tout à votre avantage, d'ailleurs !

— Merci, répondit froidement la jeune femme. J'ai sûrement changé, en effet. Les enfants… Vous, en revanche, assez peu. Mais entrez, vous désirez sûrement vous rafraîchir.

— Ce ne sera pas de refus, admit Frédéric en lui emboîtant le pas.

Je n'ai jamais vu cette femme, se disait-il ; je m'en serais souvenu. Elle n'est peut-être pas belle, encore que, pour certains… Mais elle a de la personnalité, quelque chose, je ne sais pas… elle a un genre… C'est ça : elle a de l'allure, et elle semble très sûre d'elle.

Le gravier de l'allée crissait sous leurs pas. Frédéric s'attardait, en connaisseur, sur la silhouette de sa belle-sœur qui le précédait. Avec tous les vêtements qui la recouvraient, il était difficile de se faire une idée de son corps, même s'il avait pu juger que la poitrine, opulente, était encore ferme pour une femme qui avait mené à terme quatre ou cinq grossesses. Il accéléra sur quelques pas et se retrouva à la hauteur de la jeune femme qu'il entreprit aussitôt.

— Pardonnez-moi, madame…

— Vous pouvez m'appeler par mon prénom, lui répondit Anne-Marie. Nous sommes assez proches pour cela, maintenant, ne croyez-vous pas ?

— Oui, d'autant que je l'ai déjà fait, jadis, répliqua-t-il en riant.

— Exactement.

— Je vous remercie de me mettre ainsi à l'aise, Anne-Marie. C'est très gentil à vous.

— Votre arrivée m'a surprise, Frédéric. Je vous croyais à Toulon et ne m'attendais pas du tout à vous voir sur le pas de ma porte.

— Comment cela ! André ne vous en a rien dit ?

— Non, pourquoi ? Vous l'aviez prévenu ?

— Bien entendu ! Je l'ai même déjà rencontré ! Je suis à Paris depuis plus d'un mois ! Quel cachottier !

Anne-Marie essaya de rester impassible, mais n'y parvint pas tout à fait et Frédéric remarqua qu'elle s'était légèrement raidie. De la cachotterie ? Non, c'était de la dissimulation. André ! Quelle déception ! Et ce beau-frère qui intérieurement devait jubiler. Il allait semer la zizanie dans leur famille, Juliette avait raison, elle l'avait percé à jour.

Frédéric alluma un cigare et partit à la pêche aux nouvelles. Il voulait tout savoir de Rosalie, s'estimant encore des droits sur elle : ce qu'elle faisait, avec qui elle vivait comme ce qu'elle possédait, puisque cette nigaude de Corentine, qu'il avait pourtant traitée comme une déesse, n'avait pas été capable de lui apprendre quoi que ce soit, les trois nuits précédentes.

Dès qu'elle eut compris ce qu'il attendait d'elle, Anne-Marie l'arrêta et le mit en garde :

— Frédéric, le passé est le passé. Laissez Rosalie tranquille. Elle vit sa vie, vous vivez la vôtre.

— Je n'ai nullement l'intention d'ennuyer Rosalie, protesta Frédéric, mais je n'entends pas non plus laisser quiconque décider ce que je peux ou ne peux pas faire. Et ce n'est pas parce que nous sommes alliés de famille, dorénavant, que vous pouvez me dicter ma conduite.

— Ce n'est pas non plus mon intention, rétorqua Anne-Marie. Mais Rosalie est, pour André, Joséphine et surtout pour moi, quelqu'un d'intouchable. Si on l'ennuie, on nous attaque. La seule chose que je vous demande, c'est de la laisser tranquille. Ne cherchez pas à la revoir. Il n'en sortira rien de bon. Ni pour elle, ni pour vous.

— Qu'en savez-vous, Anne-Marie ?

— Je le sais, c'est tout.

— Serait-ce une menace ?

— Une simple mise en garde, Frédéric, mais prenez-le comme vous voulez. Voyez-vous, je ne vous connais que par ouï-dire et…

— C'est-à-dire, très mal, la coupa son beau-frère.

Anne-Marie ignora l'interruption.

— Et par les transferts que j'effectue pour vous, à la demande d'André, reprit-elle, impassible, tout en le regardant dans les yeux. Sachez que, si vous faites le moindre mal à Rosalie, vous aurez contre vous des gens bien plus puissants que moi. Sans compter que vous ne verrez plus votre frère, je puis vous l'assurer, et que vous n'en obtiendrez plus un seul franc.

— Si j'ai envie de revoir Rosalie, je la reverrai, fit-il en se levant, furieux.

— Je ne vous conseille pas d'essayer, répliqua-t-elle.

— Ce n'est certainement pas vous qui m'en empêcherez. Sur ce, je vous salue. J'en ai assez entendu pour aujourd'hui.

Il sortit en claquant la porte. Ah ! ils voulaient la guerre ? Eh bien, ils l'auraient ! Il allait reprendre Rosalie. Il allait leur montrer qui il était, à ces bourgeois ! Il allait foutre la pagaille dans leurs petites vies tranquilles !

Il se calma cependant, en rentrant à pied sur Paris. La marche avait toujours été, pour Frédéric, un exercice salutaire qu'il pratiquait avec plaisir et intensité, puisqu'il parcourait ses trente kilomètres quotidiens. C'est ainsi qu'il chassait ses soucis, réussissait à se raisonner, à se calmer quand il était en colère.

Il n'aurait jamais dû engager le fer avec Anne-Marie comme il l'avait fait. Il était allé trop vite et trop loin, et s'était découvert stupidement. Toujours son incommensurable vanité ! Mais il ne s'attendait pas du tout à une telle levée de boucliers, il n'avait pas imaginé qu'ils se dresseraient tous contre lui pour protéger Rosalie ! C'était l'union sacrée contre l'intrus, le paria. Que leur avait-il donc fait ?

Il s'était sottement fait une ennemie de sa belle-sœur qui n'aurait aucun mal à convaincre André de rompre avec lui, et cette fois définitivement. Il avait trop parlé une fois de plus. S'il avait fait des progrès, ces dernières années, ils étaient insuffisants, puisqu'il se laissait encore guider par son orgueil et s'emportait à tort et à travers. Il n'avait d'autre choix que de retourner à Montmartre et de faire amende honorable.

Le lendemain de cet accrochage, il avait voulu s'excuser et était revenu frapper à la porte d'Anne-Marie. La jeune femme avait refusé de lui ouvrir. Il lui avait écrit, le soir même, lui avait demandé pardon, et avait attendu quarante-huit heures avant de faire une nouvelle tentative. Se rendre à Canossa, il savait aujourd'hui ce que cela signifiait. Cette fois-ci, Anne-Marie avait accepté de le recevoir, mais il n'était pas plus avancé : tout en renouvelant sa mise en garde, elle ne passerait l'éponge qu'à la condition qu'il s'engage à ne pas chercher à revoir Rosalie qui allait se marier. Il s'y engagea. Il n'avait pas le choix.

*
* *

En faisant cette promesse, Frédéric bouillait intérieurement et mûrissait déjà sa vengeance. On lui interdisait de revoir Rosalie ? Parfait. Dans ce cas, il se dédommagerait de sa perte et se servirait. Chez les uns et les autres. Où il le pourrait. Lors de leur dernière rencontre, André lui avait imprudemment confié que c'était Rosalie qui avait hérité des bijoux de Juliette. Et Rosalie, Frédéric la connaissait mieux que personne. Elle n'était pas femme à déposer ce genre de babioles dans le coffre d'une banque et avait sûrement caché les bijoux dans son appartement. Il les trouverait, ces bijoux ! D'ailleurs, ils lui revenaient de droit, puisqu'il s'agissait de produits de recel ! Et puis, si Rosalie en était arrivée là où elle en était, n'était-ce pas grâce à lui ? C'était lui qui l'avait formée. Elle lui devait bien ça !

Il prit sa décision en un éclair, à la seconde même où il assurait Anne-Marie qu'il acceptait ses conditions. Ils croyaient le tenir ? On allait voir ça.

Que n'était-il parti immédiatement ! Anne-Marie lui avait bien dit qu'il devait quitter la maison avant que Joséphine ne se réveille, s'il voulait leur éviter à tous des complications, mais il ne l'avait pas écoutée, considérant la vieille femme comme quantité négligeable. Encore une erreur !

Joséphine avait terminé sa sieste et venait de paraître

sur le pas de la porte du salon. Quand Anne-Marie lui présenta Frédéric qu'elle n'avait pas reconnu, elle poussa un cri d'indignation. Comment? Anne-Marie recevait ce voleur que Juliette avait chassé de Vanves, en lui versant une indemnité pour les frais qu'il prétendait avoir engagés pour Rosalie? Que leur voulait-il, encore, ce voyou qui se permettait de revenir les embêter, après leur avoir extorqué des milliers de francs? Une volée de plomb, c'est tout ce qu'il méritait, et elle allait s'y employer! Juliette ne leur avait-elle pas recommandé à tous de ne plus jamais le revoir, cet oiseau de malheur?

Frédéric, qui en avait par-dessus la tête, perdit son sang-froid en entendant cette furie. Repoussant brutalement son siège qu'il renversa en se levant, il se mit à son tour à crier, la traita de vieille folle et de mère maquerelle, insultant, au passage, la mémoire de Juliette.

Quand Anne-Marie réussit à le faire taire, il était trop tard, le mal était fait. Aucun d'eux, même pas elle qui n'avait pourtant pas connu Juliette, ne pourrait lui pardonner. Sans compter qu'il les avait tous mis dans le même sac: la vieille folle, comme il avait appelé Joséphine, l'eunuque, puisque c'est ainsi qu'il avait traité son frère André, Rosalie, la putain, et elle-même, Anne-Marie, l'organisatrice de toute cette cabale contre lui, un paquet, un fagot. Elle lui montra la porte, sans dire un mot, et il partit aussitôt. Cette fois, c'était irrémédiable: la rupture était consommée. Elle savait ce qu'il pensait, vraiment, de chacun d'entre eux. La guerre était déclarée.

Anne-Marie avait pris dans ses bras la petite Eulalie que les cris avaient réveillée, pour aller vérifier que Perrine avait bien refermé la porte à clef derrière Frédéric. Elle regagnait la maison quand, de la terrasse, elle vit Joséphine tituber et tenter de se cramponner à la table sans y parvenir. Elle posa précipitamment sa fille à terre avant de courir vers sa vieille amie, tout en appelant au secours. Si elle réussit à ralentir et amortir sa chute, elle ne put l'empêcher tout à fait, et, en tombant, la vieille femme heurta, de la tempe, le coin de la table.

— Joséphine ! Joséphine ! Répondez-moi, cria Anne-Marie.

La vieille dame la regardait fixement. Un rictus lui déformait le visage, tirant vers le haut le côté gauche de la bouche. Anne-Marie lui prit le poignet. Mon Dieu ! Le cœur battait à une vitesse folle. Cette déformation du visage, une attaque à n'en pas douter. Il n'y avait rien à faire sinon l'étendre sur le sol le plus confortablement possible et tenter de lui parler, ensuite. Mais Joséphine restait muette, et ce silence était aussi inquiétant que son regard.

— Joséphine ? Vous me comprenez ? Si vous m'entendez, faites-moi un signe. Clignez les paupières. Pouvez-vous le faire ?

L'œil gauche restait désespérément ouvert. Mais il lui sembla… Oui, l'œil droit avait bougé.

— Continuez, Joséphine, implora Anne-Marie. Bougez la paupière. Essayez de remuer vos membres.

Mais Joséphine ne pouvait plus ni parler, ni bouger.

André arriva à cet instant. Quand elle le vit, Joséphine réagit à sa façon : elle se mit à pleurer. Ces larmes sur ses joues furent le dernier moyen qu'elle utilisa pour communiquer avec eux. André la prit dans ses bras et la porta dans sa chambre à l'étage. Ils la couchèrent après avoir fait couler un peu d'eau dans sa bouche. Lui donner à manger, il ne fallait pas y compter. Perrine assura la première veille. Joséphine mourut au milieu de la nuit, juste avant qu'Anne-Marie ne vienne la relayer à deux heures du matin.

Frédéric ruminait sa revanche. Mettre Corentine dans son camp et tout lui dire de ce qu'il mijotait? C'était trop risqué. Il ne la connaissait pas suffisamment, et puis, il avait pour principe de se méfier des femmes. Trop bavardes. Et trop sensibles aussi. Elles se laissaient piéger par le premier beau parleur venu, il était bien placé pour le savoir. Non, il allait cambrioler l'appartement de Rosalie cette nuit même, seul. Elle le négligeait, alors qu'elle le savait à Paris? Elle vivait avec un ancien amant, ce notaire, qui voulait l'épouser? Cela lui servirait de leçon. Quant à Corentine, qui lui avait dit tout ce qu'elle en savait, c'est-à-dire pas grand-chose, ce n'est pas elle qui le gênerait: elle avait le sommeil si lourd après l'amour qu'elle dormirait jusqu'au lendemain matin.

Lorsqu'il quitta la petite chambre de bonne de Corentine, au lieu de rentrer retrouver immédiatement Claudine qui l'attendait, comme d'habitude, à leur appartement, il descendit l'escalier de service et pénétra chez Rosalie à l'aide du jeu de clefs qu'il avait dans sa poche. Une semaine plus tôt, oubliant toutes les consignes de prudence que ne cessait de lui prodiguer sa maîtresse, Corentine les lui avait prêtées pour qu'il n'ait pas à l'attendre dehors. Elle avait ses courses à faire et il était si fatigué, le pauvre chéri! Il n'avait pourtant fallu que sept minutes à peine, à cet homme épuisé, pour prendre les empreintes des clefs, et moins d'une journée pour en faire des doubles qu'il avait testés deux jours plus tôt.

Il était dans la place. Rideaux et tentures étaient tirés. Il alluma une lampe à huile et commença à fouiller méthodiquement le salon. Rien. C'est bien ce qu'il pensait. La salle à manger donna le même résultat. La cache devait se trouver dans la chambre. Normal pour une courtisane qui y passait l'essentiel de son temps. Il ne mit que cinq minutes à la découvrir. Eût-elle voulu la lui désigner que Rosalie ne s'y serait pas prise autrement. Que faisait donc ce petit tapis, dans cet angle de la pièce, sinon masquer une cachette que personne, pas même un spécialiste, n'aurait jamais remarquée autrement? Sans ce petit tapis de soie, il aurait pu chercher longtemps…

C'est sous deux lattes de parquet qu'il découvrit le trésor de Rosalie. Du travail bien fait. Une marque pratiquement invisible sur l'une des deux lattes, c'était tout. Sa seule faute avait été ce petit tapis. Il glissa la main sous le parquet. Le sac de daim contenant les bijoux lui arracha un sifflement de satisfaction quand il l'ouvrit. Ce cambriolage était certainement l'un des plus faciles qu'il ait jamais effectués, et pourtant, c'était aussi le plus productif et de loin! Quel butin! C'était incroyable! Au jugé, comme cela, à l'œil nu, il y en avait pour… largement plus de cent mille francs! Rien que des belles pièces, notamment ce diamant et ce rubis! Fabuleux, ce rubis! Il glissa la main plus loin, dans la cache. Une cassette! Il la tira à lui et l'ouvrit: deux cents napoléons en dix rouleaux de vingt pièces. Un bonus appréciable et inattendu. Il tenta sa chance une troisième fois. La pêche était si bonne, déjà. Mais non. Cette fois, c'était fini.

Pauvre Rosalie! Il eut bien envie de lui laisser un mot, et sourit, à cette idée: il voyait déjà sa bouche s'arrondir sur le Oh! d'indignation qu'elle pousserait en découvrant le billet. Mais il y renonça: c'était inutile et dangereux.

Il empocha le tout et remit les lattes du parquet en place. Puis il se servit un vieux calvados qu'il prit dans la cave à liqueurs, s'installa confortablement dans l'un de ces sièges capitonnés qui faisaient fureur depuis plusieurs années et se mit à réfléchir. Il ne voulait ni se faire remarquer ni prendre le risque d'un contrôle de police, en pleine nuit. Il allait attendre quelques heures et ne sortirait de l'immeuble qu'au petit matin. Il ne pouvait plus se permettre la moindre erreur car il n'attendait plus d'aide de personne, dorénavant. Ce qui s'était passé la veille au soir était irrémédiable, mais il ne savait pas encore à quel point.

*
* *

Quand, à huit heures du matin, on lui annonça Albert, Rosalie eut un coup au cœur. Il était sûrement arrivé un malheur. Elle pensa, tout d'abord, à André et Anne-Marie, puis à Eulalie. Aussi poussa-t-elle un soupir de soulagement quand elle comprit qu'il s'agissait de Joséphine. La logique était respectée, c'était la plus âgée d'entre eux tous qui s'en allait la première. Et puis, soixante-deux ans, c'était un bel âge… Bien sûr, elle adorait la vieille dame qui le lui rendait bien. Elles avaient vécu ensemble tant de bons moments, quelques mauvais aussi, mais elle avait eu si peur qu'il ne soit arrivé malheur à Anne-Marie…

Elle se prépara rapidement et, une heure plus tard, elle rejoignit Anne-Marie qui veillait la dépouille de Joséphine. Toutes deux s'isolèrent quelques minutes autour d'une tasse de café qu'elles prirent dans l'office, où, avec quelques précautions, Anne-Marie révéla à Rosalie les circonstances de la mort de leur vieille amie. Après avoir longtemps pesé le pour et le contre, André et elle avaient, en effet, fini par estimer qu'il valait mieux qu'elle apprenne toute la vérité, en une seule fois, plutôt que de la laisser la découvrir par bribes, dans quelques jours ou quelques semaines. Le chagrin que causait à Rosalie la mort de Joséphine céda alors devant la colère et l'indignation qui l'étouffaient. Décidément, Frédéric n'était qu'un monstre.

Les deux nouvelles étaient aussi rudes à avaler l'une

que l'autre. Joséphine était partie à jamais et Frédéric, lui, était de retour. Ils devaient s'attendre – et elle la première – à de mauvaises surprises de sa part puisque, loin de se bonifier, il les avait au contraire tous insultés de façon éhontée. Juliette avait raison, qui l'avait bien jugé : Frédéric était dangereux. André avait eu tort de se laisser attendrir ; il n'aurait jamais dû renouer avec lui.

Pour l'heure, il fallait d'abord penser aux funérailles. Rosalie retourna à Paris chercher des vêtements de deuil. Avait-elle toujours la robe noire qui lui avait servi, des années plus tôt, à attendrir les bourgeois en quête d'aventure ? Sans doute s'en était-elle débarrassée. Dans ce cas, il lui faudrait en acheter une ainsi qu'un chapeau. Elle fouilla dans son sac et n'y trouva que quarante francs. Plutôt que de perdre du temps à courir à sa banque, elle allait utiliser, pour une fois, sa réserve de sécurité. Après tout, c'est bien à des cas d'urgence qu'elle était destinée.

Corentine tomba des nues quand elle vit sa patronne surgir sur le pas de la porte de la cuisine. Elle préparait son déjeuner, et, par chance, avait lavé et rangé la vaisselle qu'elle et Frédéric avaient utilisée, la veille, pour leur souper. Rosalie lui apprit le décès de Joséphine et mentionna qu'il avait été indirectement causé par le frère de Monsieur André, Frédéric, un homme qu'elle, Corentine, ne connaissait pas.

Corentine se sentit devenir écarlate. Elle avait beau tenter de cacher son trouble, elle n'y parvenait pas. De quoi accusaient-ils son Frédéric ! Un homme si doux, si prévenant ! Elle le connaissait bien mieux qu'eux tous, quand même ! Le malheur, c'est qu'elle ne pouvait pas le défendre, qu'elle ne pouvait rien dire.

— Eh bien, Corentine ! Que t'arrive-t-il ? s'inquiéta Rosalie. Je ne m'attendais pas à ce que tu sois si émue par la mort de Joséphine !

— Madame Joséphine était si gentille…, parvint à articuler, enfin, la jeune fille.

— Bien. Finis ton travail et prépare-toi. Tu m'accompagnes à Montmartre.

— Comment, Mademoiselle, tout de suite ?

— Bien sûr, tout de suite ! Nous avons besoin de toi, là-bas. Et prends des vêtements de deuil.

— Mademoiselle, c'est que…, essaya de tergiverser Corentine.

— Qu'y a t-il encore ? s'impatienta Rosalie

— Rien, Mademoiselle. Je suis si surprise…

— En as-tu, au fait ? Des vêtements de deuil ?

— J'ai cette robe noire que Mademoiselle m'a donnée, il y a trois ans.

— C'est vrai, j'avais oublié que je te l'avais donnée. J'aurais pu la chercher ! Bien, dépêche-toi, je vais dans ma chambre.

Rosalie ferma doucement la porte, et, sans faire de bruit, donna deux tours de clef. Puis elle se dirigea vers le petit tapis qu'elle déplaça, compta les lattes du parquet, et, sans hésitation, souleva la quatrième et la cinquième. Elle glissa la main dans le trou et chercha à atteindre le sac derrière lequel se trouvait la cassette. Elle se redressa, étonnée, avant de se baisser à nouveau et de recommencer. Elle changea de position pour pouvoir glisser la main plus loin : après dix secondes de vaines recherches, elle se redressa. C'était à n'y rien comprendre : il n'y avait plus rien, ni cassette, ni bijoux.

Elle se remit debout, et, tout en contemplant sa cache, se mit à réfléchir. Très vraisemblablement, argent et bijoux s'étaient envolés. À moins que… Elle recompta les lattes, et se baissa pour tenter de soulever la troisième, puis la sixième. En vain. Elles étaient bien fixées. Elle repassa la main une dernière fois, s'assura qu'il n'y avait pas eu d'effondrement, que ses bijoux et sa cassette n'étaient pas tombés chez le voisin du dessous. Mais non. Elle ne rêvait pas, n'avait pas d'hallucinations, elle ne se trompait pas, non plus : on l'avait volée. Mais comment ? Et quand ? Et qui ? Elle remit les lattes puis le tapis en place et prit une profonde inspiration.

Son sang-froid l'étonnait. Si on lui avait dit, un quart d'heure plus tôt, qu'elle resterait aussi sereine après un vol pareil, elle ne l'aurait pas cru. Tous les bijoux de Juliette ! Dire qu'elle ne s'en était jamais servie ! C'est ce rubis, surtout, qu'elle regretterait de n'avoir jamais porté ; il jetait de tels feux ! Il n'était sûrement pas perdu pour tout le monde. Mais le plus étonnant, c'était cela : elle s'apercevait de ce vol le jour même où elle apprenait la mort de Joséphine. Tous ses liens avec Juliette, son amie disparue, s'évanouissaient, en un jour : les bijoux qu'elle lui avait légués, Joséphine… Seul restait André. Et Marc.

Et dire que tout cela arrivait juste quand Frédéric resurgissait ! Et si… Mais bien sûr ! C'était cela ! Ce ne pouvait être que lui ! Il en était parfaitement capable, lui qui, la veille, l'avait traitée de putain ! Et André était si faible avec lui, si naïf aussi, qu'il avait très bien pu vendre la mèche et le renseigner sans même s'en rendre compte ! Ce n'était pas une porte qui pouvait arrêter Frédéric, elle ne le savait que trop ! La porte… Elle allait vérifier si elle avait été crochetée. Il lui avait souvent expliqué que le meilleur des cambrioleurs laissait toujours des marques infimes sur la serrure qu'il forçait. Quand ce n'était pas le cas, c'est qu'il avait réussi à se procurer un double des clefs.

Elle sortit de sa chambre et prit une loupe de poche dans son secrétaire. Rien. Pas la moindre trace suspecte sur la serrure. Non. C'était certainement la seconde éventualité. Corentine était-elle mêlée à cette histoire? Volontairement, c'était peu vraisemblable, mais comment en être certaine? Rosalie avait besoin de retrouver ses esprits et aussi de passer à la banque puisqu'elle n'avait plus d'argent chez elle.

— Je sors, Corentine, annonça-t-elle. J'en ai pour une heure. Soyez prête quand je rentrerai.

Elle n'attendit pas la réponse. À la Banque Rothschild, elle préleva cinq cents francs sur son compte, puis elle fit l'acquisition, au Magasin du Louvre, de deux robes, l'une de deuil, très sobre, l'autre de demi-deuil. Elle était bien résolue à ne les porter que lorsque les convenances l'y contraindraient. Joséphine, qui avait toujours été bien plus sensible aux sentiments qu'aux conventions sociales, ne lui en voudrait sûrement pas. Elle faillit acheter une paire de bottines, mais se dit que, finalement, ses noires feraient, provisoirement, l'affaire. Anne-Marie comptait sur elle et ce vol l'avait déjà tellement retardée.

Elle attendit d'être bien installée dans la voiture pour entreprendre Corentine. Il lui fallait absolument savoir. Elle commença prudemment, par crainte de blesser la jeune fille qui n'y était probablement pour rien. Mais, devant son absence de réaction, elle n'eut d'autre solution que de lui parler crûment. Après tout, si sa chambrière n'avait rien à se reprocher, elle comprendrait.

— Corentine, je vais devoir te poser des questions désagréables, mais j'y suis obligée. Voilà. Il s'est passé quelque chose de très grave pendant mon absence.

— Oui, Mademoiselle, vous me l'avez dit. Le décès de Madame Joséphine.

— Non. C'est encore autre chose, Corentine. On m'a volée. Chez moi. Il y a eu un vol dans ma chambre.

— Un vol? Dans votre chambre? Mais, Mademoiselle, s'exclama la jeune femme incrédule, ce n'est pas possible! Vous vous trompez, pour sûr!

— Non, Corentine. C'est possible, puisque c'est fait.

— Et… ce qu'on vous a volé, c'est important ?

— Très important, oui.

— Je ne comprends pas… Mais alors… Vous pensez que…

— Je sais que ce n'est pas toi, bien sûr, Corentine, dit plus doucement Rosalie. Je ne t'accuse pas.

— J'espère bien que Mademoiselle me fait confiance !

Rosalie marqua un silence, avant de répondre :

— À toi, oui, mais n'aurais-tu pas rencontré quelqu'un, ces temps-ci ? Un jeune homme ? Un beau parleur qui t'aurait fait du charme…

Corentine ne put s'empêcher de rougir violemment, à nouveau. Elle sentit son cœur s'affoler. Il ne fallait pas que sa patronne s'en aperçoive. Si c'était vrai, si sa patronne ne se trompait pas… Frédéric aurait pu la circonvenir, la tromper, l'utiliser pour cambrioler l'appartement ? Non, ce n'était pas possible ! Il ne l'avait pas bernée, lui aussi ! Pas lui, pas Frédéric ! Et pourtant, si ! Déjà, sa gorge se nouait. Elle savait que sa maîtresse avait raison.

— Pourquoi es-tu si rouge, tout à coup ? demanda Rosalie.

— Je ne rougis pas, Mademoiselle !

— Si. Tu es aussi rouge qu'une pivoine ! Il y a un homme, bien sûr. Un jeune homme. Veux-tu que je te le décrive ? Ne veux-tu rien me dire ? Je sais qui c'est.

— Ça, alors, ça m'étonnerait ! osa Corentine qui ne voulait pas encore croire ce qu'elle pressentait.

— Je parie qu'il se nomme Frédéric, qu'il a un beau sourire, qu'il est tendre, gentil et beau comme un dieu, assena Rosalie.

La jeune fille éclata en sanglots et s'écria :

— Ce n'est pas possible ! Il n'a pas pu me faire ça ! Non, il m'aime ! Ce n'est pas vrai.

Rosalie eut pitié de sa femme de chambre qui, décidément, n'avait pas de chance avec les hommes. Elle n'était pas sotte, pourtant... Elle la prit dans ses bras et la consola comme elle le put. Mais le temps pressait ; elle voulait tout savoir avant d'arriver à Montmartre où elle n'aurait plus le temps de s'occuper de la jeune fille.

— Dis-moi tout, Corentine. Tu couches avec lui ?

Un hochement de tête le lui confirma.

— Depuis quand ?

— Quinze jours, Mademoiselle. Il y a eu deux semaines, hier.

— Et tu l'aimes, bien sûr.

— Oh ! oui, Mademoiselle. Pardon... Enfin, oui...

— Dis-moi... Lui as-tu prêté les clefs de l'appartement ? Dis-le-moi franchement, cela me facilitera les choses.

— Oh ! non, Mademoiselle, bien sûr que non.

Bien sûr ? Mais... bien sûr que si ! Il y avait eu ce jour où il s'était dit fatigué ; elle lui avait donné les clefs pour qu'il monte se reposer pendant qu'elle faisait les courses. Oh ! cela n'avait pas duré longtemps, vingt minutes, à peine... Peut-être une demi-heure, pas plus. Et puis, elle s'en souvenait maintenant, une autre fois, il s'était trompé de trousseau ; elle s'en était aperçue presque aussitôt, mais lui, seulement en arrivant à son appartement, à la Bastille. Cela n'avait duré que le temps d'un aller-retour ; trois heures, peut-être. Mademoiselle croyait-elle que... Corentine lança un regard désespéré à Rosalie et se remit à pleurer. Il s'était moqué d'elle, il l'avait séduite, uniquement pour voler sa patronne ! Le salaud ! Qu'elle était sotte, mon Dieu ! Plus bête qu'elle, il n'y avait pas !

— Je voudrais être morte, s'entendit-elle dire, soudain. Morte...

— Allons, lui répondit Rosalie, Joséphine, ça suffit, tu ne crois pas ?

C'était curieux. Rosalie n'arrivait pas à en vouloir à Corentine qui n'était jamais qu'une victime supplémentaire de Frédéric. Si ce n'avait pas été elle, c'eût été quelqu'un d'autre ; il aurait trouvé autre chose, un autre moyen, peut-être pire, alors que, là, tout s'était passé entre deux draps... Juliette avait raison, elle en était sûre, aujourd'hui. Frédéric n'était pas qu'un voleur, c'était un vrai bandit.

Près d'elle, Corentine sanglotait. Mais ce n'était ni sur sa faute, ni sur le vol dont était victime sa patronne, ni même sur la mort de Joséphine qu'elle versait toutes ces larmes. C'était son amour perdu, son amant envolé avec ses illusions qu'elle pleurait. Rosalie ne jugeait pas ; elle comprenait, elle avait pitié.

*
* *

André conduisait le deuil, entouré d'Anne-Marie, à sa droite, et de Rosalie, à sa gauche. Derrière eux venaient Corentine et Marc. Pierre Champfort s'était excusé. Il n'avait pas pu se libérer et les rejoindrait plus tard. Le cortège ne comptait guère plus d'une vingtaine d'autres personnes, des voisins pour la plupart, et, sous le soleil écrasant de cette fin de matinée, derrière le corbillard que tirait un cheval noir, ils cheminaient lentement vers le cimetière de Montmartre. Par chance, celui-ci se situait au pied de la Butte ou presque et jouxtait la petite église, si bien qu'entre l'un et l'autre, ils n'auraient pas un long chemin à faire.

Joséphine n'avait jamais été très assidue à l'église. À dire vrai, elle était même bien plus proche de la mécréante que de la bonne paroissienne que l'officiant aurait aimé enterrer. Cela n'empêchait pas le curé de la tenir en estime, car il savait que la brave Joséphine pratiquait l'enseignement du Christ sans en avoir conscience. Elle avait ses bonnes œuvres personnelles, ses gueux comme elle appelait les pauvres qu'elle nourrissait et aidait à se loger. Elle avait trop connu la misère pour ne pas essayer de soulager celle de ses semblables, quand, sur la fin de sa vie, elle en avait eu les moyens. Elle y engloutissait tout ce que lui avait laissé Juliette, le produit de ses loyers et des placements que gérait Pierre Champfort.

André fut très étonné d'entendre le prêtre faire l'éloge de sa vieille amie qu'il ne connaissait pas sous cet angle. Il n'en prit vraiment conscience que lorsqu'une troupe d'une trentaine de pauvres hères dépenaillés rejoignit le cortège aux abords du cimetière. Ils n'avaient pas voulu entrer à l'église dont ils n'étaient sans doute pas familiers, mais le cimetière était à tout le monde, nul ne leur y disputerait leur place. Ils écoutèrent en silence le *Dies Irae* et vinrent, eux aussi, asperger d'eau bénite le corps de leur bienfaitrice avant de poser quelques bouquets de fleurs des champs au bord de la fosse. L'une de ces femmes pleurait. André en fut ému, et se dit que, si Joséphine les voyait de là-haut, ces larmes avaient sans doute pour elle autant d'importance, sinon plus, que celles qu'Anne-Marie, Rosalie ou lui-même versaient sur elle.

À peine le fossoyeur eut-il commencé à recouvrir le cercueil de terre qu'André se dirigea vers le petit groupe que formaient ces hommes et ces femmes, et les invita à partager leur repas, en souvenir de Joséphine. Il ne savait pas si Anne-Marie avait de quoi donner à manger à tout ce monde, mais ils se débrouilleraient. Il fut très étonné de voir le curé venir à lui et lui dire :

— Merci, monsieur Duchêne. Joséphine aurait apprécié cette initiative.

— Comment connaissiez-vous Joséphine, monsieur le curé ? demanda André.

— Qui ne la connaissait pas, mon ami ? Une si

bonne âme… Une femme qui pratiquait la charité comme elle respirait, naturellement. Elle est sûrement au Paradis !

Anne-Marie applaudit des deux mains l'initiative de son mari, mais il fallait qu'elle agisse vite. Elle n'avait prévu qu'un déjeuner léger, un plat de poisson, deux poules, un gigot de mouton : ils n'iraient pas loin avec ça. Elle avait bien un pot-au-feu qui mijotait pour le repas du soir, mais il ne serait jamais prêt pour le déjeuner.

Elle se rappela soudain l'existence de ce restaurant qui faisait traiteur, près de la barrière de Clichy, et dont Joséphine, justement, lui avait parlé. Bon et pas cher, lui avait-elle dit ; c'était la solution.

Quand Rosalie comprit que tous ces miséreux allaient rester dîner, elle s'insurgea. Eh quoi ! Bien sûr, elle concevait qu'il faille nourrir ces braves gens. Mais ne pouvaient-ils pas manger sur des tréteaux, un peu plus loin ? Ils n'étaient pas obligés de se mêler à eux, quand même !

— André et moi faisons simplement ce qu'aurait voulu Joséphine, répondit doucement Anne-Marie.

— Ce qu'aurait voulu Joséphine… Qu'est-ce que tu en sais ? bougonna Rosalie. Joséphine aimait ses aises ! Elle n'était pas femme à s'enquiquiner pour des…

— Pour des ?

— Ce n'est pas ce que je voulais dire, tu le sais, se rattrapa Rosalie, en rougissant. Mais nous ne partageons pas le même chagrin, la même peine que ces gens…

— Tu as raison, Rosie. Je suis à peu près certaine qu'ils ont plus de peine que nous. Eux, Joséphine va leur manquer tous les jours, puisqu'elle était leur bien-faitrice au quotidien, le curé me l'a dit. C'est elle qui leur permettait de manger, de se loger, et aujourd'hui, ils doivent se demander de quoi sera fait demain, pour eux. Nous ferons ce que nous pourrons pour la remplacer.

Elles restèrent un long moment silencieuses, l'une honteuse, l'autre, se demandant ce qu'elle venait de dire, très précisément. Toutes deux étaient revenues vingt ans en arrière. Ce fut Rosalie qui parla la première.

— La peur du lendemain, du jour sans pain, ne crois pas que j'ai oublié, Anne-Marie. Mais ce n'est pas ça. J'ai une confidence à te faire.

— Pas trop grave, j'espère.

— Assez quand même ! Frédéric m'a volée. Il a séduit Corentine pour s'introduire chez moi et me voler tous les bijoux, ainsi que quatre mille francs.

— Belle journée ! Quelle ordure !

— Oh ! Il ne l'emportera pas au paradis ! Il n'empêche que c'est toute ma réserve qu'il m'a volée, ce… ce…

Rosalie butait sur le qualificatif. Frédéric était un salaud, oui, mais c'était Frédéric ! Elle n'arrivait pas encore à le traiter de bandit, de vaurien.

— C'est dur à admettre, Rosie, je le comprends, dit Anne-Marie, mais le Frédéric de ta jeunesse est bien mort, pourtant…

— Je ne le sais que trop, ma chérie. Cent mille francs de bijoux… Le cadeau de Juliette… Il n'en reste rien.

— Ne les regrette pas, va. En réalité, ces bijoux constituaient un danger pour toi. Et puis, tu ne pouvais pas les porter…

— Le rubis, non, le diamant, peut-être pas non plus, mais les autres bijoux avaient été transformés, les pierres retaillées.

Rosalie ne pouvait pas avouer à son amie qu'elle avait la ferme intention de porter tous ces bijoux à la fois le jour où elle retournerait au pays, Anne-Marie ne l'aurait pas compris. Pourtant, depuis le jour où elle avait accompagné Joséphine dans son village natal, le désir mûrissait en elle de rentrer plus tard, elle aussi, dans le sien en triomphatrice. Sa revanche, elle l'aurait le jour où, riche enfin, elle verrait les gens de là-bas la respecter et s'incliner devant elle, et devant son argent. En province, l'argent, la réussite sociale valaient tous les quartiers de noblesse.

— N'empêche ! conclut Anne-Marie, tous ces bijoux étaient volés ! Et ça, ça ne t'aurait pas porté chance.

— Ça ne m'a pas porté chance, tu veux dire. Sans ces bijoux, il ne m'aurait jamais pris mes quatre mille francs !

— Je suis sûre qu'ils porteront aussi malheur à Frédéric. Tu verras.

— Et ce sera bien fait, ajouta Rosalie.

— Ne dis pas ça, Rosie ! On ne souhaite pas le malheur à son pire ennemi.

— Peut-être, mais n'empêche !

13

Les cahots de la voiture sur les chemins empierrés de la Butte avaient pour effet de la faire somnoler. La nuit avait été courte, il est vrai, et elle avait mal dormi. Rosalie rentrait de l'enterrement de Joséphine. Devant elle, lui tournant un dos que les années n'arrivaient pas à courber, Albert paraissait toujours aussi imperturbable. Mais la jeune femme l'avait vu pleurer la disparition de Joséphine. Elle savait que ce n'était là qu'apparence et que le vieux cocher était bouleversé. Ils avaient passé tant d'années côte à côte, Joséphine et lui. Quel âge pouvait-il avoir ? Soixante-dix ? Soixante-quinze ans ? Nul ne le savait avec exactitude, pas même lui probablement puisqu'il n'était pas né en France. Rosalie rentrait chez elle ou plutôt chez Pierre. Demain... c'était demain l'échéance. Demain, ils en auraient fini de leur mois d'essai. Qu'allaient-ils décider ?

Pierre et elle... Un drôle d'attelage, lui avait dit Marc, un mois plus tôt, avec, peut-être, une pointe de jalousie, quand il avait su que Pierre parlait mariage. Cet essai n'était pas un échec, pourtant, puisqu'ils l'avaient mené à son terme, et c'était déjà ça. Ils avaient du respect et de l'affection l'un pour l'autre, leurs caractères s'accordaient très bien, et sans doute pourraient-ils vivre et vieillir ensemble en bonne harmonie. Cela suffisait-il ? Rosalie n'en était pas certaine et était convaincue que Pierre se posait la même question. Cette dernière semaine, il s'était montré moins empressé, même s'il prétendait la désirer toujours autant. Mais, comme l'avait souligné Anne-Marie, Pierre frisait les cinquante ans et peut-être ressentait-il les premières atteintes de l'âge. Pour le reste, ils avaient une vie sociale agréable en dépit de fréquentations différentes : presque toutes les relations de Pierre venaient du milieu des affaires, quand les siennes appartenaient en totalité à celui des arts, des lettres, du journalisme et du spectacle.

Au fait, elle avait oublié de parler à Anne-Marie de ce jeune Burdin dont elle faisait tant de cas, alors qu'il lui fallait s'en méfier comme de la peste ! Pierre recevait une fois par semaine et, le mardi précédent, il avait invité Burdin et sa jeune épouse à dîner. Visiblement amoureuse d'un mari qui la négligeait déjà ouvertement, la jeune femme devait souffrir le martyre en société tant son cher Nicolas faisait preuve de goujaterie vis-à-vis d'elle et cherchait à séduire tous les jupons qui passaient à sa portée. Ainsi, alors qu'à la demande de Pierre, Rosalie l'avait placé à sa gauche, il n'avait pas hésité à lui faire du pied sous la table, insistant d'une façon particulièrement maladroite quand elle s'était écartée, et cela, tout en lui tenant des propos plus que lestes.

— Monsieur, lui dit-elle quand elle en eut assez, seriez-vous prussien ?

— Prussien, moi ? répondit le jeune homme en s'esclaffant de cette suggestion saugrenue. Prussien... quelle idée ! Et pourquoi le serais-je, madame ?

— Parce que, en France, les Prussiens passent pour être lourds et manquer de tact autant que d'esprit, monsieur, et comme vous manquez des deux…

— Mais, Madame…, avait-il bredouillé, en retirant aussitôt son pied.

— Je crains que la semelle de votre bottine n'ait abîmé le cuir de mon escarpin. Vous êtes vraiment d'une maladresse insigne, mon cher!

Puis se tournant vers la jeune Mme Burdin qui lui faisait presque face, elle l'avait entraînée dans une discussion sur les bottiers parisiens, en comparant les mérites respectifs de Sikorski et de Schumacher. La jeune femme l'avait regardée avec gratitude, la remerciant d'un simple battement de cils.

Mais il y eut plus grave, un peu plus tard dans la soirée. Au début du repas, le jeune banquier, encore à jeun, avait eu une image forte lorsqu'il avait comparé la Bourse à une cathédrale des temps modernes. Mais il avait déjà bu plus que de raison, quand il revint sur cette métaphore, alors que Rosalie s'apprêtait à faire servir liqueurs et alcools. «Je disais, tout à l'heure, rappela-t-il, que la Bourse de Paris est pour nous, sujets de l'Empire, ce qu'était Notre-Dame, il y a six siècles pour nos aïeux. La foi en l'argent a remplacé la foi en Dieu. L'argent, voilà la nouvelle religion, et j'en suis l'un des grands prêtres, l'un de ceux que l'on consulte pour gagner le paradis des dividendes et des profits.»

S'il s'était arrêté là, son intervention n'aurait pas porté à conséquence; on aurait même pu la juger amusante. Mais il poursuivit, se vantant de placer, comme il l'entendait, l'argent de nombreux clients et surtout de clientes, prêtes à se damner et plus pour bénéficier de ses faveurs. «En tout genre?» lui demanda sa voisine. «En tous genres», confirma-t-il, non sans rougir un peu. C'était déjà insultant pour ses clientes; ce le fut encore plus quand, pressé par deux ou trois convives qui voulaient peut-être sa perte, il poussa la goujaterie jusqu'à faire le portrait physique de trois ou quatre d'entre elles. Comme il avait de l'esprit, il le fit avec un humour si corrosif, une ironie si mordante que tout le monde put mesurer le mépris qu'il portait à ces femmes qui pourtant le faisaient vivre. Rosalie reconnut, sans mal, Anne-Marie dans l'une de ces caricatures. Aussi, au moment où le jeune couple vint la saluer, choisit-elle de le prendre à part.

— Madame, je vous plains, dit-elle à la jeune Mme Burdin. Ne vous attachez pas trop à votre mari : c'est un menteur doublé d'un goujat. Vous méritez mieux que ça.

Et se tournant vers l'homme, elle ajouta :

— Quant à vous, monsieur, il y a moins d'une heure, pour briller en société, vous vous êtes moqué ouvertement et méchamment de ma meilleure amie, Anne-Marie Duchêne, que vous avez calomniée. Vous voudrez bien lui faire des excuses par écrit, dès demain, ce qui ne l'empêchera sûrement pas de vous retirer sa clientèle et d'en aviser vos supérieurs. Adieu, monsieur.

Pierre n'avait pas entendu Rosalie s'adresser au jeune banquier dont il ne connaissait pas encore l'étendue des bévues. Cela semblait suffisamment grave, en tout cas, pour que d'aucuns considèrent qu'il avait ruiné sa carrière, tant il s'était montré odieux. Quand Rosalie lui raconta ce qui s'était passé, le notaire l'approuva sans réserves. Décidément, elle l'épatait. Elle savait, aussi, se faire respecter.

Quant au jeune Burdin qu'il croyait amoureux fou de sa jeune épouse, il ne le comprenait pas. Il avait dû se passer quelque chose de grave entre les jeunes époux. L'aurait-elle trompé ? À moins que… une question de dot… C'était sans doute cela. Le beau-père, cet architecte, avait une telle réputation de brigand ! Il avait dû rouler son gendre dans la farine et n'avait sans doute jamais versé la dot promise. Cette entorse à la parole donnée devenait monnaie courante, en effet. Et ce jeune sot retournait sa rage contre sa jeune épouse qui n'y était pour rien et ne devait rien comprendre à ce qui lui arrivait, la pauvre petite !

Ce début de juillet avait été terrible. Rosalie avait fait une erreur en demandant à Jacques Offenbach de suspendre son contrat. Rien ne prouvait qu'il allait la reprendre, malgré toute la sympathie qu'il avait pour elle et l'amitié qui les liait, Marc et lui. D'abord, parce qu'il avait, évidemment, engagé une remplaçante. Et puis, comme le lui avait expliqué sans fard Ludovic Halévy, ni Jacques ni lui n'avaient apprécié qu'elle les laisse en plan, du jour au lendemain alors qu'elle avait bénéficié d'un engagement de faveur. Si Pierre et elle se séparaient, elle devrait reprendre sa carrière à zéro.

Elle s'était rongé les sangs pendant une quinzaine. Pourtant, à ses yeux, cette erreur n'en était pas tellement une car elle ne se sentait pas faite pour l'opéra bouffe. Elle n'avait accepté la proposition de Ludovic Halévy que comme un pis-aller, à un moment où elle ne trouvait rien, à un moment, surtout, où elle commençait à perdre confiance en sa bonne étoile. Et puis, le coup de chance : elle avait rencontré par hasard son amie Emma Valadon, chez Mme Ode. Emma – ou plutôt Thérésa – l'avait aussitôt entreprise et l'avait presque suppliée de revenir à l'Alcazar. Cela changeait tout. Si Pierre et elle se séparaient, elle reprendrait ses goualantes et les parodies de son amie, et dans de bien meilleures conditions financières que la première fois. Et puis, c'était le registre qui lui convenait le mieux, celui pour lequel elle était faite. Et ses danses espagnoles ? Ses imitations de Lola Montès ? Pourquoi ne les travaillerait-elle pas un peu plus ? Elle y obtenait un vrai succès, surtout de la part de tous ceux qui avaient connu Lola, à l'époque de sa splendeur, dix ans plus tôt. Oui, c'est ce qu'elle allait faire.

Si Pierre et elle se séparaient… Elle n'allait pas tarder à le savoir. Elle allait lui proposer de prolonger leur accord actuel, de repartir pour une période d'essai supplémentaire de trois mois. Mais Pierre l'accepterait-il, cette fois? Il parlait tant de faire un enfant. Un enfant… Pourquoi pas, après tout? Un enfant… Voilà, c'était cela la solution! Ils se donnaient trois mois pour faire un enfant. Si, pendant cette période, elle se trouvait enceinte, ils se marieraient; dans le cas contraire, ce serait la fin, définitive, de leur aventure.

*
* *

Frédéric remontait le tout nouveau boulevard du Prince Eugène, qui n'avait pas encore été officiellement inauguré. Comme toutes les autres avenues de Paris, il grouillait de saltimbanques qui cherchaient à attirer le chaland en usant de toutes sortes d'artifices, mais aussi de mendiants et de joueurs d'orgue de Barbarie qui pullulaient et se disputaient les meilleures places aux carrefours, les seconds plus agaçants encore que les premiers tant leurs rengaines étaient bruyantes et lassantes. Tous les Parisiens s'en plaignaient et des voix s'élevaient qui demandaient leur interdiction pure et simple dans la cité.

Frédéric ne savait que faire. Neuf ans d'absence et ce nouveau régime politique: il ne se retrouvait plus dans ce Paris qui n'était plus le sien. Il y était perdu, ses amis avaient disparu ou s'étaient retirés, et il en venait à regretter le sud de la France et Toulon. Ici, il n'était rien, alors que là-bas… Et s'il redescendait dans le Midi? Pourquoi pas, après tout? Il lui suffisait de liquider ses bijoux et il aurait de quoi s'installer confortablement, de vivre en rentier, quitte à arrondir ses revenus d'un ou deux coups sûrs par an. Le cambriolage de l'appartement de Rosalie lui donnait le mode d'emploi : séduire la bonne pour voler la maîtresse… C'était facile, sans risques, et même agréable !

Trois semaines plus tôt, André l'avait mis à la porte. Lorsqu'il avait voulu s'excuser de s'être emporté, son frère ne lui en avait pas laissé le temps. Joséphine était morte, et c'était lui qui l'avait tuée, lui avait-il assené méchamment. Comme s'il y était pour quelque chose ! Cette attaque, elle l'aurait eue de toute façon un jour ou l'autre ! Elle avait fait son temps, cette vieille folle, il n'était pour rien dans sa mort. Ce n'était qu'une malheureuse coïncidence.

Mais allez expliquer cela à des gens qui ne veulent rien entendre ! Et André n'avait rien voulu entendre. D'autant plus que résonnaient encore à ses oreilles les insultes de Frédéric que sa femme s'était, bien entendu, empressée de lui répéter. « Eunuque », cela ne faisait plaisir à personne. À sa place, il aurait peu apprécié, lui aussi. Eunuque, putain, fagot, c'étaient là des termes qui ne s'oubliaient pas facilement… Frédéric s'était excusé une fois encore, avait supplié, pleuré même. En vain. Cette fois, c'était bien fini. André avait pourtant les larmes aux yeux, lui aussi, en le regardant partir.

André… Il mesurait aujourd'hui ce qu'il lui devait. Il se souvenait que, quand il avait tiré un mauvais numéro, en 1843, plutôt que de le laisser faire ses sept ans de service, son aîné s'était endetté et lui avait trouvé un remplaçant pour mille deux cents francs. Il n'était pas encore à son compte, à l'époque, seulement compagnon, et il avait dû travailler encore plus, jusqu'à quinze heures par jour, sept jours sur sept. Pourtant, jamais, depuis, il n'en avait reparlé, alors qu'il avait dû emprunter les trois quarts de cet argent.

André? C'était un frère en or, un mari en or, un homme en or, pas compliqué pour deux sous, fidèle et solide! Il savait qu'il lui pardonnerait un jour, mais là, tout de suite, même à un homme comme lui, c'était trop demander. L'insulte était encore trop récente, la blessure à vif.

Par contre, ce que Frédéric n'avait pas compris et qu'il ne comprenait toujours pas, c'est qu'André ait exigé qu'il rende ses bijoux et son argent à Rosalie. Se rendait-il seulement compte du mal qu'elle lui avait fait en l'abandonnant? Comment son frère pouvait-il mettre en balance leur lien de sang avec les relations d'époux et d'ami qu'il avait avec Anne-Marie et Rosalie? Deux femmes! Comme si on pouvait s'y fier!

Il était parti sans daigner répondre à cette dernière exigence, tant elle lui paraissait saugrenue, se contentant de hausser les épaules. Sans doute était-ce Rosalie elle-même qui avait deviné qu'il était l'auteur du cambriolage. Elle était assez fine mouche pour ça et avait dû cuisiner Corentine. Il aurait préféré qu'ils l'ignorent, les uns et les autres, mais à partir du moment où ils ne voulaient plus le voir, peu importait après tout. Il n'avait plus aucune raison de leur faire de cadeau. Et rendre ces bijoux et cet argent en aurait été un énorme, au moment où ils le chassaient! D'ailleurs, voler des bijoux volés, ce n'était pas un vol, il l'avait appris dans sa geôle italienne.

Comme toujours, la marche lui éclaircissait les idées. Il allait retourner à Toulon. Ou à Marseille… Mais, auparavant, il devait négocier son trésor, ici, à Paris. Il lui faudrait être prudent car le moindre des malfrats de la place lui ferait un sort s'il apprenait qu'il disposait d'un pareil butin. Saturnin… Bien sûr, la solution, c'était Saturnin. Il fallait qu'il aille le voir et lui propose une commission. Il allait devoir faire un aller-retour à Marseille, car les renseignements dont il avait besoin, il ne pouvait les demander au truand marseillais ni par courrier, ni par télégraphe, cette nouvelle invention dont il ne s'était encore jamais servi. C'était bien trop dangereux !

Pas question non plus de donner à qui que ce soit une idée du montant global de ces bijoux ni de les négocier en bloc. Il liquiderait le tout en quatre ou cinq fois, par petits paquets de quinze ou vingt mille francs. Pour le receleur, il faudrait qu'il passe pour un roi de la cambriole, capable de lui procurer très régulièrement de la bonne marchandise. Frédéric était seul et proposer cinquante mille francs de marchandise d'un coup, alors qu'il n'aurait qu'un Marseillais comme « parrain », serait tenter le diable et se mettre en danger. Quant à négocier seul une pierre comme le rubis, c'était inenvisageable, beaucoup trop périlleux. C'était la certitude de se retrouver aussitôt dans la fosse commune ou au fond de la Seine.

Sa décision prise, il se sentit beaucoup mieux. Et puisqu'il allait quitter Paris, autant en profiter au maximum. Il faisait beau, c'était l'été. Il allait s'offrir une soirée de détente sur les bords de la Marne, vérifier si son charme opérait toujours, voir aussi si Claudine n'était pas rouillée. Il était temps qu'il la remette au travail ; elle avait pris assez de vacances ! Mais, pourquoi attendre ce soir ? Il allait se mettre en chasse tout de suite. Il y avait de la grisette dans le coin ; il devait donc y avoir de la cousette aussi, ou de petites repasseuses. Après tout, c'était leur quartier !

*
* *

Dix minutes plus tard, il repéra deux jeunes filles, en corsage blanc et jupe noire, qui portaient, l'une et l'autre, un panier de linge au bras. Il leur demanda, en prenant l'accent du Midi, la direction du cimetière du Père Lachaise. Tout en dévisageant ce Français du Sud d'un air intéressé, les deux jeunes filles furent prises d'un fou rire quand elles lui indiquèrent, à la même seconde, deux directions différentes. Il faisait lourd, elles ne se firent pas prier quand il les invita à se rafraîchir au cabaret. Peu après, assis à l'ombre, ils liaient tous trois connaissance autour d'un petit blanc de Suresnes.

Comme c'était souvent le cas, les deux amies n'avaient physiquement rien de commun. L'une, blonde comme les blés, avait un nez légèrement retroussé, des yeux candides et d'un bleu délavé, une vraie fille du Nord, bien en chair et en formes. La seconde, aussi brune que son amie était blonde, avait le visage typé d'une Romaine ou d'une Espagnole, et un corps tout aussi prometteur que celui de la blonde, mais plus fin, plus cambré, plus nerveux. Il lui trouva une ressemblance frappante avec Rosalie.

Ni timides ni farouches, les deux jeunes filles avaient terminé leur journée. Compréhensive, parce que jeune elle aussi, leur patronne les laissait libres à cinq heures le samedi. Cela leur permettait soit de s'amuser, soit de faire un extra, soit d'avancer leur travail domestique. Quand elles eurent convaincu Frédéric que le cimetière du Père Lachaise serait fermé avant qu'il n'y arrive – ce dont il n'avait jamais douté –, les deux jeunes repasseuses commencèrent à envisager de passer la soirée avec ce beau garçon, mais de façon différente.

— Une guinguette ? Pourquoi pas ? répondit à Frédéric la jeune Toinon, une bonne nature franche et fleur bleue, qui se voyait déjà pendue à son cou.

— Dans ce cas, ce sera avec moi, monsieur, intervint Marianne. Toinon est déjà tombée sous votre charme et elle en oublie qu'elle sert le dîner, ce soir, chez Mme Saboureau.

328

Toinon avait oublié, en effet, et dut laisser, peu après, son amie en tête à tête avec ce Frédéric qu'elle n'était déjà pas loin de considérer comme un prince charmant. Elle assurait, ce soir-là, le service chez la meilleure cliente de sa patronne. Une réception où, en plus de ses quatre francs, elle ferait un dîner très copieux, puisque c'était une maison où on autorisait le personnel à manger et à emporter les restes. Toinon savait déjà qu'elle aurait, en quittant l'hôtel particulier de la bonne Mme Saboureau, un sac de provisions qui lui ferait la moitié de la semaine, soit trois francs de plus. Quatre francs de gain, trois francs de nourriture, cela faisait sept francs, soit l'équivalent de cinq journées de travail pour six heures de service. Elle ne pouvait rater ça, même pour ce beau garçon.

En quittant la table, Toinon se pencha à l'oreille de Frédéric et lui chuchota :

— Toinon Moulin, cinquième étage, deuxième porte à droite, couloir de gauche, 4 rue du Four-à-Banc. J'y serai à minuit. Et moi, c'est gratuit.

Frédéric lui avait souri en acquiesçant d'un signe de tête, en se répétant l'adresse mentalement pour être sûr de bien s'en souvenir. Ce « c'est gratuit » de Toinon avait déclenché dans son cerveau une sonnette d'alarme. Il connaissait la subtilité comme la jalousie féminines et fut aussitôt sur ses gardes. Une demi-heure plus tard, il en était venu, avec Marianne, au tutoiement annonciateur de relations plus intimes, quand la jeune fille lui demanda s'il aimerait goûter la douceur et la fraîcheur de sa peau dans la chambrette qu'elle partageait, sous les combles, avec sa jeune sœur de quinze ans. Il prit immédiatement les devants.

— Ce sera dix francs, lui dit-il.

— Merci, répondit la jeune fille.

— Bien entendu, tu me les donnes, en arrivant chez toi.

— Comment cela, je te les donne ? fit la jeune fille, mi-figue, mi-raisin. Tu te moques de moi ?

C'était vraiment trop drôle. Le monde à l'envers ! Lui, se faire racoler par une putain ! Il y avait si long-temps que cela ne lui était pas arrivé ! Frédéric s'ex-pliqua et, peu après, tous deux s'esclaffaient autour des bières qu'il avait commandées.

Marianne se raconta, sans enjoliver ni noircir sa vie le moins du monde. Elle avait dix-huit ans, et un franc quarante de salaire quotidien, ce qui était fran-chement insuffisant pour vivre. Elle avait connu très tôt toute la rigueur de la condition ouvrière, et le cin-quième quart de son salaire, celui qu'elle gagnait en louant son corps, lui était devenu indispensable comme il l'était pour quatre-vingts pour cent de ses compagnes célibataires, au point de faire, depuis trois ans, partie intégrante de son budget où il occu-pait, même, une place de plus en plus importante. Comme c'était souvent le cas, il deviendrait sans doute bientôt sa ressource unique, la prostitution lui paraissant nettement plus rentable et moins fati-gante que ses quatorze heures quotidiennes de fer à repasser.

— Il est impossible à une ouvrière célibataire de s'en sortir seule, avec son salaire, qu'elle soit coutu-rière, modiste ou brodeuse, conclut la jeune fille. Alors, imagine-toi, pour une repasseuse qui gagne vingt pour cent de moins !

— Et tu n'as pas d'homme ? demanda Frédéric, intéressé.

— Un homme ? Mais c'est pire avec un homme ! Les hommes passent leur temps au cabaret. Ce n'est pas pour rien qu'on l'appelle l'église de l'ouvrier ! Ils y boivent leur salaire, rentrent saouls, te demandent de les nourrir, et quand tu ne le fais pas, ils te battent. Mon père m'a suffi, comme homme ! J'ai vu ce qu'il a fait de ma mère et voulait faire de nous. Je me suis enfuie avec ma petite sœur.

— Ils ne sont pas tous comme ça, quand même ! observa Frédéric.

— Pas tous ? On dit qu'un ouvrier sur quatre est ivrogne. Moi je dirais un sur deux ; ça fait déjà la moitié.

— Comment font leurs femmes ?

— Mais comme nous, les célibataires ! Elles se vendent pour nourrir leur marmaille. Parce qu'en plus, ces ivrognes te font des enfants !

— Parlons d'autre chose, intervint Frédéric que cette conversation mettait mal à l'aise.

— Tu as raison, soupira la jeune fille. Ressasser ses malheurs ne sert à rien. En tout cas, aujourd'hui, je peux dire que j'ai été surprise !

— Par quoi ? demanda Frédéric.

— Mais, tiens, par toi, bien sûr ! Quand je t'ai vu, j'ai cru que j'allais passer un bon moment, tout en gagnant au moins un louis. Je te prenais pour un commerçant provençal ! Et tu te fais entretenir par des bourgeoises…

— Tout le monde peut se tromper, sourit Frédéric.

— C'est vrai que tu es beau, fit la jeune fille, rêveuse, en le regardant dans les yeux, la main sous le menton. Il y en a qui doivent se ruiner pour toi.

— Ce qui m'étonne, Marianne, répondit Frédéric, ignorant la remarque, c'est que, futée comme tu sembles l'être, tu n'aies pas deviné que je n'ai jamais eu à payer une femme. Toinon, elle, l'a bien senti.

— Toinon n'a rien senti du tout ! Elle est simplement trop naïve et trop bonne et se fera prendre un jour. Tu vas la rejoindre, tout à l'heure, n'est-ce pas ?

— Oui, c'est une bonne nature. Comme je les aime.

La jeune fille resta un moment indécise. Frédéric n'était pas un client ordinaire. Il n'était même pas un client du tout. Et de penser que, dans quelques heures, il roulerait sur le corps de Toinon, cela l'agaçait. Et si… Pourtant, perdre un samedi, ce n'était pas dans ses habitudes. Il lui faudrait mettre les bouchées doubles, le lendemain. À moins que… Tout de suite ? Elle ne savait que faire et résolut de lui poser la question.

— Bien. Que faisons-nous maintenant ? demanda-t-elle.

— Écoute-moi, mon petit. Je n'aime pas perdre mon temps. Tu es gentille et sûrement mignonne, mais nous n'irons ni à Nogent, ni à Robinson ensemble. À moins que ce ne soit pour le plaisir, pour nous amuser, mais un autre jour. Je veux bien t'inviter à dîner, ce soir, mais c'est tout. Je ne te donnerai pas un sou pour te faire voir l'envers des feuilles. Ni ce soir, ni demain, ni jamais.

— Tu veux dire que si je t'invite dans mon lit, c'est gratis ?

— Exactement.

Marianne resta un moment pensive, puis se mit à sourire.

— D'accord, dit-elle, mais, alors, donne-m'en pour l'argent que je ne gagnerai pas. Comme un amant ! On y va tout de suite.

C'était étrange. Elle avait, soudain, une envie folle de cet homme que, l'instant d'avant, elle ne considérait encore que comme un client potentiel. Elle savait qu'il allait se passer quelque chose, mais quoi ? En montant les quatre volées d'escalier bringuebalant qui la séparaient de sa minuscule chambre, elle le sut : elle était aussi inquiète et impatiente que la première fois ! Que lui arrivait-il ?

Quand elle commença à se déshabiller, il l'arrêta et c'est lui qui lui ôta ses vêtements, un à un, faisant monter en elle le désir, progressivement, savamment, lentement. Très vite, elle n'eut plus aucun doute. Elle ne regretterait pas cette soirée.

Deux heures plus tard, elle ne pensait plus qu'à le retenir, qu'à l'empêcher d'aller retrouver Toinon. Un Frédéric, on n'en rencontrait qu'un dans sa vie. Elle se doutait, déjà, qu'elle ne l'aurait jamais pour elle seule, mais il n'était pas question de le partager avec une amie, surtout sa meilleure amie. Elle le lui dit.

De son côté, il n'était pas loin de penser qu'il venait de trouver sa nouvelle Rosalie. Pourtant, accéder à sa requête, c'était lui céder déjà, et il ne pouvait pas commencer comme ça. Une clé tournant dans la porte le tira d'embarras. C'était Jeannine, la jeune sœur de Marianne, quinze ans à peine, qui rentrait à son tour au bercail, après sa journée de travail. Se tenir à trois dans moins de dix mètres carrés relevait de l'exploit, aussi la cadette accepta-t-elle d'attendre dehors que le client de sa sœur se rhabille. Elle n'approuvait pas que Marianne se prostitue, mais savait que c'était ça ou crever de faim, et comme elle se refusait elle-même à arpenter le pavé, elle ne pouvait blâmer son aînée.

Marianne prit le temps de faire à sa cadette une description rapide de la merveille sur laquelle elle avait mis la main, avant de la laisser seule à son maigre repas, puis de dévaler quatre à quatre l'escalier branlant. Elle retrouva Frédéric à la porte de l'immeuble lépreux dont il observait l'escalier avec un certain effarement.

— Faut-il que tu m'aies fait de l'effet pour que je n'aie pas remarqué tout à l'heure l'état de délabrement de cette bicoque, lui dit-il. Si je m'en étais rendu compte, jamais je ne t'aurais suivie !

Comme promis, Frédéric invita la jeune fille à dîner. À la fin du repas, Marianne lui avait dit oui. Pour tout. Elle allait quitter Paris, le suivre dans le Midi. Elle savait déjà qu'elle ne serait pas seule, que Claudine les accompagnerait. Elle avait compris qu'elle allait devenir une prostituée à temps plein, qu'elle travaillerait pour lui, mais dans une belle maison, au soleil, et, surtout, qu'elle serait sa «femme» officielle. Elle lui arracha la promesse de pouvoir continuer à s'occuper de sa sœur à qui elle enverrait cent francs par mois.

— À moins que tu ne préfères qu'elle vienne avec nous? suggéra-t-il.

Marianne le remercia. Ils partiraient dès que possible mais pas avant trois mois. Il avait une affaire délicate à régler au préalable. Marianne était heureuse. Elle but plus que de raison pour fêter leur rencontre et Frédéric dut l'aider à regagner ses pénates.

Ce n'est qu'à minuit trente, qu'il rejoignit Toinon. La jeune fille, en retard elle aussi, lui fit fête, car elle était persuadée qu'il passait la nuit avec Marianne et ne l'attendait plus. Elle n'était pas jalouse et ne lui posa aucune question, se contentant de lui dire: «C'est mieux quand c'est gratuit, non?» Il approuva.

Frédéric ne regagna son appartement qu'au petit matin. Claudine dormait à poings fermés. Il allait en faire autant. Il était fatigué mais content de lui. Il n'avait pas perdu son temps. Il avait même fichtrement bien travaillé: il pouvait à coup sûr compter sur Marianne et Toinon se laisserait sans doute convaincre. Quant à la petite Jeannine, la jeune sœur de Marianne, aussi jolie que son aînée, il la laisserait grandir et commencerait par la mettre aux cuisines dans le nouveau restaurant qu'il comptait s'acheter. Un jour viendrait où elle en aurait assez de laver la vaisselle et de faire les corvées. Il verrait alors à lui trouver une autre occupation.

*
* *

Des sifflets, des applaudissements, des vivats, des fleurs, des « Rosalie ! » hurlés par des gosiers enthousiastes : les spectateurs étaient déchaînés. Il faudrait qu'elle sache qui était ce géant barbu, au premier rang, qui applaudissait à tout rompre, debout, un richard quelconque, étranger, sans doute, vu son accoutrement. Ses voisins, par contre, étaient aussi distingués et réservés qu'il paraissait, lui, fantasque et exubérant. Rosalie faisait un « tabac », comme tous les soirs, et, comme tous les soirs aussi, elle était montée sur scène très déshabillée. Thérésa l'y avait encouragée des mois plus tôt : « T'as de belles jambes, Rosalie, lui avait-elle dit, mais t'as un beau cul, aussi. Montre-le-leur ! Tu vas les rendre fous ! »

Les rendre fous, elle y réussissait tous les jours dans ce collant couleur chair : de loin, elle paraissait nue ! Elle était à l'Alcazar et son étoile montait. Elle ne s'était pas trompée ; Thérésa non plus qui avait senti qu'il lui fallait un pendant comique, une chanteuse, comme elle, de moindre calibre, bien sûr, différente d'elle mais capable de chauffer la salle avant son passage. Elle savait que Rosalie était l'idéal pour cela, le meilleur faire-valoir qu'elle ait jamais eu et qui, par chance, jouait en outre sur un tout autre registre que le sien, celui du corps, alors qu'on l'attendait, elle, sur la profondeur, la sensualité de la voix. Sans compter qu'une amie belle comme un cœur, cela drainait du beau monde. Car elles restaient amies, et c'était peut-être ça le plus étonnant dans ce milieu d'artistes.

Rosalie se souvenait du premier soir. Elle était dans sa loge, tendue comme une corde de violon, essayant de faire le vide dans sa tête, de penser à autre chose qu'à son entrée en scène. Il y avait six semaines que Pierre avait mis fin à leur période d'essai. Elle l'avait admis et ils resteraient bons amis : il se trouvait, tout simplement, trop vieux pour une fille comme elle. Un mois lui avait largement suffi pour s'en apercevoir. Peut-être qu'avec une oie blanche, avait-il suggéré... Ce serait pire au bout d'un an, lui avait-elle répondu : l'oie blanche était curieuse de nature et serait tentée d'aller voir ailleurs si les jars étaient tous bâtis sur le même modèle. Pierre avait décidé de rester célibataire et d'adopter un de ses neveux, si, du moins, il en valait la peine. En la quittant, il lui avait fait un cadeau à quatre zéros, et l'avait remerciée les larmes aux yeux. C'était la plus belle aventure de sa vie qui se terminait, lui avait-il avoué, ce qui était un beau compliment.

Elle était aussitôt remontée sur les planches. En un mois, elle avait mis au point un beau numéro, elle en était convaincue, et Thérésa aussi. Dans moins de quarante-cinq minutes, maintenant, elle saurait si elle ne s'était pas trompée. «Pense au public, Rosalie, lui disait Thérésa, donne-lui ce qu'il attend de toi, ton corps. Moi, je ne peux pas, je suis trop moche.»

«C'est à toi, Rosie», lui avait dit le régisseur, et, soudain, ç'avait été le trou noir, la panique. Elle avançait comme un automate dans le couloir conduisant à la scène. Elle avait tout oublié, ne se souvenait plus d'aucune chanson. Ce serait le four. Pourtant, quand le rideau s'était levé, qu'elle était apparue dans son collant couleur chair, qu'elle avait entendu monter cette ovation de la salle, la mémoire lui était soudain revenue. Elle avait fait un triomphe. Le deuxième soir aussi. Et depuis plus d'un an, cela n'arrêtait pas.

On frappa à la porte de sa loge et quelqu'un entra sans attendre sa réponse. «Qui est-ce ?» demanda-t-elle, tout en continuant à se démaquiller. Elle n'apercevait pas encore le nouvel arrivant dans son miroir.

— C'est moi, Frédéric.

Elle se retourna d'un bloc. Comment ? Il osait ? Il l'avait cambriolée un an plus tôt, il était responsable de la mort de Joséphine, il l'avait traitée de catin, et il venait la narguer jusque dans sa loge ? C'était inouï !

Mais en même temps… Elle le retrouvait. Il n'avait pas changé. Il avait toujours ce petit sourire ironique qui lui tirait les lèvres sur le côté. Quel charmeur ! Et il croyait, assurément, que ça marcherait à nouveau ! Mon Dieu ! Quelle tendresse elle avait encore pour lui.

— Frédéric ! s'écria-t-elle. Quelle surprise !

— Et pourquoi une surprise ? fit-il.

— Tu es à Paris depuis des mois, tu me voles, tu disparais et tu viens me voir, sans crier gare…

— Je ne t'ai pas volée, Rosalie. Vous m'avez privé de Paris des années durant. J'ai compensé, c'est tout.

— Tu m'as traitée de putain…

— Tu n'en es pas une ?

— Tu es toujours le même ! Tu aurais pu t'excuser ! Mais non ! Tu as tous les droits. Les devoirs, tu ne sais pas ce que c'est ! Tu n'es qu'un bandit.

— Ça te va bien de me faire des leçons de morale ! lui répondit-il en s'avançant vers elle. Regarde-moi plutôt.

Elle le regardait, hypnotisée. Elle allait céder à nouveau, lui tomber dans les bras. Pourtant, quand il essaya de l'embrasser, elle résista et tenta de lui échapper. Contrairement à son habitude, il s'entêta. Rosalie. Elle était à lui, et à personne d'autre ! Elle le savait, bon sang ! Pourquoi cherchait-elle à le fuir ? Et lui, le doux, le gentil Frédéric perdit soudain son sang-froid. Il la gifla. Il y avait si longtemps que Rosalie n'avait pas eu à se défendre qu'elle en avait perdu l'habitude. Elle le mordit, appela au secours, cria.

Elle n'eut pas à le faire deux fois. Un ouragan venait d'entrer dans la pièce dans lequel elle reconnut le colosse qui, debout au premier rang, l'avait applaudie comme un forcené quelques minutes plus tôt. Il venait la féliciter. L'enlever aussi, pour la petite fête qu'il donnait dans son palais, près des Champs-Élysées, avec quelques amis. Une fête intime après un souper qui ne le serait pas moins. Ils ne seraient qu'une trentaine.

Cela, il ne le lui dit qu'après qu'il eut expulsé Frédéric, manu militari, en le prenant par la veste et le fond du pantalon, sans lui laisser le temps d'emporter son chapeau. Quel était ce moujik qui venait importuner sa lioubcha et voulait l'embrasser de force ? Avait-elle son adresse ? Il le ferait enlever, le lendemain, à l'aube, pour le conduire en Russie. Il en ferait un bûcheron dans la forêt de soixante mille acres qu'il venait d'acheter dans l'Oural, après lui avoir fait donner cent coups de knout qui lui tanneraient la peau des fesses bien plus vite encore que la hache ne lui donnerait de cals aux mains. Il fallait apprendre à vivre et à mourir à ces serfs qui se croyaient tout permis et osaient lever les yeux sur des trésors comme sa Rosalie.

L'ouragan s'appelait Demidoff, le prince Anatole Demidoff, pour la servir. Il ne jugea pas utile de préciser qu'il était, accessoirement, le mari de la princesse Mathilde, la fille de Jérôme Bonaparte et la cousine de l'empereur Napoléon III, dont il était séparé, mais tout cela, Rosalie ne l'apprit que plus tard. Ce géant de près de deux mètres avait érigé, entre les Champs-Élysées et la Seine, un palais des Mille et une Nuits, avec des salles de bains aux robinets en or, et des stalles d'écuries en palissandre. Un nabab, un marchand de canons, comme son père et son grand-père, que le tsar, reconnaissant, avait fait comte. Un milliardaire aussi que son manque d'éducation et de quartiers de noblesse n'avait nullement empêché de se faire prince lui-même, mais en Italie, très précisément en Toscane où il avait acquis la principauté de San Donato, quelques années plus tôt.

Les fêtes que donnait le prince dans son hôtel particulier attiraient le Tout-Paris, et dans ce Tout-Paris, les comtes, ducs et princes russes figuraient en bonne

place. Ils avaient les moyens de leurs folies contrairement à leurs homologues français, anglais ou autri-
chiens qui avaient le plus grand mal à rivaliser avec eux
sur ce plan. Ce soir-là, il n'y avait pas fête, mais un petit
souper entre amis, russes pour la plupart, qu'il serait
très heureux de lui présenter. Elle n'avait pas besoin de
se changer ; elle trouverait de quoi s'habiller sur place.
Mais d'ores et déjà, pour lui montrer l'estime en
laquelle il la tenait, il voulait lui offrir une babiole, un
petit rien, une bêtise. De la poche gauche de son pantalon il tira un écrin, l'ouvrit et en sortit une rivière de
diamants qu'il déploya entre ses deux énormes mains.

C'était inouï. Il s'approcha de Rosalie, la fit pivo-
ter et lui mit le bijou autour du cou.

— Ravissant, fit-il. Joli, très joli. Cela vous va à
merveille, mon cœur. Fixez-le, je vous prie, je ne sau-
rais le faire. Je ne suis pas assez habile de mes mains
pour cela.

Rosalie restait muette. Le prince… Celui que lui
avait promis la voyante, des années plus tôt, ce prince
immensément riche… Il était là, devant elle. Et pourtant… Et pourtant… elle ne ressentait rien. Pis, il lui
faisait presque peur. Il était si grand, si massif, si…
brutal. Et puis, cette rivière, cela lui rappelait un mauvais souvenir, un rubis en forme de cœur, ce Lord écossais, Ennisfield.

— C'est… c'est magnifique, dit-elle enfin. Je vous
remercie du fond du cœur, Prince.

— Vous aurez tout le loisir de me prouver votre
reconnaissance, tout à l'heure, ma chère.

Évidemment, même pour un prince russe, une telle
munificence n'allait pas sans intentions précises.
Mais quelles étaient-elles ? À quel genre de partie
était-elle conviée ?

— Venez comme vous êtes, insista-t-il. Mes amis
nous attendent.

Il n'était pas question de tergiverser, encore moins de discuter. Rosalie obtempéra et le suivit, les yeux curieusement fixés sur ses chaussures. Ses pieds... Ils étaient énormes. Le prince devait chausser au moins du 54 !

Dehors, deux hommes les attendaient.

— Rosalie, fit le prince, je vous présente le comte Léon Tolstoï et le prince Pierre de Sayn Wittgenstein, mes amis. Comte, prince, Mlle Noël accepte de participer à notre souper de ce soir.

Alors que le comte Tolstoï s'était contenté d'un signe de tête poli, l'autre homme dont elle n'avait pas retenu le nom, ce prince à la barbe rousse et au regard si doux, lui fit un baisemain et lui glissa :

— Mademoiselle, bienvenue parmi nous. Permettez-moi de vous féliciter pour votre prestation. Vous êtes magnifique.

— Tu lui feras tes compliments plus tard, Wittgenstein. Allons-y, voulez-vous ? Nous sommes en retard.

Mais, sans tenir compte de la remarque de Demidoff, le prince Wittgenstein poursuivit :

— Madame, vous voudrez bien pardonner la maladresse et la rusticité dont nous autres, Russes, faisons parfois preuve. Cela est dû à ce que nos sujets ne sont que de pauvres brutes illettrées, et, qu'à force de les fréquenter, il arrive à certains d'entre nous de les imiter et de retomber à leur niveau.

Tolstoï ne put réprimer un sourire de connivence avec Wittgenstein, et la sympathie qui transparaissait dans le regard qu'ils échangèrent n'avait rien de commun avec le mépris de celui qu'il adressa à Demidoff. Visiblement, ils n'aimaient le géant ni l'un ni l'autre. Rosalie, qui ignorait encore tout des finesses de ce monde qu'elle découvrait, décida de se fier à son instinct, c'est-à-dire de se méfier du géant Demidoff qui lui semblait pour le moins imprévisible, et d'accorder sa confiance à ce prince Wittgenstein, bien plus respectueux et courtois. Tolstoï ne pouvait être le prince annoncé : il était comte.

Il n'y avait que douze femmes seulement pour vingt hommes dans l'assemblée. Rosalie ne tarda pas à comprendre pourquoi quand elle voulut se changer. Deux grandes chambres communicantes avaient été transformées en vestiaire où les habituées s'affairaient déjà. «Nous sommes peu nombreuses, c'est vrai, expliqua une des femmes à Rosalie, mais nous avons la qualité, nous les filles de marbre.» Les «filles de marbre»… elle en avait entendu parler bien sûr. Il s'agissait d'une sorte de confrérie féminine de joyeuses luronnes, de viveuses du monde et demi-monde, qui s'intitulaient elles-mêmes ainsi et qui constituaient les piliers féminins des soirées chaudes et plus que libertines de la capitale.

Chaude, cette soirée-ci le serait assurément, si Rosalie en jugeait par les robes mises à leur disposition, toutes incroyablement déshabillées, au point que la Castiglione, elle-même, n'aurait pas détonné dans leur assemblée. Aucun doute, cela se terminerait en orgie. L'une des invitées, totalement nue, avait déjà essayé trois ou quatre tenues sans parvenir à se décider.

— Qui est-ce ? demanda Rosalie à sa voisine.

— La princesse Korsakova. Un joli corps, n'est-ce pas ?

— Oui, et un beau cul aussi. Et, apparemment, elle aime les montrer, l'un et l'autre, répondit crûment Rosalie.

Sa voisine la détailla de la tête aux pieds, avec un intérêt non dissimulé.

— Vous ne lui cédez en rien, madame ?

— Rosalie Noël, courtisane.

— Delphine. Je serais très étonnée, Rosalie, si vous

n'aviez pas de proposition ferme de la part d'une de nos amies, avant même le début des agapes. Je ne parle pas des princes, bien sûr.

Étonnée, Rosalie n'avait cependant pas posé de question. Delphine ne lui révéla pas sa véritable identité, se bornant à lui dire qu'elle profitait, pour s'amuser un peu, de l'absence de son mari, parti se reposer dans leur château en province. Sans doute y avait-il, d'ailleurs, le même genre d'occupation et de détente qu'elle à Paris. Ce n'était que la troisième fois qu'elle participait à ce genre de soirée ; elle y avait été invitée par une amie. Pour sa part, elle n'avait pas encore décidé si elle aimait cela ou non. Pour le moment, elle appréciait peu, mais il fallait suivre la mode, n'est-ce pas ? Elle en revint à la princesse russe et à la question de Rosalie.

— La princesse adore s'exhiber. Elle l'a déjà fait dans des soirées costumées, en dame de cœur comme la Castiglione, qu'elle ne craint pas au point de vue de la beauté, et même en « Vérité », c'est-à-dire totalement nue, lui précisa-t-elle en passant sa tenue.

Anne-Marie avait bien raison. Le relâchement des mœurs s'aggravait si les femmes du monde et de la Cour se mettaient à imiter les courtisanes. La quête du plaisir à tout prix était devenue générale, mais que les femmes se dévergondent de la même façon que les hommes, cela c'était nouveau. Le caractère tout à fait inhabituel de la demande que formula Aglaé, une amie de Delphine, dans la minute suivante le lui confirma : « Les courtisanes ont, paraît-il, une science de l'amour que nous ne possédons pas, lui confia la jeune femme. En tout cas, pas moi, si j'en crois mes amants. Pourriez-vous, ma chère, me donner quelques leçons sur la manière dont je devrais m'y prendre avec eux ? » Comme Rosalie restait interdite, la jeune femme insista : une seule leçon… contre rémunération, bien entendu. Est-ce que mille francs lui conviendraient ? De deux heures à six heures, le lendemain après-midi ?

La concurrence devenait déloyale. Et inquiétante pour les courtisanes. Pourtant, Rosalie accepta, mais en doublant la somme et, sans doute est-ce le caractère saugrenu de cette démarche qui l'incita à choisir et à enfiler la robe la plus décente qu'elle put dénicher. Quand elles se retrouvèrent à table, elle était, sans conteste, la plus vêtue de toutes les invitées à ce raout, et la seule décidée à n'y prendre aucune part active.

Ce qui l'étonna le plus, dès le début des agapes, ce furent les quantités phénoménales d'alcool qu'ingurgitaient ces hommes. Si quelques-unes des femmes, russes elles aussi, n'hésitaient pas à les suivre dans leurs libations, les autres se contentaient d'observer. Pour sa part, Rosalie obéissait aux indications gestuelles du prince Pierre, qui, voulant visiblement la protéger d'un danger qu'elle ne devinait pas encore, s'était placé presque face à elle. Par chance, ils soupaient à la française, la seule note russe du repas étant ces multiples verres de vodka que ces messieurs vidaient après chaque plat, en portant des toasts au tsar, à la tsarine, au tsarévitch, à la Russie, à l'armée, et bientôt à chacune des femmes présentes.

Ils en étaient au cinquième service. À la bisque de homard avaient succédé un turbot hollandaise, des perdreaux aux truffes, des chapons de Bresse, et des cuissots de chevreuil. On apportait les filets de marcassin quand ce fut son tour. Et là, bien sûr, son hôte se fit entendre :

— Mes amis, tonna Demidoff, nous allons boire à la santé de la reine de l'Alcazar, la plus belle de toutes les chanteuses parisiennes, à Rosalie. Debout, messieurs. À vous, Rosalie.

Et, avec un bel ensemble, tous avalèrent cul sec leur verre de vodka qu'ils reposèrent brutalement sur la table, car l'on ne brisait plus les verres des cristalleries de Baccarat que dans les grandes occasions, et ce souper n'en était pas une. Lorsque Anatole Demidoff voulut faire monter Rosalie sur la table pour qu'elle chante et danse, Pierre de Sayn Wittgenstein s'y opposa.

— Permettez-moi, Demidoff, de m'insurger contre cette entorse à la courtoisie. Vous avez invité mademoiselle Rosalie, vous ne l'avez pas payée pour qu'elle vienne faire ici son numéro.

Wittgenstein vouvoyait son hôte, ce qui était inhabituel entre eux, même en société. Ils étaient tous deux princes russes, expatriés, membres du Jockey-Club. Ce vouvoiement était une mise en garde, et cela soulignait l'importance que Wittgenstein attachait à l'affaire. Les hommes de l'assistance ne s'y étaient pas trompés, et se firent soudain attentifs. Pierre de Sayn Wittgenstein, que tous connaissaient pour un homme de principes, venait de mettre leur hôte en garde, et ils attendaient avec impatience et curiosité la réponse du prince de San Donato. Les deux princes allaient-ils se battre pour une courtisane ? Ils ne seraient certes pas les premiers, mais cette Rosalie n'était quand même pas une telle célébrité !

Demidoff sentit la colère monter en lui. Quelle mouche piquait donc Wittgenstein ? Il n'aimait pas ce prince à demi polonais qui le méprisait, comme beaucoup, en raison de sa noblesse toute récente. Ce sang bleu l'agaçait. Pourtant, se battre pour une chanteuse, même jolie, ce serait verser du sang russe pour peu de chose ; d'autant que Sayn Wittgenstein était une fine lame et qu'il n'était pas certain de le vaincre. Et même s'il gagnait, ce serait lui le véritable perdant, car le tsar ne lui pardonnerait pas d'avoir tué ou blessé l'un de ses amis. Le marchand de canons choisit donc de biaiser. Voulant dédramatiser la situation, il opta pour le tutoiement.

— Comment cela, Wittgenstein? répliqua-t-il. Qu'en sais-tu? Regarde ces diamants à son cou. Le voilà, son salaire! N'est-ce pas, Rosita?

Rosalie n'hésita pas une seconde. Demidoff l'inquiétait de plus en plus, et elle ne tenait pas à se retrouver sa prisonnière, dans une heure ou deux: bien malin qui pouvait prévoir, en effet, comment se terminerait cette partie fine et dans quel état serait son hôte. Elle dut cependant prendre sur elle pour affermir sa voix.

— Prince, répondit-elle, en regardant le géant russe dans les yeux, à l'Alcazar, je suis une chanteuse; chez vous, je croyais être une invitée. Si ce collier est supposé être mon salaire, je vous le rends. Je n'avais pas du tout compris que je venais chez vous pour travailler.

Et, courageusement, elle ouvrit le fermoir du collier qu'elle ôta de son cou, se leva, et vint le poser devant le prince.

Tolstoï fut le premier à applaudir son geste, suivi de toute l'assemblée, hommes et femmes confondus. Demidoff ne pouvait que s'incliner et se montrer beau joueur. Il applaudit plus fort encore que tous les autres.

— N'avais-je pas raison, messieurs? Cette jeune femme n'est-elle pas la reine qu'il nous fallait pour cette soirée? Un ban pour la belle de l'Alcazar! Bien entendu, Rosalie, ce collier est à vous. Gardez-le, je vous en prie, en souvenir de cette soirée… et de moi.

Rosalie ne savait que faire. Refuser le collier, c'était insulter gravement son hôte, devant toute l'assemblée, et cela, elle voulait l'éviter à tout prix. Mais l'accepter, c'était peut-être aussi lui laisser croire qu'il gardait des droits sur elle. Elle hésita une seconde, leva les yeux vers le prince Pierre et le vit battre deux fois des cils en signe d'approbation. Elle devait accepter et le fit sur un mot d'esprit, au grand soulagement des deux princes et de leurs amis.

Elle s'était certainement fait un ennemi irréductible, car on ne défait pas impunément, dans son antre, un prince russe, même de raccroc et italien de surcroît. Mais elle s'était aussi trouvé deux amis, ses deux défenseurs : le comte Tolstoï dont le nom était facile à retenir, car il claquait comme un coup de fouet, et surtout, ce prince à la barbe rousse dont elle ne connaissait que le visage, le sourire et le prénom, Pierre.

Demidoff n'insista pas pour la retenir quand elle souhaita se retirer, alors que la soirée commençait à déraper et il ne disputa pas à Pierre de Sayn Wittgenstein l'honneur de la raccompagner chez elle. Rosalie apprit, ce soir-là, ce qu'était un grand seigneur. Elle n'aurait jamais imaginé que pût exister une courtoisie comme celle dont le prince fit preuve envers elle et qui datait d'un autre âge. Il traita la courtisane qu'elle était en princesse, descendant de sa voiture pour la raccompagner jusqu'à sa porte devant laquelle il la laissa, après lui avoir baisé l'intérieur du poignet. Une telle délicatesse lui était inconnue et la laissait rêveuse.

L'aube pointait quand elle s'endormit enfin. Elle n'avait cessé de penser à lui, depuis qu'elle s'était couchée. À lui, mais aussi à Anna, la voyante. Il s'appelait Pierre de Sayn Wittgenstein. Elle mettait enfin un nom sur le visage de son prince charmant.

Le lendemain, en fin de matinée, elle reçut cinq douzaines de roses rouges à son appartement. Quand elle arriva à l'Alcazar, cinq autres douzaines l'attendaient dans sa loge. Elle savait qu'il serait dans la salle. Il y était, seul. Elle chanta et dansa pour lui. Après le spectacle, ils soupèrent en tête à tête dans un petit restaurant des Boulevards avant qu'il ne la raccompagne chez elle et ne la quitte comme la veille. Le troisième soir, c'est elle qui lui demanda de rester et de passer la nuit chez elle, ce qu'il accepta sans se faire prier.

Au petit matin, il lui annonça son départ pour la

Russie, cinq jours plus tard. Il resterait absent deux ou trois mois et lui écrirait aussi souvent que possible. Il était amoureux, le lui dit et lui demanda de l'attendre. Elle le lui promit, et elle était fermement résolue à respecter son engagement, convaincue d'avoir, enfin, trouvé le grand amour.

Ces cinq jours passèrent comme un rêve, mais dès qu'il la quitta, le rêve tourna au cauchemar et c'en fut fini de son bonheur. Elle pleura plus d'une heure le jour de son départ. Est-ce que ça n'allait pas recommencer comme avec Jonathan ? Quand elle touchait au but, le jour où elle tombait réellement amoureuse et que cet amour était réciproque, son amant devait s'en aller. Pourtant, sur le coup de midi, Rosalie se fit une raison et sécha ses larmes, bien décidée à être fidèle à Pierre et à l'attendre le temps qu'il faudrait. Il reviendrait parce qu'il l'aimait. Elle ouvrit son armoire, en retira ses sabots et les fit briller comme des sous neufs. Il allait enfin venir ce jour où elle les étrennerait, ses sabots de mariage !

*
* *

Deux jours après avoir fait la connaissance de Marianne et de Toinon, Frédéric s'était organisé. Il commença par installer Claudine dans une pension de famille, près de la gare de Lyon. Toujours bonne pâte, Claudine accepta sans discuter cet arrangement, d'autant qu'elle était ravie de retrouver bientôt sa ville natale. Paris, c'était gris, froid, et les gens y avaient un accent ridiculement pointu. Et puis, son homme savait ce qu'il faisait et ne l'avait jamais autorisée à poser de questions.

Le soir même, Marianne et sa jeune sœur emménageaient dans le quatre pièces de la place de la Bastille.

Toinon les rejoindrait quelques jours plus tard, si elle se décidait à les suivre dans le Midi. Frédéric avait accompagné Marianne dans les magasins de nouveautés et l'avait habillée de la tête aux pieds. Il ne connaissait pas grand-chose aux lorettes mais savait, par contre, qu'elles n'attrapaient pas les gogos vêtues de guenilles. Il fallait mettre sa beauté en valeur lorsque l'on prétendait séduire du beau monde. Et le beau monde, ce n'était pas ce qui manquait dans un Paris qui regorgeait de visiteurs.

Frédéric ne disposait pas de beaucoup de temps avant son départ, mais il le mit à profit pour former sa protégée à qui il fit donner quelques leçons de maintien, de bonnes manières et de conversation. Marianne ne voulait qu'une chose : se montrer digne de lui, le conquérir, assurer son pouvoir, devenir sa femme. Elle apprenait vite dans ses beaux habits neufs, elle se sentait pousser des ailes et devenait une vraie lorette. L'appétit lui venait en mangeant. Ce n'était déjà plus avec une pièce d'argent qu'on la réglait, mais en or, en napoléons, et encore fallait-il en aligner plusieurs ! Frédéric appréciait ses progrès. Il avait eu la main heureuse avec sa nouvelle recrue. Sa chance ne l'abandonnait pas.

La jeune Jeannine, médusée, assistait à la transformation de la chenille Marianne en beau papillon. Frédéric n'était pas « chien » et se comportait plus en mari qu'en souteneur avec son aînée. Finalement, sa sœur avait bien de la chance. Elle commençait à se demander si elle aussi... Cousette, ce n'était pas un métier d'avenir. Elle s'en ouvrit à Frédéric sans en parler à Marianne. Il la regarda d'un œil neuf et lui répondit qu'ils verraient cela à son retour du Midi, tout en lui recommandant de ne pas en souffler mot à sa sœur aînée.

Frédéric savait qu'il aurait besoin d'argent à Toulon, aussi décida-t-il de s'en procurer. Il réussit en quatre jours à liquider, seul, une partie de son trésor auprès de trois orfèvres marrons. Il obtint vingt-huit mille francs de ses trois lots et il lui restait plus des deux tiers des bijoux à écouler. L'avenir s'annonçait radieux : Marianne, Jeannine, maintenant, Toinon peut-être et Claudine sûrement.

Il avait choisi la diligence pour monter à Paris ; il opta pour le train dans sa descente sur le Midi. C'est autant par crainte du ridicule que par curiosité qu'il se décida à emprunter d'abord le Paris-Lyon puis la compagnie Talabot qui, au départ de Lyon, avait le monopole de la desserte de Marseille. On parlait de réunir les deux compagnies en une seule, mais rien n'était encore fait. Ce projet, qui mettait en jeu de très gros intérêts, donnait lieu à une bataille féroce entre les clans Pereire et Rothschild comme entre les hommes politiques qui les soutenaient dans l'entourage de l'Empereur.

Frédéric ne regretta pas son audace. Filer comme le vent à travers les collines, longer le Rhône dans les plaines ou les vallées encaissées à la vitesse d'une balle de pistolet, c'était grisant, fabuleux. Le progrès, la science, la technique, quelles merveilles, quand même ! Quand on a connu pareille expérience, on peut mourir, lui avait confié son voisin, dans une envolée lyrique. C'était un Marseillais, il est vrai, et Frédéric avait souri. Il retrouvait le Midi, ses exagérations, ses outrances verbales, mais aussi, sa chaleur imagée, sa poésie.

Sur la route de Toulon, il fit étape à Marseille où Saturnin l'accueillit comme un frère. Ils ne parlèrent affaires que le second jour. Frédéric accepta de rejoindre le clan de son ami, de se mettre sous sa protection à Toulon, puisque c'était apparemment devenu nécessaire. Et quand il retournerait à Paris, Saturnin l'y accompagnerait. Lui aussi voulait savoir ce qu'était ce chemin de fer dont on lui rebattait les oreilles, et, comme Frédéric avait besoin de liquider sa joncaille, il allait profiter de l'occasion.

Si Saturnin recéda, de bonne grâce, à Frédéric son restaurant et sa cuisinière au prix où il les lui avait achetés, il garda ses deux anciennes protégées, deux très bonnes recrues, lui dit-il, dont la plus jeune était, d'ailleurs, sa favorite du moment. À Toulon, on fêta comme il se devait le retour au bercail du patron, de l'ami, de l'amant, de Frédéric, Giuletta la première, qui le lui prouva en lui servant un repas comme il n'en avait pas mangé depuis son départ de Toulon. Il accorda une semaine de congé à Claudine qui en profita pour aller saluer sa vieille mère dans l'arrière-pays. Le soir même, Giuletta l'avait rejoint dans le lit conjugal, celui qu'avait choisi Luisa, quelques années plus tôt. Elle pleura longtemps en lui racontant sa vie avec Saturnin, une brute, un sauvage qui les battait toutes comme plâtre, un fou dangereux. Elle le supplia de s'en méfier. C'était un tueur. On disait, sur le port, que deux jeunes Marseillais, nouveaux venus à Toulon, venaient de disparaître, après un dîner copieusement arrosé qu'ils lui avaient offert. Elle-même portait encore des traces des raclées qu'il lui infligeait, lorsqu'il rentrait ivre. Car il avait le vin mauvais, Saturnin. C'est quand il avait bu qu'il était le plus méchant. Elle lui montra ses cicatrices sur le dos : c'était à vomir ! Et lui, Frédéric qui venait, comme un imbécile, de se mettre dans les mains de ce fou ! Il aurait dû tenir compte de tout ce qu'il avait entendu dire. Mais non, il se croyait toujours plus malin que les autres…

14

Les premiers jours s'étaient écoulés avec une lenteur désespérante. Et puis la première lettre était arrivée. Deux jours plus tard, elle en avait reçu une autre. Le temps lui parut aussitôt plus court. Finalement, deux mois, ce ne serait peut-être pas si long, puisqu'elle en avait déjà fait le quart.

Et puis… les lettres s'étaient espacées, et puis il n'y en avait plus eu du tout. Les hommes étaient tous les mêmes, à annoncer monts et merveilles – promesses qu'ils ne tenaient jamais. Pierre l'avait oubliée. Promesse d'amant, promesse d'ivrogne, disait l'adage, et il disait vrai. En Russie, pas plus qu'ailleurs, les princes n'étaient «charmants», seulement charmeurs. Pourquoi avait-elle rêvé d'un amour impossible ? Pourquoi avait-elle idéalisé cet homme ? Parce qu'une voyante, des années auparavant…

Par chance, Anne-Marie était passée la voir, un jour où elle avait le moral au plus bas et où elle s'était muée en fontaine. Il y avait plus d'un mois que Pierre était parti, neuf jours qu'elle était sans nouvelles. Anne-Marie la raisonna. L'Allemagne, la Pologne, la Russie, ce n'était pas la France. Il n'y avait pas de poste partout dans ces pays arriérés. Elle recevrait sûrement bientôt tout un paquet de lettres.

Une fois encore, Anne-Marie avait vu juste, car, peu après, elle en reçut cinq d'un coup, et, dans la dernière, Pierre lui donnait deux adresses où elle pouvait lui écrire en retour, l'une à Moscou, l'autre à Saint-Pétersbourg. Il lui avait expédié ces lettres dix-sept jours plus tôt en arrivant en Russie qui était, vraiment, le bout du monde ! Pour se sentir un peu plus avec lui, elle décida de lui écrire tous les jours, et cette lettre quotidienne devint vite pour elle le but de la journée. Elle lui racontait tout, ses petits soucis, ses espoirs, son amour aussi qu'elle sentait grandir chaque jour. Elle revivait chacune des minutes qu'ils avaient passées ensemble et avait l'impression de le connaître depuis une éternité.

Un soir, elle aperçut Gustave à l'Alcazar. Elle ne l'avait pas revu depuis si longtemps ! On en était à l'automne 1859, et il y avait bien dix-huit mois qu'il ne lui avait pas donné signe de vie. Il était toujours aussi républicain, toujours aussi controversé aussi comme artiste, même s'il était beaucoup moins seul qu'auparavant. Millet et ses amis de Barbizon, mais aussi de nouveaux venus de talent comme cet Edouard Manet allaient désormais dans le même sens que lui.

Il entra dans sa loge et la serra dans ses bras. Il était seul, ce qui était rare. Il est vrai qu'il venait dans un but précis : en apercevant son nom sur une affiche, il avait eu une subite envie d'elle et il ne doutait pas qu'il en serait de même pour elle dès qu'elle le verrait. Mais, cette fois, il se trompait. Elle ne se déroba pas, quand il l'embrassa, mais ne répondit pas à son baiser. Elle lui sourit, lui posa le doigt sur la bouche pour réclamer son silence et son attention, et lui confia son secret : elle était follement amoureuse d'un autre que lui, et, comme toutes les femmes amoureuses, elle était fidèle à son nouvel amour.

Ils sortirent souper. Elle lui raconta tout, sa vie réglée comme du papier à musique, au rythme d'un emploi du temps sans aucune fantaisie. Il y avait quatre mois et demi que Pierre était parti : il attendait, à Pétersbourg, que le tsar Alexandre II lui accorde son congé.

Courbet était resté un moment muet. Rosalie avec un prince russe ! C'était proprement inimaginable. C'était une infamie ! Et il entreprit de le lui démontrer. Français et Anglais avaient infligé une défaite cuisante au tsar Nicolas qui ne l'avait pas supportée et en était mort. De cela, il savait gré, lui le républicain, à Napoléon III, l'usurpateur. Mais cet Alexandre, le nouvel empereur de toutes les Russies, passait pour plus réactionnaire encore que son père ; c'était le plus rétrograde des potentats européens ! Il n'y avait pas de gouvernement plus autocratique que le sien, pas de pays plus arriéré que la Russie. Comment Rosalie, elle, une républicaine, pouvait-elle être amoureuse d'un des amis de ce tyran, d'un milliardaire qui régnait en despote sur une région entière, sur des dizaines de milliers de serfs ? C'était une abomination et il n'avait plus la moindre envie de l'embrasser.

Rosalie n'avait absolument pas imaginé cette réaction épidermique de la part de Gustave. Pas de doute, il était jaloux ! Elle faillit éclater de rire, se moquer de lui, mais s'en garda bien. Elle le connaissait : il manquait singulièrement de sens de l'humour quand celui-ci s'exerçait à ses dépens. Mais Gustave était plus vaniteux encore que jaloux. Sa jalousie ? Il lui fallait l'habiller d'un vêtement décent ne prêtant pas le flanc à la médiocrité et lui trouver un exutoire convenable. Ce qu'il fit en lui donnant une coloration politique qui lui permit d'exhaler sa rancœur. Ce n'est pas l'homme qu'il critiquait en Pierre de Sayn Wittgenstein, il ne le connaissait pas. Mais le tyran, le prince russe, l'oppresseur de pauvres serfs, il pouvait l'éreinter. À mille verstes de lui, Rosalie souriait. Elle n'arrivait pas à se figurer son Pierre sous les traits d'un sanguinaire potentat de village, affameur de paysans. Elle en plaisanta :

— Gustave, si tu connaissais Pierre, je suis sûre que vous deviendriez amis. Il est si gentil ! Laisse-moi te raconter notre rencontre.

Elle lui dit tout, retournant un peu plus le fer dans la plaie. Rosalie ne connaissait pas la jalousie et n'imaginait pas que d'autres pussent en souffrir. Aussi, quand Gustave se ressaisit, enfin conscient que sa hargne contre un inconnu le rendait stupide et injuste, il lui prit la main en souriant et lui demanda en lui montrant son sein gauche :

— Et moi, Rosie, où me mets-tu là-dedans ?

— Que veux-tu dire par là ? fit-elle.

— Y a-t-il encore une petite place pour moi, dans ton cœur, mon chaton ?

— Bien sûr, Gustave, lui répondit-elle spontanément. Une très grande même. Je ne t'oublierai jamais !

— Je serai toujours un beau souvenir pour toi ? C'est ça, ma Rosie ? s'enquit-il avec un sourire amer.

— Oui, c'est ça. Le plus beau, peut-être, admit-elle, en lui rendant son sourire, mais le sien était empreint d'une telle tendresse.

Elle resterait toujours la même, franche, naturelle, incapable de faire semblant. C'est pour cela que tous l'aimaient. Si elle avait pu se multiplier, combien elle aurait fait d'heureux !

— Ça me fait une belle jambe ! répliqua-t-il avec dépit. Un souvenir ! Mais je n'ai pas envie de n'être qu'un souvenir, moi ! Alors, nous deux, pour toi, c'est fini ?

La réponse de Rosalie fusa, spontanée :

— Gustave ! J'aime Pierre. Tu ne voudrais quand même pas que je couche avec toi !

Et tout en proférant cette vérité, elle se revit quelques années plus tôt, au sortir d'une chambre d'hôtel où Gustave et elle venaient de passer un cinq à sept torride… Et à la seconde même, elle sut que c'est à cette chambre d'hôtel qu'il pensait, lui aussi.

— Pardonne-moi, lui dit-elle. Pardonne-moi… Je ne savais pas. Aujourd'hui, je sais… Je suis amoureuse, Gustave. Je n'y peux rien. C'est comme ça.

Le peintre la considéra en souriant. Rosalie fidèle ! On aurait tout vu ! Pas de doute, elle était vraiment amoureuse et il était heureux de la savoir heureuse. Il le lui dit, la raccompagna chez elle, mais refusa de monter prendre la fine champagne qu'elle lui proposa. Peut-être, inconsciemment, voulait-elle encore une fois lui donner sa chance ? Gustave la laissa devant la porte cochère, après l'avoir embrassée sur les deux joues.

— Rosie, je te souhaite bonne chance avec ton prince russe. Et ne m'en veux pas si je ne te vois plus. Adieu.

*
* *

Ses habitudes de restaurateur méditerranéen n'avaient pas tardé à rattraper Frédéric, qui vivait tranquille comme Baptiste dans sa bonne ville de Toulon, depuis qu'on le savait protégé. Les semaines passaient et Frédéric en arrivait parfois à oublier qu'à Paris Marianne se languissait de lui. Cette quiétude automnale vola en éclats le jour où Saturnin vint à La bonne pâte déguster un osso bucco que Giuletta préparait comme une déesse. Il venait rappeler à son ami Frédéric que le temps était venu pour lui d'essayer ce train qui mettait Marseille à vingt-cinq heures maximum de Paris, arrêts exclus, bien sûr. Même s'il fallait encore compter le double avec ceux-ci, et bien souvent un peu plus en raison des pannes inévitables, c'était quand même bien plus rapide et plus confortable, surtout, que la meilleure des diligences.

Ce rappel de Saturnin laissa Frédéric de marbre. Lui demander de repartir pour Paris, c'était l'arracher à une existence qui lui convenait à merveille et qu'il venait de retrouver. Tout ici était si paisible, si reposant... Il jouait aux cartes, se promenait en bord de mer, allait faire, de loin en loin, une partie de pêche dans la rade avec ses amis... le rêve, quoi. La seule chose, ou plutôt, la seule personne qui lui manquait, c'était Marianne et son jeune corps, Marianne et le soleil de son regard, Marianne restée à Paris et à laquelle, la nuit, il lui arrivait même de penser tout en besognant Giuletta. Il avait un grand faible pour sa nouvelle protégée, ce qui expliquait la rigueur nouvelle avec laquelle il traitait Claudine qui n'y comprenait rien, la pauvre. Marianne... Il était en train d'en tomber amoureux, comme il l'avait été de Rosalie, dix ans plus tôt. Il allait enfin la ramener.

Octobre était bien entamé quand ils prirent le train pour Paris. Saturnin ne connaissait que très peu la capitale. Il n'y était venu, à la demande de son frère aîné, que pour participer à deux ou trois cambriolages, bien des années plus tôt, quand Marius avait eu besoin d'hommes sûrs. Mais, cela mis à part... Saturnin avait été un redoutable crocheteur de serrures et de coffres-forts, jusqu'à ce qu'un beau jour, un coup de pistolet lui abîme la main droite. Finie la cambriole ! Il avait entamé une reconversion forcée, s'occupant de trafics en tout genre. Cela allait de la contrebande au vol organisé de cargaisons de bateaux, sur le port de Marseille dont il était devenu le patron quand son frère avait disparu.

Cette affaire de bijoux l'inspirait, et il était reconnaissant à Frédéric d'avoir pensé à lui pour écouler son butin. Ce n'était pas une affaire considérable, sans doute, mais ce serait pour lui l'occasion de reprendre contact avec un milieu qu'il avait quitté vingt ans plus tôt, quand Marius avait gardé Paris pour lui seul.

Saturnin s'installa à l'Hôtel d'Écosse, près de la gare Saint-Lazare, avec son second, Barthélemy. Frédéric payait leurs frais, bien entendu, chambres comme repas. Ils étaient aux premières loges pour observer la mutation de la capitale. Saturnin se souvenait de son premier trajet en train, le lendemain de l'inauguration de la première ligne de chemin de fer installée en France, entre Paris et le Pecq. C'était… l'été 1837! Si loin déjà! S'il avait choisi cet hôtel qu'il connaissait, c'est parce qu'il s'était imaginé que dans ce quartier, du moins, il ne se sentirait pas perdu. Mais le Paris dont il se souvenait n'avait plus rien à voir avec le Paris impérial. S'il ne reconnaissait déjà pas la gare dont la surface avait décuplé, que dire alors des gigantesques travaux d'aménagement de la colline Monceau qui bouleverseraient le quartier. Et tout ce tintouin pour un jardin public!

Paris changeait tant, d'ailleurs, que le mur des Fermiers Généraux allait disparaître avec toutes ses barrières. Paris s'agrandissait, s'étalerait jusqu'aux Fortifications au 1er janvier 1860, sa surface faisant plus que doubler. De douze arrondissements, l'on passerait à vingt et d'un million d'habitants à plus d'un million cinq cent mille! Paris intégrait, totalement ou partiellement, vingt-quatre communes voisines. La loi avait été votée, le 26 mai 1859, et, cette fois, Marseille ne pourrait plus ambitionner de rattraper la capitale. En taille du moins.

Cela signifiait aussi, se disait Saturnin, que beaucoup de choses allaient changer dans la pègre. Les caïds des Barrières devraient se déplacer et se réinstaller beaucoup plus loin où ils se heurteraient à la concurrence de ceux des banlieues et villages environnants. Peut-être que… Oui, c'était peut-être le moment, pour lui, de s'installer à Paris. Pourquoi pas ? Et s'il en parlait à Frédéric ? Après tout, il était parisien, lui. Oui, il y avait là une idée à creuser.

Lorsqu'il reprit contact avec les anciens lieutenants de son frère, Saturnin fut reçu avec courtoisie mais on lui fit comprendre, avec toutes les circonlocutions d'usage, que Marius, c'était, sinon la préhistoire, du moins le Moyen Âge de la pègre, et que le Paris de l'Empire n'avait plus rien à voir avec celui de l'époque où Marius avait régné sur une véritable Cour des Miracles dont Juliette était la reine. Aujourd'hui, si le monde se transformait, la pègre, elle aussi, accomplissait sa mue ; elle se structurait, s'organisait, se spécialisait. Les chantiers parisiens étaient devenus le marché le plus lucratif, et y organiser le coulage demandait beaucoup plus que de l'audace et de la violence. Cela exigeait de l'entregent et des relations, mais aussi de l'intelligence et le sens du commerce. Quant au marché des faux titres, actions et obligations, qui se concentrait près de la Bourse et qui réclamait les mêmes compétences, Marius n'y aurait rien compris.

Saturnin avait écouté poliment, mais n'avait pas tardé à décrocher. Ces Parisiens ! Toujours les mêmes, bavards et beaux parleurs, rien d'autre. Ils étaient incapables de dire les choses simplement. Que croyaient-ils qu'il faisait sur le port de Marseille ? C'était aussi compliqué de revendre des épices et des alcools volés ou frelatés que du ciment, des briques ou des pierres ! Et tout aussi délicat d'acheter des douaniers que des fonctionnaires de l'Hôtel de Ville ! Des merles qui se prenaient pour des mainates, il y en avait partout, et surtout à Paris! Au bout d'un certain temps, Saturnin en eut assez d'écouter ces bavardages et interrompit Igor le «Russe» en plein discours:

— Excuse-moi, Igor, mais je suis comme Marius, moi, un inculte, un abruti incapable de comprendre les grandes affaires parisiennes. Aussi, je te les laisse. Je cherche, simplement, un bon joaillier pour me reprendre des pierres. Rubis et diamant. Du beau. Plus quelques babioles.

— Pourquoi ne l'as-tu pas dit tout de suite? fit le truand, soulagé.

— Tu ne me l'as pas demandé, répondit Saturnin. Tu t'es dit: voilà le frérot qui vient réclamer son héritage. Rassure-toi, ce n'est pas mon intention. Pas du tout. Chacun chez soi et les poules seront bien gardées.

— Exactement, Saturnin, approuva gravement le Russe. Pour tes pierres, j'ai ce qu'il te faut. À la campagne. Je t'y accompagnerai, dimanche. D'accord? Bien entendu, je vous laisserai discuter en tête à tête. C'est un service à un ami, rien d'autre.

— Très bien. Nous serons trois, ça te va?

— Pas de problème.

C'est ce soir-là que Frédéric exhiba son trésor à Saturnin qui eut un sifflement admiratif quand il découvrit le rubis et les diamants. Les autres bijoux ne lui disaient visiblement rien, mais il s'attarda longuement sur les deux pierres et le rubis surtout.

— Ça, alors! s'exclama-t-il. Ce rubis! C'est celui de la duchesse! Je l'ai chouravé en 1835! C'était mon premier gros coup. J'avais dix-neuf ans. Je m'en souviens très bien! Et le diamant aussi était à elle! Frédéric, à qui l'as-tu pris?

— À une bourgeoise dont j'avais séduit la femme de chambre.

— Tu parles d'un coup! Tu sais combien vaut ce caillou?

— Trente mille francs? hasarda Frédéric persuadé d'avoir mis la barre très haut.

— Largement plus du double, lui fit Saturnin, en le regardant dans les yeux. Pas loin de cent mille. Et le diamant trente mille au moins! Je me rappelle que c'est un Anglais qui en avait fait l'évaluation. Ainsi, Marius s'en était séparé. Curieux, ça! En tout cas, elle était drôlement culottée, la bourgeoise: le rubis est toujours serti sur sa monture d'origine! C'est de l'inconscience!

— Tu sembles t'en souvenir comme si c'était hier, remarqua Frédéric.

— Le premier gros coup, ça ne s'oublie pas, crois-moi. Mais, dis-moi, tu as vraiment l'intention de les vendre, ces deux pierres?

— Oui, pourquoi? demanda Frédéric.

— Eh bien, je ne sais pas, moi, mais ces bijoux étaient à mon frère, et ce n'est sûrement pas Marius qui les a vendus. Tu as dû les prendre à sa veuve, une certaine Juliette, tu as entendu Igor en parler tout à l'heure.

— Possible, admit Frédéric, je n'ai jamais cherché à savoir qui était cette femme. Je m'étais contenté de lever la petite bonne.

— Je te dis ça, parce qu'en réalité, c'est à moi qu'ils auraient dû revenir, d'autant que le cambriolage de la duchesse, c'est moi qui l'ai réalisé.

Cette fois, c'était dit. Saturnin affichait clairement ses exigences. Frédéric sentit la sueur couler dans son dos. Il ne pouvait pas rester plus longtemps sourd à cet appel du truand marseillais. Autant faire preuve d'intelligence et… de prudence, aussi. De toute façon, s'il ne les lui donnait pas, ce sauvage se les approprierait et il y laisserait la peau.

— Évidemment, Saturnin, ce que tu m'apprends là change tout, dit-il après un bref silence. Il va de soi que ces bijoux te reviennent et je suis heureux de te les offrir, puisque tu es leur propriétaire légitime.

Il y eut un nouveau moment de silence, puis le truand marseillais se leva, se dirigea lentement vers Frédéric et le prit par les épaules avant de le serrer en silence dans ses bras. Il était visiblement très ému, et il avait des trémolos dans la voix quand il lui dit :

— Frédéric, jamais, je n'ai eu un ami comme toi. Personne, je ne connais personne, tu m'entends, dans mes relations qui ait ta délicatesse de cœur.

— Rien de plus normal, Saturnin. Entre amis…, reprit Frédéric qui savait qu'il n'avait plus rien à craindre, bien au contraire.

— Je ne sais pas comment je te revaudrai cela. Pour commencer, je te rends l'argent de ton restaurant. Et puis, je vais te céder une autre affaire, également à Toulon. Je ne t'en ai pas encore parlé, mais j'y ai acheté un café chic, dans le centre ville, le Café de Marseille.

— Voyons, Saturnin… c'est trop… le « Marseille »…

— Si, si… J'y tiens. Mais puisque tu trouves que c'est trop, tu m'en paieras la moitié, si tu y tiens, cinquante mille francs, puisque je l'ai payé cent mille. Non, trente mille, ce sera bien assez.

— Trente mille francs ? Je ne sais pas si…

— Oh ! Pas tout de suite. Dans trois ans. Tu me donnais cent mille francs comme ça, naturellement. C'est un geste que je n'oublierai jamais mais que je ne puis accepter. Je vais te les rendre.

— Comment puis-je te remercier, à mon tour, Saturnin ? fit Frédéric.

— En m'offrant un vermouth. Ou une absinthe, si tu le veux bien. Et puis non ; on va fêter ça au champagne, et c'est moi qui régale. Un jour comme aujour-d'hui, ça s'arrose, pas vrai, Barthélemy ?

Barthélemy, en lieutenant aussi fidèle qu'avisé, approuvait toujours son patron, ce qui lui avait valu de grimper assez vite les échelons jusqu'à cette place de bras droit. Si Saturnin se toquait de ce Parigot toulon-nais, ça le regardait. Il s'en battait l'œil, lui, tant que ce phénomène restait à Toulon et ne venait pas empié-ter sur ses plates-bandes marseillaises. Quand même, ce foie blanc l'avait étonné : il fallait être détaché des biens de ce monde et avoir de l'estomac pour faire, ainsi, sans ciller, un cadeau de cinq mille napoléons ! Lui, il n'aurait pas pu, il aurait discuté et il aurait eu tort car il se serait retrouvé à six pieds sous terre... Saturnin avait des réactions si brutales ! Bien sûr, le Parigot avait anticipé ce risque. Futé, le gaillard ! Un homme à suivre...

*
* *

Marc et André finissaient leur cent d'huîtres, alors que Pierre Champfort avait terminé le sien depuis déjà un bon moment. Ils déjeunaient chez Bignon où ils avaient attendu Rosalie et Anne-Marie pendant près d'une heure, en sirotant plusieurs madères. Fort heu-reusement, ils avaient affaire à un serveur intelligent qui sut les convaincre que, les femmes mangeant plus légèrement que les hommes, ils pouvaient commencer sans elles. Ils avaient suivi son conseil car la faim les tenaillait.

Ils firent bien car ces dames n'arrivèrent qu'à deux heures et demie. En descendant de la voiture, Albert avait glissé sur une plaque de verglas et, dans sa chute, s'était démis l'épaule en tentant de s'accrocher à la voiture. Il avait fallu qu'elles trouvent un rebouteux qui avait bien remis le bras en place, mais le pauvre Albert était, évidemment, incapable de conduire sa voiture et attendait dans le fiacre qu'elles avaient dû emprunter. Mais peu importait, Albert se remettrait, et elles étaient là, enfin.

Cela s'entendait, d'ailleurs, car, depuis qu'elles étaient arrivées, le rire cristallin de Rosalie résonnait régulièrement à leur table. C'était la jeune femme qui invitait ses amis, ce jour-là. Elle avait même convié Corentine à ce repas, mais, trop occupée à préparer son déménagement, sa femme de chambre avait décliné l'invitation. Car Corentine se mariait : elle épousait son épicier, celui chez lequel elle faisait les courses de Rosalie depuis des années. L'homme avait perdu sa femme en couches l'année précédente, et, comme il était nanti de trois enfants, il lui fallait pourvoir d'urgence à son remplacement. Si la Bible lui avait interdit de convoiter Corentine du vivant de son épouse, une fois celle-ci disparue, il n'avait pas tardé à faire savoir à la chambrière de Rosalie qu'elle avait, à ses yeux, toutes les qualités qu'il attendait d'une femme. Elle avait déjà un fils ? La belle affaire ! La frimousse du petit Corentin avait convaincu notre homme que sa nouvelle épouse lui donnerait d'autres enfants tout aussi souriants que le gamin.

Que Rosalie dote Corentine, qu'elle lui donne un trousseau n'avait été qu'un plus pour l'épicier qui ne s'y attendait pas. Il voyait son ouverture d'esprit et sa générosité récompensées, car ils étaient rares, en effet, les hommes qui, comme lui, acceptaient d'épouser une fille-mère. Ce bon parpaillot ne doutait pas de la magnanimité divine, en effet, et acceptait les épreuves de la vie avec une égalité d'humeur qui impressionna Rosalie.

C'est ce que la jeune femme était en train d'expliquer à ses amis. Il y avait des heures que les huîtres n'étaient plus qu'un souvenir ; ils avaient, depuis, goûté et apprécié un turbot à la sauce crevette, une poularde truffée à la Saint-Antoine, un coq de bruyère et en finissaient avec une délicieuse salade de homard. Asperges, haricots verts et petits pois avaient accompagné ces plats arrosés de quelques bouteilles de vin blanc du Rhin, de château-laffitte et de romanée-conti. Pour accompagner les pâtisseries, Rosalie venait de demander à Marc de commander un flacon de château-yquem, à vingt-cinq francs l'unité. C'était déraisonnable, souligna-t-il, tout en obtempérant. Viendraient ensuite les glaces, le café et enfin les liqueurs et digestifs.

— Savez-vous, fit remarquer soudain Anne-Marie, que, tandis que nous nous régalons pour cent vingt francs pour cinq, beaucoup de gens mangent tout aussi bien à la Table d'Hôte pour un franc cinquante, tout compris ?

— Que peut-on bien avoir de bon pour ce prix ? demanda Pierre Champfort.

— Un potage, un plat de poisson, deux de viande, un de légumes, une salade, trois desserts et une bouteille de vin, répondit la jeune femme.

— C'est bien et peu cher, effectivement, souligna Marc. Je le connais pour y avoir déjà dîné. Je sais aussi ce que tu vas me dire, Anne-Marie : que ces un franc cinquante représentent le salaire quotidien d'une ouvrière parisienne. Je me trompe ?

— Non, mais…

— Nous le savons, ma chérie, mais qu'y pouvons-nous ? la coupa André. Tu pourrais aussi citer La Californie, ce restaurant qui se situe entre les barrières du Maine et de Montparnasse. J'y ai mangé une fois avec mes employés et c'est encore moins cher.

— Oui, *L'Illustration* en a parlé, intervint Pierre Champfort. C'est ce restaurant de plein air où l'on consomme de formidables quantités de nourriture, tous les jours, n'est-ce pas, André ?

— C'est exact. L'on y sert jusqu'à cinq mille portions de viande par jour, ce qui correspond à trois bœufs, une dizaine de veaux, autant de moutons et j'en passe… Pour deux sous, vous avez une quantité énorme de légumes et pour quatre sous, la même chose en viande. Mais l'on doit se servir, soi-même, aux cuisines. C'est à ciel ouvert, en pleine nature, sous les arbres, l'été. L'hiver, c'est beaucoup moins bucolique : un simple hangar, pas chauffé du tout. Ce n'est pas désagréable, même s'il y a de tout dans la clientèle…

Anne-Marie ne semblait pas vouloir renoncer à son idée. Elle ne le pouvait pas. Ces hommes qu'elle aimait dépensaient tous les jours des fortunes au restaurant quand elle voyait, elle, quotidiennement, de quoi se nourrissaient ses pauvres. Elle commençait à en vouloir à André.

— Oui, André, mais tout le monde ne peut pas aller à la Californie, reprit-elle. Savez-vous ce que mange l'ouvrier parisien ? Du pain, tous les jours, 1,3 kilo en moyenne par personne, un peu de fromage et du vin pour se donner du cœur à l'ouvrage et aussi parce que la misère le fait boire. Et ça, ça coûte trente centimes par repas. Quand tout va bien, il ajoute un œuf dur à ce menu qui devient un festin. De la viande ? Il n'en mange qu'une fois par semaine, et encore ! C'est toujours du mouton ou du porc. Le bœuf est trop cher et je ne parle pas du veau, inabordable. Et l'ouvrière, me direz-vous ?

— Anne-Marie ! tenta André.

Impassible, la jeune femme poursuivit :

— Eh bien ! L'ouvrière n'a même pas de quoi se payer ce pain et ce fromage ! Du moins, pas dans ces quantités. Pardonnez-moi, abrégea Anne-Marie, encore une fois victime de son tempérament autant que des idées sociales qu'elle affichait de plus en plus ostensiblement. Je crains de m'être laissé emporter.

L'ange qui avait survolé leur table, après sa longue tirade, ne l'avait fait que très lentement. Quelle idée de parler des pauvres quand l'on banquetait entre amis, songeait Marc ! Anne-Marie avait cassé l'ambiance, une fois de plus. Depuis quelques mois, cela devenait systématique. C'est Rosalie qui finit par rompre le silence.

— J'espère que tu ne m'en voudras pas pour ce repas, Anne-Marie.

— Pardonne-moi, Rosalie, je ne voulais pas...

Rosalie sourit à son amie qu'elle fit taire d'un geste de la main.

— Ce n'est rien, ma chérie, mais ce dîner est le dernier repas de célibataire que je partage avec vous. Mon prince russe m'a fait parvenir un télégramme de Hambourg. Il sera là dans quatre ou cinq jours...

— Moi aussi, j'ai une nouvelle à vous communiquer, intervint à son tour Pierre Champfort. Je vais me marier.

Un tonnerre d'exclamations accueillit cette annonce. Corentine d'abord, Pierre, maintenant, décidément c'était la journée des mariages et l'on en oubliait l'intervention d'Anne-Marie. Autant la romance de Rosalie et de son prince alimentait leurs conversations depuis des mois, autant le mariage du notaire était inattendu. Rosalie faisait la moue, Pierre lui volait la vedette ! C'était elle qui régalait et c'était vers lui que tous les regards se tournaient. Pendus à ses lèvres, ils attendaient tous qu'il leur donne des détails. Il le fit posément, sans enthousiasme : il faisait un mariage de raison. Ce n'était plus une jeune fille, puisqu'elle avait trente-deux ans et qu'elle était veuve, mais, à cinquante ans, pouvait-il lui-même prétendre à un autre parti ? Non, bien sûr, et il savait gré à Rosalie de lui avoir permis d'en prendre conscience deux ans plus tôt.

— Ma future femme a déjà un petit garçon de quatre ans, ajouta-t-il. Je pourrai l'adopter, si elle ne me donne pas d'enfants. À la condition aussi que ce ne soit pas un mauvais garnement.

— Tout se passera bien, tu verras, Pierre, dit Marc. Tu fais le bon choix.

— Le meilleur, Pierre, ajouta Rosalie qui n'avait pas mis longtemps à se ressaisir.

Le notaire lui sourit.

— Merci, Rosie. Bien entendu, la note est pour moi et tu me laisses vous offrir le champagne. C'est mon dernier repas de célibataire avec vous. Je me marie à Angoulême, dans moins de deux mois et demi. C'est une provinciale…

— Tu t'installes à Angoulême ? fit Marc, à qui cette éventualité paraissait saugrenue.

— Non. Pour le moment, je continuerai à vivre et à travailler à Paris. Dans l'avenir, je ne dis pas… La famille de ma future épouse est de là-bas, et vivre à Paris représentera pour elle un dépaysement total. Aussi passerons-nous une partie de l'été en Angoumois. Il ne reste plus que toi, Marc.

— Oh, moi, tu sais…

— Comment, Marc ? Il n'y a pas que le spectacle ! s'exclama Rosalie. Tu devrais penser que toi aussi tu vieillis.

Marc se mit à rire.

— Tu te convertis en marieuse, Rosie ? en baz-valan, comme vous le dites en Basse-Bretagne ?

— Oui, comment le sais-tu ?

— Un souvenir de ton passage dans ma vie, Rosa-lie.

Le regard qu'ils échangèrent était empreint de tant de tendresse qu'il parlait pour eux. Puis, dans le même mouvement, ils se tournèrent tous deux vers Pierre, faisant passer tout ce qu'ils ne pouvaient ou ne voulaient pas se dire dans cet au revoir muet qui était sans doute un adieu.

*
* *

Saturnin avait tenu à faire enregistrer chez un notaire parisien la promesse de cession du Café de Marseille dont les titres de propriété se trouvaient chez Maître Abécassis, un confrère marseillais. Pour cette cession dont la régularisation se ferait par la suite à Toulon, il reconnaissait avoir perçu de son acheteur, Frédéric Duchêne, la somme de cent mille francs. Si Saturnin avait tant insisté pour concrétiser cette vente, c'est qu'il considérait vraiment Frédéric comme un ami qui préférait la vie à Toulon, où tout n'avait pourtant pas été toujours rose pour lui, à l'argent qu'il aurait facilement gagné en devenant son représentant parisien.

— On ne sait jamais ce qui peut se passer, Frédéric. Suppose que le train déraille et que je sois tué dans l'accident. Il ne serait pas normal que tu sois lésé, non ?

— Évidemment, avait plaisanté Frédéric, si tu crains que le ciel ne nous tombe sur la tête, mieux vaut prendre tes précautions !

On ne plaisante pas avec le ciel, Frédéric aurait dû s'en souvenir. Leur présence à Paris n'ayant plus de raison d'être, ils décidèrent de redescendre dans le Midi. Deux jours avant leur départ, Frédéric fit savoir à Saturnin qu'il devait différer le sien. Le truand marseillais choisit de ne pas l'attendre plus longtemps. Il y avait déjà trois semaines qu'il était à Paris, et, comme le lui avait rappelé Barthélemy avec justesse, quand le chat n'est pas là…

Au moment où le train de Saturnin entrait en gare de Marseille, dans son appartement de la Bastille, Frédéric tentait de régler des problèmes de préséance entre ses pouliches, comme il les appelait, car Jeannine avait décidé, à son tour, de sauter le pas et de suivre la voie de son aînée dans la galanterie. Il était entendu depuis longtemps que Marianne viendrait la première à Toulon, Toinon et Jeannine ne la suivant que plus tard. Mais autant Marianne ne considérait pas Toinon comme une rivale, autant elle refusait de devoir partager son homme avec sa sœur qui ne cachait plus qu'elle le convoitait elle aussi. Peut-être, même, Frédéric aurait-il succombé si Marianne n'était arrivée à l'improviste, un jour où Jeannine s'était montrée plus entreprenante encore que d'habitude. Elle cria, hurla, et jeta sa cadette dehors avant de s'effondrer en larmes dans les bras de son amant.

Frédéric en fut ébranlé à un point qu'il n'aurait jamais imaginé. Pas de doute, il était amoureux puisqu'il ne supportait pas de la voir pleurer, puisqu'il ne voulait pas qu'elle souffre. Et c'est pour elle aussi, qu'il décida, du jour au lendemain, de rompre avec la prostitution. Si on le lui avait annoncé, un jour, jamais il ne l'aurait cru. Propriétaire d'un restaurant et d'un grand café, il avait, dorénavant, de quoi vivre honnêtement, sans se fatiguer. Il épouserait Marianne qui apprendrait le métier de restauratrice sous la houlette de Giuletta. Toinon et Claudine travailleraient avec elle. Quant à Jeannine, elle resterait à Paris.

Marianne triomphait. Certes, elle savait qu'en quelques mois elle avait pris un pouvoir considérable sur son amant, mais à ce point, elle ne l'aurait jamais cru. Elle y était arrivée par ses armes, ses charmes, et entreprit sur-le-champ de renforcer son pouvoir sur lui.

— Fais-moi un enfant, Frédéric. Un enfant de toi, mon amour, ce serait le rêve.

— Un enfant? fit Frédéric, dubitatif. Crois-tu que…

— C'est le moment, non? Nous allons commencer une nouvelle vie à Toulon, chez toi. Un enfant… Ce serait… merveilleux… autant que…

Elle ne réussit pas à finir sa phrase, submergée par le plaisir qu'il avait, une fois de plus, fait naître dans son corps. Si ce n'était cette fois ce serait plus tard, mais elle parviendrait à ses fins, elle lui donnerait un fils. Elle le savait, dorénavant, elle était sa seule maîtresse, sa seule femme.

Précédé de Barthélemy qui lui ouvrait le chemin dans le hall de la gare, Saturnin avançait vers la sortie, saluant, de temps à autre, une connaissance d'un signe de tête discret. Il était content de rentrer chez lui, dans sa bonne ville de Marseille, content de retrouver ses amis, même si Frédéric, le meilleur d'entre eux, était encore à Paris.

Il n'avait pas pris garde aux roussins qui l'appréhendèrent au moment précis où il sortait de la gare.

— Saturnin Ollivier, au nom de la loi, je vous arrête, lui déclara, avec un sourire radieux, ce stupide commissaire Demaison. Il attendait ce moment depuis si longtemps…

— Commissaire, vous faites sûrement erreur, répondit Saturnin. De quoi m'accuse-t-on encore?

Saturnin ne pensait qu'à une chose : il allait perdre ses pierres. Et pour toujours, cette fois. Les roussins allaient les trouver et se les garder. À moins que… Gagner du temps. Et les faire disparaître. Barthélémy, bien sûr… Mais déjà, son second avait pris la tangente. Pourquoi tomber avec le patron quand il pouvait s'éclipser? D'autant qu'il s'y attendait, lui, à la présence de la Rousse, à leur arrivée en gare!

— Saturnin Ollivier, avait repris Demaison, vous

êtes accusé de meurtres avec préméditation sur les personnes de Célestin Mattei et de Félicien Bonasse.

Les deux jeunes truands qu'il avait effacés après ce repas trop arrosé, ceux qui avaient mis le feu au restaurant de Frédéric ? Ces deux petits voyous n'avaient eu que ce qu'ils méritaient.

Dieu seul savait comment ils auraient fini s'il les avait laissés faire ! Mais comment ce commissaire avait-il appris leur disparition ? Parce que, pour les retrouver, au fond de la mer… Qui donc avait vendu la mèche à la Police ? Qui était le traître, le donneur ? Il fallait qu'il l'apprenne et se venge.

— Mattei ? Bonasse ? Connais pas, commissaire. Et quel est le farfelu qui m'accuse de ces meurtres ?

— Le juge, Saturnin. Le juge Lebon. Et il a des preuves.

— Des preuves ? Té ! Quelles preuves ? Je voudrais bien voir ça, peuchère ! J'étais là-haut depuis trois semaines ! À Paris ! Ce sera facile au juge de le vérifier ! Quand sont morts ces citoyens ?

— Comme si tu ne le savais pas ! Pas mal tenté, Ollivier, mais, cette fois, tu auras du mal à t'en sortir, j'en ai bien peur pour toi. Tes gars ont parlé.

Le policier vit Saturnin marquer le coup, avant de se reprendre très vite. La trahison d'un homme, c'est ce que redoutaient, par-dessus tout, les truands et Saturnin ne faisait pas exception à la règle. Il se trouva bientôt menotté avant d'avoir pu esquisser le moindre geste pour tenter d'escamoter les pierres. Il était bon pour dix ans à Cayenne. Ou plus. À moins qu'un bon avocat… Sa seule consolation était d'avoir eu le flair de passer avec Frédéric chez ce notaire parisien. Son ami ne serait pas lésé.

Quinze jours plus tard et quarante-huit heures à peine après son arrivée à Toulon, Frédéric fut, à son tour, sorti du lit par les gendarmes. Arrêté et inculpé comme organisateur et chef d'un gang de cambrioleurs et de receleurs, il fut, malgré ses dénégations, condamné à vingt ans de bagne. Au moment où il choisissait de se ranger et de vivre honnêtement, c'était rageant, mais c'était la règle du jeu et il l'acceptait. Il avait quand même eu de bonnes années. Marianne voulut l'apercevoir une dernière fois, mais sans qu'il le sache, sans qu'il la voie. Elle assista au procès, cachée sous un voile noir. Quand tomba la sentence, elle s'effondra, hurla sa détresse et cria «Frédéric» avant de s'évanouir. Comme tous, il la vit à terre, et devint blanc comme un linge quand il constata qu'elle était sur le point d'accoucher. Un fils. Elle allait lui donner un fils et il partait en Guyane! Ce n'est qu'à ce moment qu'il se révolta. Il fallait qu'il s'échappe! Il devait s'évader.

Barthélemy triomphait. Ses contacts avec les policiers marseillais et ses liens dans le milieu lui avaient permis d'écarter sans mal un rival potentiel auquel Saturnin aurait été capable de confier sa succession. Il n'avait pas voulu prendre ce risque. Il aurait cependant dû réfléchir à deux fois avant de se débarrasser si vite du Parisien. Lui faire porter le chapeau aurait été beaucoup plus intelligent car Saturnin, se remémorant quelques réflexions de son second sur le report par Frédéric de son voyage, commençait à douter de son ami. Quelques semaines encore et il aurait été persuadé de sa culpabilité. Au lieu de quoi, il s'aperçut à temps qu'il se trompait du tout au tout : le traître, ce n'était pas Frédéric mais ce faux-jeton de Barthélemy!

Plus encore que de clairvoyance, c'est donc de patience que manqua ce dernier. Avant de clamer partout que le nouveau patron du port, c'était lui, il aurait dû attendre que Saturnin soit jugé, condamné et, même, en route pour le bagne. Il ne le fit pas et mal lui en prit. Il n'imaginait pas en effet que, de sa prison, Saturnin aurait encore le bras assez long pour lui faire payer sa double trahison avant d'embarquer pour Cayenne. Le lendemain de la condamnation de Frédéric, Barthélemy fut victime d'un stupide accident sur le port de Marseille puisqu'une palanquée de ciment le réduisit à l'état de cataplasme. Quelle imprudence, aussi, d'aller se promener si près d'un navire en plein déchargement ! comme le soulignèrent, une fois encore, les journaux locaux. Huit accidents de ce type en trois ans, c'était quand même beaucoup.

C'était l'hécatombe, en effet, et Anne-Marie ne croyait pas si bien dire quand, deux ans plus tôt, elle avait consolé Rosalie en lui rappelant que bien mal acquis ne profite jamais.

*
* *

Rosalie en a presque fini de son numéro quand, soudain, elle l'aperçoit. Il est là, debout au fond de la salle. Pierre ! Son prince ! Elle s'arrête une seconde de chanter, bafouille, s'excuse, se reprend et réussit à terminer sa chanson sans trop savoir comment. Quand le rideau tombe, elle se précipite dans l'escalier et se rue vers lui. Il lui ouvre les bras ; elle s'y jette, riant et pleurant à la fois, et l'entraîne aussitôt dans sa loge qu'elle ferme à double tour.

Jamais, sans doute, elle n'a été aussi émue, ou alors, c'est si loin qu'elle ne s'en souvient pas. Pierre, au contraire, semble apparemment très calme, mais c'est son éducation qui lui permet d'avoir cette maîtrise de soi. Pourtant, quand elle commence à le dévêtir, lui aussi devient fébrile. Ils sont tous les deux si pressés, si avides de se prendre qu'ils s'énervent.

— Et si nous partions tout de suite ? suggère-t-il.

— Après, lui répond-elle. Ici, d'abord. J'ai si faim

de toi, je t'ai attendu si longtemps! Pierre, mon amour, mon amour… Comme je t'aime! Je suis folle… Dépêche-toi!

Plus tard, ils auront le temps de prendre leur temps, mais là, maintenant, elle ne peut pas attendre. Lui non plus. Ils se prennent avec frénésie. Des coups, frappés à la porte, viennent les interrompre.

— Rosalie?

— Oui? Qui est-ce?

— Marie-Louise. Le patron veut te voir. Il veut savoir si tu peux venir demain, exceptionnellement.

— Dis-lui que je suis déjà partie.

— D'accord, à jeudi. Et n'oublie pas de sortir par la porte de derrière.

Ils s'habillent en toute hâte et rejoignent aussitôt la résidence de Pierre, Son Excellence le prince de Sayn Wittgenstein, attaché militaire près l'ambassade de Russie à Paris. Rosalie s'est tellement livrée dans ses lettres que Pierre a l'impression de la connaître sur le bout des doigts. Aussi, quand ils se retrouvent seuls, au seuil de l'appartement qu'il lui a fait préparer, il la soulève dans ses bras. Elle s'accroche étroitement à son cou, les yeux dans les siens, éperdus d'amour. Tout se passe comme dans un rêve, dans un conte de fées; il a pour elle toutes les attentions, toutes les délicatesses qu'une jeune fille peut rêver d'un prince charmant.

— Merci, Pierre, murmure-t-elle. Merci, mon amour, merci. Je suis tienne, ta maîtresse, ta fiancée, ta femme, aujourd'hui et pour toujours. Je t'aime. Aimez-moi, vous aussi, Pierre de Sayn Wittgenstein.

Il fait encore nuit, mais la veilleuse qu'ils ont laissée allumée lui permet de distinguer, près d'elle, le visage de Pierre qui dort, la bouche légèrement entrouverte. Pierre… Rien que de murmurer son nom, elle en pleurerait. Elle ne savait pas ce qu'était un trop-plein de bonheur. Elle le sait enfin. Elle avait rêvé d'aimer un homme comme lui, d'en être aimée, et c'est arrivé. Et le «merci, mon Dieu!» qu'elle prononce ne lui échappe pas; il est réfléchi, profondément sincère et plein de gratitude.

Elle se penche sur son amant et lui baise doucement le front, le nez, les lèvres, enfin. Elle écarte les draps et le contemple: il est si beau! Elle a un geste pour le recouvrir à nouveau mais l'interrompt et choisit de le réveiller par ses caresses, par ses baisers. Elle veut que son premier réveil soit aussi glorieux qu'il l'a imaginé, que cette nuit de leurs retrouvailles soit aussi inoubliable pour lui que pour elle. Elle finit par le réveiller à demi mais, quand il la prend, il est encore si ensommeillé qu'il ne sait pas très bien s'il rêve ou si c'est vraiment Rosalie qui s'ouvre à lui.

Il s'est rendormi. Elle choisit, elle, de rester éveillée, voulant profiter à plein de ce moment de bonheur intense qu'elle sait unique. Elle a une furieuse envie de vivre, de tout partager avec cet homme, allongé près d'elle, le prince annoncé des années plus tôt. Elle se redresse sur un coude et les voit. Ils sont là, ses sabots de bois! Au pied du lit. Elle les oubliait; c'est lui qui s'en est souvenu et les a fait chercher, en pleine nuit. Il sait que, pour elle, il ne s'agit pas d'un caprice, qu'il les lui faut absolument. Elle lui en a tant parlé, dans ses lettres, de ses sabots vernis, ses sabots de mariage!

Épilogue

Pierre et Rosalie sont installés près des Champs-Élysées, sur l'ancien chemin de ronde de la barrière de l'Étoile, dans la résidence des Wittgenstein. Ils ne sont pas encore officiellement mariés car il n'est pas facile pour un prince d'épouser une roturière, mais ils vivent comme s'ils l'étaient. Rosalie va au Bois dans la calèche marquée aux armes des Sayn Wittgenstein, organise des thés pour ses amies dont le cercle s'est considérablement élargi, des dîners où elle reçoit tout aussi bien les gens du spectacle, des arts et de la presse, que ceux du monde politique et diplomatique, et, bien évidemment, les amis russes de Pierre.

Ils prennent les eaux à Vichy, Aix-les-Bains ou Ems, accompagnent parfois la Cour à Biarritz, et si Pierre a été invité par l'Empereur à Compiègne, Rosalie ne l'y a, bien entendu, jamais accompagné. Au reste, ils sont beaucoup plus attirés par l'Italie et Florence, mais aussi par Nice et son comté, devenus français. Pierre vient d'ailleurs d'y acheter à sa bien-aimée la villa «Bel Abri», au numéro 65 de la Promenade des Anglais.

Rosalie voit toujours autant Anne-Marie qui a beaucoup changé depuis la mort de Joséphine et depuis cette conversation qu'elles ont eue, toutes deux, dans le jardin de la maison de Montmartre. Son amie a abandonné toutes ses activités liées à la spéculation foncière ; elle se contente de gérer les biens de son mari et se consacre de plus en plus à ses pauvres, hérités de Joséphine.

Deux années passent ainsi, jusqu'à ce qu'un jour, enfin, Pierre reçoive de son ami le tsar la lettre qui le libère de ses fonctions officielles et qu'il n'espérait plus. Il est libre, libre enfin de mener avec Rosalie la vie qu'il souhaite et qu'il lui a promise. Ils donnent un dîner d'adieu au monde diplomatique, une grande fête à leurs amis et, enfin, Pierre peut tenir la promesse faite à Rosalie deux ans plus tôt : ils retournent en Bretagne.

Ils ont quitté Paris depuis deux jours et approchent de Rennes que Rosalie ne connaît pas encore. Elle se sent morose, soudain, elle qui se faisait une fête de retrouver sa province natale. Ce qu'elle demande à Pierre, n'est-ce pas trop ? Elle se souvient de leur voyage en Russie, l'année précédente, quand elle l'a accompagné à Saint-Pétersbourg. Ils sont allés à Vilnius, la ville natale de Pierre, qui possède en Lituanie d'immenses domaines dont elle n'a même pas pu faire le tour. Au retour, ils se sont arrêtés en Pologne où il a hérité de grandes forêts de sa mère, une Radziwill. Il semblait si heureux, si épanoui…

Toute la journée, elle a pensé à ce retour au bercail qui provoque en elle des sentiments contradictoires et elle ressent soudain un grand vide. Pendant des années, elle n'a rêvé que de revanche, comme Joséphine, avant elle. Comme sa vieille amie, elle a attendu impatiemment ce jour où, fortune faite, elle pourrait retourner au village, écraser de sa réussite tous ceux qui l'ont fait souffrir, leur cracher son mépris à la face, mais aussi aider les autres, ceux qui lui ont montré de l'affection et de la compassion quand elle était enfant, et aujourd'hui que ce jour est proche, qu'il est là enfin, aujourd'hui qu'elle va pouvoir le faire, ce besoin de revanche se fait soudain moins pressant, moins urgent, moins impérieux. Maintenant que la voilà princesse et riche, qu'elle a la possibilité de se venger, de les écraser, elle en a beaucoup moins l'envie. Et elle comprend alors que, pendant toutes ces années, ce sentiment de revanche a été pour elle beaucoup plus une motivation qu'autre chose, qu'il lui a permis d'avancer, qu'il l'a même tenue debout dans les moments difficiles, mais qu'aujourd'hui, elle n'en a plus besoin. C'est comme une béquille dont elle peut se débarrasser et dont elle se débarrasse en un instant.

Elle se sent alors totalement apaisée, libre comme cela ne lui était encore jamais arrivé. Son retour au pays, au village, se fera dans la paix et la sérénité, pas dans la rancune ou la haine. Pierre ne le comprendrait pas, de toute façon, lui qui est naturellement bon. Elle veut qu'il aime sa province, sa Bretagne où elle a bien l'intention de s'installer, et elle ne pourra l'amener à l'aimer qu'en écartant toute idée négative, toute idée de revanche. Elle observe son bien-aimé. Il somnole jusqu'à ce qu'un cahot le réveille. Elle lui sourit et lui murmure : « Je t'aime, mon amour ».

Ils ne se sont pas installés à Guipavas, mais dans le village voisin du Relecq-Kerhuon. Ce Pays du Léon en Basse-Bretagne a tant enchanté Pierre que lui, le prince russe, a décidé d'y vivre. Il y a acheté des terres, des fermes et des bois, car il est chasseur, il y a investi des centaines et des centaines de milliers de francs jusqu'au jour où il a décidé d'y construire un château pour Rosalie. Il l'a appelé Kerléon. Comment aurait-il pu en être autrement pour un homme amoureux d'une fille née Léon dans le Pays de Léon ?

Composition réalisée par Chesteroc Ltd

Achevé d'imprimer en mars 2006 en Espagne par
LIBERDUPLEX
Sant Llorenç d'Hortons (08791)
N° d'éditeur : 70323
Dépôt légal 1re publication : avril 2006
Librairie Générale Française – 31, rue de Fleurus – 75278 Paris cedex 06